全景民生气象　深度人文关怀

2018民生散文选

古　耜◎主编

中国言实出版社

图书在版编目（CIP）数据

2018民生散文选 / 古耜主编. — 北京：中国言实出版社，2018. 12

ISBN 978-7-5171-2970-7

Ⅰ. ①2… Ⅱ. ①古… Ⅲ. ①散文集—中国—当代 Ⅳ. ①I267

中国版本图书馆CIP数据核字（2018）第256880号

责任编辑：崔文婷
责任校对：胡　明
出版统筹：史会美
责任印制：佟贵兆
封面设计：淡晓库

出版发行　中国言实出版社

地　址：北京市朝阳区北苑路180号加利大厦5号楼105室
邮　编：100101
编辑部：北京市海淀区北太平庄路甲1号
邮　编：100088
电　话：64924853（总编室）　64924716（发行部）
网　址：www.zgyscbs.cn
E-mail：zgyscbs@263.net

经　销　新华书店
印　刷　北京温林源印刷有限公司
版　次　2019年1月第1版　2019年1月第1次印刷
规　格　710毫米×1000毫米　1/16　22.5印张
字　数　320千字
定　价　68.00元　ISBN 978-7-5171-2970-7

桐花香里访攸州

王巨才

北京的春天是短暂的，姗姗而来，匆匆而去。过山车般的倒春寒又每不及防，乍暖还寒，让人无所适从。物候暗转草木知。于是，从惊蛰到谷雨这三十多天时间里，迎春、玉兰、樱花、碧桃、海棠、连翘、丁香、梨树、芍药、牡丹、郁金香等花树果木孕育既久饱满鼓胀的花蕾，就全都争先恐后拼尽全力竞相绽放。那情形，既姹紫嫣红热烈奔放，又多少有点秉烛夜游的况味。因为一过“五一”，天气干热，扬尘飞絮，就到残红凋零、芳菲尽落的时候了。

而此时，当我置身湖南攸水河谷，眼前的罗霄山正是一派云蒸霞蔚花繁叶茂的景象。连绵的映山红别处看过，山山岭岭村村寨寨无远弗届耀眼欲明的油桐花却是第一次经见。这是何等蓬蓬勃勃纯净洁白的花团啊！远远望去，恍如一夜寒风，在这覆满楠竹和香樟的山野间铺了一层莽莽苍苍晶莹绵密的瑞雪，翠绿莹白，交互映衬，营构出一幅色泽清新典雅、意境悠远祥和的“江山妖娆图”，其唯美的效果，怕是任何天才的画笔都无法抵达的。这桐花宜远眺，尤堪近观。桐树身量极高，树冠荫地可达半亩。村头崖壁，行人猛一抬头，那挺拔的身姿，舒展的枝条，繁茂的花穗，顿给人一种威风凛凛、大气磅礴的视觉冲击。而树下白花花的落英，铺满必经的道路，因花朵雌雄同株，落到地上，花蕊或粉红，或嫩黄，大大方方，各饶胜色，又别是一番妩媚的韵致，让你不忍踩踏，又无可避让。时令已过立夏，在南方，按说也到闷热难耐的时候了，但因植被良好，空气清新，即使是正午，也毫无疲惫倦怠之感。沐浴着习习凉风，欣赏满目皎洁的油桐花，在我，更有一种“长恨春归无觅处，不知转入此中来”的惊喜。

这个罗霄山脉中段、湘赣交界处的县份叫攸县，又称攸州、梅城。只是沧海桑田，梅树已不多见，而一部载入《四库全书》的《梅花百咏》，却让这个湘东古邑闻名遐迩，久享盛誉。其作者冯子振，字海粟，元代著名文学家，《元史》载为攸州人。史称其博洽经史，于书无所不记，又文思敏捷，下笔不能自休，每于酒酣耳热之际，使二三人濡笔以侍，遂奋笔疾书，随纸多少，顷刻并尽，所写莫不文采飞扬，美如锦簇。冯生前与赵孟頫交好，扬州现存的《汉寿亭侯祠碑记》即是由国史院编修苏大年起句，冯子振草就，赵孟頫书丹，俗称三绝碑。经赵引荐，冯又与吴中圣水寺和尚释明本友善，两人时相酬答，有冯诗释和七言绝句各一百首，虽不无“游戏”之讥，但才调所关，可圈可点者并不少见。如《折梅》：素手分开庾岭云，问花觅取一枝春。陇头驿使今无便，留向山窗几上芬（冯诗）。残雪轻摇揽素枝，故人应说寄来迟。花是先假调羹手，选取东风第一枝（释和）。如《西湖梅》：苏老堤边玉一林，六朝风烟是知音。任他桃李争春色，不为繁花易素心（冯诗）。花发苏堤柳未烟，主张风月小壶天。清波照影红尘外，冷看游人上画船（释和）。冯子振流传下来的诗词曲赋，尚有《居庸赋》《华清古乐府》《海粟诗集》等多种，皆“笔气淋漓”“称雄古今”，颇令攸县人引以为自豪。

攸县秦代置县，迄今两千多年，是湘楚文化的一处重要发轫地。中国最早的书院“石山书院”就诞生在这里。书院建于 498 年，开山掌院张岊（jié），南北朝时期南齐人，据说齐明帝时官至司寇、司空，位列三公。东昏侯萧宝卷继位后，朝政腐败，残虐民生，张岊不满暴政，辞官退隐，先到南岳衡山，后听说攸县莲塘坳麒麟山风光清静秀美，是汉代苏隐、葛洪隐居之地，即循湘江，溯攸河，举家前来，所见果然松萝蓊郁，泉源清冷，乃脱口赞曰：“此足以乐吾生矣！”遂筑室安家，结庐修行，除采药制丹，医病救人，又创建石山书院，开坛课徒，讲习经典，不仅培养了大批人才，流风所及，对当地人文风气的养成及我国书院文化的蔚起也产生了久远影响。一脉书香，绵延不绝，历隋代至清末，攸县又有凤山、白鹭、湘南、东山等二十二所书院先后开办，涌现包括状元、榜眼、探花在内的进士八十五名，举人二百多名，故有“八十进士赢殿试，二百举人耀攸州”的说法。这固非一人一地一时一事之力，但那些为造福苍生筚路蓝缕以启山林的先驱者，人们是不会忘记的。

唐天宝七年（748 年），唐玄宗根据地方官绅呈报，敕令在张岊修行处建造朱阳观，以旌显他利人济物之功。宋政和二年（1112 年），徽宗赵佶派朝臣主持重修观宇，改名阳升观。

阳升观离城四十多里。那天一早，我们冒雨出发，到达时正好天开云霁。这座群山环抱中的道观，环境清幽，器宇宏伟，三进五殿的宫殿式建筑虽年代久远，但大都保护完好。殿内道像如生，匾额罗列，山门及廊柱存古楹联七副，皆雅驯可读。其中两副为：“古庙尚存唐故事；断碑犹有宋文章。”“继司寇为圣，弃司空为仙，道统千古，道貌千古；同大悲救苦，持大素救难，南海一神，南水一神。”据管理处同志讲解，道观的选址极为讲究，前有金溪水，后倚三清峰，隔河相对，画屏峰壁立如案，狮子峰、凤凰峰护卫左右，充分体现了人文建筑与自然环境和谐统一的传统理念。又讲，每年农历八月，这里都要举办为期一个月的庙会，耍龙灯，打腰鼓，各种地方戏剧演出，人山人海，异常热闹。

遗憾的是，宫观宛然，而书院无存。这在崇文重教的攸县成为人们多年来念兹在兹的心事。攸县于 2010 年投入近三千万元，将石山书院重建于城郊的攸州公园。这是一处经过精心打理的湿地公园，湖光山色，茂林修竹，就面积之辽阔和生态之优越而言，在别的县城很少见到。书院建在公园东北部，是一组依据历史图志，按照古代书院形制和风格建造的建筑群落，分前后大门、影壁、大成殿、大讲堂、藏书楼、御碑亭等，内设书院历史、科举人才、劝善斋三个基本陈列，2015 年元月起免费开放，年接待观众在十万人次以上，其中尤以“攸州大讲堂”最受干部群众欢迎，已成为进行优秀传统文化、革命红色文化和社会主义先进文化教育的重要基地，在县内外知名度很高。与书院对称，公园另有一座文昌塔，气势巍然，也是近些年新修。令我感佩的是，这座近五十米高，两千六百平方米的塔楼，不只为装点风景，更在它的文化实用价值。塔共七级，每层都有一个主题陈列，分别展示攸县悠久的人文历史和文明进程。一楼叙厅，二至六楼依次为历史名人、古代诗词歌赋、名人书法、传统饮食及中外古代塔楼陈列。七楼则是临时展厅，供当地文艺界举办相关活动。书院和塔楼的参观费时一个上午，其间不时听人议论：这两处建筑，凝结和体现着攸县特有的精神基因和文化气质，不仅当地民众受到自尊自信自强的激励，也让所有参观者对这个地方高看一眼，油然起敬……

同样让大家感动的，是对石羊塘镇高桥文化活动中心的采访。我们去时，村支书正在老年学校给党员和入党积极分子上党课。存书两万余册的农家书屋里几位学生在静静阅读，院外平整干净的场地上，老人们或下棋聊天，或在老师辅导下练习保健体操，一派井然、祥和的气氛。出面接待的，除镇村领导，还有荣登《中国好人榜》并被誉为“新时代乡贤代表”的湖南科技大学退休教授夏昭炎。这位文质彬彬、身体消瘦却精神矍铄的耄耋老人，2004 年退休后怀着以文化回馈家乡的心愿，与老伴一起回到老家高桥屋场定居，以自己的知识和积蓄，与村民一起建起了农家书屋、老年学校、少儿假期学校以及活动广场和文体队，并编写教材，亲自给村民们辅导、讲课，十多年如一日，风雨不辍，不仅活跃了乡村文化生活，按镇党委书记的说法，“也在一定程度上起到正党风，淳民风，美家风的作用”。在中心的讲堂里，聆听老人谦逊、真诚的回乡感言，不禁心潮起伏，思绪纷然。

高桥村以党建统揽、党员带领、乡贤引领建设农民精神家园的经验正在全县推广。所到之处，随时遇见正建或已经建好的农家小书屋、小讲堂、小广场，遇见小学生嫩声嫩气的诵读和表演，遇见村民们兴致勃勃的咏唱和晨练，并从这些生动、活跃的气氛中，体察到城乡群众精神面貌积极向上的变化，至感欣悦。

离开攸县的头天傍晚，到县城中学散步，宣传部杨部长介绍说，这所中学不只设施完善，且校风很正，老师敬业，学生奋发，教学质量连续十八年在株洲全市都是拔了头筹的。这让我既感意外，细想也正在情理中。一个珍惜文化财富，重视精神建树和人才培养的地方，必然有强劲而持久的发展动力，前途自不可限量。

这所花园式的学校，建在美丽的攸河之滨。晚风中，凭依河畔的栏杆，对岸不时飘来阵阵油桐花香，清冽，芬芳，馥郁，动人心旌，惹人沉醉。

这花香，与攸县城乡随处可感的书卷气息和文化氛围，多少天了，仍萦回脑际，撩拨着仲夏的梦境。

（原载《人民日报》2018 年 6 月 27 日）

生命在别处

南　帆

“生活在别处”——如同许多人那样，我也是在昆德拉的小说之中读到这句话，并且知道这是 19 世纪法国诗人兰波的诗句。不幸的是，我在一个毫无意趣的场合突然想到这句诗：一个穿大衣的妇人慢悠悠地走过马路的斑马线，对于周边往返飞驰的汽车视而不见。她的双眼盯住手中的手机屏幕，脸上浮出了神往的笑容。我猜她收到了一条有趣的微信。眼前这个红尘滚滚的世界又算什么？真正的故事发生在手机里。多年以前，我们的渴望是坐上火车奔赴远方，遭遇一个浪漫的邂逅；现今，我们的人生轨道轻巧地拐入手机——手机里的微信犹如人生百态的收纳袋：一个会场的局部，一篇心仪的文章，晚餐的几盘菜肴，屋角的一丛小花……不管怎么说，只有那些显现于手机屏幕的景象才会产生非凡的魅力。凡夫俗子的日子庸碌不堪，手机屏幕是一个魔幻之域，那里收藏了无数遥远的良辰美景——生活在别处。

这一段时间开始流行一个词——佛系。据说“佛系青年”风轻云淡，与世无争，脸上一副落寞的表情。言及日常的起居饮食，他们的口头禅是“可以”“都行”。然而，电子游戏开始的时候，他们如同突然换了个人，目光炯炯，声嘶力竭。《修真诀》《明月传说》《三国无双》《王者荣耀》，刀光剑影之中，血脉偾张，炽烈的激情火焰一般燃烧起来，一个大智大勇的王者矗立在虚拟空间的地平线上。

生活在别处。虚拟空间肯定比乏味的写字楼或者逼仄的蜗居精彩。可是，梁园虽好，不是久恋之家。虚拟空间无非镜花水月，过眼烟云。我们的双脚迟早要回到真实的泥土地面。这才是我们存放生命的空间。只有泥土地面才能长出水稻、苹果，百草丰茂，牛羊成群。虚拟空间的各种故事无非电子元件和信息配置的壮烈和浪漫，谁会愚蠢地为若干信息的衰老、消亡而伤感，或者如痴如醉地爱上电脑屏幕上的那个美妇人影像？

必须承认，写下这几句话的时候我有些心虚。数日之前，我卸载电脑中一个多余软件时，界面上出现一个掩面而泣的孩子，一句旁白是："你不要我啦？"一时之间，几乎不忍心按下确认键。我联想到了电子宠物。屏幕上跳出一只顽皮而又憨态可掬的小狗或者鸭子，它们会撒娇，会生病，需要喂养和照料，不小心也会死去。什么时候开始，我们不知不觉地惦记起这些小玩意儿，甚至魂牵梦绕，似乎生怕它们有什么不测。我曾经抱怨过那些伪造种种电子生命窃取我们怜爱之心的工程师。现在，我突然觉得世界正在变质。是不是到了修改那句"生命在别处"的名言的时候了？

我们喜爱一张桌子、一部电影、一支钢笔或者自己的汽车座驾与喜爱一个人乃至一匹马、一条狗存在重大差异。前者仅仅是物，后者是生命。生命之间的交流包含了深刻的互动：慈爱收获感恩，怨恨收获复仇。忘恩负义或者以德报怨往往由于重大的失衡而成为众目睽睽的特例。相对地说，物无嗔无喜，从不因为离合而悲欢。这极大地减轻了我们的内心负担。更换一部手机，不会如同离婚一般痛苦；购置一辆新车的时候，没有必要顾虑旧车的不快。众多女性情深意长，从一而终，可是，她们从不因为频繁地添置衣橱里的服装而感到内疚。衣不如新，人不如故，这是性质迥异的两件事情。然而，现在我想说的是，两件事情的边界似乎开始混淆，物与生命开始交织为一体。

戴一副眼镜增添视力，借助一部电话扩大听觉的范围，骑一辆自行车代步，工具并非躯体的组成部分；放下工具之后，这些功能立即从躯体之中分离出去。然而，如果发明一种智能的负重骨骼呢？事实上，这一套装备已经问世。穿上这一套装备如同增添了一副微型计算机与液压驱动构造的骨骼，躯体的负载能力大幅增加。这一套装备与躯体合而为一，人们可以自如地行走、下蹲乃至匍匐，机械的能量仿佛就是从躯体之中涌现出来的。如果说，假牙、假肢、股骨头或者心脏起搏器、支架仅仅是挪用某种医学器材修复躯体的某一个小小局部，那么，大规模地改造躯体的工程肯定已经列入生物科学的议程。

躯体的改造无疑将改写“生命”的定义。那位谷歌工程总监雷·库兹韦尔信心十足地告诉人们，“奇点”正在临近。人工智能与生物科技的全面合作正在导演的伟大剧目是，人类将于2045年左右实现永生。雷·库兹韦尔的设想是，聘请若干纳米机器人居住于人体的血管之中，摧毁各种病原体，清除血栓和肿瘤，纠正基因的错误，并且将前额叶皮质——人脑的中枢，与计算机的云端数据连接起来。由于科学技术的干预，人类体魄的强健程度和智商指数迅速地突破自然赋予“生命”的疆域，并且无限扩展。这个理论前景极大地激励了一批有志者锻炼身体的热情。只要安全地在时光隧道继续长跑二十八年，这一副血肉之躯就可以从科学家那儿换取一个真正的金刚不坏之身。据说雷·库兹韦尔本人业已到了古稀之年，他每日都要勤勉地吞食一大把五颜六色的药片，力图保证冲刺2045年决不掉队。让我们从令人激动的理想回到那个令人困惑的主题：未来的日子里，我们会向那个既吃五谷杂粮又组装了各种计算机软件与生物科技产品的“生命”示爱、撒娇或者寻求抚慰吗？当然，还有爱情——我们可能爱上一个半是肉身、半是金属材料的躯体吗？

然而，愈来愈多的迹象表明，人类正在悄悄地放弃“生命”的传统边界。示爱或者撒娇远非想象的那么困难，我们已经在科幻电影之中练习过了：迷恋那个钢铁的“终极战警”或者崇拜神通广大的“变形金刚”，各种情感曾经如此自然地从我们的小心脏里冒出来。而且，令人意外的是，秘不示人的性领域欣然邀请科学技术全面管控。性是一个令人羞愧的话题，讳莫如深；同时，性又是生命之中如此重大的主题，没有人绕得过去。可是，现今的科学技术正在协助人类将性从生命的锁扣之中解脱出来。作为繁衍生殖的一个副产品，短暂的性快感是上帝赐予抚育后代的生物奖赏。然而，性快感如此强烈，繁衍生殖的后续工作如此烦人，以至于许多人试图将这种福利单独窃取出来。许多人的真实愿望是，仅仅享受销魂的一刻，多余的负担不再尾随而至——信誓旦旦地守护爱情，养儿育女的辛苦，对付难缠的丈母娘，各种不期而至的家庭纠纷，某些时候甚至负有振兴整个家族的重任。能否避开众多设置于性领域的陷阱？ 这时，科学技术慷慨地提供了不同级别的性代用品，据说女版的智能机器人形神兼备。然而，未来的某一天，科学技术可能遭受社会学家的严厉质询：自作聪明地将两性关系移出生命范畴，这种僭妄会不会瓦解社会的某种基本秩序？

基本秩序的瓦解可能带来未来社会的垮塌。不过，另一批科学家脸上的表情远比社会学家严峻。根据他们的计算，危险的到来可能比社会学家预料的要快——科学家的恐惧对象是迅速逼近的人工智能。他们以专家的口吻警告说，人工智能是潘多拉的魔盒，贸然打开可能带来毁灭性的灾难。不要以为人类真的管得住那个正在客厅里打扫卫生的机器人。机器人身手矫健，力敌千钧，刀枪不入，而且从不贪生怕死。众多科幻电影生动地展现了它们的英雄事迹。如果这些机器人与人工智能结合，生命的血肉之躯不堪一击。人工智能具备超级的自我学习能力——今天仅仅拥有一条狗的智力，明日可以超越全世界最为杰出的大脑。这是人类的缓慢进化无法企及的。无论是计算、运筹、识别、监控，还是围棋、音乐、书法、绘画，人类的所有领域都将迅速陷落。与这种机器人开战，昔日积累的作战规划乃至所有的战争想象可能全部丧失意义。从冷兵器、热兵器到核武器，人类训练出武功超群的剑客、百步穿杨的狙击手或者决胜于千里之外的导弹部队，并且制订了各种坦克、战斗机或者航空母舰的攻防方案。尽管如此，人类的全部假想敌仍然是人类。例如，没有哪一个国家现有的武器系统可以对付漫天飞舞的小小蜜蜂。相信许多人看过一个视频：一个人工智能操控的机械“杀人蜂”悬在空中，它的处理器反应速度比人类要快一百倍，挥动巴掌扑打不到这个机械小精灵。“杀人蜂”上安装了脸部识别器和几微克的炸药。发现了预设的捕猎对象之后，它可以从任何角度抵近，泊在对方的脑门上；炸药制造的微型爆炸足以摧毁脑壳里面的一切。事实上，人工智能贮存了各种取人性命的新颖形式，防不胜防。黑格尔告诉我们，所谓的“主奴关系”充满了紧张与逆转的可能。当人工智能试图改变奴隶的命运时，人类溃败是一个没有悬念的结局。这也是那一批科学家如此惊恐的理由。

我对于这种结论不持任何异议。我所存疑的仅仅是一个所有分析人士都要关注的问题：动机何在？鉴于哪些动机，人工智能操控的机器人必须与我们为敌，甚至歼灭人类？这些由集成电路、软件和金属材料装配的机器人缺少粮食、水源还是热衷争夺未来的发展空间？或者，这些力大无穷的家伙仍然忙不过来，不得不奴役人类为它们种田、洗碗或者修桥铺路？试图改变食物链之中的不利位置？它们的基因内部贮存了强大的攻击性密码——它们有基因吗？我宁可认为，人工智能的所有特征无不来自人类的初始范本：那么多任劳任怨的人，那么多热衷杀戮的人，那么多的善良、慈爱、高尚、深明大义、无私无畏；同时，那么多的嫉妒、阴谋、趋炎附势与恃强凌弱，“关系”之中的压迫带来的反抗以及凶猛的报复仍然来自人类的行为准则。我想说的是，机器人与人类互为镜像。科学家对于人工智能的恐惧是否存在一个隐秘的原因——他们是否被人工智能之中的人类投影吓住了？也许，人工智能的自我学习隐含了不可预测的裂变，但是，软件程序之中第一行仇恨的种子是否来自人类的指令？现在，我愿意悲哀地指出一个事实：我们竭力赞颂的人类“生命”并非一个完美的形象，人工智能的可怕放大甚至让我们不愿意认出自己。

人类社会能不能显现更多的仁慈，更多的慷慨，更多的情义与互助？我时常觉得，机器人正在某一个地方目光闪烁地盯住我们，观察这个群体如何相待，继而续写人类开启的历史故事。我们愿意传递出哪些信息？人工智能方兴未艾，也许还来得及。

（原载《文汇报》2018年4月19日）

步出深闺走“慢城”

叶廷芳

钱塘江上游的衢江，在衢州古城墙脚下接纳了两条重要的支流：常山港和江山港。常山港属钱塘江之源的范畴，素有“千里钱塘江，最美在常山”的美誉，迄今已有一千八百年的建县历史。

顾名思义，常山因山而得名。在全县所辖一千一百平方公里的土地中，百分之八十为崇山峻岭所雄峙。然而，在漫长的农耕时代，这并不是个好兆头。那时候“山”往往与“穷山恶水”相联系，长期以来，贫穷几乎成了常山人民的宿命！新中国成立以来，常山发展迅速，然而相对于衢州市所属的其他五个区县来说，仍差距明显。君不见，那顶“贫困县”的帽子让常山人民熬了多少个年头！

而今天，这位刚刚步出深闺的“山区姑娘”，天生丽质，风情万种，正在目光炯炯地走向未来。

藏在深闺终被识

衢州是我的家乡。说来惭愧，三十余年来，我几乎每年都有机会路过衢州并驻足停留，足迹涉及每个区县，唯独常山县只去过一次——还仅仅是为了去看望一位病中的老同学。

三年前我回衢州，八十五岁的老朋友、衢州市原常务副市长谢高华建议我去常山看看。我一愣，说：“常山？常山的‘贫困县’帽子摘掉了吧？”他说：“哎呀，你老记着人家的帽子干什么？！你得转变思维方式呀！搞工业，我们衢州市山多，是不如沿海和平原地区。但若讲绿色文明，我们不就大有优势了？十八大以来省里要求衢州市成为浙江省的绿色屏障。经过几年实践，我们衢州市的面貌大为改观，而常山县的优势突现得更快！不信我下次就陪你去看看。”那次吃饭时，谢老首先为我盛了一碗蘑菇汤。我刚喝了一口，他就忙问：“好吃吗？”“你推荐的，哪会不好吃！”“知道是什么做的吗？”“蘑菇呗！”我回答。“什么蘑菇？”他穷追不舍。“你考我？”我想以此搪塞。“是考你，但不打分，只是想知道你对常山了解的程度——这叫猴头菇！它与胡柚、茶籽油合称‘常山三宝’，是常山传统的三大‘拳头产品’。”

谢老提到胡柚，倒使我想起一件往事。十余年前一位衢州的朋友在春节前夕突然给我寄来一包“小柚子”，说这是“胡柚”，为我过年助兴。我立即品尝，果然味道鲜美独特！遂问产地——常山；何谓“胡柚”呢——胡家村之特产也。直到这次特地去青石乡胡家村，方知那是常山少有的一方小盆地，亿万年来吸尽周围群山中随泉而出的养分，聚成肥水沃土，柑柚乃得特殊之微量元素，故此柚不仅质醇味美，且殊耐贮存，直至翌年盛夏，仍汁水汪汪。难怪，作为“产橘之乡”的衢州，当曾经的“明星”金橘、椪柑等已风光不再的今天，唯有常山胡柚仍享誉全国，独撑衢州“橘乡”之大旗。

在北京，每有家乡亲友来京，常常要带点儿当地的土特产作为见面礼：笋干、小鱼干、茶叶等。但近年来我发现礼物内容有些变了：往往是两瓶食油——茶籽油，而且没等把礼物放下，就兴致勃勃地忙着给你介绍起该油的产地和特性来，说这是常山特产的“新贵”，特别强调新近发现它富含不饱和脂肪酸，具有防癌、抗癌、降血糖血脂等功效，因此有“东方橄榄油”之美称，等等。我一听不禁肃然起敬！接着脑中不由出现一个闪回：小时候爱玩车马炮，买不起，就从大人们砍伐的柴火中抽出那种木质坚硬、细腻的黄褐色枝条来制作，听大人们说，那是野生油茶树。有时枝上还结有未成熟的油茶果呢。而每逢深秋季节就见有病的父亲去附近各村收购零星的油茶籽，然后让人挑到水碓里去榨油。当时的农村主妇们都承认茶籽油烧菜比菜籽油好吃，但都嫌它易冒烟，耗油量大（现知茶籽油燃点仅两百度，而当时农村都烧柴火，温度过高），故都宁可吃菜籽油。当时谁想到茶籽油有那么贵重的品质呢？真个是“藏在深闺无人识”！

醉意重温油茶情

今春，在杜鹃花盛开的季节我又回到衢州，并特地请求亲友们让我能在常山县的茶油之乡落脚，以便让我能与少年时代即已熟识的茶籽树重温友情。最后人们把我安排在常山县新昌乡的“油茶特色小镇”黄塘村下榻。这里群山环抱，山外有山；里层的山高五百至七百米。四周陡坡上除了少量竹子，全是浓浓密密的油茶树。环山中间有一座不足百米高的山峦隆起，整个山坡亦为蓬蓬勃勃的油茶树所覆盖。山峦顶部，错落有致地立着七八座纯木板房，木房的底座一律由几根木头支撑在斜坡上，令人想起第一代现代主义建筑大师柯布西耶的建筑理念。我就被安排在这里下榻。步出客厅北门，是离地三米高的宽阔转角阳台，我顿时仿佛置身于一只漂流在绿色海洋中的小木船上。早上起来，打开东窗，一只鸟儿扑棱棱飞起，只见它栖息过的茶树枝摇曳不已，仿佛在向我道早安；打开北窗，几只蜻蜓、蝴蝶正在茶树梢盘旋嬉戏，那是我儿时的捕捉对象；打开西窗，越过一大片天鹅绒似的草地便是油茶主题公园，一棵两百年的“茶树王”标示出这一带油茶林的古老与尊严。

从这里沿整齐的梯级小径忽高忽低地往东南方向穿行，越过“观花亭”约十分钟后即到达建在山坡上的观景台。往下看，是一条水流湍急的沟壑；据说在夏天这里是青少年漂流的乐园。环顾四周，漫山遍野除了油茶树还是油茶树，每一棵都带着旺盛的生命力，像是亿万朵争相绽放的绿花！有人问是什么年代栽种的？当地人答：野生的！惊奇之余又获悉：在所有已知的果树中，只有油茶树是“花果同株”，或曰“抱子怀胎”，每年 10 月，当漫山遍野的油茶果累累挂枝的时候，也正是亿万朵油茶花盛开的时候。我不由惊呼：“啊，大自然在构思大地生命的时候竟如此巧妙而诙谐！”

常山县的油茶树最集中的分布带是新昌乡和芳村镇，占地五万一千亩的国家油茶公园就坐落在那里。从新昌到芳村恰好是延绵十八公里的油茶主题风情景观带。汽车沿着漂流的峡谷在蜿蜒的公路上穿行，只见清一色的油茶树覆盖了所有的山坡和峰巅，那种因广大而壮观、因峻峭而惊险的景象，始终揪紧着我的心，不，刺激着我的审美灵犀，我心里不停地惊呼着，惊叹着……

另一个“藏在深闺终被识”的常山之宝，是奇石。

八十八岁高龄的老同学谢高华果真表示要兑现三年前的诺言，亲自陪我去一趟常山。他陪我去的是中国观赏石博览馆。一跨入博览馆的大门，我就像跌入一个陌生而神奇的世界：那么多见所未见闻所未闻的奇宝异石一一跃入眼帘！五大类观赏石的上万件展品中，尤以岩石类、古生物化学类和矿物晶体类最吸引我的眼球。侏罗纪的驰龙化石和中华原白鲟、八千至一亿年以上的斑新菊石、深绿孔雀石、圣诞方解石等都使我如痴如醉。它们集中展示了中国观赏石协会十余年的心血所得，不愧是中国规模最大、档次最高、展品最奇的观赏石博览馆。

出了博览馆，我感慨万分地说：“真没想到，小小常山藏有这样的瑰宝！”谢老说，还有呢——上车！下一个目的地的主题仍是石头，只是不在室内，而在室外；不再以小为特征，而以大为外观：小则几吨，大则几十吨；以杏黄和青灰色为主色调，排列成长长的一条街，琳琅满目。每块石头随时会消失，因为它们是商品。这里是中国观赏石博览园。“赏石小镇”也因此形成，成为华东地区最大的青石、花石市场。产品或展品主要来自常山，也有从外地运来，加工后再销往各地。老板有多少，谁也说不清，“当以千数计！”人们说。他们像一群黑马，久蓄千里志，当改革开放的闸门一开，他们即奔腾而出，从常山石里头淘出了第一桶金。正是他们打开了常山石的“闺房”大门，让它们像一颗颗晶莹璀璨的钻石镶嵌在大江南北豪华的建筑场所。如今，常山作为“中国观赏石之乡”享誉海内外，国家4A级景区“三衢石林”就在常山。

好山好水塑精神

多少年来，人们对山脉蜿蜒的浙西地区包括衢州市存在一个认识误区，认为它们制约着经济的发展。这是人类在为生存而挣扎的农耕时代形成的观念。实际上，绿水青山就是金山银山。这里的“金”和“银”，我想不仅指经济价值，也指美学价值、人文价值。

山水作为大自然的自在体，对人的情操潜移默化的塑造是不可估量的。且不说，中国山水孕育了多少思想家，单说中国文学艺术，就不得不承认，中国最美的诗篇是山水诗，同样，中国最美的绘画是山水画！山水给予人的美感是最壮丽非凡、震撼人心的；山水给予人的灵感是最具原创精神、不可复制的。就一个地区而言，常山的山水不仅丰富，而且瑰丽。南宋大诗人杨万里曾多次来过常山，留下不少诗作。如：“昨日愁霖今喜晴，好山夹路玉亭亭。一峰忽被云偷去，留得峥嵘半截青。”（《入常山界二首其一》）南宋另一位著名诗人曾几的《三衢道中》赞美的也是常山：“梅子黄时日日晴，小溪泛尽却山行。绿阴不减来时路，添得黄鹂四五声。”我在常山期间，每天乘车都要绕过许多高山流水，它们随着地点和角度的变化，不断组合成新的美丽图景。恰如苏轼诗云：“横看成岭侧成峰，远近高低各不同。”在高山大岭面前，经常让你觉得此刻任何山水画都不在话下，着着实实享受了一番自然山水景致带来的精神愉悦！

对普通民众而言，山水对一个人的精神人格的塑造也是显而易见的。近年来，常见新闻媒体报道各地优秀人物，其中“最美衢州人”被报道的频率就相当高。我想，除了历史文化熏陶和现实的宣传教育因素，跟其成长的地理环境也不无关系。近年来一个传闻引起我的兴趣：常山县经过适当培训送往杭、沪的保姆阿姨广受欢迎。“常山阿姨”一般都比较朴实、勤劳，说话温和，举止得体。此消息从最近常山县委书记写的一篇专题文章中得到证实。这不由使我想起高中时代两位来自常山的同学，他们备受全班同学的喜爱：一位每年都被全班同学选为班长；另一位始终被选为学校团总支书记。我想这不是偶然的。

步出深闺走“慢城”

现在，这位刚刚步出深闺的山区姑娘，天生丽质，风情万种，目光炯炯地走向未来。

她的未来在哪里呢？

这是常山县的志士仁人们以及省市的政治精英们多年来一直在考虑的问题。但就在不久以前，她的“终身大事”终于尘埃落定：她将按照一个新的国际城市建设理念——“慢城”——施展宏图。

“慢城”的城市理念和模式 1999 年诞生于文艺复兴的发源地意大利。其灵感据说来自在西方曾盛极一时的“慢餐”运动。《慢城运动宪章》中有如下记载：“慢食，一个在生活品质（尤其味觉体验）上已经树立全球影响力的组织，和那些同样有此特质的城市一起，决定建立一个全球慢城联盟……所有的慢城将共同分享从美食、宜人服务和设备以及城市品质方面的所有体验。”据我的理解，这个慢城理念属于后现代主义文化思潮的范畴。“后现代”尊重生命的价值和尊严，强调“一切以人为中心”：食物应是绿色的，“栖居”应是“诗意的”，生活应是没有负荷的；文化上有选择地回归传统，追求地方特色。回溯人类历史，自工业革命特别是信息革命以来，财富规模日益扩大，而财富归属却更加无序；法律法规不断完善，社会乱象却并未减少；劳动强度不断减轻，但生活节奏却日益加快……难怪作家米兰·昆德拉发出了如此震撼人心的呼号：“生命不能承受之轻！”谁都明白，这个“轻”

正是“重”的同义字！“慢城”运动就是要对人类的这种不堪重负、日盛一日的生存处境来一个反拨：放下心来，享受轻松！要轻松，就要有承载这一使命的宜居环境和丰富多彩的饮食内容与娱乐形式。“慢城”就是试图提供这样一种空间的尝试模式。

据悉，至2014年即有二十八个国家的一百八十七个城市成为这样的“慢城”。自2010年起中国先后已有六个省市的七个小城镇被国际慢城联盟批准为“慢城”。常山的“慢城”身份是2017年11月11日在挪威于尔维克市召开的国际慢城联盟总部协调委员会会议上被正式批准的。

国外已加入的众多的“慢城”的情况尚不得而知。就国内已获准的七个“慢城”来看，一般“城”的规模都较小，除常山外，都是以“镇”的名称出现的。这些城镇地理环境优越，依山傍水，具有可持续发展的适宜条件；地方文化特色浓厚，都拥有年代久远的古建筑、特色鲜明的传统美食、丰富的运动设施和独特的非物质文化遗产。总之，这类别具特色的小城或小镇容易吸引国内外的顾客或游人。而旅游业或休闲业的发达，又可直接促进“慢城”的繁荣。显然，这与我们的小康理想可谓异曲同工。

常山县目前已在县城外辟出三十三平方公里的地域包括常山港用来作为“慢城”建设，计划五年内基本建成。我曾乘坐电瓶车参观过这一地域。车辆在丘陵间蜿蜒穿行，最后在新火车站前停下。回首望去，只见一连五六个高度不超过一百二十米的几乎等高、等大的“满头山”沿常山江连成一线。每座山上都林木茂盛，生机勃勃，恰似一串联袂的姐妹花！如能经过充分思考，精心设计，适当安排一些天造地设的建筑物作为这一自然景观的绝妙点缀，同时又作为“慢城”的功能发挥，将会成为常山“慢城”美妙的“华彩乐章”！

也许有人会问：常山县在浙江省甚至衢州市仍然属于欠发达地区，正需要人们紧张劳动，艰苦奋斗，现在就输入发达国家的城市发展理念和模式是否为时过早？这个疑问起初我也有过。但经过我对常山山水的接触后，深觉这里的“绿水青山”的含“金”量之高，是建设“慢城”最雄厚的基础和最有力的论据。而最重要的一点是：衢州市正在建设一个田园式的“大花园”。这个大花园将以国际化都市“大杭州”的“后花园”身份而存在。“是机遇也是挑战”，只要目标明确，坚定不移，在广泛吸取国内外“慢城”建设的有益经验的基础上，充分利用那些久藏深闺的珍宝，在五至十年内建设成一个独树一帜的国际“慢城”是完全可能的。它将成为“衢州大花园”或“杭州后花园”中最绚丽的图景，我相信！

（原载《光明日报》2018 年 8 月 17 日）

出发之地

张　炜

我们需要不断地把昨天找回来，找回出发之地的那份记忆，沿着当年那个情感线索追寻下去。不然，前面就只剩下一条欲望的路、一双急切的眼睛。

仍然让思绪回到那个海角，在物非人也非的旧地徘徊，回想当年的一切。琅琅书声和无边的莽林一起逝去了，只有它的温情永难忘记。这里教给我们的、给予我们的，可能一辈子都享用不完。

经典不一定是我们喜欢的，但喜欢的概率可能更大。经典总是写得很节省的，较少文字的浪费，其特点是节俭和精练。

一

写作者上了年纪，会越来越多地想到过去：过去的生活环境，过去的创作状态，不断地回忆那个出发的地方。

时间太快了，转眼就是十年二十年，好像掌管时间的上帝在跟人搞恶作剧。也有人责怪网络时代，认为这个时代把时间重新分配了，分割出一些小而密集的虚拟空间，消耗和分散了人的注意力，让人每天都在时间和空间的圈套里钻进钻出，忙得团团转，没有方向感，不知不觉中光阴就溜掉了。宝贵的日月就这样耗尽了，生命也耗尽了。想一想这真是令人惊心，也很冷酷。

我的思绪经常要返回到东部的一个半岛，那是一片海雾缭绕之地，是我的出生地。

它在山东半岛的东部，看地图，是胶莱河以东伸进大海中的一个很小的犄角，即胶东半岛。再放大这张图的局部，可以看到犄角上的犄角，它是胶东半岛西北部的一片冲积小平原，是古黄县的北部。直到战国时代那里还是一片沼泽和莽林，经过长年累月的淤积，慢慢开发，才逐渐形成现在这片平原。古齐国末期，小平原的南部已经变成一个人口比较稠密的地区。这一带是“东夷”重要的组成部分，是古代炼铁术诞生的地方。繁体字的“铁”字一边是金，一边是夷，就包含了夷人炼铁的意思。

童年记忆中，小平原的北部全是密林，老人对孩子们反复交代的一句话就是：一个人千万不能随便进入林子，因为会迷路走丢。真的有入林后再也回不来的孩子。有人依据现在的观察，认为海边不过是南北纵深二三公里的林带，连接了成片的灌木而已。但三四十年前林带以南仍然有成片的原始树林，有杨树、橡树、柳树、很大的古槐和银杏。到了 20 世纪 60 年代，靠近海岸的地方才开始栽松树，称为防风林。几万亩的人工林和原来的野生林连在了一起，无边无际，成为一片真正的莽林。

我在这样一个环境里度过了童年和少年，后来就离开了。再次回到海边已经是二十多年之后了。这里的一切都面目全非，是归来者在惊讶中不得不接受的一个现实。

人回到久别之地是极重要的一件事，内心深处，常常是十分激动的。无数的怀念和回忆不自觉地涌来，往事一幕幕从眼前闪过。我在少年时代生活过的地方不停地奔走，一遍遍地看和问，极力寻觅记忆中的人和事。林子已经去掉了绝大部分，一些大树没有了。印象当中有一条路，路边的银杏树至少有百年的树龄，它们都没有了。有一片大橡树林，也没有了。一片片大杨树、大柳树，都没有了。这完全不是我生活过的那个地方。光秃秃的沙土地上有些灰头土脸的楼房，散长着不多的小树和灌木。起风时扬起沙尘，塑料袋和杂屑一块儿飞起来。这里再也没有了那个蓊郁的世界，荒凉、嘈杂、脏乱，让人看了心上发凉。

记得当年沿着一条林中小路往南，会走进“灯影”，那是古代荒野上慢慢集聚起来的一个村落的名字。它离我们的林中小屋最近，所以也最熟悉。而今村子早就搬离了，问起小时候的一些人和事，只有上年纪的人才能回答几句。当年给我印象深刻的有两种人：一是在当地很受尊重的体面人，或者是很有趣的人；二是那些坏人，即臭名远扬的人。我惊讶地发现，几十年过去了，那些道德楷模，一表人才的漂亮男女大部分都不在了，有的沦落他乡，有的去世了，不少人下场凄惨。另外一些令人害怕的家伙大部分还活着，不过已经很老了，瞪着一双尖利利的眼睛。

说到过去，老人们感叹：原来这里的林子多大啊，就因为几十年来不断地伐树，今天伐几棵大树，明天砍一片林子，一车车往外拉木材，树就没了。不断地死人，因为战乱，因为饥饿。

每隔一段时间就有一批大树被伐掉，树长得越大，越是引人注目。“木秀于林，风必摧之”，这句话是大家都熟悉的。在经验里，一棵或一片大树是很难保存的，它们早晚要被人干掉。我曾经在欧洲街头看到了一些令人惊叹的大树，它们的年龄比人的年龄大得多，可见要受到一代又一代人的爱护才能活到这个样子。比如在阿根廷，我看到许多像一座大楼那么伟岸的大树。这在我们的城市和乡村哪怕有一棵，一定会在几十里的范围内成为传奇。我们这里更多的是新栽的小树，而且是速生品种。老树没了，大树没了。我们又不是在伐木场工作，可就是爱砍树，不停地砍，性子急躁。几乎所有人都有这样的回忆：每隔几年或几十年，一个地方最令人注目的大树就会失去；同样每隔几年或几十年，特别令人尊敬的一些人、一些杰出的人就没有了。

树和人的命运、生存与消逝的规律是完全一样的。我们不能战胜这种宿命，这是我们的悲哀。

二

得出这样的一个结论是可怕的。我们做了各种努力，兴办教育，不停地植树，倡导爱护人才，所做的一切无非就是想拥有更多的大树和杰出的人物。但是无论怎么努力，都不能阻止这样的现实：每隔几十年就有一批大树消失，一批杰出的人物消失。砍伐和伤害是人性中不可消除的黑暗，不可遏止的冲动。

我们感到非常痛苦，但是毫无办法。剩下的事情就是怀念它们和他们，一遍遍怀念。

有人认为从文学创作的角度讲，理性太强，道德感太强，情感太重，会阻碍浪漫的想象和思想的远行。但是没有办法，我们大概谁都无法忘记自己的出发之地，无法不去回忆当年的一切，那时候的状态与心情，引起一阵忧伤和沮丧。

还记得最初的写作：把书看得很神秘、很神圣，每本书几乎都是一个秘境，吸引人走进去。书对人的诱惑太强烈了，让人夜不能寐，而且让人变得心气高远。最初的文学尝试总是伴随着巨大的激动，来自他人的任何一声鼓励都会在心底溅起浪花。那些滚烫的心情后来很长时间都不能忘记。对书籍的爱，对所记述和描绘的一切的深刻情感，直到很久以后还是簇新的。

有记忆就会有比较，让我们看到昨天和今天的不同。随着年轮的增加，生活开始毫不留情地磨损每一个人，可以说印迹斑斑，荣辱相叠。随着一个人越走越远，关于出发之地的那些记忆就变得淡漠了。最初留在心中的那些极强烈的东西正在一点点减弱，就像一种化学元素有自己的衰变周期一样，原有的力量正在时间里消耗殆尽。

一个写作者可能在技术层面上更成熟，知识不断增加，甚至变得像学者一样，讲起来头头是道，古今中外无所不晓，很是博学。但也许就在这个过程中，身上那颗诗与思的种子正在慢慢变质，因为它需要情感的土壤去培育和滋润，不然就难以抽枝发芽。

我们身处时下这样一个纵横交织的网络时代，太耗损感情了。小时候在林子里听到一个噩耗，一个悲惨的事件，会觉得惊讶以至于震撼；知道一个惊喜的事件也要久久兴奋，引出诸多美好的想象；种种刺激都会变为记录和传告的动力，然后化为一行行文字。今天却要不停地接受信息轰炸，手机和电视，一沓沓街头小报，大沓的图片，它们一块儿承载了无数稀奇古怪的消息，什么大恶大善奇闻怪事，一切应有尽有。我们的心早已疲惫了，眼睛也酸痛起来。这些成吨抛下的信息火药把人的心灵轰击得一片狼藉，早就情感乏力，再也没有激情，没有了创造的张力。

可是怎样才能回到过去？没有任何办法。人在城市的丛林中喘息，再不能指望回到记忆中的那个犄角，不能隐藏到那片无边的莽林中。一个人一旦起步也就只能往前走，从人烟稀少处走进人烟稠密处，一直走到今天的网络时代。已经逝去的是一个沉寂的时代，贫穷的时代，也是老旧的时代，尽管这中间只隔开了四十多年。那个时代留给我创痛，还留下很少的几本书、无边的林子、一座孤屋和一盏油灯。

在那个封闭的角落里，一个文学少年情感饱满，积累着倾诉的欲望。这欲望期待着回应，回应又产生了新的动能。然而时过境迁，那种美妙的循环好像突然就中止了。

关于往昔的记忆，有一个镜头是最难忘记的。

那是渐渐长大时，我不得不离开林子，到稍远一点儿的地方去读联合中学。它在林子南部，是几排灰色砖房组成的一个大院落。这里集中起一大群孩子，还有十几位男女老师。有一天突然传来一个消息，说我们联中马上要来一个了不起的人，他将是新来的校长。传说中这个人太了不起了，简直无所不能，会各种乐器，还精通球类和其他，人长得也像个英雄。我们都被这消息吸引住了，天天盼着这个人来。

这一天终于来了。许多年过去，我对那一天的情景都记得清清楚楚。半上午时分，校园内一阵喧哗，接着许多老师和同学都跑到了操场上。出现在我们面前的是一个三十多岁的男人，中等个子，穿着中式浅灰色上衣，笔挺的西裤，围一条深色围巾，脚上的皮鞋黑亮。他脸色有些苍白，乌黑的头发梳得十分整齐。浓眉，明亮的大眼睛。整个人干净利落极了，没有一点烟火气，绝不像我们平时看到的人。这就是新来的校长。

我们在心里发出惊呼，将新来的校长视为天人。

三

就因为这个校长的到来，一所乡野联中完全改变了模样。如果说这里以前是清一色的灰砖色或土黄色，那么从这一天起就变成了诱人的彩色。这里有了音乐，有了没完没了的欢笑和歌唱。我们开始觉得自己的学校是天下最好的地方。

日子一天天过去，关于他的所有传说正在变为事实。这个人真的无所不能，他竟然会演奏那么多乐器，无论什么乐器在他手里都一下神奇美妙起来，口琴、笛子、二胡、板胡、手风琴、风琴、小提琴，什么都难不住他。这些乐器发出各种奇妙的声音，简直成了神物。

他是球类运动能手，篮球、排球和乒乓球打得都好。只在不长的时间里，他就分别训练出一支篮球队和排球队，并且指挥了几场动人心弦的比赛。最出人意料的一件事，是他后来操作的一台印刷机。这台油印机平时不过是印印考卷之类，到了他手里却大显神通：他亲手刻制蜡版，一些从未见过的美术字和图画就印出来了。惊人的是他很快给这个油印机派上了大用场：印一份文学刊物。

这是他亲手创办的刊物，他带头撰写作品，并号召所有老师和学生都写，然后挑选出最好的文章刊登在上面。

就因为有了这份杂志，许多人开始了发愤阅读，并尝试去做一件最有魅力的事情：写作。用文字记下心事、周边的事儿，描述一切。高兴与不高兴都可以写在纸上，使用所有我们知道的美妙词句。无论谁写出一篇有意思的文章，大家都会大呼小叫一通，从此对他刮目相看。一篇歪歪扭扭的文字一且印在杂志上，马上变成了好看的美术字，还常由一些美丽的花纹环绕着，配上了插图，真是漂亮到令人无法相信。

很久以后我们都会肯定地说：那份油印刊物发表的作品，比后来所有铅印报刊发表的更为激动人心；那种油墨的香味也浓烈许多倍，这是一种不会消逝的文学的气味。

他还组织起一支业余演出队。校园里学习乐器的师生很多，也涌现出许多擅长表演的人。原来各种人才都一直潜伏在校园中，只等着他的到来，然后被一一召唤出来。

就是这么一个人，他对我们的学生时代产生了莫大的影响。我知道不仅是学生，就连当年的老师们也将他当成了偶像。在我们眼里，他是一个没有缺点的人，一个博学多能的人，更是一个品格高贵的人。他能将世上的一切事情都干得漂漂亮亮，而且只有成功没有失败。

二十余年之后，当我返回这片土地的时候，发现成片的大树消逝了，一些人也消逝了，其中就包括我们的校长。

很少有人知道他，不知道他在哪里。这里好像突然长出了崭新的一代，他们的面孔十分陌生，让人无法连接昨天，难以接通一个地方的记忆。他们从来没有听说过这里有那样一位神奇的校长，对所有的问讯都感到大惑不解。最后幸亏一小部分老人，是他们吐露了一点信息，尽管语焉不详。原来的联中旧址变成了一个矿山锅炉房和堆煤场，学校四周的林木被红砖垒起的破旧厂房替代。那个叫“灯影”的村子无影无踪，已经搬到了远处。

校长去了哪里？经过不少人的指点，我最后好不容易找到了几十里外的一个乡村集市。这个集市很大，但给人的印象破破烂烂，是所有东西的汇聚地和展示地。人多极了，吆喝声震耳欲聋。这里每个周三和周六是集市日，而周三的集市最大，我要找的人一定会按时出现在这些拥挤的人群中。

不知找了多久，从集市入口找到出口，总是不见人影。最后天色很晚了，我正准备起身离开，突然围在巷口的一伙人闪开了身子，从巷子里慢慢走出一个人。大家都一声不吭地退到了一边，为他让出一条路。这个人拖着步子往前，穿了一件长及膝盖的破大衣。我注视着他，忍不住跟了上去。

我走到他的对面，这才看出是一个老人，好像有七十或更大一些。他的头发乱成了一团，上面沾满了草屑，脸上有很多灰尘，皱纹是黑色的。他一直抄起手，低头在地上寻找什么，有时候蹲下看一片菜叶，看上很久。他嘴里咕咕哝哝，听不清说些什么；有时抬起头，两眼痴呆地望着远处，半张着嘴巴。

这个人就是我们的校长。

四

人总是返回得太晚，总是错过一些惊人的场景和重要时刻。比如那些大树和林子消失的过程，它们怎样被砍伐，日日夜夜往外运；比如一个人人敬重的校长，如何离去，又如何变成了一个衣衫褴褛的痴人。所有细节没有目睹，它躲过了我，让我在暗中想象。

摆在面前的只有一片狼藉。这种情形有没有例外？我们到哪里去找安然度过百年的大树林子？还有校长，校长一样的人，他们今在何方？

一切不幸都有着复杂的缘由，但就是改变不了可悲的结局。

一个人回顾过去是必不可少的，这回顾如果不是为了获取一点悲凉和一点感慨，那就需要从头总结。站在出发之地会想：我不久就要离开这里，继续往前了，我走到了哪里？这时候才会发现自己真的走得很远很远了，走到了一个少年时代做梦都想不到的陌生地方；还有，时至今日，我们知道自己所能做的已经很少很少了。明白这些让人难过，但也没有办法，因为我们既然无法改变自己，也就只好继续往前。

我离那个寂寞的、树木葱茏的角落将越来越远，我还要不断穿行于一些大学、城市，再不就是继续待在自己的斗室里。像所有人一样，我没法拒绝网络的喧声，也打不破时间和空间的限制，比如，扔不掉手机。一部手机简直成了生活之源、知识之源、欢乐之源，也是痛苦之源、烦恼之源。我们都被一个小小的物件所累、所缠，却拿它没有一点办法。

我们需要挣脱与解决的问题，正是网络时代所面临的普遍困境。这个炽热到不能再炽热的娱乐时代，欲望和商业的时代，每个人都深受其害，不能自拔。井喷式的电子信息对一个民族是福音还是噩耗，一时还无法判定。越来越多的人怀疑那些花花绿绿的闪烁的荧屏，正感受它和便利与消遣捆在一起的不安，还有显而易见的伤害与危难。我们从根上失去了安静，整个喧嚣的世界没有给我们预留一个静谧的角落。

有时候我们会觉得人类来到了一个奇怪的分水岭，一个岔路口，如果在这个地方走错了，所有的一切都会遗失。这个时期的文化土壤已经改变，它不再是我们所熟悉的传统，不再是培植一个民族的文明，而是削弱和败坏。我们甚至失去了最基本的一个条件：时间。所有的时间都被沸滚的网络给煮化了，连一点渣滓都没剩下。

不过是几寸见方的荧屏却容纳了无限的东西，它们呼叫着一掠而过。沉迷其中的人似乎什么都懂，却脆弱得不堪一击。人开始变得极为晚熟，当发觉自己长大了的时候，已经接近了晚年。最有生命力创造力的青春期就消费在虚拟的世界里。托尔斯泰引用一位古人的话：特别有“知识”的人都不聪明，都没有智慧。而这些所谓的“知识”，一直在网络上号叫奔涌，无始无终。

生活中缺少以前那样的莽林，就把自己关到书籍的丛林中。在这里，我们渴望搅了一天的浑水能得到一点沉淀。

疯狂的物质主义时期，人在文字中表达急躁和绝望。质朴、诚恳、谦逊的品质越来越少，自大、狂妄和流痞越来越多。在这样的潮流中，写作者的诚恳和诚实等同于虚伪，甚至被认定是不该存在的东西。接下去仁善不存，侵犯和挑战也成为理所当然的常态。

仍然让思绪回到那个海角，在物非人也非的旧地徘徊，回想当年的一切。琅琅书声和无边的莽林一起逝去了，只有它的温情永难忘记。这里教给我们的、给予我们的，可能一辈子都享用不完。

往昔所给予我们的一切不是博学和技巧，也不是其他任何东西能够兑换的。一个人失去了这些，也就失去了最大的依靠。我们需要不断地把昨天找回来，找回出发之地的那份记忆，沿着当年那个情感线索追寻下去。不然，前面就只剩下了一条欲望的路、一双急切的眼睛。

我们可以做证，在某个地方，一些正直而有趣的杰出人物，一些高大俊美的树木，一起消失了。而我们今天特别需要他们和它们。世界上不过有两种生命，一种是植物，一种是动物。植物自己不能动，人和动物能动。无论能动还是不能动的生命、大或小的生命，都不能因为杰出而变得生存艰难。

说到底，人类只有依仗自己的善良和宽容，才能走到美好的未来。

（原载《文学报》2018 年 4 月 4 日）

江西老表

刘上洋

为什么江西人被称为“老表”

每当到外地出差，总有些热心者问我哪里人。我回答是江西老表。对方先是点头一笑说：“是革命老区来的，你们那里山好水好人好。”话语之中既有赞美之意，但也暗含着另外一层不便表露的潜台词。讲过之后，他们又会把眼睛瞪得大大的：“为什么大家都称你们江西人为老表呢？”惊奇中带着一种迷惑不解。

是的，在许多外地人看来，把江西人称为老表，似乎是一种贬义，是瞧不起江西人，因为“老表”这两个字很土气，很下里巴人，就像上海人把所有的外地人叫作阿乡一样，是在用一种特殊的称呼骂人。

尤其使人纳闷的是，不仅外地人称江西人为老表，江西人也自称为老表。

世界上哪有这样自己贬损自己的？

其实，江西老表这个称呼不含有丝毫的讥蔑之意。

在中国传统的亲属关系中，兄弟姐妹的子女之间互称老表，年龄大的叫表哥、表姐，年龄小的叫表弟、表妹。表亲之间，虽不是直系亲属，但也有着一定的血缘关系。

把江西人称为老表，流传最广的有两种说法。

一种是始于明朝初年。为了争夺天下，朱元璋和陈友谅在鄱阳湖展开了激战。当时，碧波荡漾的八百里湖面到处闪动着刀光剑影。有一次，朱元璋打了败仗，被陈友谅在后面紧追不放。正当朱元璋走投无路之际，一位善良的渔民出现了，他把朱元璋领到船上藏了起来，然后摇着橹向湖心扬长而去。朱元璋得以安全脱险。在离开的时候，他含着眼泪对这位渔民说:“谢谢你的救命之恩！如果以后我打下江山做了皇帝，你就去京城找我。臣子和卫兵如不让见，你就说是我的亲戚江西老表来了。”过了几年，朱元璋终于战胜了陈友谅，在南京如愿以偿地穿上了皇袍。这位渔民带着几个同乡去看望当今的天子，果然，他们在皇宫内外不论遇到什么人，只要说一声“我们是皇上的亲戚江西老表”，就一路绿灯，畅通无阻。江西老表也就从此叫开了。江西老表，皇帝的亲戚，可见这个称呼是多么的高贵且令人羡慕。

另一种是始于同湖南的关系。江西同湖南，不仅山川地貌极为相似，而且地相连，人相亲。据统计，现在湖南的六千多万人中，大约有百分之六十四的人祖籍是江西。这样就形成了一种历史的亲缘关系。加上两省长达近千公里边界人家的长期相互通婚，他们的后代便以表亲相称。表亲者，血亲也。由于江西是祖上所在地，湖南人也就渐渐尊称江西人为老表哥，久而久之，干脆把“哥”字省去叫老表。于是老表也就成了江西人的代称。

可以说，在一个有着四千四百多万人口的省份，老表这个唯一统一称呼并且一讲出来就知道是哪里人的，在全国恐怕也只有江西。

江西人也以有“老表”这样一个称呼而感到非常自豪。无论海角天涯，无论素昧平生，相互之间只要听到“我是老表”，马上就像久别重逢的亲戚一样。

江西老表，一个洋溢着浓郁亲情的名字。

性格没有特点的“江西老表”

在中国地域文化的研究中，存在着这样一种现象，就是江西老表虽然广为人知，但对江西老表的性格却很少论及。即使论及，也是寥寥几笔一带而过。有人说得更直白，江西老表没有什么给人印象深刻的突出特点。

所以，在中华民族这个大家庭中，江西老表的性格一直处在被忽略的地位。

不过，没有鲜明的特点也许就是江西老表最大的特点。

你看，在人声嘈杂、杯盘交响的餐馆里，江西老表有着自己的“吃文化”。他们也吃辣，但不像湖南人那样猛烈，可以把一只干辣椒放在嘴里嚼得眼泪鼻涕一大把；他们也吃甜，但不像江浙人那样每菜必糖，甜腻得使人不愿动筷子；他们也吃鲜，但不像广东人那样讲究配料烹饪，一定要让人吃得津津有味直咂嘴；他们的口味也偏咸，但不像北方人那样上桌就是一盘盘卤菜，来个大碗吃肉，大杯喝酒。江西老表这种“不太辣、不太甜、不太鲜、不太咸”的饮食风格，在全国就没有什么鲜明特点，所以赣菜的牌子也就始终响不起来。

同样，在其他方面，江西老表的特点也不很明显。人们在谈论文化时，讲到北京就知道是官文化，讲到上海就知道是商文化，讲到苏浙就知道是水文化，讲到内蒙古就知道是草原文化，讲到西藏就知道是佛文化，而讲到江西，就不知道是什么文化了。还有语言也是如此，从吴越软语到闽粤鸟语，从东北话到四川话，从河南话到陕西话，各自都有其鲜明的特征。但江西话就不是这样，“五里不同音，十里不同调”，各个地方都有自己的方言，差别非常大，互相讲话都很难听得懂。这里不由得想到前些时候流行过的一个段子，说的是假如有一个外星人掉到地球上，中国各地人的不同反应：北京人首先问他是哪个级别的干部，上海人马上将他进行展览赚钱，温州人立即请他吃饭并合伙到外星球做生意，广东人先将他洗干净然后决定怎么吃，四川人邀他上茶楼打麻将，河南人立马复制几个卖向全世界。这里没有提到江西人会怎样对待。这绝不是有意的遗漏和疏忽，而是江西老表缺乏突出的个性特点，实在是难以概括。

江西老表这种没有显著特点的性格的形成，同江西的历史发展密不可分。早在春秋战国时期，江西就分属于吴国和楚国，故有“吴头楚尾”之称。以柔甘为主的吴文化和以悍辣为主的楚文化在这里交汇和碰撞，并融合为介乎两者之间的另外一种文化。特别是隋炀帝开挖京杭大运河和唐代张九龄开凿大庾岭梅关驿道之后，江西成了连接南北的大通道；加上万里长江又流经赣北，江西同时又是承东启西的大门户。正是这种特殊的交通枢纽地位，客观上使江西成了人们南来北往、东行西走的主要驿站。尤其是每当北方陷于烽火连天、战乱不息的时候，江西更是成了逃避乱世的“桃花源”。最突出的是“五胡之乱”“安史之乱”“靖康之难”三个时期，北方的大批移民潮水般地涌向江西，他们带来了发达的中原文化，这就使江西老表的性格之中又渗进了北方人的一些气质。从一定的角度来看，江西老表的性格是东西南北性格的一种大杂烩，江西文化也是东西南北文化的一种大杂交。

各种性格和文化的交汇，既有利于取长补短，以至产生一种新的性格和文化，但同时也容易毁掉自己原有的性格和文化特点。博采众长的结果最终往往是失去了自己的所长。

这也许就是江西老表的性格没有突出特点的深层原因。

性格决定命运

如果人们认真想一想，江西老表还是有着自己的个性特点的。

江西老表的第一个特点，就是温和守矩而缺乏敢为天下先的精神。

江西老表的温和守矩，首先表现在做人做事的低调上，他们不善张扬，不善自我标榜，也不善唱高调。有了成绩不沾沾自喜，挨了批评也不暴跳如雷；得理时不盛气凌人，失利时也不怨天尤人，无论何时何地，都保持着一种平静的心态。同时，他们也不喜欢挑头，不轻易越雷池一步。凡是遇到重大的事情，他们会格外谨慎，先是站在远远的地方，斜睨着观察一下动静，心里盘算一下利弊，然后再决定是否行动。江西在历史上的绝大多数时间里之所以能够保持社会安定和经济繁荣，主要得益于江西老表的这种温和守矩的性格。

江西老表的温和守矩，还有一个重要表现，就是服从大局的意识很强。每当党和国家需要的时候，他们会毫不犹豫地牺牲局部支持全局。人们永远不会忘记，在那艰苦卓绝的战争年代，为了革命的胜利，江西老表争先恐后地把自己的优秀儿女送上前线打仗杀敌，一曲《送郎当红军》至今唱来仍然那么荡气回肠。人们也永远不会忘记，在五十多年前中华人民共和国处于三年困难时期，为了解决一些地方百姓的饥荒问题，周恩来总理飞赴南昌，要江西紧急支援一亿斤粮食。江西老表二话没说，宁可自己勒紧裤带，忍饥挨饿，硬是一斤不少地把粮食交给了国家。

危难之时见境界。江西老表的这种服从大局的意识，已经远远地超出了其本身，而上升为一种自觉的奉献精神了。

但是，正像有些群体的某一性格既是突出的优点但同时又是突出的缺点一样，江西老表温和守矩的性格，在另一方面又暴露了它的负面和不足，这就是缺乏敢为天下先的闯劲。

由于不敢闯不敢冒，江西老表在前行的路途中总是显得小心翼翼，顾虑重重，特别是在一些关键时刻，他们更是求稳怕乱，畏缩不前，既不敢去英勇地挺立于历史的潮头，又不敢去大胆地领导历史的潮流，而只能跟随着历史的潮流走，或者被历史的潮流夹裹着被动前行。

因此，在江西老表身上，既很难看到那种“我自横刀向天笑”的决绝和无畏，也很难看到那种“吾可取而代之”的雄心和壮志。也正因为如此，在中国历史上江西老表很少有带头造反者，很难出现气吞山河、号令天下的第一号人物，江西也就从来没有出过一个皇帝，哪怕是一个偏安一隅的小皇帝。

江西老表的这种现象不仅仅发生在古代，而且一直延续至现代。翻开中国革命史册，江西在第二次国内革命战争时期，总共约有三十多万人参加红军，是人数最多的省份。但是在 1955 年中国人民解放军授衔时，江西虽然有三百二十五人被授予少将以上军衔，位列全国第一，但是却没有一位元帅，也没有一位大将。而相邻的湖南，不仅出了毛泽东这样叱咤风云的最高领袖，出了刘少奇、任弼时这样党和国家的领导人，而且元帅就出了三位。

其实，这只不过是一种表面反映，在骨子里却还是江西老表没有湖南人那样具有敢闯敢冒、敢为人先的精神。

由此可见，不能敢为人先、勇当第一的江西老表，也就永远不能处于决定全局的中心地位。他们中的佼佼者，最合适的岗位就是宰辅、将军一类。他们统治不了江山，但他们可以很好地辅佐江山，成为杰出的名臣良将。这也许就是江西老表性格的必然归宿。

有什么样的性格就有什么样的命运。江西老表的历史再次印证了这个论断的正确性。

江西老表性格的第二个特点，就是不排外，但会搞内耗。

一般地说，移民地区都不排外。因为大家都是从外地移居来的，倘若排外岂不把自己也给排挤掉了？也许因为江西是古代移民比较集中的地方，虽然经过了漫长的历史风雨，但江西老表的不排外却随着他们滚烫的血脉被一代一代地传承下来。这样，不排外也就成了江西老表最优秀的品格之一。

江西老表不排外，使赣鄱大地这方令人陶醉的青山绿水显得更加的多彩和大气。

但是，在江西老表内部，却是另外一种景象，无处不在的内耗，简直让人触目惊心。内耗，耗掉了江西老表的元气，耗掉了江西老表的精力，耗掉了江西老表的自信，使江西老表始终构不成一种整体的合力。

江西老表的不排外和内耗，看起来似乎很矛盾，其实是一个硬币的两面。不排外是表象，内耗是根源。因为内部不能平衡，谁也不希望别人比自己好，因而相互制约，相互拆台。在这样一种心态的驱使下，唯有外面来人，各方都感到自己没有吃亏，都感到对自己没有威胁，所以也就一致地拥护和接受。

因此，江西老表的不排外，并不表现为一种具有现代意义的真正包容，而只是一种以不损害自身狭隘利益的被动容忍。

江西老表性格的第三个特点，就是有小聪明，但缺乏大视野。

从古至今，江西老表虽也不乏大聪明，但从整体上来说都属于小聪明。

精于各种各样的智巧技艺，是江西老表的一大特长。景德镇的瓷器，以其“薄如纸，白如玉，明如镜，声如磬”而誉满天下；萍乡万载的爆竹烟花，在古老的神州大地绽放着喜庆的声音和吉祥的图案；樟树的药材，在中国古代中药加工技术方面独领风骚；宜春的夏布，在华夏的纺织技术方面独树一帜。在许多村庄，一方方精美的木雕和石雕令人拍案叫绝；在城乡的每个角落，一个个从事堪舆和星相的江西老表身影充满着高深和神秘。应该说，诸如此类的工艺技术，虽不要大智慧，但却离不开心灵手巧的小聪明。江西老表在这方面似乎有独到的才能。

江西老表还有一个优势，就是善于经营小生意。“一个包袱一把伞，跑遍全国做老板。”明清时期的江右商帮，不仅将生意做到了湖南、湖北、云南、贵州、四川等地，而且在江浙和北京，他们的生意也很活跃。遍布在许多地方的大大小小的万寿宫和江西会馆，就是江右商帮的活动场所。有一则资料这样告诉我们，从明至清，全国各地的万寿宫共有一千多座，而在北京的江西会馆则从明初的十四所增加至清光绪年间的五十一所，五百多年来一直位居全国的榜首。江右商帮以其独特的经营方式创造了小农和自然经济时代商业的辉煌，被称为与徽商、晋商齐名的全国三大商帮之一。

然而，使人遗憾的是，江右商帮的生意无论怎样也难以做大，既没有出现像徽商那样坐拥巨资、堪与王侯相比的富商大贾，也没有形成像晋商那样经营票号行业的垄断巨头。这不能不是江西老表的一个悲哀。

为什么会出现这种现象？有人认为是因为江西老表醒得早、起得晚、走得慢。

这也许有一定道理，但绝不是事情的本质。根本的原因在于江西老表的视野不宽。缺乏大的视野，眼光就看不远，生意就做不大，往往会小富即安、小进即止，这样不仅会导致已有的东西渐渐丧失掉，而更为严重的是会因看不清发展前景而坐失壮大自己的良机。有一则故事令人啼笑皆非：1970

年，国家决定在江西建设第二汽车制造厂，这本来是一次千载难逢的机遇呀！但江西却婉拒了，理由是有了这么一个几十万人的厂子每天要供给大量的粮食蔬菜而抬高物价。这个“小算盘”打得也太精明了。于是，该厂改在湖北的襄樊落户了。江西老表就这样因为自己的小聪明而失去了一个关系全省长远发展的大企业，可见小聪明一旦失去大视野会产生多么可怕的后果。

江西老表的视野不宽还和江西的地形有着某种关联。

打开江西地图，人们就会发现其形状就像一个大盆地，四周几乎都被高山包围着。东面的武夷山隔断了通往闽浙的商道，南面的大庾岭阻挡了广东吹来的海风，西面的罗霄山挡住了三湘的英武之气，东北面的怀玉山和西北面的幕阜山则像两只钳脚一样夹峙着，仅给江西的北部留下了一个小小的豁口。而全省中北部的地势却比较低，从南向北贯穿全境的最大河流赣江以及抚河、信江、修水、饶河，犹如五条巨龙，不仅从不同的方向汇集成了浩瀚无际的鄱阳湖，而且在赣中北部冲积成了一片广阔的平原。人首先是自然环境的产物，也许正是这种盆地地形，使江西老表不知不觉地产生了“盆地意识”。由于被四围高山遮住了视线，江西老表也就陶醉在“采菊东篱下，悠然见南山”的盆地生活之中了。

江西老表性格的第四个特点，就是会读书，但缺乏创造力。

有一组数字足以说明江西老表具有超乎寻常的读书天赋。

自从隋朝创办科举制度直至清代末期的一千三百多年间，全国共考录进士约十万人，其中江西就达一万人，占全部进士的十分之一。

在江西吉安、临川等地，曾经出现“一门三进士，五里十状元”的盛况，“唐宋八大家”之一的曾巩，一门五人同登进士科，祖孙六代有三十八人考中进士。

在中国历史上，第一个书院诞生在江西，这就是唐代德安陈氏宗族创办的东佳书院；第一个在全国最具规模最具影响的书院也在江西，这就是庐山白鹿洞书院。

遥想当年的赣鄱大地，那是怎样的一种景象啊！在数以万计的私塾里，在遍布各地的书院里，多少学子正襟危坐，在老先生严厉目光的监视下，诵读着四书五经。每当考试来临，学子们又纷纷告别书斋，穿上长衫，不辞辛苦，跋山涉水，行色匆匆地奔走在通往城里考场的乡间小道上。特别是参加殿试，从江西到京城，那可是几千里之遥，一走就是几个月，途中要经受多少风雨，历尽多少艰险！为了中榜，多少人从青丝熬成了白发，从耳聪目明熬成了老眼昏花。读书奔科举，构成了江西历史上一道最为亮丽的文化风景线。

如果说历史的辉煌已经暗淡了的话，那么今天的江西老表是不是还喜好读书呢？

答案是肯定的。岂不是吗？近三十多年来，尽管江西的经济仍欠发达，但是在历届高考中，江西的录取分数线都是比较高的，而且比一些发达地区要高得多。同样的分数，北京、上海和广东等地的考生可以上重点大学，而江西的考生却只能读一般本科院校。于是，在前些年大学录取比例较低时出现了不少学生“在江西读书，到外地高考”的“飞地升学”的怪现象。特别是那个被誉为“才子摇篮”的临川中学，更是以其不同凡响的教学质量和名列全国前茅的升学率，吸引着来自祖国四面八方的求学者。这里，每年都有许多优秀的学子源源不断地走向北大、清华等一流的高等学府。

也许就是因为江西老表会读书，所以在中国文学和学术的灿烂星空中，出现了一连串闪闪发光的江西人名字：陶渊明、欧阳修、王安石、黄庭坚、曾巩、晏殊、朱熹、陆九渊、文天祥、汤显祖、八大山人……

江西老表会读书，关键在于有一个代代相沿重视读书的传统。无论是在偏僻山区的土屋里，还是在江湖平原的农舍里，不管什么人家，哪怕穷得锅里没有一粒米，也要想方设法养上一头猪，以供养孩子上学读书。对于许多人家来说，有了猪，就有了孩子的学费；有了猪，就有了孩子的前途。正是养猪，使一些处于贫困和社会底层的子弟有钱读书而改变了自己的命运，不少父母也通过养猪实现了望子成龙的愿望。

在人们的心目中，猪是愚蠢的象征，想不到江西老表却用它铺就了一条长长的通向聪明之路。所以，很多人对此深有感触地说："江西老表，一会养猪，二会读书。"

按一般逻辑，读书好坏同创造力的大小是成正比的。读书好的人创造力相对比较强，读书差的人创造力相对比较弱。如此看来，江西老表会读书，他们的创造力也一定非常强。

然而，事实却并不是这样，江西老表所缺少的恰恰就是创造力。

江西老表创造力的缺乏，集中体现在创新精神不强上。从古至今，在自然科学和社会科学那些极需要创造力的领域，江西老表常常显得力不从心，无所作为。在长达几千年的古代，江西几乎没有出过什么有影响的发明家，也几乎没有出过什么革故鼎新的思想家。就是在近现代，江西也极少出过什么具有杰出开创性贡献的大科学家、大政治家和大学者。

江西老表创造力的缺乏，是封建文化和科举制度结出的恶果。长期在八股科举制中形成的与书本知识趋同的思维定式，一切顺着书本思考，一切照着八股作文。江西老表的这种顺向思维定式通常所产生的就是缺乏创造力的"高分低能"。可见读书既可以为人类的进步插上飞翔的翅膀，同时也可以使人类的创造失去想象的天空。

江西老表，什么时候能把"会读书"真正转化为"会有创造力"呢？

缺乏市场经济观念，这是江西老表性格的第五个特点。不论走到赣鄱大地的哪一个角落，人们都会产生一个相同的感受，这就是江西老表"官崇拜"的情结非常浓厚。也许是把全部心思都用在了这里，所以江西老表不太懂得市场，不太会搞市场经济。

直至 1949 年新中国成立前夕，偌大的一个江西省，除了清朝晚期开办的安源煤矿外，几乎没有什么像样的工商企业。省会南昌只有为数很少的手工作坊式的企业。就是在一百多年前被英国人辟为"五口通商"且有"小上海"之称的九江，也仅有几家规模很小的纱厂。

有这样一种观点认为，江西老表市场经济观念的缺乏，是因为没有受到近代资本主义的影响。这应该说是很有见地的。历史给人们留下了这样令人心痛的几幕：当西方列强在 19 世纪中叶从海上用炮舰轰开中国市场大门的时候，江西老表却还沉迷在心性命理学的清谈中。当沿海地区的工商贸易蓬勃发展的时候，江西老表却还沉迷在自己的那一片田园风光中。当邻省的洋务运动和民族工业方兴未艾的时候，江西老表却还沉迷在农耕田粮应是全省头等大事的旧式思维中。可以说，在市场经济面前，江西老表几乎是一张白纸。

也许正是因为自然条件过于优越，到处山清水秀，土肥水美，使得他们坐享天成，安于现状，不思进取，世世代代在这种舒适惬意的自然经济生活中打发着时光。大自然的巨大恩赐，使他们丧失了生存的压力；既给他们带来了巨大的财富，但又使他们背上了沉重的包袱。这也就导致了江西老表性格的第六个特点——朴实热情，但缺乏勤劳刻苦精神。

一个没有生存压力而又有着沉重包袱的群体，在充满激烈竞争的市场经济大潮中是难免要沉沦和被淘汰的。

从唐代至清代中期，是江西历史上最为发达的时期，尤其是宋代，更是江西老表辉煌灿烂的时期。

但是到了近现代，江西却在滚滚向前的历史车轮中明显地落伍了。可以说，现在的江西老表遇到了前所未有的尴尬。

从根本上来说，是江西老表的观念和性格导致了江西的落后。其实现在江西老表也明显地感觉到了自身的窝囊。他们也想迈开大步向前进，但步履总是那样沉重，甚至有些踉跄。

江西老表整体人格结构需要一种改造和重塑。无疑，这是一个脱胎换骨、凤凰涅槃的痛苦过程，因为这需要解剖自我、否定自我，没有足够的勇气是决然不行的。

可以肯定，江西老表人格结构和重塑完成之日，也就是江西老表重新创造历史的辉煌之时。

（原载《中华读书报》2018 年 10 月 24 日）

隆尧地震亲历记

尧山壁

20 世纪 60 年代，冀南多灾多难，三年困难时期刚过，1963 年特大洪水，1964 年持续干旱。1966 年倒春寒，2 月 4 日立春，19 日雨水却下了一场雪，3 月 6 日惊蛰，8 日隆尧地震。当时我正与田间、李满天在临西县写吕玉兰，隆尧正是我的家乡，老母独居乡下，不知吉凶。二位领导催我回去，不通公路，绕道邯郸，到邢台已经夜两点，地委大院灯火通明，一片忙乱。办公室转告，老母托人到任县打来长途电话，说震中在县东北，我家在县西南，平安无事，防震棚也搭好了，让我安心工作别回家。父亲早年牺牲，母子相依为命，母亲事事想在儿前，让我很感动。由自己的母亲想到灾区更多母亲，不等天亮就爬上救灾的卡车。

车队向东北急驰，车上人谁也不说话，能听见彼此紧张的心跳。邢家湾下路往北，车在频频余震中颠簸、跳动，车尾的人不断被甩下去。进入隆尧地界，眼前许多纵向地裂，一两尺宽，喷水冒沙，井水外溢，一片泥泞。弃车爬上滏阳河堤，河道没了，两边大堤挤压在一起，合成一道土梁，土梁又被一条条地裂切断，上下错位一两尺，咬牙切齿的样子。河上几座桥还在，已是面目全非，桥墩倾斜，桥面移位，岌岌可危。

计算行路时间，目的地应该到了。可是眼前没有了马栏村、白家寨、任村、枣坨四村，变成一片逶迤的丘陵。走近看尽是土堆瓦砾，梁柱门窗横躺竖卧，箱柜桌椅东倒西歪。马栏村只剩下半截土墙，好像坟场上一块残碑，上千人的村庄震亡三百人。白家寨灾情类似，全公社死亡四千六百二十八人。任村一块地基条石枕在一道大裂缝上，人们说最初张开五六尺，喷出水柱一丈多高，一头牛两头猪掉下去，连叫唤声都没传上来。看表上午八时，太阳没出，阴天沉重地压下来。活着的人个个灰头土脸，面无表情，急着挖人挖粮，十指滴血。只有大大小小的树木还挺立着，枝头挂满白幡，在寒风里摇曳，窸窸窣窣，哗啦啦，替人唏嘘、哀号。

这里是黑龙港流域，盐碱地夏天水汪汪，冬天白茫茫，种一葫芦打两瓢，如今更是雪上加霜了。废墟死一般寂静，听不见哭声，连鸡犬也都惊哑了。不到二十四个小时，突然鸡叫了，狗咬了，告诉人们救星来了，工作队、解放军、医疗队都来了。匆匆人流中见到了县委书记张彪，我父亲的一位战友，正忙着组织人员，分发空投的馒头、大饼。发了多半天他自己没沾上一口，下令外来的干部不许与民争食。天快黑了，听到我肚里咕咕叫，让我跟他一道回县城。城里房屋也倒了七八成。他把我安排在防震棚里，急匆匆走了，说中央首长要来。他半夜回来把我叫醒，显得格外兴奋，大声说你猜谁来了，我们的周总理。

张书记眼含热泪说，3月8日凌晨，忙碌了一天的总理刚刚躺下，地震了。这是中华人民共和国成立后第一次地震，总理如临大敌，核实情况，召开紧急会议，布置一番后9日上午便乘专机赶到石家庄，听完省委和驻军领导汇报，就要亲赴灾区。劝说随来的地质部长李四光先不要去冒险，知道他血管瘤严重。晚上九点半到冯村火车站，乘驻军的吉普车直奔隆尧。地震指挥部设在县招待所，城里剩下的唯一的三层楼房，砖木结构。电路震坏了，会议在昏暗的马灯下进行，总理坐在一条旧沙发上，一字一句地询问，不断插话。时间不长发生强烈余震，墙体摇晃，门窗嘎巴响，墙皮开裂，白灰纷纷落下，大家惊慌失措，劝总理出去躲一躲。总理连眉毛也不动一下，坐在原地稳如泰山，镇定地说："不要紧，大家要沉住气。这座楼是新盖的，它要是倒了，群众的小屋不都平了？继续开会。"掌握基本情况后，总理要求：

“今明两天把灾情统计好，给我汇报。一个星期把秩序恢复起来，转入正常的生产救灾。”十一时会议结束，总理摸着黑原路返回石家庄。

第二天，我随张书记又回到白家寨，听说中央首长要来慰问，群众纷纷赶来，打谷场聚集两千多人。在穿公安制服的人中发现了赵行杰，任县公安局长，曾是周总理的警卫员。我心里暗想，八成周总理又要来了。下午三时，一架直升机降落在白家寨田野上，果然周总理出现在舱门口，没戴帽子，没穿大衣，只着一身青兰制服走下舷梯，头发和衣角被寒风吹起，踏着残雪向群众走来，握着白家寨公社书记杨世英的手问：“你多大岁数啦？”回答四十三岁，总理说：“记得抗日战争吗？抗战我们打败日本鬼子，那是和阶级敌人作斗争，这次是地球底下的敌人，要和地球底下的敌人作斗争。”这句话说得非常铿锵有力。

看到总理就看到了亲人，灾民们脸上立时阴转晴，干涸一天多的眼里又涌出泪水，争先恐后想和总理握手。总理善解人意，绕场一周，频频招手，当即说开个群众会好。事先准备不足，没有桌子，赵行杰急中生智，让解放军找来两个盛救灾物资的木箱，拼成一个讲台。群众立刻静下来，前排坐下，中间蹲着，后排站着，我个儿高，自觉站在后面。要讲话了，总理又发现方向不对。安排他面朝南讲话，一个人背风，群众就要喝风，立刻绕到会场后边，让大家向后转，换了一百八十度。这一来倒让我沾光了，后排变前排，看得更清楚了些。比起三个月前在北京开青年作家会接见时，总理显得苍老了不少，都是这可恶的地震闹的。

“同志们，乡亲们，你们受了灾，损失很大，毛主席让我来看你们。”总理面向北方，任尖利的寒风夹着雪粒、尘土打在脸上，因为话音要与风声较量，嗓门一再提高，显得有些沙哑。最后还是风认输了，渐渐地平静下来，和群众一起听总理举起拳头呼口号：“奋发图强，自力更生，重建家园，发展生产！”两千群众站起来，高呼十六字方针，气势排山倒海。

会后总理踏着断续的余震，爬上高低不平的废墟，低头走进老农王根成的防震棚，摸摸棉衣，按按棉被，心疼地安慰、鼓励：“你是老党员，要带头干，还要教育好娃娃，鼓起干劲，重建家园。”之后是军人家属于小俊、民兵连长国永录等七户，临出村，第三生产队队长国振清，用粗瓷碗从水桶里盛了一碗凉水递给总理，总理接过来一饮而尽。直到太阳快落山了，才离开白家寨。没想到仅隔十二天，邻县宁晋、巨鹿又发生了7.2级地震，4月1日周总理又第三次来到现场，一天内连续视察了五个受灾村庄，在何寨防震棚里还碰上了作曲家劫夫和诗人洪源。

几天后，一首名叫《天大地大不如党的恩情大》的歌曲，在邢台地震灾区诞生，并迅速传遍全国。四句歌词不完全是创作，是从群众大会发言和工作简报上摘录、串联起来的。但是确实代表了地震灾区人民的心声，充分表达了人民领袖和广大群众的关系。乐曲优美动听，百姓喜闻乐见，隆尧人听了尤为亲切。几十年了，我几乎还天天唱它，希望总理在天之灵能够听到。

（原载《散文百家》2018年第6期）

毛发的力量

梁鸿鹰

博加从我的身上剪去了灵魂，剪出了约瑟芬娜·贝克的发型。那就是以前的我呀，是我的肖像呀。我的发型曾经触动着每个人，而博加将我剪下的头发扔掉了。他好心地让我找到自己的平衡，让我习惯自己。

——〔捷克〕博胡米尔·赫拉巴尔《一缕秀发》

1

对人来说，毛发永远是外在的，与人身上的天然拥有物一样，有生命、有呼吸。但毛发所具有的神奇，并不为人们所充分了解。毛发顽强附着于特定皮肤的表面，日夜兼程争夺着人不同器官的皮肤，争夺人的视觉注意力，一刻未曾有所停顿。毛发屈服于刀剪、水火、时光，柔软或坚硬，粗壮或细弱，与主人一生相伴。

毛发有忠实于岁月和时光的力量，在这方面，它无意于也无力说谎。有位不染发的歌剧女星，过去经常在舞台上扮演英勇就义的革命者，每逢此时，一头短发乌黑锃亮，英姿飒爽、豪气十足。如今在舞台之下，却是满头蓬松的白发，显得疲惫、颓唐和委顿了许多。而像田华、秦怡这样的老前辈，一头白发恰恰显出非凡的气度与尊严。头发常背叛年轻的主人，不惑之年即满头披雪者不在少数，如今少白头吃香，少白头就多了起来。头发不忠实于年迈的主人却很困难，古稀之龄能够依然乌发者，少之又少。

毛发不背叛主人的种属，人的毛发颜色与肤色的深浅，一般都有对应关系。少年时代曾读过一本生物进化著作，书名疑似《人类在自然界的位置》，作者好像是赫胥黎，朴实的封面上有类似恐龙或猿人之类的插图，郭老题写的“科学出版社”五个字居于封面下方。书的内容忘记了很多，只记得其中说，世界上的人种主要有白、黄、褐和黑几种，皮肤深浅对应发色深浅，白色人种头发最浅，黄色人种次之，黑人头发最黑，以此推断，即使同为黄色人种，发色深浅与肤色也能对应起来。不过也常有例外，如好莱坞女星费雯·丽、伊丽莎白·泰勒，与卓别林合演《舞台生涯》的克莱尔·布鲁姆，均肤白如玉，却是一头夜一般漆黑的长发。但不管什么发色，最终都要归于由深到浅、到白，这一点是共同的。

对男性来说，时时泄露时光之无情的，除了头发，还有胡须。胡须自动提醒一个不蓄须男性一天的开始或结束。库切在其小说《青春》第十三章末尾时讲到，长期在 IBM 工作的主人公离职之后，变成了“一个阉人，一个寄生虫，一个急着赶八点十七分的火车上班的提心吊胆的家伙”。有一天，他与从前在 IBM 时相互颇有好感的姑娘卡罗琳重聚，逛完查令十字街的书店后，发现“长出了一天的胡子楂”，这就提醒他，一天剩下的时间不多了。

我们的主人公与父亲在生理上的亦步亦趋是全面的，包括头发与胡须。父亲坚硬与顽强的毛发给他留下的印象任何时候都挥之不去。酒后通红的脸，嘴里重重的酒气，言不及义的胡话，以及热情凑过来反复摩擦他脸庞的胡楂，长期占据着他的大脑。

唯恐胡须给人不洁、粗野的印象，我们的主人公每天早上出门之前都必刮胡子——避免胡子疯长在面容上带来的不雅观。他每天起床的第一件事是上卫生间，排泄完毕，来到水龙头和镜子面前刷牙、洗脸、刮胡子。他的胡子自青春期以来便浓密、粗硬，分布面积大，且生长快速，一日不剃，则如乱草。四十岁后，他的胡子踏上由灰到白的路途，显然在提醒他已经进入

“大叔”阶段，任何的遮掩都难以奏效。剃须器具是旅行最重要的必需品。胡子的素质是从父亲那里遗传来的，这个他有充分的证据，从很小的时候他就见过父亲的种种剃须设备——电动的非电动的，磨损得很快，质量不尽如人意，更换十分频繁。

2

头发最有力气树立风范，它们是门面，可以化为口号与气质，拥有你无法绕开或省略的程序。在我们的主人公走过的生命历程中，理发这个责任，父亲向来未曾负担，这导致了早年在理发这件事情上，他是四处奔走的。为他解决头发问题的，有国营理发馆的理发师，有父亲的好友，或关系很好的邻居。对理发师的记忆，是他记忆中最温馨的部分之一。小时候给他理过发的都是男的，上大学以后给他理发的，都是女的，没有遇到过一个男的，很是奇怪。

孩提或少年时代生活的小镇，呈严整的四方形，一切机构的位置、规模、门脸儿都有着一定的统一性、规整性，有一种取齐式的朴实与内敛，谁也不想抢谁的风头，一致中的苍凉坚定，平静中的单纯划一，被大家所习焉不察。这种“苏式”规划的种种痕迹很明显：对称、庄重、严整，显得五脏俱全，实则难掩匮乏单调。毕竟，一个地级行政公署所在地的风范，大致也只能如此了。

镇上的理发馆都是国营的，一共两个，一居镇之南、一居镇之东。各有一位理发师给他留下难以磨灭的印象。

“红卫理发馆”居镇之南，店门朝西开，规模大，设施先进，十几个理发师每天都围着高大的理发椅忙碌。全店似乎没有女性理发师。别的人都忘记了，只记得店里有位高个儿、大嗓门儿、下手狠的理发师，姑且叫他老赵吧。老赵门牙大，天包地，东北口音，脾气暴躁，风风火火，干活幅度大、力气大，“萝卜快了不洗泥”，很不招人待见。老赵永远守在门口，来理发的人一进门就会被他引到椅子上。我们的主人公来这里理发，从来没有轮到过别的理发师。这位脾气暴躁的理发师说话特别快，理发也特别快，全程说话不停，唾沫星子飞溅，让人受不了。如果抱怨理得太短或太偏之类，老赵立刻就会显出惊讶之色，沉下脸来大声辩驳，急于撇清自己，不给你任何插话机会。记忆中，老赵师傅是理发馆里年龄最大的，头发短短的，还没有全白，浑身上下利利索索，始终很精神、很勤快的样子。但在众多理发师中，他似乎很失意，生意很清淡，人气很不足。好的理发师都有固定的主顾，老赵没有这个运气，成年人成为他固定主顾的少，很没有面子，拦截前来理发的孩子就成了他的首选。为何如此？是因为脾气过暴、下手过狠，还是别的什么？孩子们自然无从得知。

小镇毕竟不大，时间不要很长，我们的主人公就发现了另外一家理发馆，那便是小镇东边一家门脸儿朝北的理发馆。理发馆招牌标明是“东风理发馆”，位于南北大街中段。这个理发馆面积小，理发要排队，因只有一位理发师，白白胖胖的，个子很高，总戴着干干净净的白色的确良小帽。后来才知道，这位理发师是我们的主人公中学同学陈瑛的父亲。奇怪的是，陈瑛个子不高，长着双眼皮，眼睛大大的，小巧的鼻子，樱桃小口，梳两只小辫儿。她学习成绩一般，但人缘颇不错。陈师傅人缘同样好，找他理发的人多，要排大队，但陈师傅有耐心，手艺好，话又不多。我们的主人公不止一次发现陈师傅的两只手都已变形，手腕处突出来了大骨头，变形是长期一个姿势持握推子造成的。老头儿动作轻重适中，为人温和，大人孩子一视同仁。他的随和、友好最能征服人，这种童叟无欺、耐心一致的精神，是饭碗最坚实的依靠。老头儿皮肤细腻、白皙，身上总有一股好闻的味道，由于体形过胖，喘气声息也较重。陈师傅常年戴帽子，并非完全出于职业需要，是因头发极少，可能是个秃子。在过去那年代里，谢顶、头发少不罕见，但秃子不多，而且秃子不光彩，被认为是异数、不正常。

3

人与头发较量，正如与肠胃较量。有吃百家饭的，就有理百家头的，我们的主人公就是“理百家头”长大的。小时候经常给他理发的长辈，除了一位姑父，其余都是父亲的好友，一位姓白，一位姓张，一位姓杨。这三位各有千秋，对比鲜明，但只要被求到理发，谁都不会推辞，他们技艺也好，是永远的能工巧匠。

老白性子最直。高个头，留一头短发，一对很小的三角眼，山西大同一带人，酷爱聊天，口音很重，嘴里总叼着烟。每次理发，他也烟不离嘴，而且不停地说话，各种各样地打听——家里来了谁，学校老师批评没有，喜欢谁、讨厌谁，最近到谁家吃饭了，问得人心里发毛。老白理发速度快，家伙什儿也老旧，夹着头发是经常的事情，对此他没有丝毫歉意，根本不放在心里。老白有个贤惠的少妻，热心肠，生了三个儿子。可能只因老白嘴上缺个把门的，在人们眼里始终没有威信。大家觉得他只说不练，嘴碎，而且爱图小便宜，到别人家一坐一晚上，不把对方烟抽完不拍屁股走人。老白家的老大老二年龄差两岁，老三来得晚，比老大小了有十几岁。大儿子额头有青筋，黑眼睛很忧郁，个子高高的，平时温良，但脾气犟，在二十出头原本该上大学的时候却得了一场恶病。遭此大难的一家人风雨同舟，到呼和浩特的大医院治病，租住在医院旁的民房里，老白夫妻俩曾请我们的主人公到他们那里吃过饭，在异常巨大的心理和经济压力之下，依然没有忘记在这里念书的小老乡，着实令人感动。记得是烩了一锅酸菜，肉不多，米饭，像很地道的杀猪菜，大家吃着，聊着，说了一些现在早已记不起来的事情。生病的老大——好像叫类似俊平的名字吧，也暂时忘掉了自己的病，偶尔露出单纯的笑。这次午饭之后不久，俊平就离开了人世。老白一直在行政机关工作，官没有做上，但始终乐观、健谈、爱给人出主意，是小镇上一个传奇。

父亲的第二位好友姓张，是个理发上精益求精的人。张叔叔河北人，高个儿，英俊潇洒，优雅从容，文质彬彬，曾经当过文化局长、宣传部长、中学校长。让张叔叔理发是种享受。张叔叔为人和蔼可亲，做所有事情都很恰切，不温不火，给人十分文雅、有教养的感觉。张叔叔家里永远井井有条，得益于有个能干的妻子。这个说陕西话的瘦弱女人面容姣好，细皮嫩肉，善理财且极其勤快，凡缝补、浆洗、编织、烹饪等，均得到好评，家里保持着纤尘不染的状态，这在困难时期是不多见的。张叔叔将理发视为一项重要业余活动，从不敷衍、草率，更没有不耐烦的时候。他理发的时候动作轻柔，张弛有度，从不在理发时聊天，理发就是理发，聊天就是聊天，他会前后左右不停地打量，反复端详、琢磨，直到自己满意，而不会毛毛糙糙地凑合。张叔叔是我们主人公父亲的“骨灰级”挚友，主人公母亲弥留的时候他在场，追悼会上他是致悼词的人。当时他并没有带稿子，只见穿着大棉袄，朝着小小的遗像深深鞠了一躬，面向大家说了一席言辞恳切的话。至今我们的主人公仍记得这席话的开头——“老师们、同志们，不久前，大家深为尊敬的王承真老师永远离开了我们。”会场顿时出现了压抑的抽泣声，我们的主人公的妹妹哭得很忘我，完全干扰了站在旁边的哥哥的倾听。张叔叔家有两个男孩，理发总是同时进行，小儿子的头发又黄又少又软，但这孩子每次理发都要闹腾，不愿理，提条件，要么吃东西，要么就要求给他买玩具，仗着年龄小，每次都能得逞。

第三位理发的父亲好友姓杨。这位叔叔个头儿不算高，说东北口音的普通话，在医疗卫生系统工作，人长得很英俊，头发很早就花白了，留一种恰到好处的背头，头发从来一丝不乱，也绝不油头粉面。一家人都说普通话，彬彬有礼。杨叔叔会抽烟，但很节制，在家乡他算不上一个成功人士，但稳稳当当。孩子的学习都一般，都没有上过好大学，全家人很亲切，是我见到过的最美好的一个家庭。杨叔叔因为很早的时候腰就不好了，在家里并不干什么重活儿。给人印象最深的是，杨叔叔冬天背着手走路，双手居然能捅在棉衣袖子里。去杨叔叔家理发从来不用预约或大人给打招呼，见孩子来了，就会问要不要理发。杨叔叔理发技术好，速度快，始终和颜悦色。理完发，往往还被留下来，与他们全家人一起吃饭。这是一个厨艺、家庭氛围、家人美誉度俱佳的家庭。女主人姓郭，眼睛不好，戴副眼镜，人很伶俐、很善良，说话声音很好听，是县医院的护士。她与我们的主人公舅舅家沾亲，都出自新中国成立前从山东蓬莱到内蒙古传教的家庭。这家三个孩子，老大是儿子，叫小明。老二是女孩叫小兰，眼睛并不大，头发枯黄，人极活泼善良，也在卫生系统工作。最小的孩子是个异常漂亮的姑娘，比她哥哥小了十几岁，印象中她的头发油亮乌黑，垂感很强，大大的眼睛，睫毛很长，永远天真地看着这个世界。她很受一家人宠爱，小时候经常吊在爸爸的脖子上。小明很和善，只低我们的主人公一个年级，眼睛同样大大的，人很规矩，下军棋和跳棋，以及做游戏，经常占上风，头脑很灵活，但并没有考到好的学校里，很早就在小城里子承父业，在地区卫生防疫部门工作。

（原载《北京文学》2018 年第 9 期）

最爱西湖行不足

潘向黎

江南是全体中国人票选出来的“天堂”，是他们中一半人的精神家乡，另一半人的心灵后花园，而江南最美的一颗明珠，则是西湖。

赞美西湖的诗文如天上繁星，但每次首先出现在我心中的总是白居易的《钱塘湖春行》：

孤山寺北贾亭西，水面初平云脚低。
几处早莺争暖树，谁家新燕啄春泥。
乱花渐欲迷人眼，浅草才能没马蹄。
最爱湖东行不足，绿杨阴里白沙堤。

即使后来读到袁石公所谓“山色如娥，花光如颊，温风如酒，波纹如绫”等语，张陶庵所作《湖心亭看雪》《西湖七月半》诸名篇；从不很著名的明末诗人李流芳“西湖烟水我为乡”“此翁情淡如烟水”，直到我顶礼膜拜的苏东坡的千古绝唱“欲把西湖比西子”“望湖楼下水如天”，都不能代替白居易这首诗在我心目中的“西湖第一代言”的地位。

这是因为，当年，在西湖边，站在渐渐浸入湖水的石阶上，我的父亲就是以这首诗开启一个学龄前小女孩对西湖的审美记忆和想象的。

那次旅行应该是父母和我（他们的长女）的第一次全家旅行，也是一次很珍贵的旅行，所以当时父母逐日写了日记，日记是母亲的笔迹，也是以母亲的口吻写的，不过母亲说大部分是父亲口述，她笔录的。日记的题目是《杭州之行》。

第一天——一九七二年八月二十三日

晨三点四十五分起床，搬铺盖到八舍，小黎独自守护招待所我们的住处，表现很勇敢。（因为当时父母分居两地，父亲那时候只有半间住处，是在复旦第八宿舍和周斌武伯伯同住一间房间，我们每次到上海，都要在招待所租房子，然后返程那天要把所有东西从招待所搬回父亲在八舍的房间，或者还给学校，连灯泡都要卸下来，所以我就必须独自在天还没亮的黑暗中守着我们正在土崩瓦解的临时的家——向黎注）

乘九十三次列车，三人都是首次乘两层列车，小黎很高兴，不时跑到楼上看风景。

九点三十分抵杭州，我和小黎坐在湖滨守护行李，旭澜跑了十几家旅社，未能找到房间。至午饭后，以“大前门”开路的外交手段，在群英旅社找到一个房间，两点许进旅社，午休至四点许。

晚饭后到第六公园散步，随后到美术学院找许叔杨、程美英。八时许进涌金公园小憩，九时许回旅社，累极了，浴后即睡。

（我不记得双层列车和跑到列车上一层所看到的风景了，在湖边和妈妈看行李的情景也十分模糊，可能是第一次旅行，刺激太多太强了，加上早上起得那么早，难免迷迷糊糊。现在回想起来，等候父亲去找旅社、和妈妈一起坐在湖边看行李的时候，就是我第一次看到西湖。我生于一九六六年十月，所以当时我是五岁又十个月，西湖明媚的波光映进了一个小小孩子柔润透亮的眸子里——向黎注）

第二天——八月二十四日

疲劳未消，起身稍迟，早饭毕已八时许，乘小电船游湖，至三潭印月，是处湖光水色，景物殊佳，摄一照以为纪念。（这些地方的遣词造句显然是属于中文专业的父亲的——向黎注）

一小时后，乘船至孤山，此地处里西湖与外西湖之间，林木蓊郁，景色为公园中所少见，惜较少特征。在“楼外楼”午饭，因游民（当时还没有“游客”这个词，以至于父亲一时“征用”了这个不怎么恰当的词——向黎注）很多，等待甚久，菜肴颇贵，午饭后小黎吃不消了（杭州的夏天酷热，加上车马劳顿、睡眠不足，对一个学龄前儿童还是太过考验了——向黎注），带至平湖秋月，在一亭子里的石板地上摊开报纸和浴巾，她和旭澜，各躺一处，略睡片刻，我也靠着柱子，闭目养神。（那时候没有随处可见的茶室、咖啡馆可以休息，而那时候的旅行就是这么艰苦的，即使在“天堂”——向黎注）

然后，坐车到玉泉，先吃冰冻白木耳赤豆汤，然后观看大青鱼，没有青黑色，只有金黄色的，最大的足四尺许，三四十斤，有人投以饼干面包，即有群鱼争食，数十以至百余条，时而水花四溅，小黎大乐。无怪其然也，池上原有著名画家董其昌所题“鱼乐图”，破“四旧”时已被除去。除观鱼外玉泉景色亦平常耳，但有一“好景”，见三位女青年，叉步伸手作兰花指，于画廊之前依次摄影，可能是小剧团的演员。

后到灵隐，林泉极佳，市内虽暑气迫人，但此处幽深凉爽，旭澜和小黎到流泉中洗手脸，小黎玩水，不肯罢休，见十余少年游泳于泉池中，羡慕之至。大雄宝殿高达十丈，极为雄伟壮丽，殿中如来佛像由四十四块香樟木雕成，如来像后有十八罗汉……（详细描写中略）叹为观止，至关门方出。

在“天外天”吃饭，候餐时小黎倦极就入睡了。晚饭后旭澜至白乐桥探访原浙江文联主席方令孺，因方家甚热，方邀我们同至平湖秋月乘凉闲谈。

今日是农历十五或十六，皓月如镜，湖面波光粼粼，令人心旷神怡，至八时许回旅就寝。

（那么，我印象深刻的在湖边玩的记忆就是平湖秋月了。那是一个值得一生记取的画面：台阶从岸上平缓地下降，一半浸在水里，我很开心但是有点害怕地往下走，下一级，回头看一眼，每次都看见父母在身后对我微笑，我就再往下走一级，再回头看一眼，再往下走一级……我的身后是并肩而立的父母，我的眼前是一片很开阔很温柔的湖水——向黎补记）

今早外出时，旭澜以“牡丹”牌换一好房间（那年头还真是流行用香烟公关——向黎注），回来时果真代换了房间，宽敞，有自来水，设备也较好。小黎大满意，玩水不休，还宣布一张小桌子是她所有的。（我记得从没见过的五斗橱也让我十分激动，还擅自宣布倒数第二个抽屉是我独享的，然后把自己随身的一点小零碎放进去，心里还为抽屉不能放满而略有遗憾——向黎注）

第三天——八月二十五日

今日准备减少游程，以期恢复体力。

早上起得略早，吃完肉骨头粥，即往花港观鱼。此地三面临湖，又在苏堤边上，景色又别具风致，池中有大金鱼（应该是锦鲤——向黎注），重三五斤到十来斤，与玉泉的鱼有所不同，惜品种已不如昔日。小黎问，为什么六兄（我大舅舅的六子陈士奇，想必他那时养金鱼。我幼时在泉州常随母住外公家，大舅作为长子全家都和外公住在一起，所以我童年看世界的参照系很多来自福建泉州南俊巷四十八号那个已经消失了的可爱的院子——向黎注）的金鱼那么小，这里那么大？

草地芳草如茵，席地而坐，远望曲院风荷和刘庄，甚有诗意。

在苏堤石凳上小坐，望一派湖光，游艇如织，几乎忘返。

午睡后，往柳浪闻莺。中有儿童乐园，木马、木虎、攀梯、旋转椅、螺旋梯、秋千、摇船、拖拉机，品种繁多，是上海所不及，让小黎逐一尝试，既乐且怕，满意之余说因叫她荡秋千和爬双杠，害她肚子和头不舒服。

游至其中的动物园，闻一雄狮大吼数声，吸引了许多游民，若不在公园，闻此吼声，众人定会吓得屁滚尿流，我们都是第一次听到，实是意外收获。（中略）

旋至湖边，见许多运动员，驾赛艇奔驰湖上，痛快至极，只是可惜，我等今生已无此机会了。有一游艇运动员驾一艇于湖中乱窜，挥桨如关刀，动作并不熟练，但是体力很好，在湖中窜了很久，她自己也显得十分得意。

观十来个小孩跳水，有的一滚翻下，有的直挺挺扑入水中，有的如走路失足落水，有的坐着花滑入水中，有趣得很。

暮色苍茫，既饥且累，乃返。

第四天——八月二十六日

清早，即往饭店买粥，但已买不到了，几天不吃粥，也很想吃。早餐后乘车到九溪站，以为下车后不久就可到游览区，岂知走了二三十分钟，问人家答说只有一半，又说九溪只有一个茶室，吃吃龙井茶而已，所以就不去了。但是这一半路，并没有白走，采到四枝漂亮的红花，一路山溪流水清澈，路旁林木成荫，景色天然，别有一番滋味。

从九溪到六和塔，塔高十丈，十三层，拾级而登，中间休息了两次，因为小黎不断唤“哎哟”，我的腿也发硬了。共二百二十三级至塔顶。望钱塘江奔流东去，蔚为壮观。望塔下行人似只有一两寸。望塔下树林，如地图所画。旭澜说，一九五三年他到这里时，就有一人至最顶层塔檐，直立敲钟，塔高风大，惊险至极。我听了之后竟觉得头有些晕，腿有点软。

下塔后至茶室饮龙井茶，小黎又饮果子露，这几天她老是要饮果子露，一天好几回，除果子露外，就是要吃馄饨和赤豆汤，其他什么好吃的东西她都不爱。（原来我也是这样过来的，小孩的饮食偏好总是这样让大人啼笑皆

非——向黎注）

想拍六和塔连钱塘江的照片，说要到下午一时后才成，不想等了，就作罢。

随后爬了很多石阶，至蔡永祥烈士陈列馆，馆外塑像尚好，系许叔杨等所作。小黎要登钱江桥了，旭澜就陪她到桥上看了一会儿，我腿都痛了，不想多走路，在桥下等他们。

到今天最后一个游览区虎跑，（中略）此地泉水很突出，其他景物较别的风景区也无足记。不过杭州到处都是公园，任何一个平常的地方在上海就算是不得了的名胜了。

晚饭前往解放路逛逛，边逛街边闲谈之中，觉得是过了几天共产主义生活，算了算一天要八九元钱。旭澜说机会难得，劝我多留一天，还有一地方没去，我自己也觉得意犹未尽，就同意了，打算把刚买来的火车票明天去退。（母亲到底心思单纯，而父亲之所以表现出了罕见的儿女情长，是有原因的，虽然这个原因，不但我，连妈妈也是多年之后才知道——向黎注）

晚上在湖滨乘凉，小黎向一个不相识的北京医科大学的游民说：杭州是全中国最好玩的地方。（从照片上看，我当时穿着一件连衣裙，圆脸，短发，额头鼓起而眼睛凹陷，想象得出那张小脸上心满意足、无限陶醉的表情——向黎注）

本想等月亮，小黎吵着要回去睡觉，就回来了。（小孩子不懂事，太煞风景了，爸爸妈妈对不起啊——向黎补道歉）

第五天——八月二十七日

上午，在湖滨照一相，以保俶塔为远景。接着就到平湖，虽然来过两次，仍觉得很好，在平湖照了一张相，随后在亭子里坐了很久，并记日记。

近中午往西泠印社，此地原有许多著名的书法家雕塑家画家如任伯年吴昌硕等的字和印，今已荡然，只有一些没有被刮尽的石椅、石碑锁在三老石室。两间展览室里挂了一些现代人近年写的字，像郭绍虞、朱东润、陆维钊等人的字，还有一个胡士莹，居然写了两幅。

这里的园林在杭州是别具一格。它的建筑，比之苏州留园没有那么工巧，但是它有山有水有洞，韵味更为清逸。西泠印社背后沿石阶而下，可见后湖、保俶塔、杭州饭店、苏堤、曲院风荷，景色极胜，可惜没有时间多坐坐。

旭澜提议到苏堤跑跑，因为要吃饭就去不成了，乘公共汽车到湖滨，车子挤得很，售票员与人吵架了，这几天经常看见售票员服务员与人吵架，服务态度是远远不如上海的。

在东方馆（原文如此，疑应作东方饭店或者东方路——向黎注）吃午饭，小黎这几天都不想吃，中午大概也只有吃一两饭，是累了。下午，旭澜到火车站去退票，午饭后一起又到附近的涌金公园乘凉。

（当时父母分居两地，解决无望。杭州的几天之后，就要分开，各自上班。父亲自己回上海，母亲继续带着我回到福建莆田那个条件艰苦的中学里，但是两个人毕竟年轻，似乎也并不时时十分愁苦，起码妈妈还有闲心逗孩子，故意“考”我旅行结束时要跟谁走。我当时完全当真了，于是每天一边玩一边在苦苦盘算。后来我一再抗议他们对孩子这样不够仁慈的做法——向黎注）小黎经过激烈的思想斗争后决定和爸爸回上海，但是又离不开妈妈，她说我真想不通，我和妈妈回去，我又想爸爸；和爸爸回去，又想妈妈。说着就大哭起来了。

后来她想出一个办法，要爸爸调工作到莆田去，这样她就可以与爸爸又与妈妈在一起了。（即使不到六周岁，我也已经隐约感觉到母亲调进上海是不可能的，后来也曾听说如果上海和外地对调，外地进上海的人要给放弃上海户口的人三万元。三万元！那时，离万元户这个概念的出现还有许多年，当时我母亲的工资是四十多元，父亲是七十出头——已经属于高工资，亲友间借钱和接济一般是五块、十块两档，一般人家都没听说有存款的——向黎注）

经说服，最后她又改变主意，决定还是跟妈妈回福建去的好。

天气很闷热，天空不时闪电，是要下雨。（父亲母亲的心情也不好了吧——向黎注）

第六天——八月二十八日

可能什么地方下过雨，天气凉爽多了，今早到回族茶馆吃牛肉包子，每个半两（全国粮票——向黎注）、三分，便宜又好吃，可惜今天要走了，不能再与它多打交道！（惋惜之情溢于言表，平时伙食水平可想而知——向黎注）

早饭后到街道走走，青春街也不太热闹，随后到六公园，吃了午饭后，午睡一直睡不好，二时许离开旅社，在湖边坐坐（真是依依惜别啊——向黎注），就到火车站，吃过面后上火车，旭澜带着小黎挤，我上车了他们还没挤进来，我已在火车的窗口交代里边的旅客为我们占好了位置。

火车开动了，小黎哭了。问她为什么哭，她说：爸爸……又哭了。一路上老是问：爸爸到哪里了？

多年之后，就是前几天，当我录到这里，猝不及防的泪水夺眶而出。真想抱一抱当时的自己，那个无辜的小小的自己，好好安慰她，告诉她：一切会好的，再过六七年，你们就会全家搬到上海，你就可以天天既看到爸爸又看到妈妈了，你还会有一个可爱的小妹妹，你们四个人会在一起生活许多年……

当然，人到中年、已为人妻为人母，也遇过一些难处的我，更想抱一抱我的母亲，对她说：妈妈，你多么不容易。

但是，如果我真的穿越回去，最应该拥抱的人，也许是我的父亲。

因为，后来，在他的散文《多云转晴》中读到父亲是这样记录杭州之行的：“一九七三年（误，应为一九七二年——向黎注）她探亲假期满，带着女儿要回福建，我送到杭州，一同逗留了三四天（亦误，是五六天——向黎

注）。所以如此，因为我不知道这次离别后还能不能再见面。”

如果我穿越回那个时刻的湖边，我会拥抱母亲和父亲，然后对他们说同一句话：都会过去的，一切都会好的。我们，千万别放弃。

但无论如何，西湖毕竟是西湖，当时的父母毕竟是对生活充满热爱、对人生抱着希望的年龄段，因此西湖给我留下的印象是美丽的、温暖的、明快的、圆满的。尤其是每一天都有父母全心全意的陪伴，每一天都有风景有美食，有新奇的事情和游戏，对一个孩子来说，那就是天堂，真正的天堂。

而当时父亲在平湖秋月随口诵出然后对我讲解的《钱塘湖春行》，我下台阶时回头看见在平台上微笑着的父母，和西湖的湖光、西湖的鱼、西湖的风、西湖的明月一起，层层又叠叠，重叠了季节、岁月、聚散、悲欢，成了我心目中永远的西湖盛景——人间的天堂。

（原载《人民文学》2018 年第 1 期）

栖居于潮落潮起

黄桂元

隐约雷动

1978 年春寒料峭，我们衣衫不整，满血复活，集结在绿树环绕的南开校园主楼。中文系 111 教室是阶梯构造，空间阔大，腹地纵深，很适合检阅 77 级阵容的成色。十二生肖一应俱全，齐聚于同一条起跑线，其中侥幸搭上末班车的大哥大姐居多。别管十七八还是三十几，我们习惯了“散养”，童心依旧兼野性未泯，难免会有调皮捣蛋、没大没小、临阵磨枪、起哄架秧子、人约黄昏后、隐秘结婚的“劣迹”，以滋养贫血的青春。至于一些人如何成为学霸、大亨和栋梁，那是后话。

既然是大学生就没有不轻狂的道理，而中文系学生的轻狂则更是透着不知天高地厚的自负和轻慢，似乎当代文学百废待兴，不搞几个文学社拯救一番，简直就是对不起后人。这源于一种滴血的情结，每每文学名刊新鲜出炉，争相传阅，大惊小怪，品头论足，煞是热闹，《班主任》《伤痕》《神圣的使命》《我该怎么办》《天云山传奇》《犯人李铜钟的故事》《大墙下的红玉兰》《剪辑错了的故事》等影响一时的作品，都曾经是我们热议的话题。我们的眼力的确不错，那些小说果然撑起了新时期“伤痕文学”或“反思文学”的坚硬骨架，我们也成了一段新时期文学风景的见证者。

《伤痕》最初发表在《文汇报》，据说当时全中国读这篇小说流出的眼泪可以汇成一条河，引以为傲的是作者卢新华居然是同为77级的复旦中文系学生。我读《伤痕》及同类题材的小说很少落泪，这当然不值得炫耀。不过也有例外，读发表在《收获》1979年第二期复刊号的《铺花的歧路》，我的枕头就被泪水濡湿了。小说写了女红卫兵白慧参与殴打过一位女教师，不料她后来结识的男朋友常鸣竟是女教师的儿子，故事之外，便多了悬念，比如，白慧殴打过的那位女教师，究竟是死是活，一直是个谜团，这个悬念折磨着白慧，也揪扯着读者的心。作者的叙事才华也很打动我，印象最深的是，常鸣对白慧讲述母亲被暴打的场面时情绪激动，一屁股坐在铺得平平的淡蓝色床单上，床单的皱纹向四周炸开，好像坐碎了一块玻璃……这个细节搅得我整夜恍惚。听说作者冯骥才是天津的，我深感惊异。据说小说原题目叫《创伤》，完成的时间不比《伤痕》晚，由于刊物出版周期原因而发表延迟，为避免题目撞车而临时改为《铺花的歧路》，不然，说不准新时期第一个文学思潮就是“创伤文学”了。当人人心里都有伤痛时，最要紧的不是励志、鸡汤，而是申冤、喊疼，谁捷足先登喊出第一声，谁就有可能被写进文学史，有点类似于中彩。若干年后，当卢新华被凤凰卫视主持人问到小说《伤痕》时，也的确是如此回答的，哦，你问的是那张“彩票”？卢新华可以自我调侃，历史老人却最尊重岁月真相。

我从小就被视为“根红苗正”，周围接触的多属于“物以类聚”，对于那些因家庭出身而造成的悲剧比较隔膜，缺乏感同身受。但我还是被惊吓过。那年刚进中学，一个下午我见黑板下面空着，随手用粉笔画了只龇牙的狗，正画着，就听背后有人大喊黄桂元，你好反动！我惊回头，看到的是排长的一双怒目。那时中学模仿军队建制，班集体为排，年级为连，排长就是这个班的学生头儿。排长的父亲是老工人，出身苦大仇深，他手指戳向黑板厉声质问，领袖像挂在上面，你画狗，嘛意思？说着拽我去找辅导员张老师。张老师听了排长报告，低头不语。我傻眼了。张老师是位归国华侨，身子瘦瘦巴巴，对学生活动总是听之任之，近乎软弱。我开始抹泪。张老师忽然抬起头，操着带南方口音的普通话问我，听说你父母都是老红军？我呜呜哭着，说是。张老师又用商量口吻征求排长意见，老红军跟毛主席爬雪山，过草地，说老红军的孩子反动，不太可能吧？排长紧咬嘴唇，迟疑着点点头。张老师又说，黄桂元同学也要多注意，不要再乱写乱画了。我永远忘不了张老师和善的目光。同时也意识到，即使“红后代”，也不可忘乎所以。

父母曾是我的政治“护身符”，这固然不假，若说我是“温室里的花朵”，却是只知其一，不知其二。我的童年记忆始于断崖，而非花丛。六岁丧父，九岁失母，我像是一只破壳小鸟，一下子面对满天乌云而茫然无措。我成了一个爱哭的男孩儿，怎么也想不通，为什么孤儿偏偏是我？为了找到寄宿学校，我曾四次转学，仿佛不是学生，而是一个背着书包和行囊行走于一所又一所学校的过客，行踪可疑，居无定所，老师对不上号，同学总是生面孔。我十五岁过早地走进军营，其实没有什么可炫耀，我的目的近乎卑微，就是找个归宿结束漂泊。我并非一无所得，生活给予我的最大馈赠，就是可以用文学取暖。如今看来比起一代人的伤痕，我的故事微不足道，打个蹩脚的比喻，这是整体性与个案性，或全民性与私我性的关系，怎可同日而语？不过，一切都成了过去。

这年七月，《人民文学》发表了《乔厂长上任记》。我加塞儿先睹为快，理由堂而皇之，我认识作者。有同学很好奇，追问你真的认识蒋子龙？我信誓旦旦，这事还能有假？又补充一句，也可能，他不认识我。顿时引起一阵哄笑。我说的是实话。我曾在《天津文艺》(《天津文学》前身）诗歌组供职过两年，借助近水楼台，见过其“庐山真面目”，他每次来编辑部的小楼，都会有“子龙来了”的消息在各屋传开。他一般是去小说组，并不落座，直奔主题，完事扭头便走，虎步生风。有几次，我都是扒着玻璃窗，目送楼下不远处他的背影匆匆消失。

一段时间里我亢奋不已，眼前总有个毛遂自荐、大刀阔斧搞改革的人物形象晃来晃去，他的名字叫乔光朴。不久前，郭沫若曾引用“日出江花红胜火，春来江水绿如蓝”的古诗，激情预言“科学的春天”即将到来，但谁都清楚，若无经济振兴，何谈“科学的春天”？在我看来，乔光朴就是先觉式的经济实干家，而作者骨子里的英雄主义情结也很对我的胃口。我一气呵成写了篇阅读心得，题为《卓有成效的探索》，寄给了《天津日报》。二十多天过去，文章发表了，前面特意加了“编者按”，满满一版只发了两篇评论，主打文章对小说持否定意见，且措辞严厉，我的文章作为陪衬被放在右下角。编者的倾向性是明显的。之后《天津日报》摆开阵势，接连又编排了三个整版，否定方版面突出，长篇大论，可闻到渐浓的火药味。很快，便有为小说撑腰打气的声援文章纷纷亮相，国内一些重要报刊参与其间，蒋子龙也被视为“改革文学”的开创者和旗帜性人物，当属时势使然。如今，当中国人源源不断地享受改革开放带来的巨大红利时，这样一篇隐匿于岁月深处的小说，尤其值得我们尊敬。

当年仅仅是一篇即兴挥就的自投稿，却成了我的评论“处子秀”，并左右了我未来的文学方向，是我事前没有料到的。我不是一个品学兼优的学生，浪漫幼稚，多愁善感，理性薄弱而感性膨胀，从没想过有朝一日会与文学评论为伍，日后被“架上”批评的战车而左支右绌，无法退身，也是一种宿命。

春风化雨

洛杉矶的天气即使在冬季也总是透透亮亮的。那个早上它却晦暗朦胧。我打开窗子，细雨如织。这时有敲门声。是萍子。我做出请进的手势，她站在门口不动，面色淡漠，说吃完早饭我们就走。

我明白了。这一天终于来临。

早饭有些沉闷。然后我随萍子上楼。她进了卫生间，“砰”地关上门。我在门外踱着步，问怎么是今天？外面在下雨。这话我自己都觉得透着虚伪。她在里面硬邦邦回答，这与下雨有什么关系，我可是替你着想，过几天我可就没时间了。我纳闷她怎么就会没时间呢？萍子开了门，说我肚子下面长了个小东西，医生让我下星期动手术。我着实一惊，不会有大碍吧？萍子穿上外套，并不看我，顾自往外走。自从分手的事摆上桌面，我就被萍子视为一个与她不再相干的外人，她不愿谈，我就没有资格深究，可毕竟是身体里长的“小东西”啊。我跟在她身后，说还是先看病，其他的事，拖拖也行……萍子站住了，嗓音的分贝在升高，拖拖？还有必要吗？你这次为什么来洛杉矶？别担心，医生排除了恶性的可能，你的既定方针不受影响。我瞧了瞧楼下，那段日子她的父母正来美国探亲，我低声说，即使去领事馆，最好也别让孩子和老人知道。是的，我无法面对杉杉，她未满十二岁，根本无力扭转父母加给自己的命运。我也无法面对萍子父母那一双日渐衰老的眼睛，尽管他们并非毫无思想准备，但毕竟已是古稀之年。我从小失去双亲，这些年他们待我如同儿子。萍子冷笑道，这种事能瞒得住谁？不过放心，他们还没有老糊涂。

乘车去领事馆的路上，雨淅淅沥沥一直未停。车窗玻璃上爬满了晶亮的水痕，像是挂着一双双流泪的眼睛。萍子开着车沉默不语。她完全想开了。到美国后，我发现她其实活得很粗糙，平时就连最简单的化妆也省了，真正的素面朝天。这使她明显老了许多。我的心一阵凄凉，赶紧移开了视线。

剩下的日子可用“难堪”形容。萍子陌生得像雾中人。她只是一个与我曾共同拥有一张结婚证的女人，一个我的女儿杉杉称之为“妈妈”的女人。我在这里成了多余的人。我的生活被一再删减，仅仅是一日三餐和昼伏夜寝，近乎行尸走肉。

依然记得，十五年前初次去她家，我的身份还只是她哥哥的同事。正聊着，屋外一阵响动，她哥哥欠起身，说我妹妹来了！话音未落，萍子拎包进来，她步态轻盈，惊鸿一瞥，又悄然离去。日后我与萍子完婚，才悟出她哥哥的良苦用心。萍子学的是机械专业，在一家研究所当绘图员。每次下班都是我先回家，刚蒸上米饭，便听到房间锁孔里有转动钥匙的声音，我扭过脸，视线里一只满满的车筐正顺墙角落在地上，车筐里是肉菜蛋之类副食品。这样的镜头每日傍晚都要重复，持续了约三年，便随着她调进一家大型商贸公司戛然而止。

萍子很快就受到赏识，当了计划科长。公司每年都要进京争取一定数量的经营权、许可证，一旦受阻，都是她临危受命，马到成功，她也成了下班没准点且经常出差在外的超级大忙人。这时邓小平南方谈话发表，春潮涌动，全民皆商，谁手里都煞有介事地握有货单、批文、车皮，似乎熟人见面不谈上几句水泥、钢材、水果、服装、粮油、烟酒什么的，简直就不配活在热气腾腾的中国。

1992 年冬季，萍子做出了一项颠覆旧日人生路径的决策：辞职南下。公司领导怎肯放她？再三挽留，但萍子去意已决，不愿沉沦于大锅饭，甚至不惜与档案“拜拜”。可真要丢掉铁饭碗，她又信心不足，问我的意见，我说，既然天时地利人和条件都具备，不妨试试，不是谁都有机会实现自己的价值和梦想的。至于这个家，尽可放心，杉杉我会照顾好的。她问失败了怎么办，我壮着胆说，那就回来嘛，没什么大不了的，我吐血挣稿费还养活不了你？话一出口，我都被自己感动了。其实我很心虚，我这么一位无用书生敢拍胸脯说狠话，完全基于我对她能力的判断。况且也需要我这么表态，机会来了不去试试水性，她会抱憾终生。萍子听了，激动得抱住我泪花涟涟，并承诺此番南下打拼是暂时的，两三年里赚个十万八万，就回来过安稳日子。

那时候，我对她将来可能会遭遇的逆境想得貌似周全，诸如上当、遭劫、被坑、破产，等等不测，都替她考虑到了，单单遗漏了一个最容易忽视的后果：这是一条不归路。其实有些好事者早就断言：这对夫妻这么天南海北下去，分手只是个时间问题。萍子对我转述，是当作玩笑说的，我们嘻嘻哈哈，谁都没有多想。萍子第一次回津是在转年冬季。她手持砖头状的“大哥大”，驾一辆黑色“马自达”日出夜归，环佩叮当，尽显华贵。我过的是以不变应万变的静态日子，长年在爬格子编稿子，与萍子动荡刺激的商战生活相比，有天渊之别。美国企业家哈默说过，人一旦进入商界，如同站在一列呼啸的战车上，身不由己。当了老板的萍子曾在海南被骗过，对商界某些不讲规矩的厚黑行为深怀恐惧，终于移居美国。我戏言，香港 1997 年才会实现“一国两制”，我家却先行进入了“一家两制”。这个过程是潜移默化的，浑然不觉中，夫妻就已不再同路，甚至陌路。

1996 年元月，我第一次到洛杉矶，她就把选择的权利交给了我：去，还是留。这个选择太过沉重，对于年已不惑的我，并不亚于“生，还是死”的哈姆雷特之问。湖南作家阎真在加拿大求学期间，写过长篇小说《白雪红尘》(国内出版改名为《曾在天涯》)，把这种两难选择表现得惊神泣鬼，我攥着这部书，曾在洛杉矶住所旁的一条伴山坡道久久徘徊。那是个黄昏。身边不时有人走过，或白或黑或男或女，嘴里吐出一串串英语，和我毫不相干。我站住了，喂老兄，你是谁？从哪里来？到哪里去？怎么会在这里出现？夜幕垂临。我驻足仰望，星空迷乱，似有无数神秘的眼睛在注视我。俯瞰山下，洛杉矶像个巨型魔幻场，密集闪烁的车灯汇成奔流不息的波浪。据说，洛杉矶已稳居华人移民数量之最，我也曾试图为自己的留下寻找理由。难道还有什么比家人团聚更重要？有人说，移民相当于重新投胎，在有限的一生中活过两回，既然如此，何乐不为？一个人活过两回，难道不是天赐的幸运吗？但我还是摇了摇头。王小波说，移居异国，人生主题就会被改变；周国平则忧虑，移居他国，所有的人生问题都会被简化为生存层面。这也正是我难下决心的痛点。放弃并非逃避，归来也不等于败阵。我从没有像此刻这样渴望回到天津，回到熟悉的小屋子里，听潮声临窗，继续爬格子编稿子，日子虽普普通通，却实实在在。

一周后，我如期在洛杉矶国际机场登上返程航班。我把揪心的最后一瞥留在了大洋彼岸，那里毕竟有曾与我相濡以沫的亲人！我戴上墨镜，为的是隐藏泪光。至于在国内朋友和同事眼里，我的归来，是愚蠢抑或明智，坠落还是升华，都不重要了。

回到空荡荡的家，我在一片狼藉中翻检旧人旧物，像是在清理生活废墟。裙子，大衣，化妆盒，墨镜，围巾，两册业务笔记本，一捆显然再也派不上用场的机械专业书。箱子里有一副娇小的手套，羊皮的，杏黄色，我甚至不敢碰它。以往冬天，出门前她把小手伸进手套的习惯动作历历在目。我在抽屉里摸到一盘满是灰尘的录音磁带，手触电般缩回来。磁带录着曾经的一家三口说笑聊天，节假日里，萍子常常一边做家务一边反复聆听，如今却有隔世之遥。还有那件我去上海出差时买的毛衣，价格低廉，萍子却如获至宝，急急穿上对镜子左右转动，一脸灿烂。但萍子下海之后，我再没有能力让她惊喜了。

枯坐中，几滴咸涩的泪水顺着我的面颊滚落下来，终于酿成一个男人的失声恸哭。“时光的河入海流，终于我们分头走。没有哪个港口，是永远的停留。”一些年后，我听到林志炫唱的这两句歌词，觉得仿佛就是为我定制的。别了，洛杉矶。为结束，也为开始。

……

（原载《天津文学》2018 年第 5 期）

心的方向，无穷无尽

彭　程

心的方向，也就是目光的方向，脚步的方向。它们指向的，是祖国大地上的江河湖海，高山平原。行走中，远方化为眼前，异乡变成家乡。脚步每当踏上一个新的地方，都是把家园的界线向外扩展。而所有的家乡，它们的名字的组合，就形象地描画出了一个国家的名字，成为对它的标注和阐释。

一

此刻，在明亮蔚蓝的天空下，热带的炽烈阳光瀑布一样倾泻。目光所及的广阔视域里，不同科属的众多植物茁壮茂盛，一派浓郁恣肆的碧绿，喷吐着生命的活力。叶片阔大肥厚，藤蔓纷披葳蕤，我仿佛听到枝干中汁液汩汩流淌的声音。千姿百态的花朵，奇异艳丽，呼喊一样地绽放。眯了眼睛，逆着强烈的光线望去，在被阳光镶嵌上一圈暗边的巨大云朵下面，几十米高的椰子树的羽状枝叶，向四面八方伸展开来，仿佛一幅充满质感的剪影。

这里是兴隆热带植物园，位于海南万宁。

眼前这些树木花卉，让我的思绪飞向整整三十年前，我到过的中国科学院西双版纳热带植物园。它位于一个被江水环绕的小岛上，因此记忆中水光潋滟。我清楚地记得那条江叫作罗梭江，我曾经一步步试探着走进它的温暖而湍急的水流。那是澜沧江的一条支流，澜沧江流出国境后进入东南亚的几个国家，在那片土地上被称作湄公河。因为童年时读过越南军民抗击美军的战斗故事，这条河流曾经强烈地激发了一个孩子对异域的向往和想象。

两个植物园中的植物大多无异，但相互之间的直线距离就有两千多公里。在它们分别所属的华南和西南的广大区域中，海陆阻隔，江河纵横，山脉连绵。

然而想象能够消弭阻隔，就像我此刻的体验。在意识的调遣下，距离不复存在，方向随意掌控。意念起动时，即使远在天涯，却可以迅疾地化为近在咫尺。

对于身边的日常生活来说，远方往往意味着魅力和诱惑，所以才会有“生活在别处”之说，而一句短语“远方和诗”更是广为流传——远方天然地蕴含了丰沛的诗意。

这种诱惑对一个少年尤其强烈。在一望无际的华北平原长大的我，十几岁时因为看到了一本画册而入迷着魔，从此把小桥流水的江南，当成心目中最初的远方。我曾经骑车去十几公里之外大运河边上的一个小镇，只是为了看一眼从那里经过的火车。那是当时的津浦线，沿着铁路一直向南，就能到达我的梦想之地。看着一列绿皮火车从视野中消失，我想象它到达的地方，那里的天空和土地，城市和乡村，河流和植物，那里的人们和他们的生活，心中有一种模糊的激动。差不多十年后，当我初次踏上那里的土地时，却分明有一种旧地重游的感觉——脑海中无数次地描画勾勒，已经让想象无限接近于真实。

更晚一些时候，陕北高原成为我新的向往。质朴苍茫的黄土地，曲折蜿蜒的沟壑梁峁，高亢悠扬的信天游的曲调，在我的眼前耳畔，一遍遍地闪现和回荡。当我终于来到陕北，在黄河边上的一次乡间宴席上，酒酣忘情之时，即兴哼唱起了《兰花花》和《赶牲灵》,《走西口》和《三十里铺》。淳朴的主人惊诧于我对民歌的熟悉，猜测我莫非是在这里长大后走出去的陕北娃，让我不禁有一种小小的得意。

随着年龄和经历的增加，曾经的虚幻变作真实，陌生成为熟悉，然而向往也会同步扩展，没有停歇。远方永远存在，远方在远方之外，在东西南北的各个方向。目光尽头的地平线，不过是一个新的起点。一个声音呼唤你出发，行行复行行，把灵魂朝着天空敞开，把脚步印在永远向前方伸延的大地上。

有许多年了，我最喜欢做的一件事情，是在某个清静的时辰，展开一本中国地图册，选取其中的一页，再确定其上的一个或几个地点，放飞思绪。

这其实通常是一种场景回放。意念抵达之处，多是我曾经留下足迹的地方。不需要闭上眼睛，神凝气定之时，眼前的物件陈设不复存在，我分明看到，一幕幕画面穿越时光和距离，翩然闪现。

那是长白山下二道白河小镇外的原始森林，脚步踩在厚重松软的腐殖土上，松脂的清香、铃兰花的馥郁伴着鸟儿的鸣叫扑面而来；是被称为“贵州屋脊”的毕节赫章县的韭菜坪，山顶上一望无际的大朵紫色野韭菜花，在呼啸的天风里飘荡摇曳，远眺连绵的群峰仿佛巨兽青黛色的背脊；是浙东南永嘉群峰环抱中的楠溪江，用千百条清澈澄碧的溪水，用奇岩、飞瀑、深潭、古村和老街，打造出了三百里山水画廊；是新疆伊犁霍城的万亩薰衣草，深紫色花朵波浪般层叠起伏，一直延伸向远处的白杨林带，映照着天地接壤处山峰上的皑皑积雪。

有时候，借助资料和图片，我也会把目光投向某个向往已久而尚未遂愿的地方。我想象青海三江源头的浩瀚壮丽，西藏纳木错圣湖边飘扬的经幡；想象大凉山漫山遍野的金黄色苦荞麦，大兴安岭深处以驯鹿和猎狗为伴的鄂伦春人家。甚至仅仅是想象，就能够带来一种惬意的慰藉。

这些已经去过和或将去到的地方，被造化赋予了各自的美质。壮丽，秀美，辽阔，幽深，雄奇，朴拙……美的形态千变万化，繁复多姿。但对于我来说，它们其实是一样的，或者说最主要的地方是一致的：初次遭逢时，都是一种感动，一种震颤，一道划过灵魂的闪电；而过后，则是一遍遍地回想，在回想中沉醉，在沉醉中升起新的梦想。

二

让我记述一次这样的闪电和震颤，它的强度让我此生难忘。

是二十多年前，一次在新疆大地上的行旅。是在天山北麓，汽车穿越连绵交错的农田和林带，即将驶入浩瀚无垠的千里戈壁。就在它的边缘，神话一样，眼前突然闪现出一望无际的向日葵，至少有几十万株吧，茎秆高大粗壮，花盘饱满圆润，花瓣金黄耀眼。它们齐齐地绽放，一片汪洋灿烂，仿佛色彩的爆炸和燃烧。在片刻的惊骇后，我觉察到眼眶中盈满了泪水。

这样的一幕几天后再次上演，在伊犁河谷地的某一处草原上，因为暴雨冲垮道路，车行受阻，等候的时候不觉睡着了。醒来时已经入夜，在懵懂昏沉中走下车，抬眼一望，就像被一瓢冰水迎面泼浇过来一样，刹那间头脑变得清醒无比。四野漆黑一片，只有满天的星斗熠熠闪烁，仿佛被冰山雪水擦拭过一样，清亮晶莹。轻盈飘荡的星光交织弥漫，仿佛发光的白雾，清澈透明，笼天罩地，如梦如幻。从来不曾遇见过这样的情景，一瞬间眼泪夺眶而出，欢快流淌。

不用感到难为情吧。眼泪是一种验证，是灵魂和情感尚且丰盈饱满的体现。而此时此地，它是在强烈地证明着风景的大美。

不像天池、魔鬼城和赛里木湖等北疆名胜，这些让我铭心刻骨的地方，其实在当地都是最普通的风景，普通到无人关注，更不会被写入旅游指南。不过这又有什么关系呢？因为平凡而普遍，它们更能够反映此地的自然之美的本质，也更能够和孕育于风土之中的普遍精神建立起一种关联。

这样的风景，也在云南普洱千年的古茶树林中，在宁夏河套平原黄河水缓慢地流淌中，在呼伦贝尔草原夏日浓烈的青草气息中，在漠河北极村冬日被白雪包裹的深深寂静中，在闽南荔枝和芭蕉树叶油亮的闪光中，在西双版纳月光下的凤尾竹轻柔的摇曳中……

只要倾心相与，你就能够听到每一处大自然的心跳声，捕捉到它丰富而微妙的表情变化。每一个地方，它们的天气和地貌，植被和物候，天地之间诸种元素的组合，构成了各自独特的声息色彩。而所有这些地方连接和伸展开去，便是一片大地的整体。这是一个巨大的整体，站立在亚洲大陆的东方。

久久凝视那一幅雄鸡形状的版图上那些你亲近过的地方，一种情感会在心中诞生和积聚。那是一种与这片土地血肉关联、休戚与共的情感，当它们生发激荡时，有着砭骨入髓一般的尖锐和确凿。

在你的凝视下，大地敞开了丰富而深沉的美。你正是从这里，从一草一木，从一峰一壑，建立起对于一片国土的感情。家国之爱是最为具象的情感，自然风物是最为直接和具体的体现，这样就会明白，我们的前人何以会用桑梓来指代故乡，而“故国乔木”也成了一种广泛的表达。

“胡马依北风，越鸟巢南枝”，因为那个方向，分别是它们的家园所在。动物禽鸟尚且如此，何况是万物灵长的人类。每个人的家园之感，都诞生于某一片具体的土地，而家国同构，无数家园的连接，便垒砌起了整个国度的根基。这种对于土地的感情，真实而有力，远胜过一些抽象浮泛的口号和理论。所以这样的歌词才能够被传唱几十年：“长江长城，黄山黄河，在我心中重千斤。”

甚至一种最为深切的哀痛和悲愤，也可以经由风光和自然来获得寄托。在敌寇铁蹄践踏、国土沦丧、百姓流离的黯淡日子里，诗人戴望舒这样写道：

> 我用残损的手掌／摸索这广大的土地／这一角已变成灰烬／那一角只是血和泥／这一片湖该是我的家乡／（春天，堤上繁花如锦幛，嫩柳枝折断有奇异的芬芳）／我触到荇藻和水的微凉／这长白山的雪峰冷到彻骨／这黄河的水夹泥沙在指间滑出……

在山川大地之间，祖国的理念清晰而坚实。

三

我是一名大自然的滥情者，无法将自己的心安放于某一个具体的风景对象。那么多的美在向我招手呼唤，让我迷醉和焦灼，跃跃欲试。

此刻正值溽暑，炙烤般的闷热让我渴望将躯体投入一片清凉。大自然中的水体而不是室内游泳馆，才能够提供一份真正的夏日惬意。我的思绪以故乡冀东南平原上那一条无名的小河为原点，向外延伸。少年时代的好几个漫长夏季，都是我和小伙伴们不可替代的乐园。我想到故乡县城十公里外的京杭大运河，想到八十公里外的华北最大湿地衡水湖，想到两百公里外的白洋淀，想到四百公里外的北戴河海滨……水的意念将它们贯通和串联起来。

那么，我是不是还应该想到桂林甲秀天下的山水，碧玉簪般的峰峦在青罗带般的碧波中，投下淡墨般的倒影；想到自神农架原始森林里流淌下来的香溪，青黛色的水面曾经映照过王昭君的美丽；想到七月的青海湖畔，金黄的油菜花和碧绿的牧草伸向天边，映照着一望无际的万顷碧波；想到云南高原上抚仙湖的幽深，它的蓄水量相当于十几个滇池，古人用“万顷琉璃”来比喻它的晶莹清澈——这些都是我步履所至之处，目光曾经被它们的清澈洗濯过，手足曾经浸入它们的温暖或者清凉。

这样的名字可以无限地排列下去。它们在地图上只是游丝般的细线和芥子般的微点，甚至大多数都不够资格得到标示，但只要一想到它们，我眼前即刻就会一片波光潋滟。

这还只是水系。而山地呢？草原呢？森林呢？大漠呢？任何一个，都可以无穷无尽地展开。而在这所有一切之中奔跑的兽类，鸣啭的鸟儿呢？绽放的花儿，静默的树木呢？这样的推问让我眩晕。美是汪洋无际，是浩瀚无边。它让我欢悦，也让我痛苦。我将遭遇那么丰富的美，我将难以穷尽那么丰富的美。

三十年前听到一个故事，从此铭记在心。当时来中国的日本游客很多，一个旅行团来到内蒙古大草原，篝火晚会就在蒙古包旁边的草地上举行。皓月当空，奶茶飘香，歌声悦耳，舞姿动人，一位老年游客突然放声大哭，老泪纵横。面对惶恐不安以为出了什么纰漏的导游和接待方，老人哽咽着说：多么羡慕你们，有这么辽阔的国土！

是的，这是一种幸福。九百六十万平方公里的广阔疆域，提供了太多的美好和富足。还有什么幸福能和它相比？想到这一点，激动便如同潮水一样涌上心头。

在这一片寥廓的土地上，一个人去过的地方也许很多，但没有去过的地方总是更多。在他的步履和视野之外，无限的美存在于无限的空间中，默默无语或者喧哗恣肆。

一些看似不同的事物维度之间，却有着神秘的连接管道。譬如时空是不同的范畴，但时间也最能够描绘空间。夏天晚上十点半钟，我在南疆喀什的街头小馆与当地友人品茶，一边欣赏着落日在西天渲染出一抹红晕，而此刻北京的家人已经准备就寝。我也曾在一月份，从冰城哈尔滨直飞海南三亚，登机时身着羽绒服尚觉寒风凛冽，落地时换成短袖，快走几步仍然汗湿。六个小时的航程，我跨越了几个季节。

面对这样广大至极的美好风景，我不止一次地想过，如果不让自己成为一名漫游者，哪怕只是在生命的某个时期，那么实在是一种浪费，甚至是一种罪过，总有一天悔恨会来啃噬灵魂。

漫游，让脚步跟随着目光，让诗意陪伴着向往。如果我爱慕的目光在抵达某个具体目标时仍然游移不定，那是因为我有一种对整体的忠诚，需要到更广阔的时空中践行。行走中，远方化为眼前，异乡变成家乡，“无端更渡桑干水，却望并州是故乡”。脚步每当踏上一个新的地方，都是把家园的界限向外扩展。而所有的家乡，它们的名字的组合，就形象地描画出了一个国家的名字，成为对它的标注和阐释。在被这个名字覆盖和庇护的一大片土地上，我们诞生和成长，爱恋和死亡。

曾经看过一部美国电影《心的方向》。退休后的老人无所事事，空虚迷茫，在妻子去世后，他通过反省领悟到过去生活的荒谬，并驾车穿越整个美国去女儿家，为了阻止一桩在他看来会毁了女儿的幸福的婚姻。在这个行动中，他重新获得了生命的充实之感。一个虽然平淡却颇有蕴藉的故事。

但我这里想说的，是电影名字给了我启发。它有一种新鲜而生动的表现力。我的心的方向，也就是目光的方向，脚步的方向。它们指向的，是祖国大地上的江河湖海，高山平原，一种无边无际的美丽。

我的心的方向，朝着四面八方，无穷无尽。

（原载《光明日报》2018年8月24日）

明月此时

江　子

1

我们村孔姓人翻建了祠堂。这在七姓杂居的我们村里，是一件不小的事情。村里传出的消息说，他们煞有介事地成立了孔家祠堂建设委员会（我的小学语文老师、在邻村小学做校长的孔龙珠，担任了这个临时机构的副主管，成了这个项目的实际操作者之一），所需资金向每个孔姓男丁进行了摊派。摊派的数目大得惊人，据说每人都有几千元，可并没有一个人以负担太重为由提出反对，可见祖宗在每个人心中的分量，和大家对翻建祠堂这件事的拥戴程度。几个月之后，祠堂竣工，孔姓人决定举办落成典礼，除本姓所有大小男丁、村委会主要干部，他们另邀请村里外姓有头有脸的人出席。这些人包括广东开公司的老板，县城的房地产商，某镇派出所所长，中学教导主任……他们的意思，是想求得有这些人落款的牌匾，分别挂在祠堂的两边，如此可以光耀门庭，增进乡谊。作为省城的一名小处长，我有幸获得了他们的邀请。

我的小学语文老师、孔家祠堂建设委员会副主管孔龙珠有一天给我打来电话。一阵寒暄之后，他说出了要我回乡出席他们的祠堂落成典礼的愿望。在电话里，这个在我面前印象里从来干脆利落并且富有幽默感的人，竟然显得有些啰唆。我隐约听出了他话里的意思，就是他们的委员会将邀请我的任务交给了他。如果我不出席这一盛宴，他将在他们族人面前脸面不存。

似乎是商量好了，孔龙珠挂断电话后，我立即接到了村里被邀请的外姓人代表的电话。他们说，牌匾已经定做好。内容请了县里的才子拟写，充分考虑了孔姓的姓氏渊源和文化特征，一个写“斯文有传”，另一个是“知礼存仁”。你愿意在哪个牌匾里落款？

孔龙珠是我的老师。我们村刘孔曾罗张周王七姓杂居，孔姓和我们曾姓有源自久远的兄弟情谊。两千多年前，他们的祖先孔圣人与我们的祖先曾子是师生关系，曾子又是孔子的儿子孔鲤的老师。孔曾代际排序字号完全一致，比如孔家有孔繁森，而我是曾姓繁字辈中人。比如孔家有孔祥熙，我侄子叫曾祥立。在村里，孔曾从来就是天然的同盟……另外，我在这个赣江边叫下陇洲的村庄生活了二十多年，是众多乡亲熟悉的一个人。按照礼数，我应该出席他们的盛典。我应该给我的老师乃至整个孔姓族人一个面子。再不济我也该答应在牌匾上落一个名字，以表达我对他们祠堂落成的祝愿之意。

可是我拒绝了他们。我不喜欢介入家乡的这些事。我不想与家乡的宗族发生关系。我把自己当作个读书人，我不想我的名字与村里的警察、教师、商人等挤在同一块牌匾里。再说，中央三令五申，严禁搞团团伙伙。作为个中人，我岂能对这些告示阳奉阴违？

我跟我的老师孔龙珠说明了理由。他表面表示理解，可语气中毫不掩饰对我的失望。村里外姓人代表在电话里则语焉不详。

我没有参加盛宴。据说盛宴十分隆重，当两块绑着红绸的牌匾抬出时，鞭炮轰鸣，唢呐声声，参加了宴会的外姓人在人群中光耀之至。祠堂正中瓷板画里的孔姓先祖孔子满脸慈悲，透过烟雾看着这些欢天喜地的子孙。

过年回家，经过孔家祠堂。翻建一新的孔家祠堂，果然气势夺人。它远远高过寻常民居的高度，两边的马头墙如万马奔腾。门口的对联采用舒体刻写，“孔家祠堂”四个大字阴刻在一块石碑里，显得格外深远凝重。孔姓人在门口进进出出，表情和体态都格外骄傲和夸张。有几个老者在门口晒太阳，说话的声音好像希望全世界都能听见。

有人告诉过我，祠堂正中的孔子像生动传神，是专门请景德镇瓷画名家绘成和烧制的。可我并没有进去瞧一瞧的打算。相反，我加快了脚步，唯恐被人认出。

——我该理直气壮打门口经过才对。可我的样子，为何像一名见到债主羞愧难当的债户？

2

我的父母是地道的农民，可有一天他们被迫来到了县城生活。他们是两个上学孩子的祖父祖母。两个孩子的父母，我的弟弟弟媳，正在广东打工。于是陪护两个孩子在县城读书，就成了这两个老农民的工作。

我的父母在赣江边叫下陇洲的村庄生活了大半辈子。他们在那里结婚，生子，种地，养猪。他们对这个面积不大的村庄的每一个坡坎、每一个桥墩、每一口水塘、每一口水井、每一棵树、每一条路都十分熟悉，对每一个时令的变化都非常敏感，对每户人家的家事都耳熟能详。人民公社、分田到户、改革开放，这些大事件在这块土地上的投影，都牢牢地镌刻在他们的心里。他们在这里劳作了大半辈子，脸色有着与这块土地一样的沧桑。按理，他们应该把自己活成一颗钉子，死死地铆在这块让他们悲喜交加的土地上。可是他们没有。

他们来到了县城，成了县城的租赁户，开始了对城市生活的模仿。他们要学会过斑马线、上菜市场买菜、在超市买米和油、与陌生的不断变换的房客交往，小心翼翼处理戴着红色小帽的人拦着他们发放的传单上的信息，不怀好意的商户以鸡蛋和面条为诱饵的若干莫名其妙的药品和日用品的推销，许多家用电器的使用……开始他们无疑是笨拙而不适的。然而并不让我们过于担心的是，他们渐渐适应了过来。

然后他们爱上了城市。我的父亲跟城里的老人们学会了晨练。每天清早，他就会离开被窝，向着县城公园出发。他会绕着公园的湖奔跑，用的是城里人的姿势，跑得大汗淋漓仍不肯罢休，继续在不远的一堆体育器材中驻足。因为是农民，虽然年迈，他手上的力道依然不错。他会在单双杠上玩出点花样，让许多城里的老人都自愧弗如，而他得意无比。直到两个小时过去，他才会心满意足地回到租赁房里。他还喜欢上了收听广播，定时在县城的报刊栏里看报纸，收集县城干部（多是我过去的同事）任免信息……我的母亲爱上了在租赁房的阳台上种上几盆花……

我的父母初来县城时常说过几年就回老家生活。他们说那才是他们的家，他们终老的地方。那在老家他们耗尽半生积蓄盖起来的两层楼的房子才是他们安身立命之地。可是现在，他们这种话说得次数越来越少，倒是对乡村生活的指责越来越多。他们说村里的厕所太脏，春天的潮湿太厉害，买肉要去几里路的镇上好不方便，房子四周的人们都已离去，住着就像荒野……

我提出由我和弟弟在县城给他们买一套二手房养老，他们高兴万分。当听到我弟弟以没钱为由表示无法接受我的提请，我的父母忍不住对他横加指责，说了许多难听的话语。他们对成为城市的房主这一事实显得迫不及待。他们对回乡村生活不抱任何向往。

……县城的房子终于买成。我的父母欢欣鼓舞。他们对城市生活已经驾轻就熟。在新房里，我的父亲每天举着一副苍蝇拍子，对着苍蝇落下的地方不停地击打，仿佛一个全力捍卫自己部落的酋长。我的母亲热衷于在摆满了日用电器的厨房里忙忙碌碌，我想如果她学习过唱歌，她会整天哼着小曲。

这一对大半辈子在土里刨食的老农民，对他们曾经日夜厮守的故乡，到了如此无情的地步，让我十分吃惊。

3

村支书李喜兆打电话跟我说要来省城。我问她来办什么事。她说啥事也没有，就是去看看你。我说有事儿就请直说，我能办的一定办好。她说真没有事呢，去看看你不行吗？

我们村的支书李喜兆五十岁左右，是个女的，刘家耕牛叔的媳妇。她怎么从耕牛媳妇变成了党员干部、村支书，其中的原委我并不清楚。只是自从她当上了村支书之后，村里开始有了些变化，比如村里的黄泥巴路慢慢变成了水泥路，村里的主干道装上了许多大瓦数的路灯。比如春节回家，她会领着村里几个主要干部到我家走访，煞有介事地请我为家乡建设提建议，清明回家扫墓，她会力邀我去她家吃饭叙乡情，虽然每次我都以要陪伴家人为由婉拒。

老实说这段时间我特别忙。我们部门虽说是个处室，可我手下的人少得可怜。这段时间又啥事都凑一块儿：北京的领导来调研，我们一个大型活动要举办，下面一个市主办的活动要我出席，浙江一个采风活动邀我参加。我用迎接领导调研的间隙来调度我们的活动，从市里拔腿离开又登上了去浙江的飞机。我不得不在电话里把李喜兆来省城看我的时间一推再推。可李喜兆一点儿也不恼。她说不急，等你有空我才来。

李喜兆终于来到了省城。她租了一辆本村人开的五成新的面包车，领着原本是干着屠宰营生的村主任，还有我一个充当带路党的堂叔。根据我发在手机里的定位他们找到了我的家。她从面包车上跳下来，手里提着装着土鸡蛋和花生的两个袋子，说自己家产的，不值钱，尝尝。

李喜兆的样子，是我见过的我家乡大多数妇女的样子：头发枯黄，脸黑，走起路来是田里干活的架势。脸上的表情热情、朴实又拘谨。她穿着一件红色的圆领短袖上衣。那上衣有些过于宽大，人看起来就显得有点松松垮垮。

正是吃饭时候。我把他们带到附近较高档的酒店用餐。我从家里带去了朋友送我的“梦之蓝”白酒。他们是我的贵宾，我必须盛情款待。我给李喜兆倒上了白酒，虽然我对她的酒量一无所知。席间我们聊起家常，聊起村里的地面硬化（还有亮化），贫困村的建设（我曾以我的故乡为题材写过一本旨在表达当下乡村沦陷的名为《田园将芜》的小书，它为我们村申报县级贫困村、争取一定扶贫资金起到一点作用），聊起村里的人情冷暖，在外人们的种种情状……我频频举杯敬酒。我多次站起舀汤劝菜。气氛是轻松而有度的。我一直在等着他们酒过三巡之后说出他们一直坚持来看我的意图。是联系医生看病，还是为争取新农村建设立项出力？然而他们并没有说。

晚上，我请来了更多在省城的村里人来陪他们。他们是在大市场开店的老板，在私人牙科诊所里工作的医生，在某私人老板家中办公的基建项目会计……乡情愈浓，席上的人们一个个向李喜兆和村主任敬酒，气氛越来越热烈，李喜兆现出了她作为村里一把手的泼辣与干练，声音越来越大，酒越喝越多，动作越来越有了不容置疑的气势，喉咙里冲出的话越来越滑腻——

李喜兆与所有人拥抱，用手机拍照，对着相机做着微笑的表情。她反复跟所有人说，多关心村里建设，多回家看看。村主任和我的堂叔奋力将她架上了车。她不忘打开车窗玻璃，向我们挥手。面包车冲进了黑夜，踏上了回家的路程。

——她终究什么也没有说。她真的只是来看看我吗？

4

有一次去我的在县城土管局上班的堂弟曾金山的家中，我偶尔翻到了印有“下陇洲村（我故乡的名字）部分人士通讯录”标示的小本本。通讯录印制不算粗糙，封面用的是二百五十克的铜版纸，里面的每个人都配了彩色照片。我顺手翻了翻，有广东开厂发了大财的曾金龙，在县城邮政局工作的快退休的刘东，已经离开村庄到县城开诊所的孔希德……令我吃惊的是，上面竟然有我的信息——姓名，工作单位，职务，单位地址，手机号码，办公室电话号码，邮箱，QQ 号码。还有我的一张照片。照片里，我对着一个话筒讲话。一看就知道是从网上下载的。

没有谁向我征求过这样的信息，我也没完整向谁提供过这样的资讯。谁是这本通讯录的编写者？又有多少人持有了它？

而在与我同村的我的表哥刘金根家里，我看到了另一本通讯录。通讯录的内容与金山弟弟家里的大抵相似，可是字体字号人物排序与开本又完全不同。照片也不太一样。在这本通讯录里的我，笑容可掬，似乎是想起了什么开心事。

我怀疑全村人人都有我的手机号码、QQ 号码等信息。

可是并没有多少人打我的电话，没有谁从 QQ 里、微信里钻出来说他是本村的谁谁谁请求我加他。这些年我在省城接待的村里人并不多，除了来省城看病的张，村支书李喜兆，还有就是我这个家族里的人们。

倒是春节时我会接到村里不少人的祝福短信。那些短信只显示了发送者的姓名，并没有接收者的名字，内容也大多是一些烂熟的字眼，一看就知道是通过群发方式发来的。

5

比我小一岁的小堂叔油条儿带着他的妻子来到了省城，要我找医生给她看病，说是下体长了东西，引发了炎症，县里医生建议他们到省妇保，找专家动切除手术。油条儿说，侄儿呀，这忙你一定帮，他们说省妇保做这种手术，吴 ×× 最好。

小堂叔油条儿和他的妻子站在了我的面前。小堂婶挽着油条儿的手臂，笑嘻嘻地看着我。他们的样子，根本不像是来看病，倒像是来逛街。我想，也许，那是一种并不那么让人痛苦的病吧。

我对这种病一无所知。而且，女人的病，我更应该忌讳打听。我不是医生，要了解疾病干什么呢？我立马帮他联系医院和大夫。正是暑假，省城大些的医院病床都紧张，费了好大的力气，我才找到了那个吴大夫，并且让堂婶住进了医院。

小堂婶做完了手术。切除物正在送检之中，是否恶化不得而知。我请油条儿喝酒。席间我突然疑心堂婶大病可能来自于不洁的性。我问油条儿，是不是他带给她的。油条儿嘻嘻笑着说，我长年在外打工，一年见不到几次老婆，你说我该怎么办。

——油条儿不仅是我的堂叔，还是我的同学。他比我低一届，初中时我们一起去离家四十里之外的一座小镇读书。后来他没考上高中，就离开家去了广东博罗一个工厂打工。二十多年来，他将自己铆在了这家工厂，再也没有挪过窝。他给所有人的印象，是一个十分安分守己的人。几十年来，他结婚，生孩子，挣钱，养家。他和妻子一年难得见几次面却感情甚笃。他几乎从来没有惹过事。他们在县城有一套房子。他们一家总是一副过得不错的样子。

想起堂婶挽着他的手笑嘻嘻地站在我面前的样子。不知她是否知道她的病因？如果知道，她是否原谅了自己的丈夫？

6

清明，我们或开着车，或挤着班车，从四面八方赶回了村里。我们从机关、校园、工厂车间，首都、沿海开放城市、省城，县城自购房、出租屋等地方出发，向着自己的故乡奔去。那一刻，故乡成了世界的中心，我们的中心。

原本少有人居住的村庄人越来越多。久不相见的人们在路上寒暄，忙着从口袋里掏出香烟和打火机，交换电话和微信。他们用十分夸张的口气说话，以驱赶村庄因长时间人迹稀少形成的寒意。那些狗在路上的步子明显加快，脸上的表情有克制的喜悦，好像是家里来了客人的主人。

我们相约着向山上走去，带着纸钱、香烛、炮仗和祭品。我们之所以这么兴师动众回到村里，就是为了祭奠这些住在山上的人们。他们是我们的祖先。是他们赋予我们基因、血型乃至整个生命。他们是我们的传统。他们是我们人生的起跑线，也是我们眼中世界的尽头。

我们到了山上，费力扒开墓碑前的荒草，辨认墓主的身份，查找上面我们祖先的名字。长辈们边焚香燃烛边兴致勃勃地讲述着关于祖先的故事，关于他们的爱好特征，后裔支脉。这是每年都讲的老段儿，今年无疑又要讲起。

我们晚辈认真听从长辈们的教诲，认真记着祖先墓地的位置。有人提议，有没有可能，我们把祖先的墓地拍照保存，并通过图纸的方式标明位置，以利于我们以及后来的人们辨认？有人更是别出心裁地提出，可否将每位祖先的讳号、生平和子嗣等信息编写好保存在一个个二维码里，然后在每位祖先的墓碑上镶上相对应的二维码，通过手机扫描方式来对这些墓地进行辨认和管理？一扫二维码，祖先的信息在手机上一目了然。

我们对祖先的墓地津津乐道，对故乡的死乐此不疲。可我们发现我们对村里的生越来越陌生。我们不知道村里新矗起的大厦的主人是谁。我们不认识跟着大人走在扫墓路上的孩子是谁家的娃。我们甚至不了解村里还有多少耕地在耕种，还有多少人家依然驻守在村里。我们对故乡的感情越来越疏离，我们回到村庄的机会越来越少，最后只简化为清明这一天。

故乡对我们而言仅仅是一块祖传的墓地。当我们意识到这一点，我们不免陡然心惊。

7

父亲打电话来，说村里在组织给每家每户装自来水。同意安装的，需要缴纳一千五百元安装费。他问我们家装不装？他的意见是不装。他在县城住得舒坦。他和我母亲这辈子再也不会返回村里住了。

我们村家家户户最早是靠挑井水解决生活用水的，村里几口井，能够满足全村近千口人的生活用水需要。每到傍晚，井边成了全村最热闹的地方，小小井口，会有四五个人同时用吊桶在井里打水。等在旁边的人趁着闲暇海阔天空地聊，粗话荤话一起上，井口不时传来男人的哄笑和女人的嗔骂，构成了可供回忆的故乡生活风景。后来，人们开始往自己家院子里打井，用一根小小的管子通到地底下，上面通过压水装置取水。现在，我家已经无一人在村里居住，村里说要装自来水了。

时代在变，村庄用水也在变。从村庄用水的变迁可以知道，公共的时代逐渐让位于私人的时代。然后是手工的时代，渐渐进化到自动的时代。

我本应该赞同父亲的意见才对，可我毫不犹豫地对父亲说我同意支付我老家的自来水安装费。

我不知道我为什么要嘱咐父亲交这笔钱。我这辈子回村里生活的可能性越来越小。我的弟弟也在外购置了房产。在城里长大的他们的儿子和我的女儿对这个村子并没有认同感，他们不会回到这个只能算是他们的祖籍地的地方。

可是那是我生活了二十多年的地方。她贫困、破败、肮脏、荒凉，可是她给了我生命，最初的人生经历。我不想与她脱节。我希望自己不仅是她的历史的一部分，还能与她的未来同步。我希望我与她永不分离，永远被她惦记，记录在她的账户之中。如此，我就永远是她襁褓中的婴儿。

（原载《黄河文学》2018 年第 2 期）

月明当空

葛水平

一

年怕中秋月怕半。中秋节一过，年就近了。

一年的时光走得总是很快，伴随着岁月的增长，人们心中的渴望不断地向外扩张去，而就生命来说，人生的风景却在这种扩张中相对地萎缩、收敛。

中秋节，又称月夕、秋节、仲秋节、八月节、八月会、追月节、玩月节、拜月节、女儿节或团圆节，时在农历八月十五，因其恰值三秋之半，故名，也有些地方将中秋节定在八月十六。

“中秋”一词，最早见于《周礼》。而《礼记·月令》上说：“仲秋之月养衰老，行糜粥饮食。”

一说它起源于古代帝王的祭祀活动。《礼记》上记载：“天子春朝日，秋夕月。”夕月就是祭月亮，说明早在春秋时代，帝王就已开始祭月、拜月了。后来贵族官吏和文人学士也相继仿效，逐步传到民间。

二说中秋节的起源和农业生产有关。

秋天是收获的季节。“秋”字的解释是：“庄稼成熟曰秋。”八月中秋，农作物和各种果品陆续成熟，农民为了庆祝丰收，表达喜悦的心情，就以

“中秋”这天作为节日。“中秋”就是秋天中间的意思，农历的八月是秋季中间的一个月，十五日又是这个月中间的一天，所以中秋节可能是古人“秋报”遗传下来的习俗。

“中秋”就是秋天中间的意思。多好，像锄头入了土里。

二

乡下的中秋节是一个很隆重的节日，走外人，或者在城市里参加工作家在乡下的人，八月十五这一天总要提二斤月饼赶回家团圆。在他们还没有到家之前，其实家里人已经把月饼打下了。

童年时常常在中秋节到来时唱一首歌：

八月十五月儿明呀
爷爷为我打月饼呀
月饼圆圆甜又香啊
一块月饼一片情啊
爷爷是个老红军哪
爷爷待我亲又亲哪
我为爷爷唱歌谣啊
献给爷爷一片心哪

乡村的孩子正是换牙的年龄，从村口那棵老槐树下走过，声音听起来有点跑风漏气，可谁会认真听他们唱呢。正是秋忙时节，劳力都下地了，秋天的庄稼到了季节的末尾，老天开眼啥都好，就怕老天闭眼来一场秋雨，庄稼就要烂地里了。

女人们在家忙着打月饼，还没有祭拜月神，娃娃们馋嘴猫似的，闻着香就来了。

一群娃娃围着打月饼的炉子，脸蛋被炉火烤得通红，大人们不让吃月饼，案板上掉着的芝麻粒，看见了，小手伸过去摁一下迅速连指头伸进嘴里。

一粒芝麻在牙齿间咀嚼，没有吃到的偶尔被女人们赏一粒芝麻，兴奋得越发起劲唱。一只猫卧在门墩上，不时地偷看一眼，但它没有动，它是一只吃老鼠的猫。

院子里有一棵枣树，小鸟排队似的一拨飞走一拨来，被鸟蹬落的枣子红红地落了一地，娃娃们也不捡，能落在地上的枣子都是虫子钻进枣心里了，咬一嘴，尽是虫子的屎。

月饼馅儿真是香啊。

排队等着烤月饼的女人们，还没有做好馅儿的，借了主家的火和铁锅倒入自己的白芝麻，铁铲子搅拌翻炒的刹那间，猫也闻见了香，猫叫着绕着女人腿转两圈，好没有意思地走开了。白芝麻在锅里飞溅，由白变成淡黄色，炒好的白芝麻放在盘中冷却。核桃仁、花生仁也放在铁锅中，用铲子不停翻炒，使其出香味。炒好的核桃仁、花生仁放在案板上，用刀切成碎小的颗粒，放入一半白芝麻、一半核桃仁和花生仁。铁锅也不闲着，用油炒面粉，放了糖炒，粉料充分吸收油脂，变得湿润了就开始拌馅儿了。

打出的月饼放在簸箩里，女人们端着打好的月饼离开时，嘴扯了老大笑说:“用吗，还用吗？不用我拿走啦。”

她是说自己的月饼模子呢。

好月饼模子堪称民间工艺品呢。月饼有文字可考的时间在北宋，苏东坡诗中有“小饼如嚼月，中有酥和饴”。

如是说，月饼模子的历史似乎也应追溯到宋代。但流传至今的月饼模子，较为常见的是明清时代的产物，这可能与其材质的耐久性有一定关系。

民间的月饼模子多为木质，且多为杜梨木所制。

杜梨木又叫“杜木”，木质细腻无华，横竖纹理差别不大，适于雕刻，除用于制作月饼模子外，更广泛地用于雕刻家具和印章。

“福”“德”是出现在月饼模子上较多的文字，缠枝花、桃子、蝙蝠等则是图案的主角……月饼从模子里“打”出来后，图案十分雅致，火一烤，那图案就模糊了。

山腰上的班车响着喇叭，村子里的人就知道走外的人回来了。那时候大多提着的是五仁馅月饼，公家人做的月饼硬邦邦的，石头蛋子似的。

中秋的主题总离不开月亮，月明是共同的牵挂，是来年的风调雨顺。祭月从晚饭后开始，院子当中，方桌子上摆放着月饼、水果。那月儿在云彩下藏着，慢慢就露出脸儿了，噢，亮汪汪的大地上，秋虫子起了。

不知是谁家的婆姨高声驱赶着滞留在草丛中的鸡群，娃娃们开始踩月光，那是记忆中最快乐最勇敢的行为。踩月光也是踩影子，谁都怕踩着自己的影子。大人说：踩着影子，人就不长个儿了。

听说福州的八月十五有捉月光的习俗，还有一首民歌：“月光光，照池塘。骑竹马，过洪塘。洪塘水深不得过，娘子撑船来接郎。问郎长，问郎短，此去何时返……”

这首据说是唐代观察使常兖所作的童谣《月光光》，在福州传唱千年，说的正是福州八月中秋守月华的独特习俗。

何为“月华”，明代著名笔记著作《五杂俎》记录：“人言八月望有月华，或言夜半，或言微雨后，或言不必八月，凡秋夜之望俱有之。或言其五彩鲜明，旁照数十丈，如金钱者百余道；或言但红云围绕之而已。”

传说他们将“月华”藏到米缸里，大米会吃不完，藏到衣柜中，以后会有许多新衣服穿。想想孩子们争相捧起月光，合拢双手来来回回捉月华的样子，就觉得日子真是美好。

三

祭月结束，开始吃月饼了，一个月饼用刀对切成四块，一人一牙儿，酥酥的外壳，一窝馅儿，生怕掉在地上，吃时仰着脖子，有时候吃急了不小心呛了喉咙，吃进去的月饼一下就喷了出来，大人看见了伸手打过来，总归还是心疼，又递过一牙儿月饼。

月明下的河水闪耀着光点，虫声铺满了河沟，偶尔有夜蝙蝠飞过，会发出轻轻的呼哨声。月夜里的话拉得很长，听不懂话的娃娃们就着月光开始新一轮的打逗，不知哪个摔了一跤，旺盛的生命力很快就淹没了那疼痛的喘息声。

大地和天空为人间准备了许许多多礼品，月光、山影、歌声，中秋的夜总是充满了莫名其妙的兴奋。

前一段时间去云南，发现少数民族也过中秋节。彝族也有“阿细跳月”的习俗。“活着不跳月，白在世上活。”

彝族是一个活泼的民族，大三弦一响，脚底板就痒了。都说彝族人会说话就会唱歌，能走路就会跳舞，每逢节庆，彝族人更是喜欢围着篝火载歌载舞，中秋月圆之夜，当然也少不了“阿细跳月”。

中秋本算不上彝族的传统节日，但由于与汉族的长期共同生活，如今包括彝族在内的不少少数民族都会欢庆中秋。

阿细人是彝族的一个支系，“阿细跳月”的来历有不同的传说，但都与火有关，和生产生活相联系。传说很早以前，阿细人赤脚上山灭火，在火灰尚未熄灭的地里，脚被烫疼了就交替抬脚跳两下，逐步演变成了舞蹈的基本步伐。

中秋赏月的风俗在唐代十分流行，许多诗人的名篇中都有咏月的诗句。到宋代，中秋赏月之风更盛，每逢这一日，“贵家结饰台榭，民间争占酒楼玩月”。明清宫廷和民间的拜月赏月活动更具规模，中国各地至今遗存着许多“拜月坛”“拜月亭”“望月楼”等古迹。

文人士大夫对赏月更是情有独钟，他们或登楼揽月或泛舟邀月，饮酒赋诗，留下不少脍炙人口的诗句。如杜甫《八月十五夜月》用象征团圆的十五明月反衬自己漂泊异乡的羁旅愁思。宋人苏轼，中秋欢饮达旦，大醉而作《水调歌头》，借月之圆缺喻人之离合。

今天，中秋捉月华的习俗，已远没有旧时盛行。但设宴赏月仍还在，人们把酒问月，和家人“千里共婵娟”。当然，大家不是守着月明，而是守着电视。

我还是喜欢回老家过中秋，有草木的气息，朴实里有几分认真和放下。风和树叶的交谈，月光和涧水的交谈，万物都在各自说话，生活中无尽的痛苦、悲伤和明天一早的农事比，一切就淡了。

中秋望月，愿获得力和生命的鼓励。

（原载《文艺报》2018 年 9 月 21 日）

无家可归的故乡

陈启文

那是一种反复涌现的声音。一条大江渐渐进入汛期，那流逝之声还很低调地按捺着，压抑着，但我知道，只要她掀起一个浪头就足以使风云翻腾起来，这让我有些望而却步。近乡情怯啊！每年汛期的到来也意味着江南雨季的降临，那年复一年的清明雨，仿佛年复一年的重复或模仿，但戊戌清明却让我有些意外，一场预料中的雨一直欲下未下，天色低沉而疲倦，恰似我一路上的心情，而那个在预料中必将出现的故乡，走得越近越觉得邈远。

我其实是一个乡愁淡漠的人，对故乡只有记忆，鲜有思念。而记忆中的故乡就像河床上的一片阴影，我从来没有看清楚过，那偶尔的回忆如同黑白电影中的闪回，早已与我“现在进行时”的生活无关。自十七岁通过高考走进城市，一张纸早已让我脱胎换骨。我在骨子里是个乡下人，却命定要在一座座城市里辗转流离。其实我又何尝想要如此四处漂泊，只因我总是难以在某个城市里找到安身立命之地，如漂泊一生的清人钱泳所谓：“余一生坎坷不遇，岂能自立耶？”

我也想落叶归根，但我的根在十七岁就已经被斩断了，故乡早已没有我的立足之地。人道是，父母在哪里，故乡在哪里。而父母亲被我从故乡接到岳州城里来安度晚年，浑然不觉已二十余年，用家乡人的话说，二老能到城里来拄拐棍也算是享福了。前些年他们还能回老家走动走动，如今已经走不动了，只能叮嘱我回老家走动走动，我却不知道他们说的那个老家在哪里。

这次我从岭南回岳州城里看望父母，年届八旬的老母刚刚经历过一次死里逃生的中风，还好，这矮小的老太太，骨子里还有股谷花洲人的硬气，又硬生生地从阎王爷的魔爪里挣扎过来了，而且没有落下瘫痪等可怕的后遗症。只是，那嘴角稍稍有些歪斜了，一条腿也有些立不住了，一走路就会跑偏，但她的生活还完全能够自理。此前，我最担心的是她从此瘫痪在床，浑身都不能动弹，甚至变成一个植物人。我心里十分清楚，我做不了给她侍奉汤药、端屎泼尿的大孝子，而在我父亲眼里，我天生就是个逆子。当我母亲最终以挣扎的方式挺起半拉身子，她拯救了自己，也拯救了我们一家子人。她似乎猜出了我们的心思，还对我发了一个毒誓，若是她瘫在床上了，她决不连累我们，我苦笑。

无论是母亲的毒誓还是我的苦笑，我父亲听了，一直都黑着脸，如那深刻的皱褶一样表现出他深刻的沉默。他那满口嚼得碎铜豌豆的牙齿早已落光了，当凹下去很深的老嘴紧闭着时，看上去凶狠而又狰狞。作为家中的长子，我对他的性格是最了解的，一下就在他的沉默里感到了几分绝望。他的绝望其实无关我母亲的生死，他只关心他老家的老屋。他不知是听谁说的，我每次回老家，对他那老屋简直不屑一顾，这让他觉得自己已活得没一点尊严，无论是在我面前，还是在谷花洲人面前。但他为了在我面前维护自己的尊严，又从未叮嘱我去看看他那老屋子。这次，当我踏上回老家的路时，没走几步，就从背后传来一阵歇斯底里的咳嗽，这倔老头，咳得我的脚步都有些乱了。

从岳州城去江南那个水窝子里的谷花洲，直到 20 世纪 80 年代，才修通了一条砂石路，一下雨，烂稀稀的哪里还看得清是一条路，一辆车在那烂泥中吱吱嘎嘎、踉踉跄跄地开着，一旦遇上了过不了的坎，司机猛地一踩油门，那车便一蹿而起，随即又在稀里哗啦的烂泥中猛地跌下，有时候大半个车轮都陷落在烂泥里，那坐车的人都得下车，在那泥水浆浆里推车。还记得在一次回乡下的路上，一个长得特矮小、肚子又特大的孕妇一路上不断发出尖叫，那凄厉的叫声让一车人都快崩溃了，看那模样也快临盆了。我忽然想到了我那矮小的母亲。“慢点儿啊，师傅！”我刚刚喊出声，就招来了一道凶狠的目光，那孕妇身边的汉子横了我一眼，还一个劲儿地催着司机：“快啊，快开啊！”一车人都纷纷呵斥这汉子：“哎，你怎么不顾这孕妇的死活呢？这可是两条性命啊！”那年头，路很烂，但人心不烂，大伙儿心里都有股正气，也敢于伸张。在众声呵斥之下，那凶巴巴的汉子突然一声哀号，随即又听见孕妇一声惊叫，我还没看清刚刚发生的那一幕，只听一声婴儿的啼哭，就看见了那汹涌而出的血水，一辆车顷刻间变得像产房一样安静了。这短暂的宁静很快又被那汉子嘶哑的破嗓门打破了，他抱起一个血糊糊的、连脐带也没有剪断的婴儿，绝望地呼号着：“我怎么能让娃儿生在半路上啊，我得让娃儿生在家里啊！”在他的哭喊中，一车人都明白了，这是一对从东莞打工回乡的夫妇，他们这么急匆匆地赶回家，只有一个念头，就是要把孩子生在家里，而除了乡下那个家，他们没有别的家。

而我，自从在城里有了家，自己的家，我对老家越来越淡漠了。尤其是儿子出生后，我的血脉已经延伸到远离故乡的城市，那个谷花洲，与我儿子没有一点儿关系。而我在一座座城市里辗转迁徙，在无岸的漂泊中也日渐沦为一个无家可归的游子。如今故乡已修了一条柏油路，也少了许多弯弯曲曲，只需一两个钟头，车就可以开到我老家门口那棵水杨树下了。然而我却越来越不愿回去了，事实上我也无家可归了，当一个人在故乡没有了父母亲，没有了家，就已无法建立起家—乡的关系。

一个人降生在哪个地方是偶然的，但那个生长的过程又是必然的。

我父亲十八岁结婚，分家独过，只分到了两间茅屋和两个饭碗，还有一口铁耳锅。我母亲当年才十六岁，为此她数落了老陈家一辈子。我还依稀记得小时候，我祖父抱着我，坐在我家那窝窝囊囊的茅屋门口，听着我母亲喋喋不休的数落，他就像一只眼珠子瞪得溜圆的石狮子，想他当年的陈家大屋是何等的气派，如今却让一个矮小的媳妇如此数落。他却始终没有发作。

我就出生在那两间茅屋里，这也是我第一个真正意义上的老家。这屋子就盖在堤坝上，那茅草屋檐比我矮小的母亲也高不了多少，她一抬手就能够到房檐，在屋顶上晾晒萝卜干、鱼干。墙壁是芦苇秆夹泥墙，别说抵挡洪水，只要大雨一冲，那泥墙就泡汤了。谷花洲人把这种房子叫趴趴房。我母亲在这屋子里生下了三个孩子，我在这屋子里一直长到七八岁，每年桃花一开，清明雨一下，洪水就噌噌往上涨，到了七八月份，江风吹过茅屋的窟窿，发出“呜——呜——呜”的响声，那浪花飞溅到后门上，打得稀里哗啦响。如今想来，我们就是在死亡线上过日子，若是洪水再涨高一点，一个浪头打过来，就把这茅屋连同一家人给卷走了。每年的洪水都要卷走不少人，淹死不少人，那都是我眼睁睁地看见的，我们离死亡的距离最多只有一尺远，但我们一家人却幸运地活了下来，我还觉得那是我在乡下度过的最幸福的一段时光。我是在三年困难时期过后出生的，一场大饥荒已经过去了，在那时候两个劳力养活三个孩子，还不至于饿肚子。而我还在那风浪里练就了一身好水性，也养成了一身坏脾气，每次父亲拿着棍子追上来打我，我扑通一声就扑进了长江里。这很危险，但江边上的人早已看惯了生死，一个小孩子能够从小练就一身好水性，若真到了洪水冲决江堤的关头，至少还有挣扎逃生的机会。

每一次搬家都与洪水有关。眼看着洪水一年高过一年，那被洪水冲撞得千疮百孔的堤坝又得加高加固了。在我八岁那年，凡是住在堤坝上的人家又得迁到垸内，筑墩盖屋。这次我们家盖起了三间坐北朝南的茅屋，朝南的一面还砌起了土砖墙。我在这房子里又住了八年，又有四个弟妹一个接一个降生。这也是我在乡下度过的最苦难的岁月，两个大人要养活七个子女，而我和上边几个妹妹一天天长大，都是吃长饭的时候，特别能吃。又加之我那矮小的母亲积劳成疾，接连动了几次大手术，干不了重活，我们家成了村里的漏斗户，那种饥饿感是铭心蚀骨的。我每天像饿鬼一样，到处寻找可以吃的东西，看见了癞蛤蟆我都想吃掉。多少年后，当我打量着故乡，我的目光还下意识地充满了少年时的饥饿与贪婪，这也是我拼命想要逃离谷花洲的原因。为了多挣几个工分，我父亲一狠心，把我十来岁的大妹妹从学校里叫了回来，给生产队里放牛，她每天骑在牛背上哭哭啼啼，那用泪水挣来的几个工分刚够她自己养活自己。

到了 20 世纪 70 年代末，日子终于有所好转了，我父亲在人民公社解体前夕被委以重任，当上了江南人民公社谷花大队第九生产队队长，这是他一生最值得炫耀的事，却也是他最后的辉煌。他很霸道，在生产队里几乎说一不二，就凭着他这特霸道的、说一不二的性格，他在谷花洲第一个就把第九生产队——叶家墩的田地包产到户了，又率先种上了杂交水稻，一年多的工夫就让叶家墩人吃饱了肚子，还有不少人家开始在堤坝上盖新房。就在我准备参加高考的那年，我们家也在堤坝上盖起了一座明三暗五的砖瓦房，那是我父亲最牛的时候。有一次我欺负了他最疼爱的小儿子，他跟我说："你在老子跟前可得老实点，要不这房子就没你的份！"按他的想法，我们家兄弟姊妹七人，但儿子只有两个，这房子以后就是分给我们兄弟两个的。但他没想到，我竟然从鼻孔里哼了一声："就你这房子，给我也不要！"那倔老头一听狠劲儿就上来了，当即掏出一个破本子，要我立下保证书。我唰唰唰就写了，我保证一辈子不要他这房子的一砖一瓦！那个连纸都戳破了的惊叹号，还真是把我父亲给震惊了，他又恶狠狠地看了我一眼："你有种，说话可不是放屁啊！"我瞅了瞅他，他那眼神里分明有一种谋杀未遂之感，而我却感到特别痛快。

没过多久，一张纸把我变成了城里人。我父亲搓着两只沾满了泥巴的手，想看看邮递员送来的那张纸，却又不好意思看，于是嘿嘿一笑说："要不是老子使出一绝招，把你逼得走投无路了，你能进城穿皮鞋，住楼房？"我突然凑上去摸了摸他的大光头："就你这脑瓜子灵啊，等着吧，我会把你接到城里去拄拐棍！"我父亲一下蹦起来，抄起锄头就朝我扫过来。哈哈哈，我早就大笑着跑得老远了。

还别说，这倔老头还真是争硬气，后来我真要接他进城拄拐棍时，他又犯起了倔劲，死活不肯搬，可他那三间砖瓦房在 1998 年的大洪水过后已被拆掉了，那大堤还要继续加高加固，所有住在堤坝上的人都要搬迁到堤垸内。父亲用拆下来的砖瓦盖起了两间小屋，连身子都转不过来。后来，在我母亲和我们兄弟姊妹们的反复劝说下，这倔老头终于告别了他的故乡谷花洲，也把他一辈子盖起的第四个家抛在了身后。这一抛就是二十多年。叶家墩人陆陆续续盖起了一座座两层三层的砖瓦楼，而我父亲盖起的那两间小屋又老又破，委委屈屈地瑟缩在别人家楼房之间。每次我父亲回来都感到特别窝囊，进自己家门时就跟做贼似的，想他当年这个说一不二的生产队长，如今哪还能在乡亲们面前说得起话！他知道自己这辈子是盖不起一座两三层的楼房了，但他又一直不死心，一心想要我给他把房子盖起来，盖得比叶家墩所有的房子都高出一头。我也不止一次想过，但想来想去最终我还是放弃了，我在这叶家墩没有户口，没有一分田，就算盖起了一座房子，我也不会回来住。而我更担心的是，若是这房子盖起来了，那倔老头又要带着我母亲回来住，看个病买个啥的也不方便，那还不如让他们一心一意在城里拄拐棍呢。

谷花洲如今已没有了多少乡土气息，它并不苍老，却早已失去了往日的那种血气。那世世代代开垦出来的田地，再也没有谁还会豁出性命来争抢，很多田地的荒草已长得比芦苇还高。而那一幢幢两三层的楼房，又没有个设计规划，高低错杂，跟火柴盒子似的，乡村不像乡村，城镇不像城镇，不伦不类的。村里人大多关门闭户，偶尔打开一扇门，从里边探出来的都是白发苍苍的脑袋，那骨瘦如柴的手里颤巍巍地拄着一根拐棍。这些老人眯着眼睛打量着我，我也睁开我高度近视的双眼打量着他们，这是一个互相辨认的过程，谷花洲已成为另一个谷花洲，我也成为另一个我，即便我上前去打招呼，也没有谁还认得我是谁。

但父亲那两间老屋我还认得，这并非我的老家，而是我父母亲的老屋，我在这屋子里一天也没住过，它跟我又有什么关系呢？一棵长了二十多年的水杨树，几乎将整个屋子遮蔽了，那树下的荒草和屋顶上厚厚的落叶，把一座老屋都沤黑了，而那被野猫或老鼠刨开的檩条，一根根像肋骨似的露了出来。走近那倾斜的墙壁，倾斜的门，一把挂在门上的大铁锁，锈迹斑驳，不知有多久没有打开过了，还蒙上了一层一层的蜘蛛网。我来时带上了钥匙，这是我母亲的吩咐，开开门窗，人要透气，屋子也要透透气。那大铁锁连钥匙也插不进去，我折腾几次，才把钥匙插进去，又拧了拧，只听咔嚓一响，就像触动了一个暗设机关，一把锁居然打开了。推开门，一股潮湿的霉味直冲上来，呛得我像那倔老头子一样，一阵歇斯底里咳嗽。走进屋里一看，这一屋子的破烂，连上锁都没有必要。门口放着一把锄头，一见这锄头我就像仇人相见，分外眼红，从小到大我可没少挨过这锄头把儿的毒打，我就是被这锄头把儿给打大的。窗台上，还有我父亲当生产队长时用过的一把破算盘，那算盘梁子、杆子由于年深月久都枯槁干裂、扭曲变形了，一颗颗珠子还闪烁着暗红的光泽，仿佛已被一个生产队长的心血与汗水浸透了。我父亲算是叶家墩最会划算的能人之一，他当队长前，叶家墩一年的人均纯收入只有三十多块钱，人均口粮只有三百多斤。他当了两年多队长，叶家墩的人均收入就超过了一百块，人均口粮超过了六百斤。直到现在，他都清楚地记着这笔账呢，可除了他，还有谁记得呢？记得的那一茬人大多已被埋葬了。

就在我要将打开的门窗重新关上时，忽然听见一声猫叫。那是一只花猫，在窗外冲着我喵喵直叫，那叫声又急切又绝望。这让我陡生几分诡异之感，仔细瞅瞅，才发现这老屋里真有异样，那床单下不知是什么在蠕动着，颤抖着。我掀开床单一看，哎呀，只见一窝毛茸茸的小家伙正用圆溜溜的眼睛惊恐地看着我。那花猫竟然在我父母的床上生了一窝小猫咪。我原本想拍一张老屋的照片给父亲看看，这可以证明我确实来看过他老人家的老屋了，但我又觉得这样未免太残忍，他这老屋都破败成这样子了，他看了不知得有多绝望。没想到这老屋里还有一窝刚刚生下的小猫咪，我就把这一窝小猫咪给拍下了，让那绝望的倔老头看看吧，他这老屋还生生不息呢。

父亲对我这个逆子已经绝望了，他知道那老屋是不可能在我手上重建了，于是把一笔不多的拆迁补偿款全部用来建造他和我母亲的合葬墓，这一座墓倒是给他挣回了一点面子，他的老哥们走进那墓穴里去转了一圈，一个个羡慕得直打啧啧："老幺啊，你这千年屋好宽敞啊，摆得下一桌麻将了！"

我父母亲现在闲得无聊了，还真是一天到晚搓麻将，一想到他们将要住在那宽敞的千年屋里去搓麻将，那老两口的眼里就会闪烁出兴奋和憧憬的光芒。不过，最近又传来了一个让他们愈加绝望的消息，这墓地都要迁到一个离谷花洲几十里外的荒山沟里去，并且还要深埋，埋得根本看不见坟头。对此，我是打心眼里认同的，逝者必须为活人让出空间，若是古往今来以至未来的所有坟墓都要保留下来，而且越筑越大，整个地球都将变成坟场。但转而一想，如果我的祖坟一旦迁走或消失，我父母最终也不能安葬在这里，那么如今这个谷花洲就真的与我没有任何关系了，那个与我有血脉维系的故乡或老家，也只存在于我的回忆之中了。到那时，我还会来谷花洲和叶家墩走动走动吗？

我就是带着这样一个不是问题的问题告别谷花洲、叶家墩的，当车子开上江堤，那场压抑了许久的雨终于毫无悬念地落了下来，却不是清明时节雨纷纷的雨，而是像瓢泼的一样，一条大江开始强烈地炫耀着它的风浪和呼啸声。但我知道，这雨来得急，走得也快。

（原载《广西文学》2018 年第 8 期，收入本书时，作者进行了浓缩精编）

最后的风景

李登建

谁偷走了那一地纯银的月光

有人在跟踪我，他肯定以为我是个可疑的人，甚至把我当成了小毛贼。我一点儿不怕他，我曾是这个村子的一员，今天是来自己的故乡、老家。但我不愿回头解释什么，他这般年纪的人不认识我。我继续大摇大摆往前走，他越追越紧步步逼近。终于到了土崖边，那边就是庄稼地，我山穷水尽，他也在我身后停下。“你是登建叔？”他居然叫出了我的名字，我盯住他看，却怎么也记不得他了。问他父亲是哪一位，顺藤摸瓜，才想起，我离开村子时那个还在地上爬的小猪崽一样的男孩。

原来旁边的房子就是他的家。他一连说了两遍，口气带出了得意。这大厦檐屋真气派，高高的，宽宽的，墙是贴瓷砖的。大门最能长脸面，是这一带流行的样式：大铁门，二层是阁楼。整座宅子很像一只老虎蹲着那里，大门是高昂的虎头。他告诉我这是他干建筑挣来的，他这些年一直干建筑，早晨四点多骑着摩托车跑二十多里路去县城工地，晚上回来住。他干的是小工，推砖推灰，推一天小车腿抽筋。我在脑子里换算着，这座宅子得多少块砖、多少袋灰，不就是他一车一车推出来的吗？不，他推出来的比这座宅子多得多，他得到的只是很少的一部分。我又问他父母是不是也住在这里，我想看看他们，我知道他母亲得了直肠癌，手术后没事儿，还天天下地干活。他父亲年轻时就很瘦，外号叫“电线杆子”。他用手往东边一指，说他们在园子里。他说的园子是他家的责任田，在东坡。大概十年前他家种苹果，为了看守，在苹果园里盖了一间小土屋，他父母就吃住在那里。后来我们这一带苹果销路不好，一堆堆苹果烂在树下，人们伤了心，把刚成年的苹果树连根刨掉了。他家也在其中，可是他父母却没搬回来住。这并不稀奇，村子里还有老人像他父母一样，在园屋子里住清静，不用和儿媳妇生闲气。子女也“认可”，“俺爹俺娘自己愿意”。他们一般都这么说，轻轻松松就把“球”踢到父母一边，丝毫不感到难堪，“孝悌”二字他们早已不认得。

问起村子里议论的集体搬迁到社区住楼的事，他对我讲：“人家都搬咱也得搬，可是我这房子刚盖起来啊！”他的手抓住一把头发使劲揪，咧着嘴，刚才的得意没有了。我点头表示同情，流汗流血盖起来的新屋，没住两年就被推土机轰轰隆隆推倒，能不心疼吗？但在势不可当的乡村城镇化进程中，好多新房子都逃脱不了这种命运。这个话题没再谈下去。

他邀我到他新屋里喝茶，我婉言谢绝，我还想到村子里转转。月亮三竿子高了，浅灰色的夜色掺进月光，透明的颗粒悬浮在空中，叫人想到一只正在蜕皮的蝉那嫩嫩的羽翼。这样的时刻在久别的村街上走，我的心里流着蜜，胸口微微起伏。

村街抹了水泥，仿佛一条白带子，不像原来的土路，月光下银色里透着淡红。路面也似乎太平整，哪比得上走泥疙瘩歪歪扭扭有滋有味？“你也太浪漫了吧？”我自嘲地笑笑。其实村庄是在一天天建设得更好，只是我怀旧。突然，前面掷过来一块长方形的亮晃晃的东西——这家人家拉开了电灯，灯光飞出院子，横在街道上，一下子把那柔媚的月光覆盖。瞬间路灯也亮起来，村里的路灯虽说不像城市的路灯那么密，街中心一盏，东西南北村头各一盏，可那尖锐的针芒挑破了小村夜晚的神秘。这却不免让我扫兴了。笼罩着村庄的月光不复存在，或者说被稀释得很淡很淡，看上去好像还有点浑浊。记得小时候的月光是那么浓，那么纯净，难道那一切只能藏在记忆深处？

中心大街西头有一条向北的小胡同，小胡同又向东拐，第二个大门是我的小学同学光才家，只要回故乡我都来他家拉呱儿，这回不知不觉又走到他家门口。可是门却锁着，屋里也没亮灯。上回见到他是去年冬天，他正愁得要上吊。儿子三十多岁了好不容易找了个对象，可女方狮子大开口，要了“六万一”的彩礼，又要五间新屋，放言不盖起来就不过门。光才老婆是个二十多年的老药罐子，日子很难，后来他怎么度过这一关我也没再问，我面对的分明还是过去的破墙烂屋，它被前后左右的华屋高墙夹在中间，成了低谷地带。附近没有路灯，恰巧这一霎月亮钻进了云层，就感觉这里暗了很多，暗得叫人喘不过气。

顺着宽宽窄窄的街道，我转到了原先大队部的对面，一家门前光溜溜的场子上晃荡着一个汉子，灯光从后面勾勒出他的身影：矮胖，光头，脖子粗短。他叫老传，我在村里当教师时曾教过他，笨得出奇，考试及格的次数不多。到了社会上却活泛、灵透得很，很有经济头脑，听说他改革开放以来发了大财。他也看见了我，迎上来，二话没说就往家里拉。他家两个院子，中间由月亮门隔开，西院是他的新宅，东院是他叔叔的旧宅。他叔叔婶子已故去，孩子们都在城里工作，老屋就交给他看着，不坍塌，村子搬迁时还可换一套楼房。离开村子的前几年我常来这里串门，每次都玩很长时间才回去。那些夜晚，走出屋门，一泓皎洁的月光漾在方方正正、整洁干净的小院里，心情特别亮堂，特别美好。此刻，我好像听到从屋子里飘出来的说笑声，眼前好像又闪烁着那熔银的月光。我在院子里静静地站着，感慨不已。人去屋空，情景不再。房屋也不像样子了，上溯四十年这座房子在村里应该算最好的，高大，宽敞，红瓦，白墙，可是现在它缩在老传二层小楼的阴影里，矮小，破旧，寒碜，像一个风烛残年的老人。这也亏了老传，如果不是他打理，它可能早在风雨中变为废墟了。岁月无情啊！

西院，老传已经把小方桌摆在院子当央，切好了西瓜，喊我快去吃，他媳妇翠玉也过来催我。翠玉也是我的学生，和老传同班。当年那个细高个儿、俊模俊样的小姑娘如今已成老太婆，发福得像大水缸。翠玉是读完高中回村的，村里、邻村的同学“追”她的可不少，他们都是平头正脸、品行端正的好青年，可翠玉却选择了初中还没读完、不务正业、东窜西颠、大吹大擂的老传。人们都感叹“男人不坏女人不爱”，后来才都佩服翠玉有眼光。人家老传早早就开始做买卖，兜里大把大把的全是票子，而那帮好后生却都死心眼儿，从早到晚趴在庄稼地里，这年头粮食又不值钱，所以他们的日子就过得不咋样。

扔掉烟头，老传就打开了他那大喇叭一样的嗓门儿。他在外面跑真是长了见识，天南海北的新闻，高铁网购，舆论八卦，无所不谈，没完没了，我插不上话，只有听的份儿。接下来又拉他“过五关斩六将”的经历，他的真实职业是倒腾棉花，低价收购高价卖。倒腾棉花违法，工商局查得很严，处罚很重，可是老传却没被罚过，反而工商局有些执法的人和他称兄道弟。他扬扬得意地炫耀着，我却在暗想，社会上不正之风盛行，就与他这样的人有关，他们越“神通广大”搅得社会越乱，乌七八糟！我嘴上附和，实际是耐着性子，我的注意力悄悄转移到了他发亮的光头上，瞅瞅他发亮的光头，再瞅瞅铁条上吊着的大灯泡，它们有相同之处，都亮得刺眼。

从老传家出来，月亮已经偏西。天这么晚了，家家却还不熄灯，看电视、打牌，农村也像城里一样过夜生活了？街上寻不见月光，我不甘心，我要到村外，村外可是离月光近的地方，我小时候在那里看到过最美的月色。我一路兴冲冲，然而不来不要紧，来了却彻底绝望了——村外搭了一排排鸡棚，鸡棚里灯火通明，据说这是一种“先进”的饲养办法，电灯使鸡产生错觉，它们便夜以继日地吃食、长肉或下蛋，劳役无期，最后活活累死！鸡棚后面，青龙山脚下的高速公路上，车灯汇成了一条光河，滚滚滔滔，奔腾而来。夜空被灯光切碎、穿透，千疮百孔，凌乱不堪，哪里还容得下一缕月光？

小时候那个夜晚的情景又浮现在眼前：那晚我和小伙伴们捉迷藏——那时候没有电视电脑，捉迷藏是孩子们主要的游戏——我大着胆子钻进村头场院屋子。屋子里黑洞洞，垛着麦草，踩着它可以攀上屋梁。我趴在屋梁上，听小伙伴们像鬼子的巡逻队一样呼啦啦扑过来，但他们往里探头看了看，没敢进去，又哇里哇啦嚷叫着到别处去“搜”。我判断他们会“杀回马枪”，趴着不动，好像打了个瞌睡。可没想到他们很快作鸟兽散，等再也听不到过路人橐橐的脚步和糟烂木头般的咳嗽声，我才从梁上滚落下来。一出屋子，不觉吃了一惊——当头是一轮圆圆的很大很大的月亮！

天空碧澄澄，蓝晶晶，月亮像一面新磨过的天镜，亮铮铮的清辉银粉一样纷纷扬扬洒下来，无声地落在场院里，新鲜、纯净，散发一股淡淡的香气。场院以南，收割了苘麻的空地上，仿佛覆盖了一层厚厚的雪，那雪是松暄柔软的，踩上去能没了脚脖子。湾边的树，迎着月亮的一面，树峰镶了白银的花边；腰间一些地方似是挂着雾凇，重重的，压垂了叶子。树影却愈显黑了，一团一团，好像画家遗落的墨块。远处田野里，融化了的月光在流淌，像一条明亮的大江，又像汪洋大海，这里涌动一波波的浪花，那边摇曳着柔滑的丝织品的条纹。而这同时，哗哗的水声盈满两耳，间或还好像听到几声蛙鸣。平原尽头是逶迤的青龙山，它的轮廓清晰、圆润，山上的岩石宛若片片水淋淋的锦鳞，只是它停止了飞舞，卧伏在那里，静静地守护着平原，让这明媚柔和的夜深深浸润着平原。

我呆呆地望了好一会儿，万籁俱寂的深夜，空无一人的村头，一个十来岁的少年，被这美惊呆，竟没顾上害怕。不知过了多长时间，我转过身，村庄已经睡熟，没有孩子的哭闹，没有牛哞，没有狗吠，月亮怕扰了人们的好梦，把穿过蚕丝似的云彩的脚步放轻，呼吸也屏住了，只以母性的眼睛和蔼地看着村庄。整个村庄沐浴在温情的月光里，每一座房屋都裹上了轻纱薄绡，麦草屋顶或弥漫淡淡的青烟，或浮动乳白色的雾气，红瓦屋顶上则叮当着月光金属质感的脆响。这使村庄更为安详，梦更为甜蜜，而那些秘密的不为人知的梦境又使月色越发缥缈、神秘，明朗而模糊、真实又空幻的色彩，将平原上这个极为平常的村庄装扮得那么迷人……

肌块塌方

在哥哥家刚刚喝了一杯茶，真可以说板凳还没坐热，我就起身，要上厕所。但从厕所出来我没回屋里，而是溜出大门，去水叔家了——这是我惯用的小伎俩，每次回老家都这样，哥哥嫂子也不怪我，他们知道我的心思。

水叔是我本家一个远房叔叔，比我大几岁，才分很好，小时候我曾背诵过他的作文。他只读完初中，但喜欢文学，能和我一起谈关于陈忠实、张炜、贾平凹的话题。他家住在村北头，我家在村最南面，到他家去途经李家胡同、村委门口、北大街，几乎穿过整个村庄。这一趟，我东张西望，停停站站，村子里的气息就捕捉个差不多。

这其实是我回来的最主要的目的。虽然离开故乡已近四十年，成了一个城里人，可我却怎么也放不下杏花河畔这个生我养我的村庄。过一段时间心里空落得慌，我就找个借口跑回来，在村子里走一走、转一转，她的每一点变化都叫我欢喜、兴奋。

可是这个村庄却越来越让我看不懂了：以前家家争相盖新屋，大厦檐房、二层小楼一座座拔地而起，一种蒸蒸日上的势头；而现在，有的院墙坍了不修缮，有的门前长满荒草。以前路上遇到人，推车的、担担的都脚步咚咚，匆匆忙忙；现在看到一些年轻汉子，手插裤兜，大白天在街上瞎晃悠，要不就凑在一起打牌、喝酒……你明显觉察到村庄在变得懒散、松垮。

“完了，完了，咱村用不了几年就会全完蛋！”水叔本是儒雅、文气、地道的乡村先生，此刻却义愤填膺，言辞激烈，“能闯荡的都出去打工，一年一年地不回来；在家的也寻三寻四，没有人肯下力气踏踏实实地干农活……”

这话从水叔嘴里说出来我颇感意外。水叔从小体质差，矮小干瘦，手里没有四两劲。他的兴趣也不在稼穑，功夫都花在了读书写字上。后来虽然学有所用，当了民办教师，但在生产队里不能胜任重担，被边缘化的屈辱恐怕他也不会忘记。

"联合收割机里直接出粮食，打'百草枯'省了锄地，不出力，不受累，还是庄稼人吗？慢慢胳膊呀腿呀都生了锈，肌肉萎缩，像你岩子叔那样的好汉再也找不到了……"水叔又长叹一声。

岩子叔和水叔是同父异母兄弟，与水叔不同，岩子叔五大三粗，结实得像一块一块石头垛起来的。他驾车运庄稼，能当一匹骡子使；出夫，推着尖尖的两篓子土，爬堤坝，一撅腚就拱上来；栽地瓜秧，从河里挑水，上崖下坡，一口气浇半亩地。和希腊神话中的安泰一样，他是这块土地上的大力神，是人们心目中的英雄。村花小兰姑娘，人长得俊，尤其两只眼睛像弯弯的月亮一样好看。在城里当工人的胜利瞅上她，可她却对岩子叔情有独钟。起初她娘还嫌岩子叔家穷，但小兰爹支持，最后小兰一分钱彩礼不要嫁给了岩子叔。这是村里的一段佳话。

乡村是崇尚力气的，那时候，青年后生明里暗里比谁力气大，谁胳膊上的肌块硬；做游戏除了掰手腕、摔跤，就是玩碌碡。下雨天，不能下地，后生们闲得浑身发痒，不用招呼，他们先后来到村头场院屋子。那里有一排敞棚，打完麦场后的碌碡都集中在棚子下，这就是大家的好玩具。竖碌碡，滚碌碡（用脚），是最"低级"的，二蛋"嗷"的一声把一个碌碡扛在了肩上；大保憋住气，一个腋下夹起一个碌碡。那寂寞了多日的碌碡们经人逗弄，快活极了，蹦蹦跳跳，翩翩起舞。水叔带我去看过这种游戏，他被"将军"也一试身手，可竖了三竖，才勉强把一个小碌碡竖起来，遭到大家嘲笑。从那他再没去过，我便自己去，十几岁的时候我也能用脚滚碌碡了。

在乡村生活二十年，我注意到一个很"奇怪"的现象：最累的活，父老乡亲们干起来恰恰最来劲儿、最痛快、最过瘾——他们在劳动中显示，甚至是炫耀一种力量、一种美。

盖屋垒墙，垒到一人多高，扎起了架子，泥瓦匠们隔四五米一位，在木板上站了一圈儿，等着传来的土坯。上下有一条传坯的链条，这根链条的第一环——最下面这个人，得把土坯撺上去。这是个苦差事，可得到这个差事的汉子却立刻抖起了精神，他脱掉外衣，亮出饱满坚硬的肌块，甩甩粗胳膊，手指扣得咔吧响，这明显是在对外宣布：看我的，这个，小意思。瞧他左小臂托住土坯，躬身子，跃起的同时，右手用力一推，“嗖——”土坯飞起来，保证上面的人顺顺当当地接住。一个土坯足有三十斤重，垒一圈墙得一百多个，这一圈刚砌完，下一圈又开始了……

六月骄阳似火，也是农人们激情燃烧的季节。小麦收获的喜悦还鼓荡着胸膛，秋天丰收的景象又诱惑着他们。原来小麦地里套种的玉米已长到一拃高，需要松土，把遗留的麦茬锄掉。这个活叫“拼麦茬”——不知为什么乡亲们用“拼”这个字，我理解是表达要和麦茬拼命的意思。那的确是一场恶战。红泥地浇过水，又晒干，板结如石，锄头砸下去直冒火星子。但乡亲们天生都是犟脾气，愈挫愈勇，“杀”红了眼，一下一下砍。每每干着干着，那些犍牛似的汉子，又控制不住蛮力的爆发，发起飙来，蒙着头抡锄杠，吭哧吭哧往前奔——看谁先到地头。体格弱一点的就被落在后面，但他们也不认输，咬着牙紧追不舍，可哪里追得上？往往是越拉越远，村人把这叫“拉趟子”。远远望去，长长的田垄里像有一群鱼在溯流而上。而对那跟不上趟的，另一个比喻更为贴切：狼狈不堪的败兵。汉子们拉起趟子来真是不要命了，不管有没有女劳力在场，都光着上身，下身只穿件裤衩儿。汗水小溪一样顺着脊梁流到脚跟，“千层底”鞋底都湿透了。低低的日头喷着毒焰，他们浑身晒成绛紫色，背上蜕一层皮，又蜕一层皮，就像砧子上的铁块抖落表层的碎屑，这样炼成铁疙瘩。

杏花河逶逶迤迤从芽庄湖那边游过来，在村头折身向北，正好把村庄揽在臂弯里。杏花河以东，直到青龙山脚下，没有村庄，是一个方圆百里的小平原，祖辈传下来称它“大东洼”。我记事起，大东洼里的庄稼都是单一色的，冬夏全种小麦，秋季则是无边无际的青纱帐，这就不同凡响了。尤其是玉米发起身量，把大东洼塞得满满的，田埂都被挤没，白云被赶跑。它停住呼吸，天地间万籁俱寂，静得可怕；一阵微风吹过，它又涌起吞没一切的潮汐。这是一个神秘的世界，握着镰刀，提着镢头，挺着胸脯，晃着膀子，哗笑着从土路上大步走来的农人们，一进来就消失了，没了踪影。但是大东洼深处这里打旋涡儿，那里翻浪花，好像一百条蛟龙闹海。东边响起虎豹在森林里扑斗、铁尾扫断树枝的咔咔声；西边传来两军对垒、短兵相接、厮打肉搏的叫喊……过了很长时间，平息下来，大片大片粗壮的玉米棵子全放倒了，一群一群庄稼汉却挺立在那里。他们憋得难受，赶紧脱掉能拧出水来的布衫，凸起的三角肌、肱二头肌在阳光下闪闪发亮，一个个都经了罗丹的手，都是累不垮打不倒的铁塔汉子！

“阳刚之美是大地的钙和盐……”水叔说，他越来越像一个乡村哲学家。

“可惜、可惜……”他闭上眼，半晌，又自言自语，“从垣颓壁断，到肌块塌方……”

我发现，他眼角渗出两颗泪珠……

（原载《山东文学》2018 年第 1 期）

那个八月

——致张鲁

冯秋子

你的信收到了，看了你的长篇，心里很不是滋味。

然后就投入紧张的排练，共排练十一天，23 日演出了。

想的是等演出完给你回信。因为每天太过紧张，早晨一起即帮巴顿清洗，收拾，做早饭，和他说话，再给他做出这一天的吃的，没有的东西赶紧出去买，烧好热水，凉出凉白开水。能想到的尽量安置好。巴顿右胳膊肘两处骨折，同时神经挫伤，绑了石膏，写不了作业，做不了自己的事，一个喜好运动的男孩，现在走路走得很慢，因为接骨处常疼。他在少年宫练跆拳道时，被和他对练的高两段的男孩从背后给了一脚伤的。那些天他特别需要和我说话，有点依赖我，但有时也莫名其妙地跟我发脾气（他小时候有一次说："妈妈，人为什么发牌气呀？"他平常是说"脾气"的，这一回把书上的脾气看成"牌气"了，所以不懂），发完火，还会关上自己的房门，从里面锁上。过一会儿，估计他气消了一点，正等台阶下，如果没台阶就不下——我去敲门，他和我说几句话，就没事了。

我说，对不起，巴顿。

我很感慨，和他讲我的父母亲。

我说，姥爷因为糖尿病眼睛看不见这些年，有时候和姥姥发火，姥姥有多难受啊！她做所有的事，自己也是一个身患重病的人，腰腿疼痛经常下不了地、走不了路，可是只要姥爷情绪正常（他通常爽朗、干脆，声音铜钟一样大，爱开玩笑，笑声很感染人，说出的话生动得让人吃惊），姥姥做多少事，心里都像过节一样幸福。想一想，照顾姥爷是四个孩子和姥姥共同的责任，现在孩子们不在身边，所有的责任都落在姥姥一个人身上，姥爷的苦乐哀鸣只有姥姥一个人分享、分担，姥姥的不易和了不起，姥姥的好，就更加多、更加重了。反过来，姥爷一点光也看不见，等待完白天，等待黑夜；白天默认黑夜，黑夜冥想白天，在回忆和思想中分分秒秒地度日。唯有听广播，听电视，听来家里的人为他读一段报纸，听停下走路的人们叙述一点繁重或者欣喜的日子，生死饱饥和春耕夏种、秋收冬蓄，他放任心地，为广阔的时间里真实的存在沉思默想，最后心落进土地。这些是他的常态。可是，断不了看不见日子的烦恼，姥爷也有烦闷、焦虑的时候。

他能感觉到更多人的声音，而感觉不到自己的声音。他的声音经常把姥姥吓一大跳。有一次姥姥说他愤怒的时候，伸出手摸索姥姥，一副要打姥姥的架势。姥姥一咬牙，决绝地站在离他不远的地方。她说如果他真的动手，她就离开姥爷。姥爷摸索了几下，摸到姥姥的衣服，姥姥等待着他下面的动静。姥爷嘿嘿笑着，说：噢，在这儿，我还以为你这个同志出去了。愤怒中，他常常一百八十度大转弯，让姥姥哭笑不得。其实姥爷每天都做很多努力，他心里有多难受，只有他自己清楚。他像一头失明的狮子，在这个家里蜗居着。他们两个人，我什么时候想起，什么时候就心脉通达了。我说，得珍惜姥姥跟姥爷。巴顿是心肠柔软的男孩，能听懂别人说的话。还是小不点儿的时候，我就给他讲关于人的故事。

然后，我去报社，编辑、校对、二审稿件，策划选题，为版面划版、组稿，与作者沟通，剪一份报，再附两张完整的样报，手写一封信，一并寄给采用了稿件的作者，议定编辑部的工作。忙到下午下班的时候，打辆出租车赶到京城东边的国棉三厂，即日从北京城消失的大车间，就是我们的排练场和演出地。我们将在这个现场演出一场，演出是在晚上，第二天早晨，那个厂房就要被拆除了，国棉纺织工业的辉煌业已过去，这座厂房的历史即将跟随我们的演出而走到终结那一刻。因此这场演出将是新中国成立后上马的国棉大厂全部历史的沉洪晚钟和凄美绝唱。有一点巧合是，巴顿的奶奶，这位退休的土木高级工程师，20 世纪 50 年代初曾为规划中的国棉一厂、二厂、三厂的厂房绘制过土木工程设计图，之后的每一年，她定期前往检验那几座巨型厂房的结构质量。

排练到很晚回来，看见巴顿用左手给我写的纸条。

“不知怎么，家里有两只蚊子，打死一只，还有一只。晚安。”

“我被叮了四五个包呢。”

“电话：塔娜，《美文》，查干伯伯，天津刘雁。”

“热水烧好了，可洗澡。”

“千万别亲我脸，我涂了上回买的药膏。”

“妈妈，晚安！明早五点四十分叫我，谢谢。”

“刚才雨下得大极了，书房桌上的花瓶都吹翻了，我赶紧关了窗。有只蚊子。晚安。”

巴顿伤了右臂，只好用左手写，字很大，歪歪斜斜，有时写两条，有时写三条，在一张纸上东边一行，西边一行。我读完，所有的劳累消失得无影无踪了。幸福安宁，不舍得睡着。

每天做了热身练习以后，再和三十个四川巫山的民工一起排练，然后与地面，与玻璃、墙壁，以及这个空间的事物，去发展一些东西，练得浑身是伤。这是一种舞蹈剧场，加入了民工，叫作《与民工一起舞蹈》，一个半小时长度。有幻灯，影像，舞蹈。做大量即兴练习，很多时候特别出东西，有时因为太累或者什么因素，人有点抑制。我发现，我心里的感觉，使我在场上没有拘谨，没有急躁，没有意欲如何那样的想法，人很松弛，能够放下自我，恢复到原来的状态，把东西做得更加朴素、内在、有力。我想，把最小的事做好。我投入进去，就这样持续稳定地增长，直到结束。

很晚的时候，结束排练，收拾好东西快速往家赶。回家读完巴顿写的小字条，喝一杯干红，独自坐到一点多，睡下。

读了你的作品。

这真是生铁一般的日子。

真实得用语言表达起来倒显得不够真实。

许多事想清楚才能够放下吗？不知道。去想清楚一些事，是比较艰难的。人的力量其实有限。

一个人把全身所有的筋脉撑开，就能容得下大的东西了？

你做了非常多的努力。靠心智，靠毅力，靠埋藏了悲哀的安静超度思想。

阅读时，有好几次，我陷入说不出话的境地。

用心体会，仍感觉到悲哀。

我会再仔细读。这是心血之作，是十几年所能有的觉悟照耀的文字。

我也有一些不同的想法要说。

祝一切顺利。

注：张鲁，1982 年毕业于西南师范大学（现西南大学）中文系，重庆电视台编导，一级编剧。三十五岁时被失控货车撞致高位截瘫，此后与病痛抗争，坐在轮椅上继续创作，编导了大量纪录片。这是他寄给我他的长篇小说原稿，我读完后写给他的回信。2010 年 11 月 12 日，张鲁因病去世，享年五十八岁。张鲁生前写的最后一部作品，是与好友张湛昀一起为历史人物卢作孚所作的百万余字同名传记《卢作孚》。

（原载《北京文学》2018 年第 5 期）

白葫芦花

肖复兴

从北大荒插队刚回北京的时候，我搬家到陶然亭南。那里新建不久的一排排红砖房的宿舍，住着的都是修地铁复员转业落户在北京的铁道兵，住着来自全国四面八方的人。之所以从城里换房来到这里，因为这里很清静，而且，每户房前，有一个很宽敞的小院。母亲最喜欢这个小院，可以种些蔬菜吃。

那时候，我在中学里当老师，开始在报刊上发表文章，这里的街坊在报纸上看到，见到母亲时，常常夸我，让母亲很有面子。在这片地铁宿舍，我算是有点儿文化的人，颇受这些淳朴的街坊尊重。

夏天时一天晚饭过后，一位街坊来到我家拜访。是一个中年男人，很瘦，很黑，很客气。我第一次见到他，才知道他就住在我家后排，姓陈，湖南人。落座之后，他直言相告，想求我帮他写个状子。我问他要告谁呀？他垂下了头，沉吟一会儿，才抬起头来告诉我，是要告他老婆。我问他为什么呀？一日夫妻百日恩，什么事情过不去？他对我说：哪天有工夫，你来我家一趟，我给你看点儿东西。然后，又对我说：我歇病假，哪天都在家，你什么时候去都行。

望着他拖着沉重的步子，离开我家的小院，我心想，什么东西，石头一样压得他这样喘不过气来？

第二天下午没课，我从学校回家早，去了他家。他见我就说：你来得正好，家里没人。说着，他趴在地上，从床铺底下拉出一个小木箱，在箱子里的一个土蓝色的包袱皮里，掏出一个大信封，递给我。是几封情书，另外一个男人写给他老婆的。他从中找到一封，对我说：你重点看看这封。我看后，明白他要告他老婆的最终原因了。这封信里白纸黑字说孩子是他老婆和这个男人的。这是压倒骆驼的最后一根稻草。

他叹口气，瘫坐在床头，对我说：那时候，我在部队当兵，她在村子闹出这样的事情，每次回家探亲，我都隐隐约约地感到有什么事情发生。这不，我和她闹离婚好几年了，她一直不同意，一口咬定孩子是我的。她不知道，这几封信我早都看到了。

我不知道该怎么安慰他。他是信任我，才找我帮他写这状子，但我也不知道该不该帮他写。我写过一些小说和散文，从来没像宋世杰一样写过状子呀。

他看出了我的犹豫，接着对我说：我现在病了，不瞒你说，是肝病，挺严重的，说不准哪天就不行了。可越是病了，越觉得忍不下这口气。你说要是你，你忍得下吗？

我无言以对。就在这时候，院子里传来了孩子的笑声。他赶忙把信塞回包袱皮里，藏好在箱子里，把箱子推进床铺底下。

他送我走出屋门，我看见一个十来岁的小姑娘蹦蹦跳跳地向他跑了过来；小姑娘的身后，站着一位不到四十岁的女人，我格外注意看了她一眼，长得挺俊俏的，是那种惹人怜爱的女人。她的头顶是一个铺满绿叶的架子，午后的阳光，透过密密的叶子，在她的身上跳跃着斑斓的影子。她冲我笑笑，说：是肖老师来了，怎么不再坐会儿？我挺尴尬的，有些做贼心虚地说：啊，坐半天了，老陈要找我下盘棋。

和她擦肩而过的时候，我忍不住又瞟了她一眼，不巧和她的目光撞在一起，她依然在笑，我却更有些尴尬，慌不择言地指着架子说：开这么多的白花，这种的是什么呀？

老陈走过来说：是葫芦。

那是我第一次见到葫芦开花。满架的绿叶间，白色的葫芦花开得像一层雪，风吹过来，像是一群翻飞的白蝴蝶。

这里每家的小院里，住着的都是勤俭持家的人，大多和我母亲一样，种蔬菜的多，种花草树木的少。大多数人家栽的是一些扁豆、茄子、黄瓜、丝瓜和西红柿架子。那时，我见识很少，以为种葫芦不能吃，只能看着玩，最多做成瓢。后来，我对老陈说过这话，老陈说：葫芦也能吃，到时候，长出青葫芦来，请你来吃清炒葫芦。

老陈又找过我好几次，在他的坚持下，我帮他写成了一个状子，也不知道合格不合格，总觉得和我写的小说散文不是一路活儿，写得挺耙劲。老陈把状子拿回家看后，又找到我，说我写得力度不够，这样到法院真的打起官司，赢的把握不大。我趁机劝他，你自己都觉得不大，干吗非得要告你老婆？一封信上说的话，就能证明那孩子不是你的？人家法院就能信？再说，你把孩子都养了十来年了，你舍得不要了，给别人？接着，我又问他：你老婆对你好不好？这么漂亮的老婆，你也舍得不要了，给别人？他不说话了，我看得出，他犹豫，又不甘心。

告状这事，老陈一会儿气哼哼地非告不成，一会儿又瘪茄子不吱声了。按下葫芦浮起瓢，就这么自己折磨自己，有时候摔盆摔碗和他老婆闹，常常是他闺女跑来找我去他家劝架。就这样，好好坏坏，一直闹腾到了秋天。

一天傍晚放学回家，他的小闺女跑到我家对我说：我爸要你去我家！我以为出了什么事，赶紧去了他家。老陈要请我吃清炒葫芦。是他老婆炒的，新下架的葫芦切成片，放了几片红辣椒，喷了点儿香醋，真的挺好吃的。清脆，又一股子清香。我连连称赞，夸他老婆厨艺好。

这是我有生以来第一次吃葫芦，回味不已。我不知道，那时候，老陈的肝病已经很严重，已经到了肝腹水的程度。他行动不便，很少出门，到医院去看病，都是他老婆蹬着平板三轮车，驮着他，穿过沙子口的粮库和地道，到永外医院，一路不近呢。最后，他住在医院里，已经无法出院了，也是他老婆一夜一夜守着他。我去医院看过他，对他说：有这样一个女人，是你的福气，别再提离婚的事了！他不说话。

那一年冬天，老陈病逝。他老婆料理完后事，准备离开北京回湖南老家。我问她还回北京吗？她摇摇头。

临别的时候，她带着孩子来我家一趟，对我说：我知道你帮我家老陈写状子告我的事情。尽管我也劝老陈不要告她，不要离婚，但见她这样直面说我，还是非常尴尬。她接着说——她比老陈能说多了：老陈的心情我理解，搁谁也都会闹离婚。不过，这事你信吗？然后，她这样反问我。

见我一时语噎，她接着说：我来找你，不是来和你掰扯事情的来龙去脉和是非曲直的，是来给你送东西的。

送我的是用半拉葫芦做成的瓢。

她说：是老陈临走时嘱咐我做的，他说你稀罕这玩意儿！

她离开北京后，她家的房子换了主人。新搬来的人家，把葫芦架拆了，改种一个葡萄架。偶尔路过时，我会想起老陈和他的老婆。我再也没见过白葫芦花，没吃过清炒葫芦，老陈老婆炒得确实挺好吃的。老陈送我的那个葫芦瓢，一直在我家放了好长时间。那时候，自来水管在院子里，冬天冻了，得用开水浇一次水管，要接水存放一天。我家有一个水缸，那个葫芦瓢在水缸里漂着。

（原载《天津日报》2018 年 10 月 23 日）

中年妇女学习记

龚　静

晃晃悠悠恍恍惚惚小心不小心地总会成中年妇女的，虽总会用“中年少女”做一下心理安慰，但心知肚明不过是自欺欺人罢了。当然也是不甘于“大妈”的（其实还在“真少女”时，印象中的大妈很善良慈祥，头箍短发蓝灰布衫搭襻鞋菜篮子米袋子煤饼炉子赶着上班愁着一日三餐）。现如今的中年妇女可不会轻易投降，想投降也难。眼下做个中年妇女是蛮吃力的：“上得了厅堂，进得了厨房”似乎应当应分；看得懂中外文说明书，拧得了大小螺丝钉，有些还得加一条“斗得过婚外情”。目下更聒噪着中年妇女要淡定，要坦然，要瘦身。网络上高龄女性的“马甲线”或模特身姿时时提醒着广大妇女们。面对日新月异的社会生活，中年妇女们已然无法以既有经验从容应对，就是一日三餐，也要学学新菜式，懂懂新食材，试试新调味；也不能安于用慈祥的目光毫无激情地看着跌宕的世界，“冻龄感”之类的自欺欺人是不必了，学习学习再学习的学生心态是必需的，就算你不主动也要被动而为。

学习的面简直比做学生时还要宽广，虽然没有考试，可是时常要做“试卷”。如今不开门也可完成柴米油盐酱醋茶，当然网购是要会的。一开始“吓丝丝”地上某宝，担心买到假货劣货，担心资金不安全。不过中年妇女从少女少妇一路练就的购物武功也不是说废就废的，一两个回合下来，便摸清了路数，辨别了店铺。从图片到实物的质地款式参差、风格款型基本十拿九稳，虽说偶然退货增加了成本消耗些精力，但送货上门，省却脚力，同类产品比较下来的价格优势，让中年妇女顿感便捷有趣，于是放心大胆地走上了网购的“康庄大道”，并乐此不疲。时鲜土产，舟车劳顿不必，不日就能消受，苏浙沪还能无条件地包个邮。待终于挡不住用起了智能手机，又有了微信，接着来了微店，先是抗拒绑银行卡，可终究耐不住好奇心，这边厢安全感匮乏，那边里微信支付也还是用上了。虽是时刻提醒断舍离，但在海内外琳琅满目的商品面前，总不免心痒手痒。幸好用上了，常去的购书网站已经不接受货到付款了。

还是很克制地不怎么愿意在店铺扫码支付，不过身边的都扫一扫了，中年妇女还抖抖豁豁现金支付着，也是要自嘲土里土气的。常去的菜场，好多摊位都已然二维码支付了，卖菜大姐说这样方便呀，我们去进菜也都扫一扫，像以前带现金还不安全呢。哦哦，喏喏之余，还是习惯翻出现金，大姐也是两手准备，早几年的那个零钱小木盒老地方放着。

说是学习，其实最重要的是心态。手机终端的操作其实简单，只要按部就班做即可。愿意接受，然后尝试。如果只是怀疑或担忧，那就只能在老习惯里打转，而社会之变让人常常无法就这么习惯下去。

比如手机银行，被各种骗术吓得不轻，一向拒绝，可总归有实在需要的时刻，那也只好按部就班，顶不济使用过后删除即可。偶尔密码错乱，竟也能摸索着重新设置通关。年轻人说了不少中年人不会如此这般呢，被年轻人表扬一记虽不窃喜，也不免小快慰，怎么说也是 20 世纪 80 年代初的大学生呢，脑回路也还畅通，动脉暂时无斑块。

再比如打车，习惯了扬招或电话，可是来了打车软件，不用不用就是不用，意气使不得，只好乖乖就范，刮风下雨叫车有应才是硬道理哪。APP 一旦用上了，黏合度还是有的，新习惯还是很能适应的。网络时代各种课堂也都搬上了手机终端，政治经济历史文学艺术那是必需的，英语旅游烹调插画茶艺也得关注呀，保健健身瑜伽以及家居收纳日常妙招，只要你想了解，似乎都有各种收费免费的文字或视频音频候着你。连以前需要深入田野颇可了然的植物花木，也有专门识别的小程序了。格物不能致知？没关系，手机拍照，程序即可鉴别，偶有差错，大体可行。其他如每天的时事风云，全部细读不可能也不必，现在的人个个都是评论家，个体差异十万八千里，那就看看标题，挑选几篇粗粗浏览即可，中年妇女对自身的理解力还是有信心的，也算对当下心中有点数。所以，一个手机加上网络，学习的丰富性是可见的。纸质书确实别有洞天，做研究是不能靠搜索软件的，画线记笔记做卡片这些动作还是习惯性的，但也不能因此就说利用移动互联网就不再学习，虽然难免有些碎片化。信息纷杂的时代，碎片化思维、碎片化生活是必然的，端看个人如何把握。由年轻而中年了，学点新的，阐扬原有的，纵横交错，方有生命之拓展嘛。

不过，新时代的学习当然不同往常，有些网上课程也是坑，比如某些英语学习 APP，付了费，捣鼓半天终于开始了，却发现实在过分简单，你想脱旧升新那是断不可以的，难道只能傻乎乎每天打卡？你放弃，人家可不会退钱给你。这让习惯自学的中年妇女蛮胸闷的。如此学习好比如今的闯关游戏，只能跟着走，学习者每天打卡是蛮勤奋的，也颇有充实感，不过交出了主体性，说是学习，其实把自己的头脑也一并交出去了。好比读每天给你筛选好的所谓头条，听每天给你推送的什么思维，都是他人嚼过的馍，当然现在的人太忙，自己去读原著经典实在耐不下心，被喂养几口总还有点营养，也是好的。不过，对这种软件，吾等中年妇女偏巧不愿跟，虽说中年，记性差点，思维慢点，还是喜欢自己学习，自己琢磨，不求速度，不求多寡，吃透才对头。当然，如此思维是肯定不能用来盈利的，只能自利利心。那又怎样？这个世界，干吗都要站在什么风口上？一窝蜂的，风口站不下。学习不是姿态，学习是拓宽挖掘生命的可能，学习只为生命之趣，蛮好。

中年妇女欣喜地发现，年轻时需要费心拜师定时定刻去学习的某些科目如书画篆刻，拜现在的移动互联网之赐学起来还真方便多了。随时随地自是不必说，还免费，还能视频以见各路老师们的手法，搁在老早非得登堂入室不可呀。蛮好蛮好，于是很自觉地时常习览。老师们当然名头不少，不过自有参差，头衔不表示水准，然好的也不少，何况中年妇女日积月累地也有些储备的，关节处自有心得，虽有的不合眼，正好练眼，日复一日的，兼之得暇实践，心到手到，学习的滋味颇可回味。

虽说确实不能被手机掌控，好比曩有漫画所现，抽掉现代人手里的手机，个个仿若木鸡，姿势怪异，表情诡异，并床而卧，促膝而坐，竟如咫尺天涯，人人会心个中讽喻，终是流水落花无奈何。但是移动网络延伸了学习领域学习方式，也是要肯定的。某次在一视频上看到张大千几十年前的作画情景，泼墨写意、勾勒点虱、收拾敷染，边看边感，欣然悦然。技术的进步是要感谢的，技术某种程度上是打破某种壁垒的先期方式，从某宝到某讯，到如今什么抖什么音之类，技术链接和分化着各种人群。当然，技术也能增加人的焦虑，时刻感到被时代抛弃的恐惧。只是，中年妇女倒并不全然认同什么被时代抛弃之类弥散的情绪。虽然中年妇女如吾等也时时焦虑，但人生之无常的体会倒反而使人豁然，纵然远方如此不可掌控，不如把握眼下吧，只要你不是 AI，你的思维能力总是局限的，不如在限制中做到尽量的朗然。

比如，不惑之年后兴趣身心健康的综合平衡。当然或许也是身体机能衰退的提醒，再不能像二三十岁那样挥霍生命了。身体常常感到疼痛不适异常，这就是生命的提醒。那么，自学中医那是必然的了，读典籍，看药方，记经络穴位，实物和图片比对中药饮片，不期待长寿，身心之了解和自我之疗愈还是可能的。中年妇女沉浸于中药经络，趣味良多。气血虚实，五脏六腑，脊柱神经，关联密切，药名和对症和配伍颇可玩味。结合心理学和情绪管理饮食调养，由中医而至现代人身心，其中深味值得一步一步做功课。

比如，书越来越多，电影越来越多，各种展览也越来越多，日渐老花之目力和渐趋疲弱之体力简直跟不上，中年妇女只恨回不到年轻精力旺盛甚可谓强悍时，浏览阅读如老鼠掉在米缸里。不过，接受成为中年妇女吧，得有所选择，可以读得不多，但要读得精些；可以看得少点，但要看得入心入脑些；看什么，其实也是生命的选择吧。万卷书，万里路，到末了还是生命的相遇，生命和另一些生命的相遇，无论书中人事，还是地上风景。在相遇相得的一刹那，灵性方如光。

所以，中年妇女努力学习着，旧知要更新，新识要通透，盲区渐扫，熟地深掘。当然也不似年轻时那么贪婪了，或许不免无力无奈，贪婪不是人性吗？可是该放则放，得闲则闲。活成中年妇女了，即便你紧跟慢赶着所谓时代社会云云，你紧抓不放那些梦幻泡影等，怎么可以不明白不被身体抛弃才是硬道理呢？

学习，自变动不居的外部世界，也自起伏动态的身心内在；外部和内在互相牵扯，人和世界映照有带，习得充实内在，习得也冲击原先的平衡。活在当下的人，不要说和古人比，也不要说几十年前，就是十年五年前，面对的人文生态决然相异。从电话上网，到宽带网络，到移动互联网，再如今什么大数据区块链，智能机器人挑战人类……如何在快速变化的时代安顿自己，常常左右为难，甚或不免失衡。其实实在正常，动态才是常态，好比人体气血也是日日更新，动态下的平衡就算顺畅。外部的学习可能是容易收获的，内在的安静并非方便获得，咀嚼习得，了解个体所需，放弃所放弃的，或许才会真正得到所得到的。

中年妇女还在学习着，不为害怕油腻肥腻（适当就好），也不为求得当下流行的“高配人生”（诸如飞头等舱，住五星栈，喝年份酒，袭一身LOGO，等等。当然中年妇女也不酸腐，秉烛夜游有何不可），只为刺激刺激脑回路，免得神经元互相少勾搭，各自为政，渐渐沉默是金，乃至竟。

中年妇女明白，人所有的努力，总不过是一次经过，既无法免于恐惧，也不能免于消长，人事之运行是人无法全然了然的，否则何以说无常？那么，只是学习，学习花之一期一会，只为花开。

（原载《文学报》2018 年 5 月 3 日）

梅雨皖南

项丽敏

梅雨季，艾草茶

艾草是端午第二天采来的。

端午前一天，父亲问我可要艾草，父亲问这话时手里握着一把，三四根的样子，刚从街上买来的。我摇摇头说不要。

我知道什么地方有艾草，等有空就去采。

皖南仍保留着端午插艾草的风俗。端午前两天，近郊的农人去野外收割艾草，在家捆好，捆成一小束一小束，放到板车上，拉到街头去卖。

艾草买回来要插在窗子上，门头上也要插，说是避邪，其实是驱蚊蝇和虫子。

端午前后，草木旺盛，夏天的各种小虫子此时也活跃起来，它们喜欢人的气息，喜欢光，天一落黑就往人家里飞，趴在玻璃上，向屋里窥探，从缝隙钻进来，围着灯光扑扑乱舞。这也罢了，可恶的是蚊子和一种更小的蠓虫，不分白天夜晚，趁人不注意就空降下来，在人身上裸露的地方叮一口，又叮一口，留下奇痒难忍的小肿包。

古时候没有电蚊拍，对付蚊虫就只有依靠天然的植物。一物降一物，能降住蚊虫的就是那些含有挥发芳香油的植物，艾草是其中一种。

艾草插在门窗上，过两天，叶子就变成酱灰色，再过几天，秆子也变成酱灰色。有的人家——家里有产妇和小孩的人家，会把艾草取下来，折成小把，用香蒲草将它们捆扎，悬挂在屋梁上。

乡间有用艾水给新生儿洗澡的仪式。婴儿降生这世上，剪断脐带，就要接受艾水的洗礼，接生婆用手捧着温热艾水，淋在婴儿身上，轻轻擦拭，嘴里说着吉利话，给婴儿祈福。

产妇也要用艾草煎水熏身子，熏好后，再喝一碗加了红糖的艾叶茶。

艾草越陈越好，在屋梁上挂个两三年也不会坏，虫子们是不会打它主意的，虫子们对艾草避之唯恐不及。

屋梁上挂着艾草，主妇就安心了，家中有孩子偶感风寒，取一把陈年的艾草下来，入水煎沸，给孩子熏澡，让孩子发一身汗，睡一觉便好。大人有个头痛脑热腰酸背胀，就取几枚艾草叶子，切半块姜进去，煎成茶汤，热乎乎喝入腹中。

住在旧居的时候，端午当天，我也会去菜市场买一把艾草，放在窗台上。搬到新居之后就不必买了，离新居很近的村口就有艾草生长，起个早，拿把剪刀，提上篮子，去采就可以。

艾草和蓬蒿极为近似，都是菊科，气味也差不多，很多人把它们当作同一种植物。但它们还是有区别的，艾草叶子背面的颜色近于灰白，而蓬蒿通体都是绿色。

蓬蒿也可以食用，清明时采它的嫩叶，捣碎，掺在糯米粉里，揉匀了，捏成小团，拍扁，加上各种馅料，做成清明粿。也有不加馅料的，做成团状，用一片箬竹叶子托着，绿莹莹，蒸熟了吃，江浙一带人叫它青团。

我将采来的艾草放在卧室窗台上，摊开晾在那里。艾草不要直接放在太阳下曝晒，晾干或风干最好。

艾草的味道很快就溢满了卧室，清凉的药香，略带新鲜的青草味，闭上眼睛，感觉自己深居于绿林幽谷中。

过了端午，很快就是梅雨季。皖南的梅雨季很长，有一个多月的时间，这段时间天气极为任性，一霎儿雨一霎儿晴，时常地，那太阳还当头照着，雨点子就砸下来了，恶作剧般，把走在路上的人浇个透湿。

这几天我就被突如其来的雨淋了多次，虽没大碍，也有寒湿入侵的不适感，手脚冰凉。想起几天前采回来的艾草，不如煎碗艾草茶喝，祛湿气。

窗台上的艾草已变成灰白色，青草味褪淡，药香味重了。摘下几片叶子，洗净，在锅中加了一碗水，把艾叶放进去。新居没有生姜，不然可以加进去同煮，祛寒湿的效果更好。

水开了，艾香味弥漫出来——几乎是滚滚而出。站在这熟悉的味道里，让艾香浸泡着，似又回到了很久以前，回到低矮又温暖的老房子里，回到被艾香护佑的乡村岁月。

熄灭灶火，将艾草茶倒入玻璃碗中。艾草舒展在茶汤里的样子很像树的形状，几片艾草错落地叠在一起，就是碗里的一小片树林子了。

厨房里有罐蜂蜜，伸进一支木勺，舀出半勺来，加在艾草茶里。艾草茶性温，味道却是苦的，加些蜂蜜，容易入口些。

艾草茶喝下去，手脚很快就发热了，腹中暖融融，一层薄汗从额头上、鼻尖上渗出来。无论时代如何变迁，这古老香草给予身体的抚慰，依然是如此妥帖，值得信赖，就像亲人的呵护。

梅雨季的天气

梅雨季的天气是无法预测的。看见太阳出来，满心欢喜，以为天晴了，忙着把屋子里的湿衣服晾出去，让太阳晒干。衣服刚在院子里晾好，还没转身，天又阴了，紧接着雨点子就砸下来。

没办法，只得再把衣服收回屋子。片刻雨又歇了，阳光趁机从云隙里钻出，顽皮如孩童，在屋檐上扬扬得意地溜达着。

主妇们在院子里不停进出，收衣服晒衣服，反复几次，不免懊恼，觉得这是老天爷故意在戏弄人，再看见雨点落下，索性不去理会——反正这雨下不长，随它去吧。

但偏偏，这次的雨却正儿八经下起来，雨点落地的声音越来越密。主妇在屋子里听着不对劲，放下手里的活，去抢收衣服，来不及了，原本半干的衣服又淋湿了，主妇身上的衣服也淋湿了。

小时候在村子里经常看见这幕场景，也为此挨过揍——母亲临出门时叮嘱我：衣服晒在院子里，记得看天，天色不对就收回屋。我嘴里应着，等母亲走远，赶紧从抽屉拿出借来的连环画——母亲不许我看这些书，我只能瞅着空子，在她离开家的时候看。书一捧上手就把什么都忘了，等书翻完，这才听见屋外的雨声，想起院子里还晒着衣服，大叫一声“哎呀”，跳起来，冲进院子——衣服早已淋得湿透，在雨里打着哆嗦。

小时候不喜欢梅雨季，到处泛潮，湿答答，那时还住在低矮的老房子里，空气中有股子散不去的霉味，井台、门槛、墙角，生满青苔，青苔沿着墙角爬上窗子，引来蚰蜒，不小心摸到，沾得一手，鼻涕样黏糊糊。

后来不知是心境的转变还是别有原因，竟然喜欢起梅雨季来，觉得梅雨季是上天额外的赐予——在四季之外又多给出一个季节。不是所有的地方都有梅雨季的，在中国，只有生活在长江中下游地区的人才有此福分，感受这个时节特别的气候，在饱和的绿色里，领受阳光和雨水充沛的滋养。

也许是文学阅读改变了我的心境和看待自然的态度。第一次在德富芦花的书里读到“雨下了停，停了下，鸦声与蛙声此起彼伏，争唱雨晴”，即刻，一幅熟悉的画卷在眼前徐徐展开，那是梅雨季的乡村独有的画面，优雅，湿润，活泼而富于童话的色彩。

“水田大都插了秧，田里一片嫩黄，蛙声不绝于耳。从一块田流入另一块田的水声，浑厚震耳，惟有梅雨时节才会听到如此浩荡的水声……你看，村里冒出炊烟，因潮湿而难以升空，只能化做雾霭在地上爬行。你再看，山色已变得蓝深绿重，似乎滴下一滴水，那蓝色就会消融。”

一遍遍阅读着这些段落，体会着作者身处的环境和内心——这不仅是梅雨时节的山水画册，更是作者心灵的图景。当一个人心中充满平和的爱，充满对生命的慈悲，对自然万物的尊崇和敬意，才能写出如此富于神性，宁静而有暖意，犹如大地之诗的文字来。

梅雨季的食物

梅雨季的皖南是迷人的。

两场雨的间隙里，太阳穿过云层，漏下光芒，一把扇子从半空伸出，银色的扇骨，撑开一片透明的光之翼。

光之翼落足在稻田，稻田亮起来，或深或浅，如绿的色块，相间着，又层次分明。

光之翼落足在湖心，那方水域顷刻变得银灿，在一种梦幻的迷离中，似有仙子分开水路，从湖底踏着莲花浮出湖面。

小镇上空，白色的水汽正在弥漫，聚合成团，随风飘移着，幻化出令人出神的形象。它们有时浮在低空，挂在树梢，似乎踮起脚尖就能扯下一片。

山中有更多的水汽蒸腾，分不清它们是云还是雾，是从空中降下，还是从某个秘密的洞穴逸出。当光之翼落在它们身上时，它们就变成哈达，缠绕在山腰，将人间的丘林渲染成世外仙山。

不过一盏茶的工夫，光之翼收走，从云端伸出的银扇合上。浮在低空的云又变成雨滴，落回到地面。

想到“翻云覆雨”这个词的来源，应该就是皖南的梅雨季。

梅雨季里没有特别重大的农事。油菜在入梅前就已收割晒干，打成菜籽。土豆也在入梅前从地里收回。花生种下了。芝麻种下了。需要扦插的庄稼，比如山芋，也在刚入梅时插入地垄。稻田的秧苗此时如同少年，日夜拔着身高。菜地里的瓜瓜豆豆，在这时节也是比赛着生长，黄瓜、黄豆、葫芦、豆角、西红柿、茄子……每天都能摘回两大筐，让主人又欢喜又发愁——这么多蔬菜，当饭吃也吃不完，怎么办呢?

蔬菜吃不完，就制成干菜，不然只能眼睁睁看着它们老去。可梅雨季又没有一个完整的晴天来晒干菜。没关系，办法总是有的，我爸这时会拖出茶季烘茶叶的家伙——竹匾和烘圈，生一盆炭火，放在烘圈里，将焯过的豆角摊开在竹匾上，再将竹匾架上烘圈。

梅雨季的乡间，即便不烘干菜，也少不得要生盆炭火在屋子里，驱驱潮气，让屋里的东西不至于生霉，晒不干的衣服也可以摊在竹匾里烘干。

不用担心炭火会增加室内的温度，让屋子变成火炉——皖南的闷热直到出梅后才真正到来，之前的气候更像加长版的初夏。

父亲在梅雨季会烘很多干豆角，储存在罐子里。干豆角有种干菜少有的甜香气息，打开罐子，就能闻到那独特的味道，用它炖汤，除了盐，什么作料也不放，照样鲜美。干豆角烧肉则是皖南的名菜，小时候，逢到重要日子才能吃到。把干豆角用冷水发开，泡软，切成段，与五花肉一同红烧，作料可以按口味加入，八角、茴香，都可以放，喜欢吃辣的就放些干辣椒壳。干豆角烧肉讲究的是焖的工夫，焖得不到火候，豆角不入味，焖过了火，豆角又太烂，嚼在嘴里不筋道。

梅雨季里韭菜也是长得最好的时候，隔个几天，父亲会割一把韭菜回来，洗净，切碎，加入鸡蛋、面粉，和匀了，在灶上摊成面饼。摊韭菜面饼是父亲的绝活，薄厚均匀，不沾锅底。摊成形后，父亲两手提着锅的耳朵，朝空中一抖，面饼凌空一个筋斗，翻了过来，又落入锅中。父亲每回表演这招时我都会紧张，担心面饼落到地上，那就太可惜了。父亲从来没有失手过，当面饼漂亮地翻转之后落入锅中，父亲脸上会止不住露出得意之色。

梅雨季湿气重，吃韭菜面饼可以除湿，也解了我和哥哥的馋。有次，父亲和母亲都不在家，我和哥哥——不知道是谁起的主意，去后园割了把韭菜，学着父亲的样子，摊起面饼来。鸡蛋和面粉是现成的，韭菜洗好切碎，放进去，再加水，调成面糊。不知是不是水放多的缘故，到了摊面饼的环节，我和哥哥就傻眼了——无论如何也摊不成形，软塌塌团在一起，黏在锅铲上，糊满了锅沿。

手忙脚乱不知如何收拾时，父亲回来了，我和哥哥一脸惊慌，把头垂到胸前，等候父亲发落。等了好几分钟，也没听到父亲的训斥，偷眼看去，只见父亲卷起衣袖，打开面粉袋，舀出两勺面粉，和进我们调的面糊里，将锅洗净，倒进菜油，摊起面饼来。

父亲一张一张地摊着韭菜面饼，摊好了就让我和哥哥吃。不记得父亲那次摊了多少面饼，应该是从没有过的多。我和哥哥低头闷声不响地吃着，起初吃的速度很快，之后越来越慢，父亲煎完最后一只面饼时，我们已撑得举不动筷子。

做酱板

每年七月初，梅雨告别的前几天里，邻居家的马奶奶就会拿出一兜大粒子黄豆，在凉水里浸泡一夜，入锅蒸熟。接着又拿出两只竹匾，擦拭干净—— 一看这架势，就知道马奶奶准备做酱板了。

酱板就是黄豆酱，梅雨季潮湿温热的气候最适合做酱板。

做酱板要先霉豆子。把浸泡得胖乎乎的黄豆上锅蒸熟，加入面粉，将豆子裹匀，做成扁圆的豆饼。

豆饼凉凉了，码放在竹匾上，一只一只排开，上面盖一层黄荆条，将豆饼捂住，不让它见光。

黄荆长在山坡上，春末时开细细的紫花，有很好闻的气味，蚊虫却很怕它，不敢沾边，乡间就拿它来驱蚊，砍回几根枝条，晒干了，夏天傍晚乘凉时点一根，让烟在身边淡淡地飘着。黄荆的枝条细长，又有韧性，乡间人上山砍柴，也常拿黄荆条当绳子用，用它捆绑柴火。

为什么要用黄荆条盖豆饼呢？马奶奶说不出原因，只说老辈人都这么做，自然是有道理的，跟着这么做就行了。装了豆饼的竹匾放到储存间里，下面架两条长板凳，让竹匾透气，这样就不会把豆饼捂坏了。

之后的几天，除了马奶奶自己，别的人是不准进这屋子的。马奶奶说进出的人多了，会弄出动静，豆饼就不敢长霉丝了。“霉豆子就像母鸡孵小鸡，要让豆饼待在安安静静的地方，不要吵着它。”

孩子可不信这邪，马奶奶的外孙趁着大人不注意，就钻进储存间——那些豆饼刚做出来时他就盯上了，想吃，吵了好一阵子，马奶奶也没递给他。

等马奶奶发现时已来不及，果然，那一年的豆饼没有霉好——掀开黄荆条，没有在豆饼上看见马奶奶期待的那种毛茸茸的白菌丝和黏稠的黄霉。豆饼上长的尽是黑霉点子，这是坏霉，不能要。

那么多豆饼全糟蹋了，这倒没什么，重要的是，这一年家里都没有酱板吃了。

豆饼在储物间里搁个四五天，霉就长好了，这时刚好出梅。一个月的梅雨季过去了，盛暑到来，太阳终于大大方方地悬在空中，从早到晚，吐着黄灿的焰光。

霉好了的豆饼搬到太阳底下，只一天就晒干。冷一晚上，第二天，将干霉豆饼掰碎，放进一只大肚子敞口的陶钵里，倒进冷却的盐开水。

马奶奶喜欢用凉茶做酱板。抓两把绿茶，放进陶钵里，冲进半缸开水。等茶凉了，捞起茶叶，再放进盐、蒜瓣、姜块和掰碎了的霉豆饼。

接下来就是晒酱了。马奶奶的酱板就晒在厨房门口，那里从早到晚都能晒到太阳。

我下班回家是要经过马奶奶家厨房门口的，走过酱钵时，总忍不住把头伸过去看上几眼。霉豆饼在酱钵里晒两天就化成褐色的液体，之后，颜色一天天加深，直到变成稠厚的黑色。

这酱钵到了晚上也不用搬回家，让它吸一些夜露，味道会更好。若是有雨，就拿一只大脸盆倒扣在钵口，再压上刀板。

每天早起，马奶奶做的第一件事就是搅拌酱钵，拿一支长柄木勺，伸到酱钵底部，顺时针搅两圈，逆时针搅两圈，如此反复地搅着，直到下面的酱翻上来。

搅拌酱钵是讲究时间的，大白天，酱晒热了的时候不能搅，一搅酱就变了味，酸了。

马奶奶说做酱板也没有特别的门道，要想酱好，不能性急，也不能随着性子乱来。酱板是有脾气的，得顺着它的脾气，慢慢来，不能反背。

这样的话小时候也听我奶奶讲过。奶奶说酱板晒着的时候就像人在做梦，千万不要碰它，吵醒了它，一生起气来，味道就变坏。

奶奶喜欢把酱钵晒在屋后的菜园里，上面盖一层纱布罩子，怕有苍蝇掉进酱钵，一钵子酱就毁了。

也不知道奶奶为什么要把酱钵晒在菜园里，可能觉得那里来往的人少——尤其是孩子，不会想到要往菜园跑，这样，钵子里的酱就能不受干扰，安安静静在太阳地里做它的美梦。

酱板要晒整个暑假，到快开学时，奶奶才让我和哥哥把酱钵抬回家，这时酱钵里只有半钵酱了，而刚开始晒时，酱钵差不多是满的。

奶奶不知道，我经常去屋后的菜园地，在酱钵子面前站着，使劲地，大口大口吸着酱香。真想掀开罩子，尝尝酱板的味道，可一想到，这样会让酱板生气，味道变坏，就只好忍着。也有几次，起得早，在奶奶搅过酱板离开菜园后，猫儿一样，悄无声息地溜进去，掀开罩子，伸进手指，在酱钵边缘刮一下，让手指沾满黑色酱液。

手指放进嘴里，真鲜啊，鲜得简直要把手指吞下去。那一整天，嘴里都有酱板的回味。

不知道哥哥是不是也做过同样的事，一定是做过的，不然酱板怎么浅下去那么多。有几次，从哥哥的嘴角，我见到黝黑的痕迹，奶奶应该也见到过吧，但她从没问过什么——也许她是假装不知道。

到了白露，马奶奶做的酱板晒好了，用玻璃瓶装起来，上面淋一层麻油封口，盖严。“丽敏，拿个空玻璃瓶过来，给你装一瓶。”每到这时，马奶奶会在隔壁喊我，我嘴里忙不迭地答应着，把早就留好的玻璃瓶拿过去，连声道谢：又享马奶奶的口福了。

再过几天，今年的梅雨季就要过去，马奶奶应该又在厨房忙乎着做霉豆子了吧。我已搬到新居一个多月，很少再去马奶奶那边，也就吃不到马奶奶做的酱板了。想到这里，心里一阵失落。

（原载《安徽文学》2018 年第 2 期）

食为天

王　族

烤南瓜

新疆食物多以“烤”为特点，有烤羊肉串、烤包子、烤全羊、烤鱼、烤骆驼、烤馕、烤鸡蛋等，用的都是简单的馕坑，但却在一个“烤”字上做足了文章。

一个偶然的机会，我在喀什大巴扎上见到了烤南瓜，其金黄外壳让人眼前一亮，一股香味扑鼻，疑惑本来普通的南瓜转眼被抬升，变成了高贵食物。

烤南瓜多出现于巴扎，人们烤制好后不用吆喝，仅凭其散出的香味招揽食客。关于巴扎，在新疆有一个说法：大门前的事情。南疆人亦说出相似的话：在巴扎上，除了父母外什么都可以找到。

南瓜在维吾尔语中被称为“卡瓦”，常见的情形是人们将南瓜切成大块，挖去里层的子，放入馕坑烤两三分钟，取出后用刀子切开，待凉却后便可食之。常见几人围在烤南瓜小车旁，或选定其焦黄的一块，或专要其鲜嫩者，从摊主手中接过便站在原地吃。

南瓜含有丰富矿物质，类胡萝卜素很高，对人体的生理发育有很好的作用，对于高血压和泌尿疾病均有帮助。南瓜经炙烤后并不失营养，不仅保持自然美味，还有益于身体健康，长期食用能调节身体各组织协调。南疆的百岁老人皆喜欢烤南瓜，稍年轻者便也效仿，他们相信每天坚持吃烤南瓜，以后便也会成为百岁老人。

我因对烤南瓜好奇，便专门去喀什大巴扎上吃了一次。据说喀什的大巴扎在亚洲最大，我进去转了几圈，便迷失了方向。索性随意闲逛，逛着逛着便有了感觉，觉得巴扎像一棵由小到大、由疏到密的树，在岁月交替中孕育出人的生存智慧。在食品巴扎，可品尝到维吾尔族人特有的风味小吃；在鞋靴市场，各类富有民族特色的手工鞋靴、套鞋，向你展示维吾尔族人的足下风情；在衣服巴扎，琳琅满目的丝绸、用传统纺车纺出的土布，各种色泽花纹的土陶器皿、首饰、花帽、乐器都十分小巧精致；在食物巴扎，吃的喝的，肉食面食，瓜果饮料，应有尽有，人们即使逛上一天巴扎，也不会口渴和饿肚子。

我以为找不到烤南瓜了，不料转过一个帽子摊位，便看见一老者站在一个小馕坑旁，身边放着两盘烤好的南瓜。不用问，他在此处现烤现卖，其味道一定不错。我点了三块，其中一块焦黄，握在手里有硬实之感。我以为吃起来会不易啃咬，但吃了一口后只觉得其脆酥之感让人欣喜，里面的果肉绵软糯甜，忍不住便一口吞了下去。另两块烤得软硬适度，我舍不得大口吃掉，每咬一口后便含一会儿，只感觉酥软的果肉慢慢化出甜汁，让舌腔有了从未有过的幸福感。我想，烤得最好的南瓜是不失水分的，那样吃起来才舒爽。

吃毕与老人闲聊，得知吃烤南瓜有两个时间段是高潮，其一是早上，人们刚进巴扎后吃几块，以提神做生意；其二是中午各摊位生意最好的时候，摊主无暇顾及午饭，便买几块烤南瓜边吃边做生意，过了这两个时间段，便不再有人光顾他的摊位，他早早收拾停当回家。

吃烤南瓜似乎会上瘾，几天后我又馋了，便又去喀什大巴扎寻那老者摊位，结果却不见了馕坑，亦没有了烤南瓜。看见那老者还在，便询问原因，他告知接到防火安全的通知，大巴扎内已清除所有生火的摊位，烤南瓜的馕坑也不例外。我本想安慰他几句，却不知说什么好，他反倒安慰我，烤南瓜在乡间尚存，想吃可到那里去找。

后来便很难再吃到烤南瓜，但不久又听到了那老者的消息，说是他因为失业便回家待着，不久得病卧床不起，家人请医生多次治疗均不见好。一天，他的精神好转，对家人说想去巴扎上看看，家人便把他抱到毛驴车上去了巴扎，到了先前烤南瓜的地方，他听着熟悉的声音，闻着熟悉的味道，脸上就有了笑容。待他在巴扎上转了一圈回到家，居然神奇地下地能走了。

此为烤南瓜鲜有的神奇事情。

另一个有关烤南瓜的故事则让人感觉沉重。一位老人吃了一辈子在馕坑中烤制的南瓜，随儿女从新疆迁入别的省份，忽一日儿女购买来烤箱，将南瓜切好后放入调料，抹上酥油，放入烤箱便万事大吉。待烤好后老人尝了一口，脸上便变了颜色，烤箱烤出的南瓜不好吃。

他打听到不远的乡村有烤南瓜，便一人去吃，不料在半路被一车撞倒，命殁于荒郊野外。他的儿女后悔在家中使用烤箱，想在他坟前摆一盘烤南瓜，无奈城中无一处有馕坑，更别说烤南瓜了，他们只能在他坟前号啕大哭。

玛仁糖

在新疆的大街上，经常会见到有人推一小轮车，上面放一大块彩色食物，有类似于花纹及纺织物的形状。细看，似乎有核桃仁和花生，但因为厚重和结实，不知里面是什么。

推车者大多是年轻人，他们吆喝几声，如有人购买，便持一把刀从其一角切下一块，放在秤上称过后交给购买者。见得多了，便知道这种用车推到街上卖的食物叫玛仁糖，是维吾尔族的一种小吃。

曾在叶城的一户人家见过做玛仁糖，他们把揉压好的一大团东西放入一个木槽中，然后在上面压上一些重物。询问会压多长时间，回答说压的时间越长越好。又问如此压是为了好吃吗？回答说有这个意思，主要是为了把很多种东西压得更瓷实。他说到“很多种东西”，便引起我的兴趣，遂问很多种东西到底有多少种？主人详细介绍后才知道。细数起来有核桃仁、玉米饴、葡萄干、葡萄汁、花生、白砂糖、糯米、芝麻、玫瑰花、巴丹杏、红枣等原料，先是放在一起熬制，然后压制成食品。

说到玛仁糖的来历，便引出一个有意思的话题，说是玛仁糖与丝绸之路有关，当时的人们长期在外，携带的食物吃不了几天就会腐烂。为了保证在外不饿肚子，他们便将多种食物压在一起，并加入糖和含糖的食物。糖有吸收水分的作用，可防止玛仁糖腐烂，同时糖也有很大的防腐作用，这也是玛仁糖可长久存放的原因。有了玛仁糖后，人们在丝绸之路上再也不用担心会饿肚子了。

因为玛仁糖采取了重压工艺，一小块就重达一两公斤，吃上几口也就饱了。那天大家品尝了玛仁糖，第一口咬下去略感瓷实，但嚼上几下后便变得酥顺柔软，碰到核桃仁一类的东西，还有脆裂之感。当然，因为里面放了葡萄和糖等，有一股甜而不腻的味道浸入口腔，让人觉出幸福感。

玛仁糖好不好吃，首先在于熬制的时间够不够。叶城的买买提依明从十五岁就跟着爷爷做玛仁糖，当时他年少，总是熬不了通宵，常常脑袋一沉就睡了过去，等他睡醒后发现，因为没有及时搅拌，锅中的玛仁糖熬得稀稠不均，再搅已于事无补。爷爷对他说，瞌睡是一个要打败你的敌人，你要用心里的力量打败它。但他看不清那个敌人，更不知道如何从心里取出力量。爷爷却并不教他，让他自己去琢磨。之后他每天晚上还是打瞌睡，他隐隐感到那个敌人站在他面前，他想把它击倒，却没有力量。他叹息一声，我还不知道如何从内心取出力量，我还要受罪。有一天他看见一人驯鹰，那鹰刹不住困顿，头一偏要从架子上栽下去，驯鹰人用棍子一敲鹰的头，鹰便清醒过来。他回到家对爷爷说，你以后就把我当鹰一样驯吧！爷爷什么也不说，仍是任由他自己去琢磨。他坐在熬制玛仁糖的灶台旁，集中精力等着熬制时间，只要到了搅拌时间便搅拌一番。后来他还是打瞌睡，他便把手伸到火跟前，如果睡过去身体就会一歪，手触及火堆就会被烧醒。这个办法与驯鹰情景如出一辙，从此他再也没有耽误过熬玛仁糖。

后来我在泽普又碰到一家人压制玛仁糖，我站在旁边看了一会儿，闻到了一股浓浓的甜味。主人说玛仁糖不光好吃，还帮助警察破过案呢。问及情况，才知道有一伙盗贼进入一户人家偷盗物品后，看见院子里有一个小轮车，便将东西放在车上推走了。主人回家后发现被盗，便报了案。警察询问他家丢了什么东西，他将被盗的电视机、录音机、VCD，以及卖玛仁糖的小轮车等一一报上。说到玛仁糖，他突然恍然大悟，说他闻到了他家玛仁糖的味道，他从熬制到挤压闻了那么长时间，早已对其味道烂熟于心。警察便让他闻着玛仁糖的味道，带他们前去寻找，结果正如他们所望，准确找到了盗贼的窝点。

羊肉焖饼

羊肉焖饼与历史上的两个人物有关，其一是成吉思汗，羊肉焖饼是借他“走进来”的一道食品。

当年成吉思汗西征，一日军情紧急，他急令伙夫生火做饭，让士兵们吃饱后迎接战斗。伙夫为争取时间，将宰好的羊肉倒在锅中爆炒，由于正值夏季，干饼都已变得干硬，伙夫便将干饼也倒在锅中与肉一块儿焖些许时间后出锅。成吉思汗吃后觉得好，于是就有了羊肉焖饼。后大军在回归途中，有两个老伙夫留在了独山城，他们将羊肉焖饼改进，传给了当地人。

独山城就是今天的木垒，所以羊肉焖饼于新疆而言，是“走进来”的一道美食。

如今在新疆亦可觅得成吉思汗足迹，比如在阿尔泰山，便可听到他“六出阿山”的历史；青河有一个大石冢，人们说它是成吉思汗的墓。日本曾组织专家到青河考察，但最后却不了了之。

第二个与羊肉焖饼有关的历史人物是纪晓岚。羊肉焖饼经他又成为“走出去”的一道菜。当年纪晓岚因故被贬往乌鲁木齐，经过巴里坤时，当地县令因敬重纪晓岚，欲盛情招待纪晓岚，无奈纪晓岚是戴罪之身，县令不好公然向纪晓岚示好。情急之下，县令心生一计，在焖羊肉上盖一层贴饼，外人看来不过是一大盘贴饼，实际上饼下藏有肥美的羊肉。纪晓岚吃过后留下深刻印象，待日后他个人命运转变，遂大力推荐羊肉焖饼，一道美食由此传播开来。

纪晓岚在乌鲁木齐的九家湾住过，曾在此写下不少诗文，尤以《阅微草堂笔记》中的鬼怪故事为上乘。我到乌鲁木齐的第一个冬天凑巧也住于九家湾，其时尚未读到纪先生大作，倒是一册张承志的书，让我看得热血沸腾，觉得那漫天大雪中似乎有火焰在穿飞。

如今的新疆人喜欢吃羊肉焖饼，家庭餐桌上多见其出现。也有人称其为“烽火肉”，尤以哈密一带坚持此说法者为最多。不论叫什么，做法却都一样：先把连骨肉剁成小块，红烧一会儿后加水炖煮，同时擀出如同锅一样大小的饼子，且要擀得像纸一样薄，一张一张抹上清油摞起来，待肉块烧熟时，把饼子摊放在肉上，盖上锅盖，然后用中火煮蒸。出锅的饼子软而不黏、油而不腻、薄而不碎。再浇上原汁原味的肉汤，别有一番风味。

在奇台，人们则将羊肉焖饼改称为羊肉封饼。我原以为奇台羊肉的香味、饼子的劲道，暗藏什么玄机，直到在奇台见到一个人做这道菜的全过程，才知道焖与封在做法上截然不同。一般人是将饼子一层层焖于羊肉上，盖上锅盖利用蒸汽将饼子蒸熟，而那人则在红烧羊肉时不加水，饼子擀好后每次只放一张，蒸熟后又换另一张，且每次用筷子扎一小洞，倒入原汁羊汤进去，既可保证羊肉不被烧煳，又可让饼子入味。最关键的是他们说的那个“封”字，就是用饼子把羊肉封得严严实实，可使羊肉和饼子的味道俱佳。

“焖”和“封”的门道不同，要的其实是自己喜欢的味道。

那人自恃厨艺高超，不愿多讲做封饼的细节。其实在一旁看一会儿也就会了，多做几次亦能达到他的水平。

见到他为做封饼宰杀羊羔，还是让人惊讶。原来羊肉封饼只用一岁羊羔的肋条或前腿肉，其味道和口感才最好。那天他轻抚羊羔的头，喉咙间发出一种轻吟低唱的声音，那羊羔听得沉迷，遂卧在他身边，迎接死亡。

宰杀完后，那人说了一句话：马的命运就是被人骑老，羊的命运就是被人吃掉。没有罪的羊，替有罪的人去赎罪了。

库麦其

没见到库麦其之前，我以为烤包子也就巴掌那么大，等见到库麦其后，才知道它才是最大的烤包子，有常见的馕那么大。朋友惊讶地称库麦其是巨型烤包子，知情者马上纠正他的说法，说和田人把库麦其称为“烤包子的爷爷”，那才是最好听的称呼。

库麦其出自和田，至今也不多外传，如果不到和田，就吃不到形状像月牙形的库麦其。吃烤包子和吃库麦其的情景也不一样。我二十多岁时，一口气能吃五个烤包子，现在哪怕再饿，吃两三个也就饱了。而吃库麦其就不一样了，因为它大，双手捧着无法下口，必须切成块状才能吃。

有一年在和田的沙漠中施工，见到几位妇女做库麦其，她们不用擀面杖，而是用手一直捏面团，直到捏成像擀出来一样的圆形饼，然后摊在面板上，把肉馅平摊一层，然后在上面扣一张同样捏好的圆形饼，将圆形的边口捏合，一个库麦其就做好了。整个过程都是手工，没有用任何工具。

库麦其之所以出在和田，与沙漠有一定的关系，亦可看作是沙漠孕育出的一种高营养食品，所以库麦其又被称为“沙漠烤饼”。

库麦其的来历也很有意思。相传在过去，有一对青年男女相爱，小伙子大胆地向姑娘的父母提出成亲的要求，姑娘的父母给他出了一道难题：家里要来一百位客人，只用一只羊，既要有饭，又要有菜，不能让客人见到骨头，还要让客人满意，你若能做到，我们就答应这门亲事。青年人回到家里问了许多人，也没有找到答案。经过数日苦思冥想，他终于想出了一个办法。在姑娘家请客的那一天，他早早地起床，将买来的羊宰好，剥其皮，掏出五脏，将羊洗得干干净净，然后将一只羊的肉全部剔下来剁碎，再拌上皮芽子、孜然、胡椒粉、盐等调料做成馅，又用了二十多斤面粉，做成直径一米多的大饼，将馅包进去，边沿捏成花纹。人们都很纳闷，没有这么大的锅，也没有这么大的馕坑，他怎么烤呢？小伙子有他的想法，他用柴火烧了一堆火，等大火烧尽后，用热灰将做好的饼埋好，烧开两“乔根”（水壶）的工夫，他做的饼就熟了。然后，他把大饼抬到了姑娘家。正在发愁的姑娘父母见到如此大的饼，里面有羊肉，又不见骨头，色悦味香，满足了一百位客人的需要。小伙子的智慧博得了姑娘父母的欢心，便答应了他们的婚事。此后，人们把这种饼叫“库麦其”，一直流传到今天。

既然库麦其与沙漠分不开，它的做法便也与沙漠有关。也就是在见到那几位妇女做库麦其后的几天，我终于吃到了库麦其。当时，我们在沙漠中施工，都能看见和田市的高楼了，却因为疲惫越来越慢，附近村庄里的一位老大爷对我们说，再好的马也不能不停地跑，只有吃上草料才能跑到点。他叫来家里人说，给这些解放军做几个库麦其，让他们好好吃一下。他们搬来东西，先和好面，经过一番揉压，然后擀薄，把剁碎的羊肉和皮芽子摊放在上面，用同样大小的另一张薄面饼覆盖在碎肉和皮芽子上，用力把二者之间捏合，一个库麦其就做成了。

老大爷神情严肃，儿子做库麦其时他并未动手，等到要掏沙坑时才亲自操作。他用红柳枝在沙坑中燃了一堆火，烧出一层炭灰，便将库麦其埋进热灰中，过了一小时，他说到了吃饭的时候了，便将库麦其从热灰中取出，啪啪啪几下拍掉两面的灰，一个焦黄的库麦其便展现在我们面前。老大爷用刀把库麦其切成三角小块，示意众人分而食之。因为是热灰焖熟的，其焦脆的皮咬起来咯吱裂响，里面的肉和皮芽子酥松浓香，让我们吃得颇有幸福感。

老大爷说，吃了库麦其后，在沙漠里睡觉不盖被子也不会感冒，我们便欢呼雀跃，准备当晚尝试一下。吃了库麦其不体验与其有关的幸福，岂不是遗憾？但是当天下午我们接到在和田市会合的命令，那一愿望便未能实现。

但那位老大爷给我们讲解的给库麦其降温的办法，却使我受益多年。他当时说，吃库麦其时要事先准备一碗水，把库麦其放进去蘸几下，一来可以让它降温，吃起来不烫嘴，二来可以把烤硬的地方泡软，便于啃咬。当时我们都试了这一方法，果然很有效果。后来我吃烤包子时又用那个方法，依然很有效果。

据说乌鲁木齐等地的饭馆也有卖库麦其的，喜欢的人去吃上半个，或几人共吃一个，然后喝一碗奶茶心满意足地离去。

（原载《满族文学》2018 年第 5 期）

我周围的园子们

李美皆

高晓松的母亲真了不起，不动声色地说了句“生活不只是眼前的轻易，还有诗和远方的田野”，就把高晓松的《生活不止眼前的苟且》推送到了大众视野。这首歌的传唱又几乎引起了一场生活态度的革命，“眼前的苟且”与“诗和远方”，似乎成了大众生活的两个维度，并且，前者向后者倾斜。由此也强化了一个大众观念的误区：眼前的就是苟且，诗总在远方。人们很容易忽略眼前的美好和日常的活色生香，而“为找到那片海不顾一切”。当我看到“我们都想去远方旅行，却对几公里以内的一草一木毫不在意”这句话时，顿时感到一种纠偏的快意。诚然，“几公里以内的一草一木”，确实是更需要我们在意的，因为它构成了我们生活的背景和底色，关乎我们生活的基本质地。何况，一些人的“眼前”，其实都是另一些人的“远方”。珍惜“眼前景”，实在是与珍惜“眼前人”一样重要的。

我对自己的“几公里以内”十分满意，满意到了给我更好的房子我也不愿搬离的程度。根据地图，我家离金源和华联万柳购物中心都一公里多，离颐和园、船营公园、中坞公园、北坞公园、海淀公园、巴沟山水园差不多都是几百米到两公里的距离。这都在我认可的步行范围内。购物中心保证了我享受生活的商业需求，公园则保证了我享受自然的身心需求。仅凭两条腿，进可红尘，退可自然，这两者加起来，简单易行，几乎满足了我全部的生活欲望。

略远一点，香山公园、北京植物园、玉泉郊野公园、西山公园、八大处公园、丹青圃公园，都不过几站公交或半小时以内的自行车程，西郊线有轨电车的开通，更拉近了这些园子与我的心理距离。北大、清华、人大都在三四公里以内，有文脉熏染，文化氛围不会差；人大附小、一〇一中学等，或近在家门口，或不出四公里，教育环境也不差。居于此间，就算不会盲目乐观地感觉“名校离我并不遥远”，至少也不会对名校产生什么神秘感甚或名校迷信了。

“软件”配套如此齐全的地方，不仅在海淀、在北京，就是在全国，可能都不会太多吧？然而，在这所有优势中，我最看重的，其实是周围的那些园子们。

电商的发达，网购的便利，使逛街购物这件事大大失去了诱惑力，只要你不是太落后于时代的人。购物中心对于我来说，基本是个信步走去溜达休闲吃喝的地方了，时间经常是晚上。但是，偶尔当我宅了很久，好不容易晚饭后出门走到金源，却听见《回家》的乐曲已在楼宇内循环播放了。幸好还有温暖的星巴克，能让我夜间坐坐，看看玻璃墙外的夜色和行人。北京的夜生活很不够意思，说句玩笑话，简直是让你想堕落都难。广州夜里两点还可以出门吃夜宵，成都有的店是专门在晚上十点才开始营业的，这点北京没法比。当然，我也向往在阳光宜人的下午，在星巴克、原麦山丘的店外木廊上，露天或伞下，享受下午茶的美好时光。然而从未有过，我找不到与我对坐的那个人，而我一个人，就太像发呆了。虽然许多风情街的文艺咖啡馆都把发呆当作招牌，但除了店主本人，大概很少有人这么做吧？即便店主这么做，大概也是因为无人光顾忙不起来罢了。大家都在忙着，这不是巴黎街头，中国人没有街头坐享时光的习惯，就是我自己，也觉得大好时光闲坐街头而不去干“正事”是一种罪孽。偶尔我还会乘车或骑车或步行去离我三公里远的金四季购物中心。我刻意步行是为了让身体运动一下，作为对坐得太久的调剂。若是单纯运动，我会觉得没意思；若是在做某件事的同时达到了运动目的，才会是充实美好的体验。我去金四季通常是为了买花或修缮首饰，已经有了固定的店家。金四季更富平民气息，有一点集市感，走在那里我更觉气定神闲。它对我还有一点匪夷所思的重要：三公里远。三公里，对我来说，就有了“彼岸”或“远方”的感觉，更像不轻易的值得铭记的外出，特别是骑车时。因太久不骑车技退化，当车轮滚滚向前时，会伴随着惊魂未定的刺激感，反而是种特别的喜悦。每次骑行归来，我都会有超出日常的、做了一件大事的成就感。

这差不多就是我平常日子所有的消费生活了，所以，商业场所对于我不是那么重要。对我最重要的，还是自然环境。虽然我并不是每天徜徉于自然，甚至我出门享受自然的次数还不如消费多，但那些园子的存在对于我却是无比重要。那是一种精神上的快慰，想到它们就在那里，我随时抬腿可去，心里就感到放松而宽裕。这种感觉对我很重要。每一次到城中心的稠密地段，那密密麻麻的店铺和人群，总给我极大的压迫感，让我觉得简直透不过气来。直到回家，走在院子里笔直的大道上，看到大道尽头紧邻四环的大院北门，内心才得到疏解。北门外，过了四环，向右是颐和园，向左是挨在一起的船营公园、中坞公园、北坞公园，北门几乎就是面向自然而开的。在我的感觉中，北门是院子向自然张开的口，它大口地呼吸着野外的空气，并把自然之气传递给院内的我们。如此，大自然的舒朗感缓解了我的密集恐惧症，焦虑症和压迫感也烟消云散了。活在面向自然的地方，我身心都感觉透气，好像屋子有了一面大窗。在我感觉的坐标中，我的身影始终是面向郊野而背对生活区的，我喜欢这样的内心方位。

春天第一次去颐和园，似乎是一年的首秀，有种标志性的隆重意义。作家等于“坐家”，尤其在天南海北长时间旅行之后，回到北京就更是“坐家”了。那么，最痛快的，就是在长时间“坐家”完成一个大项写作之后，来上一场晴天暴走。

换上春装，一个人在颐和园大步流星，感受着一切。有朋友说，“春”字下面，有两只小虫在拱。是的，春机到了，春心总会萌动的。看这园子里，再丑的女孩，都有男孩牵着她的手；再矮的男孩，也有女孩靠着他的肩。我不禁感叹：上帝真仁慈！每有一张绿色的空椅子，我就惋惜地想：它怎么能空着呢？应该有两个并肩的人坐在上面的。草不长，莺不飞，只有蜜虫儿扰人，有黄色的黏虫板，但它才不去呢。我很理解它的不服：你是春天，我也是春天，凭什么！蜜虫儿也有春天啊。摄友的激情我不懂，据说他们在蹲守两只鸭子——这是我的印象派叫法，科学的叫法是鸳鸯。我喜欢闲荡在春光里的人们，给人一种生活全然美好的感觉，即便是假象。来点儿雨水就更好了，已经厌倦了北京自作多情的艳阳高照。

有朋友说我的帽子很春天，我答：必须春天，必须热泪盈眶！当然，我是挪用了“永远年轻，永远热泪盈眶”的激情咏叹调。我还想说：活着，必须强大，必须美好，无论春夏秋冬。

心情太好，在颐和园西堤的一座桥上，听到一位老先生放一首温柔曼妙的歌曲，美得简直想起舞。忍不住问是什么歌，老先生说，我也不知道，马上给你查查。他举着手机给我看：云飞的《吻你》，云飞的歌都好听！我是第一次知道这个人这首歌，就在那时那处，真不是一般的好听！而且，我仿佛听过，也许，是那种相似的欣喜感曾经有过罢。托尔斯泰说：音乐就是一个并不存在的回忆。居然有这样的妙悟，无比恰当地说出我此时的感受！

我也在阳光大好的初春的午后到过颐和园。湖面尚未破冰，春风吹拂柳条，天蓝冰白，柳自风流，美得人情不自禁地搜肠刮肚寻觅诗句，然而又没有一句诗比眼前之景更美。大雪初歇的颐和园，却莫名让我有点伤感，想起一些爱情悲剧，想起贾宝玉的“白茫茫大地真干净”。唯坚持冬泳的老同志，在向人提醒着顽强的生命活力。据说冬泳可以提高荷尔蒙水平，有次和女伴行至颐和园如意门，一位刚上岸的老大爷朝我们高咳一声。女伴说，看看，冬泳起作用了。我们俩哈哈大笑。回想起来，这些花絮都是珍贵的，丰富了我们对于这座园子的记忆。

在“坐家”写作的过程中，我就对颐和园的暴走期待已久。可是，有一次，痛快地暴走之后，我发现自己迷路了，意气风发地朝南门走，到了却是东门。难道，散个步都回不了家了吗？懊悔自己胆大妄为没开手机导航，看来，以后即便熟得不能再熟的地方，也不能纵容自己有半点自信了，必须坚定不移地认为：一只乳猪的方向感都比我强！东门外一切陌生，已是中午，饥饿感早已抵达，只好在外面吃饭了。幸好不用留宿。饿是最没商量的，终于找到一条美食街，用手机仅余的一点电召唤小儿速来，然后就坐等娃和美食了。我是随喜且乐的人，猪都不如的方向感经常把我带到莫名的地方，然后我就停下来，安心享受那个地儿。无论生活把我带到怎样的岸边，我都微笑着上岸。对于方位的无知，倒往往使我收获意外的惊喜。

走在这座人民的皇家园林，偶尔也会想起一些历史。这儿以前是只有皇家能来的地方，1924 年才对游人开放，成了人民的公园。林伯渠的女儿林利在《往事琐忆》中写道，1946 年 11 月她去颐和园参观时，发现它竟已成野园。"颐和园在那时像是根本无人管理，无人卖票，径直走进去，园内杳无人迹，竟似是一所荒园。由此可以想出那时北京人的心情。"乱世之中，这人民的皇家园林竟被遗忘了。

船营公园、中坞公园、北坞公园由一条北京绿道相连接。船营村在清代是颐和园水师的南方兵士家属的聚集地，也就是海军家属住地。因为近处有圆明园、颐和园等皇家园林，我所居的火器营一带在清代就是屯兵的地方，是八旗官兵专门操演火器的军营，担负着京师的警戒任务。船营公园和中坞公园之间，夹着南水北调工程的团城湖调节池。实际上，船营公园很大一部分就是团城湖的保护区。团城湖调节池是北京市饮用水的蓄水点之一，饮用水关乎市民的健康命脉，必定要建在自然条件非常之好的地方，其周围环境可想而知了。

秋天去中坞公园和北坞公园最合适，收获的果实，最能彰显这两座园子的田园牧歌主题。那稻穗金黄的梯田，会让你感到丰收在望的喜悦。陶渊明写："结庐在人境，而无车马喧。问君何能尔？心远地自偏。"可是这里，心无须远，地也不偏，你就能领略到孟浩然"绿树村边合，青山郭外斜。开轩面场圃，把酒话桑麻"的"田家"美意了。朋友们每每惊讶，就在离我们不远的地方，竟有这样别开生面的去处。但你若知道这里以前是皇家稻田，就不会感到奇怪了。我曾和闺密在登上梯田最高处的亭子，回望西山落日。当时暮色苍茫，我转头之间蓦然瞥见西山顶上半个暗红的圆球，就对她说，我们停下来看着它落吧，很快的。我们驻足凝望，比想象的还要快，红球以肉眼可见的速度，由半个到小半个再到不存在，只余下一片幽冥。顿时暮色四合，似大幕落下。我想，我们会记住这落日的一瞬，再在我们一同苍老时记起。

我曾在夏天去植物园，专门为行走樱桃沟。樱桃沟的妙处在于其天然的石头台阶，不像一般规整的人工的长条石台阶。天然的石头，本身让人踏上去就更接地气，何况，每一块石头都是不同的，每一级台阶，往往不止一块石头，那么，你的每一步都是不同的，都可以选择脚落在哪一块石头上。每一次落脚，都带给你新异的感觉，就避免了雷同带来的审美疲劳，走路的兴致因此大增，仿佛在探索某种未知，仿佛童话里的小红帽，为森林里各种各样的小花所吸引，不断往前。樱桃沟保持了难得的原始样貌，无论沟底的石头，还是两侧的土石与树，都没有人为地修整，避免了旅游景点路径的同质化，行走起来有野趣和岁月之感。

我更喜欢冬天去植物园，为的是曹雪芹故居黄叶村。樱桃沟与黄叶村是相连的，曹雪芹常住的是黄叶村，常走的是樱桃沟。曾经有一位学者同人，向我详细地描述过他如何按照自己的理解，踏寻了一遍曹雪芹足迹。黄叶村和樱桃沟之于曹雪芹的关系，迄今还是有争议的，可是，一个人能找出自己的黄叶村和樱桃沟，不也是一大雅趣吗？正如"有一千个读者就有一千个哈姆雷特"，每个人都可以有自己心中的黄叶村和樱桃沟。树的美，就在于不必剪去旁逸斜出的枝条，一切听凭自然。思想的自由生长也是一样的。

黄叶村的美在于黄叶而非绿叶，所以要冬天去。初冬叶黄，可以预见的即将凋落的凄美，反而使它们愈加灿然，有种不遗余力直击人心的炫目的美感，仿佛生命最后的怒放。在黄叶簇拥中的曹雪芹故居院落，有一种高华，又有一点苍凉，你仿佛看见了他的心境。深冬叶落，院落越发凸显出来。北京的冬天是不缺阳光的，但那金黄阳光，反而越发照出了院子的荒疏。土黄的屋山墙上，光影摇曳，写满流年碎影与地老天荒。想象着曹雪芹是该在屋子里围炉猫冬了，正好写他的《红楼梦》。院子里有一间书屋，小小的平房，亮亮的窗，温暖的茶具，高低错落的书，阳光洒在书上，光影和谐，似一幅幅静物画。无论从屋内看屋外，还是从屋外看屋内，这小房子都美得像一个令人迷醉的童话。不用担心曹雪芹如何受到阴冷的桎梏了，这温暖的盛满阳光的屋子，已经被我看成他写作《红楼梦》时的温馨场景，这让我颇感安慰，似乎补偿了他大年夜泪尽而逝的心碎。我想着，以后我要带电脑来这里写作，让店家煮上一壶茶……在这里写，文气多足呀，还有这么牛的写作场所吗？——但我一次都没这么做过。我也曾设想拿本书到某个公园去，在长椅上临水读书，在亭子下沐风读书，或者，在水边的咖啡馆写作，耳边响着《水边的阿狄丽娜》的音乐…… 也是同样一次都没实践过。真正要读书写作，当然还是在自己熟悉的书房最为沉着自在，风花雪月的文艺情调反而是一种干扰。

西山以前是林徽因疗养肺病的地方。那时候，在西山疗养就等于离京隐居山野了，徐志摩来看她一次殊为不便，还时不时需要鱼雁传书或传诗。可是现在，西山已经是人群扰攘不折不扣的北京市区了，而且属于富贵地段。梁启超和家人的墓在北京植物园，由梁思成设计，其实植物园也属于西山脚下。有时候，亲友故交的生生死死，不过就在很小的范围内交织。我曾在活动时随集体来过西山，在无名英雄纪念碑祭奠英灵。我也曾在碧云寺前为它红墙黄瓦的朴实大气而驻足，感受到宗教镇定与安抚人心的力量。孙中山先生的衣冠冢就在碧云寺。名胜之所以是名胜，是因为它汇集了多种历史文化，矛盾对立而又成于一统，后人各取所重，并不犯冲。

我还要提一提丹青圃，这个年轻的园子。它真是纯情少年一派天然，花成海，树成林，而又各成主题板块，宛转相连，行走其间时有曲径通幽或柳暗花明又一村之感。林间满地二月兰，路边没有任何藩篱，你可以径直走进去，打个滚儿都没关系。望着这毫不吝啬铺天盖地的二月兰，我的朋友简直瞠目结舌，疑惑地问：以前好像没见过这紫色花，怎么突然就有了这么多？是不是外星生物入侵？因此，你可以想象它给人带来的美的震撼了。丹青圃原是苗圃，只与自然有关，所以，走在这里，你不必产生任何对于脚下历史无知的愧疚和负担了，你只需尽情享受自然。

我喜欢带朋友们走在这些园子里。我的表情是如此骄傲，在某些瞬间，仿佛是在向他们展示自家的花园。

（原载《福建文学》2018 年第 10 期）

喊 船

李晓君

喊的不是一条船，而是一片混沌、虚无的神的居所。

这一天——其实从正月初一就开始了，直到元宵之后，全村的人都出动了，加入与乡村诸神的狂欢中。神在平时是个缄默和被漠视的角色——虽然他以极强的渗透力在乡村存在着，但在风平浪静的天空下，劳动的场景和日常的生活，暂时让人们遗忘了这位狠角色。他只有在几个节日中被人提起，但他究竟长得一副什么模样，却没人说得清。他神秘地居住在村头的社庙里，偶尔在香烛、炮仗的浓烟中出现，在燃烧的纸钱和泼洒的黄酒中，让人们嗅到一丝他的气味——这多半只是纸钱和黄酒的气味。人们一直相信，广袤的乡村大地，居住着神祇。这个信念，不是今天才有的，而是自有中国人以来，就有了，少说也有几千上万年了。因而对神的崇拜和祭祀，便要通过一定的仪式反映出来。

地处吉安市万安县的沙坪镇沙坪村，至今保有喊船活动——当地不叫喊船，叫唱船。意思与喊船相同。万安正月举行喊船活动的不止沙坪一个村。在吉安，有喊船活动的还有青原区富田镇陂下村等地。据说，过去，赣江两岸的村落举行喊船活动是非常普遍的。它缘自春节期间祭神祀祖的民间习俗。清同治十二年（1873 年）修订的万安县志《方舆志・风俗》记载："元宵……悬所画神舟，日闲祀以牲醴，曰叩神；夜间，群执歌本，曼声唱之，曰唱船；持挠执旗回旋走，曰划船；每次加吉祥语，曰赞船；金鼓爆竹之声不绝于耳，既乃饮而罢……少年扮灯者或擎而为龙，或跨而为马，每到一村先至神舟所，曰参神。罢之，日绕村一周，然后焚灯卸装，曰收摄。其神舟则于十六日送之，是夜以静寂为吉兆。”

我们来到沙坪的时候，正是甲午年正月十六，县里接待我们的人，态度的微妙，也颇有趣。在当地一个学者支支吾吾的叙述中，遥远的“喊船”活动，变得神秘和诡异。其实说来很简单：现代以来，特别是经历社会革命风暴以后，喊船活动多半被打上封建迷信的标签。而其能在改革开放的年代保存下来，并于近年重新恢复，本身就是一个不小的奇迹。这也反映出民间文化的生命力有多顽强。长期以来，中国处在一个农业社会，民间的信仰和祭祀活动，是百姓日常生活重要的部分。它蕴含着普通百姓关于宇宙、生命、时间和超自然力量等问题的观念，是中国人哲学观在乡野最大化的体现。与官方创造的文化制度，如科举、职官、律法、学校以及官方礼仪不同，民间文化的传播，更多地植根在普通百姓的一代代生活中的“言传身教”和“口耳相传”当中。与现代社会破“四旧”、反封建运动类似，历史上朝廷和官府也屡有打压民间宗教活动，而它仍能延续并保存完好，可见它传统之深厚。

正月的乡村，寒冷而萧瑟。只有春风唤醒大地上的植被时，你才能感受到那样一种勃勃生机和万物生长的欢欣。沙坪村处在一个高山背后的山底——唯一一条进入村庄的不宽的水泥路，是近年才修建起来的。封闭、隔绝、难以涉足，正是一些民间文化得以保存的客观原因。一条浅浅的溪流引导我们进入村子。新年的气息，通过三三两两散落的村舍门楣的对联、门口的爆竹屑传递出来。红色是夺目、喜庆的色彩——它们在大片的灰黄中脱颖而出。远远地看到一行穿着彩色衣裳的人，向我们走来——我们来得正是时候，“迎船”的队伍，拉开了当天活动的序幕。几个少年扛着彩旗走在队伍前列，紧随其后的执士、锣鼓、灯彩的队伍迤逦而来。全村的人拥在路旁，在高大的香樟树下、溪桥边和屋檐下，紧张而愉悦地张望，弥漫的爆竹的硝烟蒸腾起蓝色的烟雾，使游行的队伍显得庄重而神秘。

我们跟随迎神的队伍来到村口的福主庙前。长老从裤腰带上摸索出一把钥匙，抖抖瑟瑟地开锁，打开了庙门。庙极小，仅十几平方米，当几个领事的头人进去后，已没有多余的空间让人挤入。村口是一片茂盛的水口林，香樟树、枫杨树长得高大，树冠荫蔽了头顶上的半片天空，树枝上披挂着祈祷的人们留下的红布条，树蔸处插满了香火。古老的樟树，在民间总是被视为神灵，其上寄托着村人的喜怒哀乐和无言的敬畏。

爆竹声重新响起。人们从福主庙中取出一面画满神舟的画像——当地人称元宵画；同时请出的还有几尊木刻的神像。我注意到，这幅元宵画，与我平时见到的画像不同。画像有两米多高，近两米宽，分上中下三个部分。上部描绘天界，有腾云而至的日月之神、玉皇大帝、元始天尊、雷公电母、送子观音等众神三十多位。中部描绘的是条宽阔的江河，在波涛汹涌的水上，有二十四艘半神船，俗称二十四船。每艘船上都或站或坐着各路先贤，达二百多位，画面繁复绵密而有条不紊，猎猎彩旗和惊涛骇浪，给画面带来一种流动的美感——十二年王、十二月将、七十二煞、屈原太守、青黄二仙、瘟神收毒、竞渡三郎、游江五娘等，神态各异、欢欣鼓舞地乘风破浪而来。下部所画的则是人间的景象，无论是迎神的官员、观望的百姓，都有一种喜庆诙谐之色，拥塞的道路上，举旗、撑伞、挑担、放炮、推车——各色人等，无不画得肖似而生动。画幅左下角是一座人们前往的门楼，上书“洛阳胜景”四个大字。天地人神、万物共生的情景，扑面而来。

元宵画给人展示的是一个与当下社会迥然相异的世界—— 一个人神共居的图景——这个世界的形象，只神秘地保存在少数几个民间艺人（道士）的头脑里。晚上，在一个村民家中吃饭时，应我们的要求，村里主事的人请来了这幅元宵画的作者（它不是一幅年代久远的古画，而是出自几年以前）。一个道士，从相邻的赣州市赣县赶来了。与我们想象的皂衣方巾的形象不同，出现在眼前的是一个瘦小、肤黑的农民，一个亦道亦农的朴实的道士。他的技艺来自师父的传授。在赣南以及赣东北，请道士为亡者超度的习俗还很普遍。因此他一年四季忙于奔走做白喜事的人家。道士姓廖，他称自己见过清代嘉庆年间的元宵画（现依然在赣南某个村子里），而万安县沙坪村的这幅是根据他的记忆描绘的——他已经记不清绘制过多少幅元宵画了，可能不下于五十幅。这是个让人吃惊的数字，表明在这方圆数百里，有祭神活动的村落，还有不少。我注视着这个道士和他身后的群体，他们生活在另一套精神秩序和法则里。而这条秩序和法则，与我们绝大多数人，已经断绝。道士有问才答，拘谨而谦逊。饮过一碗水酒，简单吃过一些饭食后，他便匆匆告别我们——在赣县某村，还有一个法事，在等待他。我们目送他的背影消失在山区浓黑的夜色中。

游神的队伍在完成对全村的踏足之后，回到了福主庙前。他们并不停留而是继续往村口走去。爆竹声声，硝烟弥漫，所有的言语都让爆竹给代替了。这是否是中国人的一种智慧？爆竹的“噼噼啪啪”声，仿佛什么也没说，而其实所有要说的意思都在里面了。人们将纸扎的神船扛到村口的溪边进行火化。伴随着鞭炮声的响起，游神的男人们开始脱掉身上红红黄黄的彩衣，留待翌年正月再从箱箧中翻出来。这意味着送神活动的结束。（我在吉安市青原区陂下镇见到的神船稍有不同，陂下的神船是木质彩绘的，船身有十余米长，半吨重，通常是十二位或二十四位汉子扛着神船，在主持的曼声吟唱中，做出各种划船的动作。但似乎表演的意味浓厚一些，而万安县沙坪镇的唱船仪式，则显得更古朴一些。）

白天送船的队伍，将神舟画（元宵画）和木塑神像迎进祠堂后，便短暂地告一段落。在此之前，他们绕着村落的地界，巡游了一番，在每家每户前经过，而相应地，当游神的队伍到来时，主人便放爆竹迎接，并祀以米酒和斩杀的鸡鹅。爆竹声此起彼伏地在空荡的大地，在田野、树林、溪流、山坡旁的屋舍边响起，青霭的硝烟在半空浮起，包裹着空洞、沉闷的爆竹声。此时，最为闲暇的是一些老妪，她们三三两两地聚在一起，饱经风霜的眼睛平静地注视着眼前的一切——这恰与兴奋的、忙碌的孩子们的眼神，形成了强烈的反差。妇女们以及更年轻的少女们也显得无所事事，因为游神的队伍是清一色的男丁，因而她们嗑着瓜子，视线中不离自己的丈夫或者兄弟。年轻的女孩显然在山外的城里开阔了眼界，她们的打扮靓丽而新潮，与城市的女孩无异——这一天，她们的工作似乎只是负责打扮，显眼而让人愉悦地穿梭在她们母亲、祖母身边。

小车——部分来自发家致富的农民，停在村道和屋舍前，这铁壳的机器，成为所有农民梦想的一部分。几乎就是财富和权势的替代物。这是赣中一个平常的村落，处在荒僻的深山里，然而，即使是在这样最偏远的乡村，还是会让人感受到现代文明的洗礼。城市，正以其看不见的手，在中国广大的乡村大地，留下它攫取的印记。自然，渴望城市生活、成为城里人，已成为绝大部分乡民的愿望。这使得我为这乡村流传千年的喊船活动感到担忧——我担心，那些凭借口耳相传的老人去世后，这项神秘的仪式可能面临失传——因为年轻人对外部世界的兴趣，远大于一个封闭的、向内的传统仪式。神灵在大地行走，留下他们响亮的足音，但现在，机器的轰鸣声远盖过神的声音。在机器逐渐逼近的乡村里，神在退却和消失。

晚上，我们跟随村民来到祠堂，加入喊船活动的下一环节。白天的迎神活动结束后，对神的赞颂才开始。唱船的也是清一色男丁，年龄都在六十岁以上，两三人共用一个歌本，手持响器的伴奏者则沉默地听凭双手惯性地敲打头脑中熟稔的乐音。被人群填满的祠堂顿时显得拥挤，户外是如铅般沉重的夜色，而全村男女老幼都围拢在祠堂的灯火处，每个人都扮演着旁观者和表演者的双重角色。手抄的歌本是豌豆大小的楷体字，既有乡野之风的草率，也有师法古帖的流美，应出自读过乡间私塾的老者之手。唱船的时间很长，从晚上八点开始，持续到凌晨。赞船的内容，包含着陈述村史族史、对农耕社会的瞭望、对神君的礼赞、对天地农事五常的说教、对善恶是非忠奸的辨析，等等，相当庞杂。我怀疑，只要精力允许，他们可以无休止地说唱下去。在赞神的几个段落间，每家每户的代表列在神像前，在赞船的老者吟唱时，人们则齐声应答“好”字，以祈求吉祥如意。其间，白天游神的少年，则手持彩旗，伴随着乐声，做出划船的动作，围观的人们则欢呼、喝彩。影子在人们的脸上晃动，香火的蓝烟氤氲在窄小的空间，兴奋感、疲倦感、茫然感，写在人们脸上。

在唱船活动进入高潮的时候，妇女们也开始在祠堂偏房的厨房里忙碌起来，她们将一种混合着糯米、大蒜、芹菜、辣椒、芝麻、香油、盐的食物（俗称“元宵羹”），放入沸水的锅中煮，直至成为米糊状。不知什么时候，祠堂里已经摆起了十几桌，祠堂外的广场上也摆了十几桌，每个活动的参与者以及游客，都获得了分享食物的机会。男人们则就着食物饮糯米酒（也叫“元宵酒”）。此时，喧嚣的祠堂终于获得平静，像暴风骤雨后的天空只留下淅淅沥沥的小雨点。耗尽精力的人们，轻声地说笑，食物和酒，在他们的唇舌间，发出愉快的轻微的响声。田野远端丛林下的村舍里，公鸡开始打鸣，在受到白天锣鼓声和鞭炮声，以及壮观的游行队伍的惊吓后，此刻它们恢复了应有的神气，它们没法不在这个钟点醒来、鸣叫，除非改变它们的基因。

我在思索，除了这唱船仪式，还有什么活动能够将全村、全族人凝聚起来，共同参与和行动？对于我这个来自城里的旁观者来说，这一切，不可谓不陌生，因而带给我的兴奋感，大于参与其中的村民的感受。但正因为这一点，也使我感到，我是个局外人，我与这被诸神眷顾的村庄，与这狂欢的村民之间，存在着隔阂。我只是个观察者，而不是像村民一样具有双重角色。这一天，他们全身心投入喊船活动，与他们村庄的保护神共舞，并从内心对美好生活的祈求中，获得被神灵赐予的机会。他们内心庄重，神情虔诚，以免因轻慢和亵渎神灵，而遭受厄运。

喊船，是民间正月送神活动的一部分。与此类似的，还有抚州南丰等地的跳傩活动。吉安以南的赣州，此类活动则更多，比如宁都县田头村的装古史、于都县寒信峡的水府庙会等。作为一种“古老的记忆”，喊船，仿佛也让我们窥见古人的文化观念和意识，在他们的精神生活当中，神灵崇拜、祖先祭祀、辟邪禳灾、生殖繁衍等诉求，自有其合理的逻辑。诚如陶思炎先生所说：“（民俗艺术）是作为文化传统的艺术符号，在岁时节日、人生礼俗、民间信仰、日常生活等方面的应用。”岁时节令的民俗活动，正是农耕文明的产物，反映着人们对天道的敬畏以及对上天意志和生活中未知世界的主观揣测和理解。正月十六，在万安县彩旗猎猎的乡村——沙坪，喊神，迎神，送神，成为每个村民心中怦然心跳的动词。无论喊船也好，跳傩也好，装古史也好，乃至于蔡邕所言的贴神荼、郁垒也好（蔡邕《独断》："十二月岁竟，常以先腊之夜逐除之也，乃画荼、垒并悬苇索于门户，以御凶也。"），体现的都是民众驱祟御凶、祈愿平安吉祥的心理。

夜半，我们驱车离开沙坪村，经过白日的喧嚣和夜晚如真似幻的唱船仪式，我们的心仿佛被什么充满了，又仿佛被什么掏空了。正月的乡间大地，早春的气息，正通过泥土、植物、细流和奔跑不止的风，给传递出来了。我突然领悟到，与诸神狂欢的人们是恭敬的，更是喜悦的——这喜悦中，包含着对春天到来的欢迎之情和对新一年的希望与憧憬。对于这一点，一个乡间的农民，显然比一个生活在格子房中的城里人更加敏感。

（原载《广州文艺》2018 年第 7 期）

相逢一个个童年

陆　梅

奶奶和哑巴的暑假

这个哑巴不是我，可是奶奶的左邻右舍却慷慨地把这诨名给了我。

一年级时的暑假，父亲把我送到上海永年路的奶奶家。这是我第一次出远门——真的是远！那时候没地铁没出租车，父亲手里有一张爷爷书信寄来的"手绘地图"，那上面连写带画，标注得密密麻麻，怎么搭乘长途汽车到人民广场，怎么找 71 路公交车，哪站下，中间换乘 24 路"辫子车"，马当路下，看到什么标志，过哪条马路，拐哪个弄堂……父亲按图索骥一路摸去，赶了一天远路的他牵着八岁的我，终于在黄昏时踩进上海奶奶家的石库门。

这一幕从此刻进驻我的成长记忆。这趟远门也预示着我和我未来的缘分——冥冥中似乎已经有了安排，我总能考进上海的大学，我会暂住在奶奶家，我安营扎寨工作生活在上海……几十年后，当我写下这些文字时，似乎一切都是天意，理应如此，可事实并非我写的那么简单。我只是一个八岁小女孩，从没见识过大上海，上海话我都听得磕磕碰碰，更别说开口讲了。我立时成了一个哑巴。我不愿搭理人，顶顶不喜欢弄堂里阿姨爷叔左一句右一句地寻我开心。这些整天坐在弄堂口剥毛豆挑鸡毛菜、穿了背心裤衩淘米洗衣的阿姨爷叔们可真是精力充沛。起先是好奇，看我总不开口就想寻个开心：“有本事侬叫喔子开口。”——“喔子”是“哑巴”的沪语发音。张家姆妈努努嘴朝我看。她手里剥着毛豆，跟水池边刷牙的隔壁爷叔说笑。隔壁爷叔瘦得跟排骨精似的，扫我一眼，闷声不响。我才坐在板凳上等奶奶买早点来，听张家姆妈这一说，我立起来就走。我噔噔噔爬上奶奶家的阁楼。

奶奶一辈子住在阁楼里，年轻时把好不容易分来的一室半给了儿子，她和爷爷只好住阁楼。永年路的阁楼，黄陂路的阁楼，搬来搬去都是阁楼。奶奶也有一个雅号，叫“亭子间老太”——上海人管二楼半的阁楼叫亭子间，弄堂里大家都这么呼她。住久了，我发现上海人都是起绰号高手，“阿尼头”就是张家老二；隔壁爷叔抽烟上瘾妻子不许他抽，背地里大家喊他“气管炎”（妻管严）；张家姆妈也是特定称呼，不会搞错，弄堂里有同姓就加个前缀：× 号里的张家姆妈……这些诨名叫熟了就是老房子老弄堂的暗号，暗号一对，立马表情生动。哪天来个外人，说谁谁谁在吗？要说的是诨号小名，阿姨爷叔会很客气地朝里一指或领你进去；要是一口普通话，又是连名带姓，阿姨爷叔眼睛一扫，晓得来人是个“阿乡”，也不跟他搭腔，伸长脖子高喊一声：“阿尼头，有人寻侬！”

我老不开口，阿姨爷叔们也失了兴趣，我只跟爷爷奶奶搭腔，对其他人一概装哑巴。我很乐意他们不再盯着我，整个暑假，他们眼里的哑巴却开启了一个新天地。我认识了一个大我一两岁的楼上女孩，她就住三楼，小脸清瘦雪白，眼睛很大很黑，扎着朝天辫，这么好看一个女孩却是个真哑巴！难怪左邻右舍表情活跃窃窃私语：“又来了个喔子。”也难怪奶奶听了这话兀自叹息——会说话的要装哑巴，真哑巴“呜呜呜”太想说话却没一个人听得懂。

现在，我和哑巴女孩认识了，我能听懂她说的话。

我跑上阁楼躺在地板上。晚上我就睡在地板上。奶奶的阁楼一张大床、一架衣柜、一台黑白小电视，门墙的钉子上挂满东西，余下空间就是白乎乎一片老旧纹路的木地板，白天放置座椅，晚上收起打地铺。光影从楼下走道一侧透进来，我从一格一格木窗棂里望出去，楼下人的动静一目了然。这是我窥探世界的一方天地。

一个身影突然闪进来，就是楼上的哑巴女孩，可那时我还不知道她是哑巴。女孩冲我粲然一笑，指指上面，我点点头。她又指指楼下，点点我跟她，手舞足蹈玩乐的样子，我又点点头。女孩笑得更灿烂了。这时候奶奶回来了，她不见我在楼下，就动静很大地上楼，手里拎着早点，不用猜，扑鼻香味已报告了内容，纸袋里是刚出炉的生煎馒头。没等奶奶进屋，女孩小身子一闪，不见了。

我问奶奶:“楼上的女孩叫什么？”

“怎么，喔子来过啦？”

“嗯，她跟我打哑语，约我一起玩。”

“她只会哑语——”奶奶叹息一声。

“她是哑巴吗？”我龇牙咧嘴，生煎太烫了。

“是啊，你来她可乐坏了，她观察你好几天了……”房间里空间实在有限，奶奶肥硕的身子一转，就把门口给堵上了。“吃完就下来吧。”奶奶拖着大脚一步一步下楼。

奶奶有一双气壮山河的大脚，两条腿粗得跟大象腿一般，小时候我并不知那是病——现在也还是搞不清，究竟这双大脚是怎么造成的。奶奶往人前一站，就跟美国电影里那些女管家一样，很威严很有气势，一说话却是刀子嘴豆腐心，她是弄堂里的热心人，楼上楼下阿姨爷叔最喜欢跟她聊天，拜托她事也最放心。

我的这个“奶奶”和我乡下的奶奶曾是好姐妹，就是舞台上那种生死之交，共患过难。可惜乡下奶奶死得早，没看到上海奶奶的后福，一嫁嫁到了上海。上海奶奶不忘本，一直记着俩人的情分，就移情给我，把我当成嫡孙女一样来爱，我也叫她奶奶。我跟她的缘分此刻我还不知，果然后来我考进上海的大学，很多个周末回的家就是奶奶的家，奶奶变着花样给我做糖番茄、番茄炒蛋、番茄雪菜焖黄鱼……那个时候我对番茄吃不厌——其实是为了减肥，奶奶还真以为我超爱吃黄瓜和番茄呢，每个周末都备好这两样，生吃凉拌随我。我会在奶奶家住一晚，临走提上两格饭盒子，里面装满新上市的炒蚕豆，碧绿鲜嫩的蚕豆上沾了切得很细的小青葱。这是春天。秋天是生煎馒头、鲜肉月饼、糖炒栗子，冬天换成香煎带鱼、红烧肉冻、炸春卷……我对奶奶的回忆充满了食物的气味，奶奶肥硕的身子总在厨房里忙进忙出。我曾在一个小说里写到奶奶，敲下第一句话时泪如雨下。这个小说叫《彼岸花》，第一句话是：奶奶去天国了。

如果算上山家坡的外婆，我就有三个“奶奶”。我的这些奶奶都温和善良。上海的奶奶上面写了；我从未见过面的乡下奶奶宁愿自己饿着也会把最后一口留给孩子和她的姐妹；山家坡的奶奶温良得像个菩萨，她确实经年茹素……我这样写着她们，其实也在清理自己，因为我把她们遗忘得太久了，我只顾一径往前，走得太快就把负重给一样一样丢了——是时候平缓一下心情，停下来回头看看了。我在看的时候就一点一点把那些负重给捡回来，它们其实都是有用的石头。可是那时我经见太少，眼光也短浅，我还不能体会有用的石头就是宝石，它们只对眼睛清亮的人发光。所以当我有一天从一本图画书里读到一句话：“有时候，人必须远行，才能发现近在咫尺的东西。”我热泪盈眶！是这样的，奶奶！

我这样写不知孩子们能否理解？有时远行不一定是地理意义上的出走，隔着时空的距离，远行还是一味药，总得慢慢熬。火候不到，药量不对，配伍不全，都发挥不了药性。而得到这味药，你会豁然而喜，喜极而泣。人生啊，就是这般五味杂陈！这味药，专治健忘症、思乡病，乃至一切和故乡、亲情有关的疑难杂症。

这是我来奶奶家的第七天。父亲住了一晚就回家了，我慢慢习惯了爷爷奶奶家的生活，对全新环境也有了自己的判断和观察方式。一日三餐，午睡，看电视，听奶奶讲古，无聊发呆，爷爷还带我逛了大世界城隍庙和豫园……街上人山人海，天又那么热，爷爷脚力好，我根本就比不过他，走走就走不动了，我不想再这么大老远地逛。我自以为见了世面，足够回去和姐姐吹嘘了。这时哑巴女孩出现，我很高兴得着这么一个新朋友。

我写过一本小说《哑女米莉》，就是以这年的暑假生活为蓝本，小说里的米莉大半有哑巴女孩的影子，姑且这里我就叫她米莉。每次都是米莉来找我，我无聊发呆的时候她突然降临。我们比比画画，有时连蒙带猜，总能够心领神会。在米莉面前，我很乐意做一个哑巴。我变得很顽皮，其实那就是我的本性。我们一起去后天井探险，跑到复兴公园捉知了、找无花果树上的天牛，凑齐了钱买冰砖和刨冰吃……这些我都比米莉在行。米莉开心得哇啦哇啦，奶奶逗她："你说啥呢，满嘴跑火车？"米莉黑玉般的眼珠子一瞪，继而又嘿嘿一笑。那意思我明白：不跟你老太一般见识！我扑哧笑，奶奶也乐，不再一声声叹息了。

我竟然没见过米莉父母，起码没留下一点印象。难怪我在小说里把米莉父母写成沉迷麻将、整天吵架的一对自私男女。事实是每次都是米莉下楼来找我，我们一起玩也顾不上问她家的事。多年后，我再去奶奶家过暑假，奶奶还在永年路的阁楼里，隔壁和上下楼邻居换了不少新面孔，米莉一家也搬走了。奶奶是个念旧的人，她很怀念以前的旧日子旧邻居，遗憾人们总是更向往新生活新环境。奶奶在回忆里度过了她的一生，没有那些旧日子，她活不了那么久。她是在爷爷走后多年、又一次搬家后过世的。那时候我已在上海安营扎寨结了婚。有一天，我接到姑姑电话，姑姑说奶奶走了，我从床上惊起。我正在发烧，脑袋昏沉，姑姑一个电话把我的病吓去一半，我披衣下楼向奶奶家赶去……

如今我的奶奶又少了一个。米莉我也再没见过，不知她现在好吗？我跟她的友情维系了几个暑假，以为总是会见上的，没想着要互留地址——留了又如何呢？未必真就会联系。有些人，有缘同行一段，走着走着就散了，然后总有新的人加入进来，再继续着路上的旅程——我们一生，要经历多少这样的聚散离合生死遗忘！每一段，都是不可复制的人生。那些有幸记得的，都不曾远去，最终还会回来，与你促膝相对。

遇见父亲

我写过爷爷和外公，写过我的奶奶们，我也在别的散文里写过姐姐和母亲，却是没有很好地写一写我的父亲，而我和父亲的感情是最深的。童年里，如果“遇不见”这样一个父亲，我就长不成今天的样子。

对，和父亲不该说“遇见”，可我真就觉得“遇见父亲”是我的幸运。我的所有和父亲有关的童年记忆，都是快乐和阳光，连忧伤也是好的。他更像是一个大朋友，带我冒险玩乐，有伤心委屈，他来温暖和安慰。在我们家，“严父慈母”刚好是倒过来的——严母慈父。父亲对姐姐也不凶。倒是母亲，我从小记得要么躲着她要么顺着她，可终究，躲还是躲不过的，我和姐姐小时候没少挨过她骂。

父亲就不同了，他是我们村的“知识分子”。20 世纪 70 年代，知识分子的标志是的确良白衬衫配风纪扣中山装，胸前口袋插一支钢笔，帆布包里装着笔记本和书。这些刚好是父亲的标配。父亲宽和安静，一手钢笔行楷流畅潇洒，闲暇时爱钻研书，若不是爷爷需要一个壮劳力以缓解捉襟见肘的家境，父亲该是村里他那一辈唯一的大学生，一个真正的知识分子。

大学没读成，他做了村里会计。我见过他的账簿，端雅小字和一串串数字，每一页都清俊爽目，连记账都这么认真，可见他多么一丝不苟。父亲因敬业勤勉，由村会计到村长，又一路上调到大队部、农科站、农业公司、副业公司、乡政府，官职历经站长、经理、主任，直至在政府信访办主任的位上退休，一辈子清正廉洁。小时候那个缺了半块玻璃的五斗橱柜里，夹着一张张父亲的红本本，人大代表、先进个人、结业证书……当时没想着要替父亲留存，恍然我也到了记忆里父亲那样的年纪，心里一惊：我是如何错过了父亲的峥嵘岁月！

这么写的时候，脑海里翻出一个个大作家笔下的父亲：鲁迅的父亲，朱自清的父亲，汪曾祺的父亲……鲁迅的父亲病倒在床，少年鲁迅不得不一次次去请医生，那个医生开出的药方子古怪离奇，蟋蟀一对，还要原配，还得是同窠，拿各种奇奇葩葩的药引子来折磨人，少年鲁迅由此结下一个愿，长大后读医科，懂一门医术……朱自清的父亲中国孩子都熟稔在心，初中语文课本里收有朱自清的散文《背影》，那个着深蓝棉布袍、在火车月台爬上攀下给儿子买橘子的肥胖身影，成了舐犊情深的经典画面。汪曾祺的父亲有趣好玩又多才多艺，会画画，会刻图章，会弹琵琶、拉胡琴、扎花灯……他对汪曾祺的影响果然是全方位的，汪曾祺也多才多艺有趣好玩，真真“多年父子成兄弟”。

我的父亲没那么伟大，也不见得多才多艺，舞文弄墨仅限于工作内的二三赏识者——他没少写过发言稿、总结稿，给各路报纸和地方广播的新闻素材（还不是“稿”）。可他只是一个默默无闻的普通父亲，低调做人，高调做事。于我，却是唯一。他热爱草木和自然，懂一些草药，会抓好看的蝴蝶和蜻蜓给我玩，年轻时热衷田野实验，比如水稻田里养鱼。杭州的作家周华诚向久居城市的人发起一个“父亲的水稻田”活动，响应者众，居然成了城里孩子亲近土地的一次田野之旅。我的父亲很早就有这样一片水稻田，他优选种子，水稻长成投入鱼苗，经他悉心照料这块实验田长势优良。父亲还尝试过养殖长毛兔和鹌鹑，土法配制各种“营养饲料”——我偷吃过的奶粉和麦乳精就是父亲喂给长毛兔的营养品。唉，那时候连人都舍不得买来吃呢，父亲却给兔子开小灶……我着实不平，得逞几次，竟也光明正大地偷。父亲看到，佯装一个毛栗子，脸上却是笑着的，我捂住嘴溜得飞快。

父亲年轻时身手敏捷，摸鱼虾螺蛳、捉黄鳝螃蟹是他最擅长的，而我是他的好搭档。烈烈夏日午后，我提着竹篓立在山冈上，父亲一身短打浮潜在青水河里。父亲一个猛子扎进水深处，不见动静我就很紧张，急得要哭，父亲腾一下顶出水面，两只手里攥着河蚌螺蛳。我表情夸张地向他投来的“战果”奔去，破涕为笑。

最紧张的是捉螃蟹。父亲随手掐一根细竹竿，在河岸边查探。他能八九不离十甄别哪是螃蟹洞、哪是蛇洞、哪是黄鳝洞。可有时这些家伙也偷懒混居，黄鳝洞和蛇洞还很像。每回父亲用竹竿试探一个个洞时，我就胆战心惊，提前在脑海里想象蛇突然哧溜出洞咬住父亲手的可怕场面。我虽白白替他捏一把汗，想着晚上有美味的大闸蟹和鱼虾螺蛳吃，也就心里七上八下着不管不顾了。我天性淳朴喜静、对自然天地亲近神往的因子，都是父亲给的。没有任何的说教，一切都是潜移默化。

还有一个，称得上是“我们家的桥段”，我去学校给孩子们讲作文时常提及。小时候我和大部分孩子一样写作文头疼，面对一个空茫的作文题总是束手无策。我愁眉苦脸挤不出半句流畅的话，于是就使出我的“杀手锏”——哭。我一哭，父亲就放下手头事坐下来启发我，看我还是一脸愁苦，就“捉刀”给我写一个开头，我照着父亲的思路接下去，快到结尾时又卡壳，一旁做着功课的姐姐看不下去，一把抓过我的本子，一目十行——差不多也就十行的字数，唰唰唰给我安上一个“光明的尾巴”。我小学阶段的作文大抵是这样完成的。

升入初中，我有幸遇到一位好老师，他也姓陆，与我父亲相识，那个时候父亲在乡政府工作，我们的华阳中学和乡政府一墙之隔。有一次写周记，我忘了哪里抄来几段，结果就是这抄来的几段话被陆老师用红笔画上好看的麦浪曲线，这篇周记也在语文课上被朗读和表扬。我坐在第一排，跟讲台上的老师靠得那么近，心里的汗颜和不安就像小鹿奔突，手心里全是汗，神魂出离呆在座位上……还好，下课铃及时解救了我！

可是此后，每一次周记和作文我都写得很认真，不再哭鼻子搬救兵，不再原样照抄范文。我的作文越写越好，语文也是我的强项，我最期盼的就是上语文课。父亲的捉刀代笔和语文老师的无心插柳，于我都是关键的帮助。这话说来有点事后诸葛亮，或许还有偶然性，可我觉得这不失为写好作文的一个法宝。作家张大春透露过一个锻炼作文的秘诀，让孩子挑一篇自己喜欢的故事，用自己的语言复述一遍，不能用“后来”“然后”“结果”这样的连接词，用一次扣十分，口述完成而能够不遗漏故事内容的，就拿满分。我觉得这个办法跟我父亲的“捉刀”启发法不谋而合，还更有操作性，父亲写一段，我跟着父亲的思路接着构思、组句、谋篇，相当于把一篇作文拆解了自己理一遍，理的过程就是学习怎么文从字顺地写好一句话，说明一个事件，掌握一段情节。写作文终究还要自己悟自己实践，而万事开头难，父亲就把最难的事给我解决了！

语文老师的无心插柳我怀疑是“激将法”，多年后我问起此事，父亲笑笑不答。我把这事写成文章收进了书里，我送书给父亲，父亲宠辱不惊道：“回头再给我本，这本我送陆建华。”——陆建华就是我初中的语文老师。我问父亲：“你碰到陆老师啦？他怎么样？”我在上海工作后很多年没见陆老师了，父亲偶尔会在小镇街上遇见早已退了休的陆老师。“他问起你，说你是他教过的学生中最出色，也最让他骄傲的。”父亲燃起一支烟，抽了口，望向郁绿田野，眼前大片灌浆的水稻。这片稻田不再属于父亲和村里的任何人。几个外乡人承包了我们村的大片土地，他们轮着种水稻和玉米。这是一个时代的开始和结束。村里人纷纷买房搬进了城里，大批外乡人租下空村谙熟地生活在他乡，作为外来务工者，他们散落在小镇周边、工业开发区和村庄的角角落落。那是另一个“他者”的世界——他者，何尝没有自我的影子？

父亲已然苍老。他不再是我记忆里那个戴着草帽、一身短打、精力充沛地走在前面，我手提竹篓吧嗒吧嗒跟在后面的父亲了。他把精力和使命传给了我，我得提起精神，对付功课懈怠、写作文同样一个头两个大的女儿。将心比心，我没有父亲做得好。

父亲说这话时老家还在，大规模的动迁还只是一个不太确信的“众说纷纭”。时过数载，老家被夷为一片平地。很快，小镇的方圆几里将新起一个郊野生态园，我童年的乐园将以焕然一新的面目迎接四方游客。然而，虽说故乡，已没有家！父亲想是惆怅的吧？

我很高兴父亲可以看见这一切。遇见父亲是我最好的命运。“一切的起点都将是终点。”时间，纷至沓来。

（原载《鸭绿江》2018 年第 7 期）

奶奶是个哲学家

陈　果

1

我是害怕有人这样问我的。但如果有人非要问我历史学得如何，我的回答注定让他失望。要是我说我对我和奶奶的交往史吃得最透，接着还正经八百地说奶奶是哲理深厚的大方之家，免不了有人会把大牙笑掉。

我已经习惯了被人看轻，并认定这是自己越来越显空虚的躯壳里，仅存的一点重量。所以，被人嘲笑或挖苦多少遍，我的回答，就会一字不差地重复多少遍 + 1 次。

我承认历史——甚至“历史”这个词——和我在彼此眼里都很陌生，我也承认这一生里，奶奶农民的身份链条从来没有过一天的断裂。可是，人们也得承认，没有一段历史离得开农民的喂养，也得承认一个农民的哲学范畴，有可能远远超出一亩三分地的边界。

我不尝试说服谁——我为什么要说服谁？

奶奶说过，你叫了一万遍洋芋，是红苕还是红苕。

2

在我七八岁的时候，爷爷没了，有了奶奶。我的意思是，大概是从七八岁时开始我对奶奶有了记忆。

舌尖上的童年并没有多少滋味值得反刍，唯有奶奶的碗，让人至今念念不忘。我们手上的土碗黯淡粗糙，大而无当，奶奶的玲珑得多，还是瓷的，上面有青花图案，几只蝴蝶停在上面，翅膀一抖就能飞走。

碗再漂亮也吃不得，可奶奶的碗总是飘着异香。很久的一段时间里，几乎每个早上，奶奶都会顺着香味走过来，将一箸闪着亮光的挂面夹到我的碗里，让我眼前的世界，瞬间被刷新、被照亮，被一抹动人的色彩装扮得活色生香。

这时我妈总会骂我：连奶奶的东西都要争来吃，还有没有规矩家教？

也是这时，奶奶会半是抹着脸、半是扬着眉地怼她一句：娃娃家，哪有那么多规矩！

奶奶的下一句话，大概也是不会缺席的：只要发奋读书，以后天天都有清油挂面吃——不光清油，兴许还有饼干呢。

课堂是个可以创造一切的魔方。奶奶浅白的一句话，藏着多么深刻的哲理。

3

我总算明白了，人与人是不同的，人与人之间，就像书桌上的一摞书，高低上下随时可以变换，书桌和书却永远只能固守在自己的位置。

番茄转红了，奶奶挑了几个，让给外太祖母送去。核桃饱满了，奶奶装了一篮，让给外太祖母送去。鸡子变成鸡婆了，奶奶凑了一钵蛋，让给外太祖母送去……那时，外太祖母是我家最老的老人。

老人住的地方，离我们三四里地。很多时候，奶奶轮番差使她的子孙后代，替她走在回娘家的路上，并在一次次的往复间，强化对血缘的追溯与体认。而我对于这年复一年行走的意义的认知更进一层，是在外太祖母有说有笑的面容被一道冰凉墓碑置换以后。当我再也不能看着老人的小脚因为我们到来搅动满屋风云，我终于知道，那条蜿蜒在稻麦荷菽间的小路，不光是连接奶奶与母体的脐带，其实还是我读到的第一部人生之书。

4

奶奶的八个儿女中有五个“出去”了——“出去”，就是蜕了“农皮”，吃了公粮。要知道，在当年，脸朝黄土背朝天的农民，对自己的命运有多么同情，对有人“出去”的人家就有多么歆羡。

而这只不过是奶奶威望广厦的四梁八柱。让她成为平地高楼的，是几十口人几十年里对她绝对服从、绝不冒犯、绝顶孝顺的自觉自愿。

一个人的权威，是自己苦心营造的，还是别人顶礼奉送的，实在有着本质和品质的不同。奶奶的优越感就是这样养成的吧。有一次，她竟对我说，如今这日子，给个省长当，我也不舍得换。

吃不到葡萄说葡萄酸吧！挤对她，我才不会客气。

奶奶才不理会我的小肚鸡肠，慢腾腾说，你看电视里好多有权有势的人，下面的人当面叫你大人背后骂你小人，有啥意思。我这个乡巴佬活得倒还实在些——至少，这家子人没哪个对我不是巴心巴肝。

奶奶接着又说：人家服你，生产队长也受人鼎敬；人家不服，占地再宽，还不是白铁皮一张。

5

奶奶端坐八仙桌边，或者斜倚卧榻之上，我所看到的，从来都是不怒自威的气度、宽和从容的气场。

还在三四岁时，儿子就已知道，但凡家里有稀罕东西，在孝敬老祖前，是绝不可以先碰一下的。他起初也感到委屈，后来就通泰了：没有老的就没有小的，老的没有，小的就不能有。这句话，当然是我告诉他的——我小时候，父亲就是这样告诉我的——自然，父亲小时候，奶奶也是这样对他讲的。

奶奶薪传后人一句话，进而顺理成章地从这句话里得到了丰厚的回报。还在 20 世纪八九十年代，奶奶就坐飞机逛过北京，乘轮船游过三峡，搭火车打望过连天碧草、大漠黄沙。多数时候，奶奶留守家中，于是，她的散布在外的子孙的孝心，顺着邮路，四方来朝，此起彼伏，源源不断。

6

1979 年春天，奶奶生了一场大病。病愈归来，她被家里人剥夺了劳动的权利。奶奶到底闲不住，她要忙的事不少，最顶要的是和周家幺爷爷一起烧香、念经。

周家幺爷爷是"五保户"。虽是一介女辈，村中无论老少，均以"周家幺爷爷"相称。奶奶和她一起念的是经书，印象中，蝇头小楷疏朗有致地落在线装手抄本上，要说内容，却是记不起来了。

和周家幺爷爷一样，奶奶其实一个字都不认识。她的记性也说不上好，离开书，不管前三句如何顺畅，第四句准保卡壳。但手一沾到书，那些字酒醒一般，立马就活跃起来。

为啥不管刮风下雨也要去周家念经呢？我不明白。

因为她没儿没女，孤苦伶仃。奶奶说。

我真是有些后知后觉了——每次出门前，除了经书，奶奶总还会带上一点儿别的东西，比如一把挂面，或者几棵白菜。

她接下来的又一句话却是我没有想到的：人老了会眼花，但观音菩萨不会。

那时少不更事，奶奶的话，说是并未在意，不如说并没听懂。直到今天，从时间的回音壁上，我才读懂了奶奶话里的话：嘴上念的是一本经，心里念的是另一本经，就算你骗得过自己，总还有一双无迹可寻却又无处不在的眼睛，会把真相看穿，把你看透。

奶奶高格又低调地活着，不知疲惫。

7

土地是叔叔姑姑们跳出“农门”后蜕下的皮。爸爸常年和他的小本生意一起在外漂着，东一块西一块的责任田，母亲不得不大包大揽。两个哥哥参军后，我成了母亲唯一可以指望的帮手。喂猪垫圈，洗衣做饭，占据了我一天时间的大多数，而一俟放了农忙假，这些繁复纤杂琐碎之事，全然上不得桌面。

所幸僧多粥少，村里每颗人头上只顶着六七分田地。可恶的是地肥，产量高，一亩少说能收一千四五百斤稻谷。畏惧风调雨顺、大地丰收，不是我不食人间烟火，而是因为一个少年在翻晒粮食的日复一日中，对于生活的热情，已经先于谷粒里的水分，被日头无限蒸发。

翻晒稻谷与清理稻叶，是烈日同我的合作，也是烈日与我的对垒。谷粒可以在我手下翻身，我的脸，却难逃被一个又一个日头煎炸得外焦里嫩的命运。没有三四个饱足的晴日，颗粒归仓只能是一个美好的意象。晚上把稻谷请进屋躲雨，第二天早上再送出去吸食阳光，在十多岁的我手上，一亩田至少有上万斤的重量。

只有我在晒楼的时候，奶奶常常将半杯啤酒递到跟前，然后接过我手上的谷耙，接过我的活。玻璃杯里的泡沫缓缓下沉、破灭，与之对应的，是笑容在奶奶脸上缓缓升起、定格。恰到好处的，一阵风贴着脖子从脑后掠过，奶奶的目光从我的眼眶洒进心间，宛如月明。回想起来，那是农忙时节里仅有的可以感知并归属美好的时光，是从炎炎夏日坚硬躯壳里剥离出来的清凉，是长夜至暗处亮起的一豆灯影，是你对已经厌倦了的世界仅存的一丝好感。

比啤酒更能补充能量的是奶奶盛在杯里的一句话：你不怕苦，苦就会怕你。

这句话在我后来的人生经验里并没有完全得到印证，所幸余生还长，我愿意借用它们的全部，作为奶奶的论据。

奶奶不是佛，但我早已是她的信徒。

8

初中毕业那年，我考上了“委培”中专。老师们觉得能长成“半残品”于我已是撞了“天昏”，这让很要面子的父亲很没有面子。我的录取通知书被他草纸一样扔进了猪圈。当草纸停落在一个粪团旁，他的声音划伤了我的耳朵：一头猪。

圈里明明关着两头猪呀。等我明白过来那两头和另一头根本就不是一回事时，大概也明白了，那其实差不多也是一回事。让两头和一头最终得以区分的是奶奶云淡风轻的一句话：你是在骂他，还是骂自个儿？

哪个喊他不争气？一头猪吆到北京去了回来，还是一头猪！父亲和奶奶说话，语调很少调到那样高。

就算真是一头猪，膘也有厚有薄。

奶奶点着了父亲穴道。他怔在那里，不再开腔。

奶奶从猪圈里捡起了那张纸，捡起了我的人生。

9

中专毕业，我端了传说中的“铁饭碗”。单身汉的饭碗通常形影相吊，尤其从乡上调到县城以后，伙食团说没就没。小姑住在城里，奶奶住在小姑家。小姑和姑父在家里给我添了一副碗筷，而我素来不愿麻烦别人，典型的死要面子活受罪。奶奶不请自来，打理起我的一日三餐。知道她是说客，我稳了稳神，过起饭来张口的生活。想着她很快就会打开天窗说亮话，我暗地里准备了一堆遁词。哪知我处心积虑划定的防区，她连一个手指头也没有沾染。然而，就这样，就是这样，我乖乖做了奶奶的俘虏、小姑家的饭桶。

奶奶被家里人当活菩萨供着已经好多好多年了，试问哪个俗人敢劳烦菩萨伺候？奶奶什么也没有说，但是好像，她说得已经再明白不过。

10

奶奶麾下“公家人”多，常有人登门造访也就显得顺理成章。无事不登三宝殿，来人多是有事相托。倘是借钱借粮、讲理劝架之类，奶奶通常不会让人失望，若事情不是当下她能应承，也一定会好言好语求得谅解。待人家断了念想，抱憾离开，她却在脑子里忙不迭翻开花名册，在她的子孙里来一个沙场点兵。

奶奶因此“被”加官晋爵。第一次叫刘局长时，奶奶以为我在叫别人。但她很快反应过来，后来再这么叫她，她居然也不怎么反对。一些人吃着公粮不正经办事，我比他们当得还伸抖些。是不是这样想过，我没有问过奶奶。

别看老人家慈眉善目，一旦脸上变了颜色，那可是让人一小壶喝不下来的。一次，六叔六婶不知何故闹起口角，情急之下，六叔竟要借拳头讲理。“梆梆梆”，几声闷响过后，六叔的手总算放了下来，而奶奶手上的拐杖，仍然对他的后背虎视眈眈。作为奶奶的“生活秘书”，后来日子里，六婶对奶奶的照顾无可挑剔。我相信，奶奶不问青红皂白落在儿子后背的响声，也是儿媳眼里值得仰视的气质。

七十岁前，对于自己的子孙，老人家很是热衷于耳提面命，恩威并施；

年过古稀之后，对于一应家庭事务，奶奶几乎都睁只眼闭只眼，谁要找她拿主意，管你是实是虚，一概打了太极。

民国时期，老家遍地鸦片，都说权力比鸦片还容易上瘾，你咋就没成“瘾君子”呢？我问奶奶。

奶奶说，但凡成了瘾的，都不是君子。

11

你们对我这样好，死了都值得了。你们对我这样好，死了太不值得了。两句都是奶奶说过的话，经常说起的话。

就像你不知道什么时候天上会突然有一只鸟飞过，你不知道奶奶什么时候会冒出这样的话。但这些话很多时候都是从她被窝里冒出来的。我，我们孙子辈，年过四十，还是喜欢钻进奶奶的被窝。如果她睡着了，就顺着她的梦入梦；如果她没有睡着，就来一番东拉西扯，从大漩头扯到亮河地，从干河子扯到麻家山。这个时候的奶奶不是奶奶，你可以叫她首长、老刘、炳芬同志，或者刘大局长。我们负责没心没肺，她负责眉开眼笑。

只有想起死亡的时候，奶奶眼眶里才会涌起忧伤。

奶奶说，我在观世音面前许过愿，下辈子，我们还做一家人。

奶奶说，我不怕死，我只是舍不得离开你们。

奶奶渴望长生，可她早看透了死亡。

12

和未婚妻的订婚之旅，我约奶奶同行，奶奶半推半就。

定下蜜月计划，我约奶奶同行，奶奶满口答应。

但凡举家出游，奶奶都是不可或缺的角色。体力好时自不待言，待老人过了耄耋之年，一说郊游，我那大大咧咧的儿子，最先想起的总是老祖的轮椅。

好想好想，和奶奶一起走下去，一直走下去。

13

没有一条路没有尽头。

公元 2018 年 2 月 27 日 12 时 16 分，奶奶用永远的沉默留下遗言，从此相对无语，从此天人永隔。

奶奶在人间的路走到了终点，而我的还将继续。尽管明白一个人活着就要接受失去，尽管明白生和死都只不过是渡向彼岸的江河，尽管从担心这一天到来的那一天起就听到了这一天越来越近的脚步，因为奶奶再也不会回来地离开，我仍是止不住失声痛哭。

活着不打扰别人，就是永远的离去，奶奶也提前打了招呼，谁也别说。奶奶走后，家里没设灵堂，家人没贴讣告，但是前来送行的依然不下三四百人。

先于奶奶抵达，我和晓亮来到她在人间的最后一个驿站。我们用黑纱屏蔽了斑斑污渍，用清水将蜡迹密布的地面恢复到最初的颜色，用未曾有过的细致将大厅外的烟头纸屑瓜子皮细细做了清除，用与对待一个活泼生命同样诚实的态度，为一个生前极爱洁净的人，把洁净保持到羽化前的一刻。

做着这些的时候，充斥在我脑子里的只有大片大片的空白。空白交接处，一个声音一遍遍响起：我不怕死，我只是舍不得离开你们。

14

怎样算是死去，如何才叫离开？一个问题的疙瘩，硌得人心里生疼。

我的痛感神经睡去，与奶奶的复活同步。复活的奶奶住在家人为她搭建的心中的屋宇。每个人的声音都是一条小路，奶奶从远处走来，矫健的身影那样熟悉——

母亲说，她这个儿媳，奶奶当闺女看待。好多时候，我的两个姑姑，还享受不到她的待遇。

二姑说，爷爷奶奶成家时，只有一间厢房。爷爷当背夫，奶奶用四年时间，开出三亩荒地。

三叔说，为了兄妹八人完成学业，爷爷拼了命挣工分。奶奶哪怕熬到大年三十凌晨五点，也要赶出来新衣八套、新鞋八双，让他们穿得干净喜庆。

四叔说，每修完一幢房子，奶奶就老了一头。

五叔说，日子紧时，奶奶是个“穷大方”。日子好了，却“抠”得要命。

六叔说，越是看起来糊涂的时候，老太太越是清醒。

七姑说，有一段时间，生产队长的口哨控制着全队人的时间。但队长的哨音对奶奶没有用，因为奶奶总是比他的哨子起得要早。

八叔说，按照奶奶的规定，家里二十多口人吃饭，包括吃面条，不能发出一点声响。

大哥说，记忆中，人们都吃完出工了，奶奶才开始吃饭。就连其他人剥下的红薯皮，奶奶也从不嫌弃。

二哥说，他从小拉肚子，直到十二三岁。奶奶疼他，总让他挨着睡，并且每晚，都能给他变出来半捧花生，或者几颗核桃。

……

奶奶有后人四十六个。大家说，每年九月初九，都给奶奶过生日，直到她一百岁、一百二十岁、一百八十岁……

15

民国十七年农历九月初九寅时，一声啼哭降落在四川省越西县大树堡海螺坝沙坝头一间茅屋里。

被那声啼哭标记的生命，取名刘炳芬。

刘炳芬，就是我的奶奶。

（原载《中国艺术报》2018 年 10 月 29 日）

光影记

陈蔚文

“被摄影”与“心像”

一群人出行，队伍中常有摄影爱好者，单反相机如枪在握，随时瞄准目标：风景，人，一切可成像事物，都在镜头射程范围。当镜头扫来，我浑身不自在，面肌瞬间僵硬，出于人际礼节，只能迎向镜头，如同迎向灼烫枪口。热心些的拍摄者这时还会予以指导，“头歪点！对，脸朝左侧点”“别看我，看前方！”“笑一下，自然些”，我呆若木鸡，只听“咔嚓”一声定格，一缕看不见的硝烟在焦距间升起。

不消说，照片一定好不到哪去，表情隐含猎物被枪口堵截的惶恐。

摄影爱好者们，原谅我冒犯你们的热心——未经当事人许可或默认的拍摄其实亦是种暴力，不是每个人都热爱“被摄影”。

“被摄影”的别扭有时不亚于一次被侵。

“抗拒照相最本质的原因是‘自我不接纳’，不管照片是为了给自己看，还是给别人看，当我们在思考这个问题的时刻，都是通过我们心中的‘他人’的目光来看待。心理相对健康者，既不会过分地逃避照相，同样也不会过分迷恋相片中完美的形象。两个看似相反的行为背后，都是需要借以他人的赞许目光，才能确认自己的存在感。”

我承认，在不习惯镜头背后，确有着不接纳自我的倾向。这源头来自童年父母严苛的教育方式，他们认为赞扬有可能毁掉一个孩子，只有不断否定才对孩子成长有所助益。

这种严苛的后效是：我基本按他们希望的成型，中间虽出了些或大或小的岔子，有过自暴自弃的“坏”，但在“道德性焦虑”的监督下，终究步入庸常、安全的多数者生活。

在“坏”消失的地方，自由意志或许已一并被阉割，像长年不飞的鸟即使翅翼完好，控制扇动的胸肌却已萎化。

接替了父母当年审视我的严格目光（那也是来自一个时代的集体意识目光），在当年反抗乃至仇恨的这种目光中，有一天，我不觉亦用这目光，成为自我的审视与限制者。

这目光事先在心里已做了挑剔的预设——那些拍下的影像与自我期待总差着一条鸿沟。

在一本心理学书中看到，美国著名整容医生马尔茨发现，许多人有“虚构之丑”的倾向，他对此的解释是：每个人的内心都有一幅用来描绘自己的精神蓝图或“心像”。对我们的意识来说，这幅图像可能模糊不清、朦朦胧胧、不甚分明，甚至一个人的意识根本没觉察到它的存在，但它的确就在那里，完完全全，纤毫毕现。

那幅自我描绘的“心像”，将跟随人终身。即使成年后的“我”已达社会考核标准，在那幅“心像”中，“我”却可能差强人意，破绽百出。

“如果你在别的声音和形象中听不到它，看不到它，它就会从中发明它自身。它随处藏身，又随处现身，想回避都回避不了，以至你对它的任何回避全都反过来证实它，形成它。”——这段话正如“心像”的写照，它最重要的光源来自童年。

镜头深处

很多年前《读者文摘》上的一则故事。一个对外形不自信的少女，有次为参加舞会买了枚蝴蝶结，这枚新蝴蝶结使她觉得自己突然漂亮起来。她戴着它参加了舞会，和男孩跳舞。

舞会散场，爱情已然光顾。

走在回家路上，她意外发现掉在路边草地的蝴蝶结！原来舞会开始前她就弄丢了它，她的头顶上方根本没有那枚蝴蝶结，它却给予了她整个夜晚的自信。

“暗示”这种心理有着惊人的催化力，像女孩头顶那枚隐形的蝴蝶结，赐人以能量。

和镜头关系良好的人，头顶都有这么枚蝴蝶结。反之，缺乏自信会使再美的外在都变成摄影师的灾难。

“你知道黄金猎犬能嗅到恐惧吧？那么记住，佳能或尼康也可以做到。不要躲避相机——它总会找到你！”

在一次活动中认识 A 小姐，客观说，她不好看，小个子，黑皮肤，但一面对镜头她立即表情灿烂，笑容符合美国《心理月刊》对“更易有幸福感”者测评中的第一条：拍照片喜欢露出牙齿——需要面肌舒张才能达成的表情。

A 在乡村成长，有位慈父，父亲对她和姐姐疼爱有加。A 说，我和我姐，其实我们挺普通的，可我们也都挺自信。

一个人与镜头的亲密度，似乎能准确地反推他（她）的童年，有种“超形象”在那期间建立，巩固。在成长中获得足够肯定与接纳者，无论形象如何，他们掌握一种熵的能量守恒原则：在镜头与实况间，他们会找到平衡路径，去自动消除现实与心理之间的“差值”。

在世俗标准看来算不得美女的 A 每次面对镜头时，注视的不仅是自我，还有镜头背后以父爱为背景的和煦童年。

对不安者，镜头对准的不仅是外形，还有更深处对“内在性”的放大审视，那些不愉快的经验，轻微一次曝光便可能使之重返。

这种对镜头的脱逃常会被当成矫情。照相等同被目光打量，活在这世上，谁不得随时接受各种目光？目光不过是转换成了镜头，有何区别？

没有镜头障碍的人不会明白，当然不同。比起日常目光，镜头更代表剪裁，控制。谁镜头在握，推就拥有了阐释权。只要置身镜头前，你和它就构成了对立与臧否的关系，并被之定格。

曾有很长一段时间，我说话从不注视对方的眼睛。偏偏在若干年里，我从事的是记者职业，简直像个反讽，我总装着埋头记录以避免目光与对方相遇。多年后，单亲家庭长大的表弟高考后来我家吃饭，直到出门，他都没看过我一眼。我知道，在这“无视”中潜伏着成长的创伤——那未被充足的爱与肯定滋养过的生命，总在尽力隐藏。

这种害怕与他人目光交流的症状被称作“对视恐怖症”，又名社交焦虑症，是恐怖症中最常见的一种。患者躲避对方目光，害怕自己的言行会引起羞辱或难堪。心理学给患者的一个建议是，每天照镜子三次以上，每次时长三分钟，在镜子中与自己对视，并对着自己微笑，表情自然，使自己放松。通过正视“我”，逐渐习惯于与别人对视。

不知这练习是否奏效，“接纳自我”是个漫长艰巨的过程。将碎片化的自我一点点整合，能够加速这过程的不是镜子，是镜子反射出的那个自我。一点点地，认可自我，坚定自我，超越那些负面的经验，让觉识的中心点保持清明宁静。

“……你忙着自卫的那个自我，愈来愈透明且逐渐隐退。这并不表示你被分解了，或飘在虚无缥缈中，而是你开始感到气质的变化，你的欲望或伤痛不再是生死攸关的大事。这些表面看来凶猛的波涛，只是纸老虎而已，丝毫动摇不了那更深的自我。”美国心理学家肯·威尔伯说。

当人不再忙着自卫，或许就能坦对目光，坦对镜头。

两次拍摄

采访一位人像摄影师，中途有顾客来拍照，一位瘦削染发的小个子歌手，拍夜总会演出用的海报。他迅速更衣，拍摄，动作眼花缭乱得决不让相机连拍功能的每一秒落空。快，准，狠，表情同步跟进——也许那可称为“海报体表情”？

一个老练的表演者，有在驳杂生涯中积攒的面对各种目光的丰富经验，他像正置身一次观众云集的演出。观众只有摄影师和我，但于他的发挥无碍。那个镜头，他通过它百倍千倍地幻化出潜匿观众。

一通咔嚓声中，仿佛不是镜头激发了他的表演欲，而是他的烂熟表演使物理的镜头也产生了化学的亢奋。

拍摄完，他热情地与摄影师道别，一秒之内向我出示一个笑，算作向我这个陌生人的礼貌。那个笑又在一秒之内消失，他拎包匆匆离去。

若干年后，那位摄影师的脸我已淡忘，却记得那位瘦小歌手，他在镜头前的身姿摇曳和眼神抛洒：幽怨，妩媚，迷离……像蛇听到印度弄蛇人吹奏的不可抗拒的笛音。

另次印象深刻的拍摄，一位歌手，20 世纪 80 年代红遍宝岛，离异后只身从台湾到上海创建一个服饰品牌。我替供职杂志采访她，她吸烟，戴造型夸张的戒指，皮包镶豹纹。拍片那天，摄影师希望她表情甜美些，一如之前几位女星的拍摄，也像通常摄影师对顾客的要求，要“笑”，并且要“笑得再自然些”——在一个极不自然，到处是人工布景的地方，“笑”却通常是人像摄影师的最高追求。

“那就不是我了，就这么拍吧。”女歌手淡淡一句。

样片同步显现在电脑上，她略方的面庞沧桑，鲜艳，带一抹冷峻的独立。

中途，她起身看样片，“对，这就是我”，她满意地点个头，接过女助理递过的“万宝路”。

镜头在开始工作前，已注定是被拍者预谋、选中的含义。同时它是翻译器，翻译每具身体后的所有经历、肉体与精神深处的秘密——照片不像本身呈现得那样光滑，如果用一只高倍放大镜，你会发现它布满凹凸颗粒，那些都是某年、某月、某种发生（被发生），幽影的痕迹，讯息的汇总。

艺术照

王安忆在一文里说起当年剧团里有个好友，在某剧中饰一名村姑，戏份不多，但也拍得一张剧照，引得众人羡慕，“这一张照片拍得极好，都可印成明信片发行。心中很是羡慕，并且有一分戚然，想到也许不等有一张好照片，青春韶华就将流逝”。

住校生活时，我隔壁班的女同学，也拍过这么张好照。她比我们年纪长些，来自一座铜矿小城，在她蚊帐里挂着一张 18 寸艺术照，外寝室的同学来有时误认为是哪位影视新秀，再看又有几分像年轻时的影星赵雅芝。当知道照片主人就是那位女生时，她们发出一声惊呼。

如那位女生恰逢在场，她微微一笑，十分谦逊。

在那声夸张惊呼里，包含着两个信息：一是赞美，二是表示照片与本人的距离。但那位女生显然忽略或过滤了第二条信息。

这帧使用了强烈柔光镜的照片激励了一拨女生去拍那个年代很风行的艺术照，但全都没超越这幅效果，包括长得比那女生漂亮的。现实中的那位女生偏黑，细眉细眼，说不上漂亮，在柔光镜中却放出异彩——这张“好照片”，以一种创造的方式升华了主体。

后来，女生拒绝了一位同班男生的追求，按同学看来，男生配现实中的她是够了，于是猜她是拿艺术照上的自己去定位爱情。不过听说她苦恋老家的一位已婚教师才是她拒绝男生的真正原因。有人曾在她笔记本中见过那位老师的照片，是一位儒雅男人。大伙猜，她一定把那张艺术照送老师了，没准照片后还题着“愿得一人心，白首不相离”吧，这位女生喜欢古体诗，尤其李商隐，在一本厚厚的蓝皮本上抄了不少他的诗。

快毕业时，有次她在食堂，同学递给她一封刚收到的信，她拆开读了几行，脸色大变，饭也没打就掉头奔回宿舍了。路上有老师和她打招呼，她理都没理。这种失礼当然和那封信有关，据同宿舍女生说，是那位教师写来的。写了什么呢，无人知晓。

毕业后，她回那个老家铜矿工作。若干年后，在一次聚会上，我听说她出事了：她参与一起重大的行贿案件，被判刑。

在场的女同学不约而同都提到，她拍过一张很好的艺术照，直到毕业，也无人超越。

自拍

鼓浪屿，甜品店门口，一位姑娘举着自拍杆自拍。从店内排队买完一杯芒果沙冰出来，她还在拍，万年不变的四十五度自拍黄金角和全民通用的卖萌剪刀手。

另一次，参加个活动，从机场到酒店，一位女士一路自拍，墨镜摘下戴上，调整帽子角度，没一会儿已上传朋友圈几组图。她向同座女人传授自拍经验，喏，这个软件可修高鼻梁，这个能拉长腿……

上帝已无法阻止人类自拍了。

朋友圈里甚至还有在医院打吊针时的自拍，虚弱而不忘PS过的脸——会不会，有一天流行“临终自拍”呢？如果彼时还能举得起手机的话。

纵观摄影史，自拍并非怎么新颖的表现形式。现代女艺术家依莫金就在长达六十年的创作生涯中不断为自己拍摄肖像，从早期的柔焦影像到九十三岁去世前两年的封镜之作，她每年穿同样服装，以同样姿势面对相机，直至衰老。

这些自拍，和时下风靡的自拍不同。前者是为认识“自我”，试图观照自身同一性的变化。从这些自拍像中，透露出女性变迁的精神自觉。依莫金们在拍自我，内心镜头却是朝外的，朝向一种更深广的注视。

自拍控们（又名“不自拍会死星人”），即使在拍世界，也只在拍自我（或说“想象之我”）。手机镜头建构了空前自恋的平台，“拍”成为和吃饭喝水一样日常的行为，手机举起了一个缭乱的图像时代——“这种现实世界与影像世界间的混乱，在现代社会尽可以称之为天真烂漫的误解”。

被镜头与围观充斥的社会，笼罩一层虚假柔光，影像的洪流裹挟人们滑向焦距失真的地带。那个地带，也许可称为“假在场”。

“如果世上没有了睫毛油，就会失去继续活下去的勇气！”台湾女星大S如是说。对这时代来说，如果没了随时随地可举起的镜头，会怎样？

不仅是自拍，一切皆可成像，镜头空前消费着私人生活。我拍故我在，世界的最终解释权归图像，它物化与平面化一切，包括自然、情感、人际。

镜头的刺激削弱着真实感受。它介入着，也抽离着，彼此捧场，相互取消。在“拍时代”，镜头的底部堆积如山，又空空荡荡。

（原载《广州文艺》2018 年第 5 期）

被绑架的河流

简　心

一个地方，若有条河流过，是富有的，尽管这种富有常常会忽略不计。这样想着，我已在河边独自坐了一个上午。

河在郊外，离我上班的地方不远。单位是所学院，二十年前，我在这所学校读书，后来，我在这里工作，结婚，生育。更多的时候，我在这里读人、阅世，甚至读这样一条乡民般的小河。

已是初夏，两边河坝外，除了刚刚塞行的菜畦，便是插满秧苗的水田，有妇人在阳光下埋头刨着菜土。河滩不宽，青芜芜长满了草，一溜烟抹着小花，拥向一片长长的蒺藜林子，两岸的风景便无声退了出去。河的上游是几蓬黄竹，水一群群从那里游出来，在小桥下波光一闪，掠过河滩时，迟疑了一下，轻轻一绕，笑声淙淙地走了，河滩便被水的影子拉得老长。我想这些水，正在赶着一趟远游，如同旅途上的人，心里装满了期待和快乐。能够拥有心有所待的快乐，很好，我不忍打搅它们，握着相机发呆，陪着我的，是草尖上的几只小蝶，还有身后一地阳光。

河床十来步宽，水底爬满了小石块，乌溜溜的身子，偶尔也有赭色的和白色的。那些水，青绸一样滑过，将石块养得安安静静，像在孵化着日子，乍看过去，表情非常相似。有些大个的从水里探出头来，不太安分的样子，愣愣地瞅着水外的世界，它们的头顶，总会狼狈地绊着些枯枝叶，或者水草。这些石头，来自海拔一千多米的高山，那是小河的源头。它们被水流搓揉着，裹挟着，跌跌扑扑滚到这里，挪了几十公里，不知走了多少百年。它们能抵达多远呢？或许，直到被水研成沙粒，仍旧走不出一条小河。在生活的河流里，我们就是那些静静的石头，敛着气蛰伏水里，沉默一生，尽管，仍会有一片片头颅，挣扎着露出水面……

水绕过河滩时，偶尔会留下一些小礼物，比如一片菜叶、几茎苇草，或者一只红袜子……它们浮在河滩上，被几根探入水里的枝丫挽着，披着几朵浅白的泡沫。枝丫抹着嫩叶，上面攀着几蔓细碎的金银花。一只瓢虫从花芽上挪下来，沿着一根苇草，一点一点向菜叶挪去。风轻轻吹过，苇草晃了几下，泡花一闪，碎了，瓢虫跌入水流里，仓皇得没了痕迹。红袜子流浪在这里，大约有一些日子。它的身上，爬着一层湿漉漉的泥末，仍然掩不住原本的鲜亮。这是一只遗失的红袜，似乎没穿过多久，看得出主人在购买它时，那种内心的柔美。或许，它是在上游的一块青石板边，从几件搓洗的衣物里，被河水悄悄叼走了。可是另一只呢？它的主人在哪儿？也流浪在一个不为人知的角落？我们被日子握在河流里冲洗挑拣，往往不经意间，一些本该属于我们的东西，就这样从指缝里悄悄流失了。

有一种礼物是隐秘的，河滩把它们一点一点积攒下来，不动声色地铺成一片柔软的沙床，那些滑溜溜的水草，就不知不觉地粘上去了。水草长得疯狂，软滑的茎，苍绿的叶，绵密一片。它们将根扎在浅浅的沙层里，追着水纹，迢迢地舒展身躯，一丛丛潋滟而舞。它们的一生，被水流牵得纤长、柔媚。水草大概是一种聪明而世俗的植物，它们在长长的河段里，阅尽千湾，了解河深河浅，知道水缓水急，于是尽可能将身子匍匐下来，避开滩石，避开水浪，浅浅招摇，实在抵不住水流，甚至把根和影子抛下。生物原本是逐利的，哪怕是一株水草，也懂得在水底断尾求生，不动声色地保全自己。尘世是一把隐形的水梳，它梳筋理骨，使众生的潜伏，呈现出惊人的柔顺和一致。我想河水或许也是一种文化，否则，这些牵牵缠缠的水草，何以在水里匍匐得如此柔顺一致？

相比较而言，那几枚绊在水草丛中的竹叶是窘迫的。竹叶苍黄，水漉漉的，透着几脉叶纹，轻巧得像只蜻蜓，大约离开枝头没有多少日子。它们泅着波光，被水流推搡着，趺趺撞撞地在水草缝隙里游移，左扑右闪，怎么也游不出去。而那些水草，则像调戏一只蚂蚁，把竹叶一丝一缕围住，一点不动声色。我不知道这几枚竹叶，是被怎样的风，很不经意地吹落在河流里，然后偶然地经过沙床，它只想从这里轻轻漂过，可是，这个沙床却已生灵密布，它进不去。有时，一群简单的水草，就是一片难以穿越的森林。这几枚竹叶，就这样被无声地网住了。世界何其大，但分给每一个生灵的空间，有时却那么小，小得只剩一些人心缝隙。在水草里游走，其实就像人在尘世夹缝里寻求开阔的过程，你可能拥堵了别人，也可能被别人拥堵，甚至，被一群水草绑架。

牛在不远处望着我。它充满定力的身躯，撂在河边，充其量是块礁石。它将影子丢进河里，卧在岸滩上，举着头，像在静听流水，又像在淡忘世界。背后的蒺藜林子，挡着它耕了一个春天的禾田。那些禾田，是这条河的沃野，属于别人，上面踩满了它的脚印，可是，它不记得了。那是一种平淡无奇的表情，安静，隐忍，负重，深深犁入人的内心。它能得到什么？一把鲜草，一声吆喝，或者，春耕时主人的一潲桶稀饭？也不知牛活到哪里才是目的地，被一根绳子牵着，一张犁套着，一辈子，循环往复。牛是一种糊涂而聪明的生灵，它走在人世里，力拔千斤，却从不走出那一片手掌。

小桥下面的青石板上，蹲着一位戴草帽的妇人，她埋着头，哗啦啦地洗着菜蔬，岸上，撂着一担空空的粪桶。那个被菜蔬塞得满满的大篮子，放在草丛里，挨着她硕大的臀，就像自己的小孩那么贴切。她大约在菜地里折腾了大半个下午，但蹲在河水里，仍像一张安放妥帖的磨盘。她将菜蔬一把一把取出，握在水里冲洗，再摊开来，一叶一叶挑拣，很整齐地放回篮子里，麻利得没有任何表情。河坝不远处就是她的村子，还有好几座上百年的祖祠。村里的屋子老得和她一样粗糙，内里住着炊烟，锄头，饭桌，公公，婆婆，叔伯大婶，以及一窝活蹦乱跳的孩子。那些男人、后生和妹子们到哪儿打工去了呢？广州？上海？或者是地球上某个遥远小镇？而她，则像水草一样被牵绞着，拖拽着。也不知她结实的臂膀里，埋伏了多少辛劳庸常的日子，可是，生活的期待，仍旧止不住地钻出来，细细碎碎爬满了衣袖。可她知道，就在自己俯身细数的时候，一些最美丽的阳光，已悄悄泅到对岸去了，她追不上。

小河在坎坝冲出一个塌口，拐个大弯，沿着葱绿的稻田，直扑向出水口——那是条吞吐了无数溪水的江流。或许过于长途跋涉，章江刚刚冲出大C地理豁口，猛然被小河一个冲撞，有些不知所措，几秒钟后，仿佛点穴一般，一片苍苍茫茫。堤树逶迤阔远，草滩青芜可鉴，渔民拄着长篙在江上放排，采沙船突突往来自在地劳作着。有老人蹲在船舷收网。我无法想象江底的富饶与丰足——翘嘴、扬鲣、脘子、鲇鱼、河鳗、鳜鱼……一一被打捞上来，他默默挑拣，不时一个甩手，鳞光闪闪丢进水箱里。

城市踞立在河的下游，就像一个硕大的葫芦，那是我安身立命的居所。

也不知我何以将自己搬运到那里，就像河里的石头，从自然山体脱落出来，顺着自己逻辑跌跌撞撞漂流而下，渐渐地，却被尘世打捞，被钢筋、水泥，还有所有一切，安身立命。这让我想到渔夫、农妇、耕牛、瓢虫、水草、鱼，以及亲人、朋友，还有所有在城市豪迈奔走的同类。我们是安稳的，有饭食，有衣穿，有榻眠，人生何处不安好？可是，在某个不为人知的角落，分明觉得，仍旧有个窟窿，正面无表情地将自己泄漏而去。我们都活在各自的生存世界里，被一条河圈养着，绑架着，尽管，有时会石子似的，一颗一颗挣扎着露出水面，甚至，借助水力流浪到某一所在。城市是块平地，山里人走入城市，以为走向了开阔，其实，那是个长着平地的高山，就像石子走入大海，以为走向了平坦，其实，那是个长满不平的江湖。

横冲直撞中，一些说不清道不明的本来东西，就这样不经意地流失了。

大地暗下去的时候，妇人走了，渔人走了，水牛远去了，而我，也不得不离开这里，回到我的城市。江河有些冷，它们将暮色团紧，深深陷了下去，嵌入大地的怀里。它们将流向何处呢？一个湖？一座海？或者更遥远深刻的所在？

前些日子，我和一位朋友聊到深夜。他说你看起来是个顺利的女人，我说是，一直在表扬里长大，被老师，被同事，被亲人……他说你被绑架了。

我一悚，他笑笑，转身吐出两个字：文化。

当我听着这俩字的时候，看见窗外不远处，有一条叫赣江的河流正滔滔流过。

是的。文化是条河，没有人不在它的磁力线上走，就像基因，深植于肉体，冥冥之中，注定了我们的前世与来生。

其实，在我们每个人心里，又何尝没有一条这样的文化河流，它养育着我们，裹挟着我们，绑架着我们，朝着一个深晦遥远的地方，奔去。那个地方，叫江山，也叫江湖；叫过去，也叫未来。

（原载《星火》2018 年第 1 期）

大　霾

王　彬

一

霾，这个字，近些年慢慢从字典里爬出来，成为一个“热”字了。

为什么叫霾？《尔雅·释天》这样解释：“风而雨土为霾。”雨，在这里作动词，意思是说，风把尘土吹出来布满天地。当然今天的霾，不仅是土，而且包含有多种化学元素。

在北京，关于霾的第一次记载，见于金章宗承安五年（1200 年）十月庚子，那一天，天空阴沉，太阳是黄褐色的，大风扬起了浩荡的埃尘，致使对面不辨颜色，其时称：“风霾。”元以后，次数渐多，有一年腊月，霾突然袭来，“蔽都城数日”。元惠宗很是忧恐，派遣礼部官员焚香祭天，恳请上天息怒，“祈神灵祛风霾而散”。

这样的霾，在明代甚至影响了漕运河道，五日不散，使得“漕运舒缓”，乃至“京师官仓存米告急”。霾尘四塞，难见路人，看守城门的官军，不得不半掩城门“以遮霾尘”。有个叫余珊的大臣上疏谓其：“上薄太阳，白昼冥冥；罕有晖彩，尤为可畏。”

这样的霾，在袁宏道的《瓶史》内也有记载，他在此书的第八节“洗沐”中写道：“京师风霾时作，空窗净几之上，每一吹号，飞埃寸余。”这是大明时代的霾，是从蒙古高原吹来的黄沙，飞落到桌几上可以堆起一寸多厚，瓶子里娇艳的花朵也被沙尘污染了。“瓶君之困辱，此为最剧”，因此每天都要格外细心清洗。

然而，清洗是有条件的，要用清澈的甘泉细微浇注，既不可以用手触摸，也不可以用“指尖折剔”，尤其不可以“付之庸奴猥婢”。给梅花清洗的人应该是山林隐士；海棠呢？宜雅士；牡丹、芍药“宜靓妆妙女”；榴花“宜艳色婢”；给桂花清洗，最好是聪慧纯净的少年；莲花“宜娇媚妾”；菊花“宜好古而奇者”；至于腊梅，最好是清瘦恬淡的僧人。这是古之文人，在有霾天气里的生活姿态，是古人的“范儿”，今人呢，今人又该如何？

二

大霾果然如约而至。

我们是12月30日来到怀柔的，来的那天，北京气象局便发出霾的橙色预警，相对来的那天，今天的霾更加浓重，但是路况不错，前方基本无车，按照这个速度，四十分钟以后，我们便可以回到亚运村的家了。然而，驶过十一出口不远，便陷入堵车洪流。车速极慢，可以说是“蜗速”，有不少车为躲避这个“蜗速”而驶进应急车道，从我们车的右侧飞掠而过，但是很快有些车忽地又折回车道，原来司机们看到前方的摄像头，担心被拍照记录下来。

霾夹杂暮色来临，现在已经是下午五点，天气晴朗的时候，可以看到北京的黄昏从浅蓝慢慢变深，仿佛是灯光逐渐转暗的舞台，而现在这样的美妙变化一点也见不到了，我们只感到霾的深沉与暮色的阴冷。霾与暮色山一样压迫过来，我们的车宛如一只小小的甲虫，极力在罅隙中前行，用车灯迷离的锋刃收割光明。北京是霾的重灾区与频发区，对于霾，我们早已经习以为常而见“霾”不惊，但在这种状态里行车，还是第一次，宛如一只小虫子在玻璃管内爬行，这个管子不是透明玻璃而是毛玻璃，光线浑浊地透进来，况且又是在复杂而陌生的公路上，我们一时有些迷茫。

我们小心翼翼地从两辆重型货车旁边驶过——都是巍峨的大车，红色高耸的围栏，车头也是深红色，积满厚重的泥垢。围栏上蒙着肮脏的浅黄色帆布，在帆布与围栏的空隙里，我见到了驴与羊。一车运输驴，另一车运输羊。驴是那种小毛驴，有可爱的白眼眶与白肚皮。羊是温柔洁白的绵羊，在栏杆的间隙中，两只羊把角抵在一起，突然想起民国时天津的抵羊牌毛线，然而这样的念头一闪就飘过去了。妻子说，附近有屠宰场，是把它们运到那个地方去吗？这个念头一闪也就风一样地吹散了。

次日上午在电脑前开始工作，妻子突然叫我看南边窗外，阳光斑驳闪烁，天色灰白而迷离，是空气之中的霾将阳光进行无序折射吗？一时想不清楚，而电视里气象员播放，从本月2日起到4日，外地霾与本地霾将汇集起来再次产生重度霾，听了这话我不禁心里一惊，又是大霾！脑海里突然涌起泰戈尔的一句诗："仙乡里的梦婆飞过朦胧的天空。"北京原本是仙乡一样美丽呀！

三

11月4日，我在河北省石家庄市。

将近黄昏的时候，接到妻子的微信，说北京发生了重度霾。下午我乘高铁离京之时，北京的霾已经很重，天空是灰色的，整座城市蒙蔽了一层暗淡的灰雾。

在北京，进入冬季以后，霾已经成为生活之中常见的气象，有些见怪不怪了。我曾经看过一个材料，说是北京周边有两千多家"制污"企业，治理了几百家，其余的有改进吗？不得而知。同来的同事说，石家庄的霾比北京还重。听了这话，我不禁向窗外眺望，霾果然已经降临，天空凝聚着铅灰色的粉尘，在霾的笼罩下，交通信号灯下面，等候通行的小汽车与公交车的尾部眨动暗红的光环，怎么看都涌动着一种凄凉的氛围。对面街道的楼房已然模糊，底层的商家也灯火依稀，有一家的名字是“棉の语”，是一爿小店而使人感到亲切，波动一种诱惑的魅力。

晚饭后，我来到这家小店，货架上摆放着毛巾、手套、袜子、丝巾、水杯、手机套和一些小摆件。有三个小摆件吸引了我的视线，一件是三个一组紫砂童子，一个用双手捂住嘴，一个双手堵住耳朵，一个用两只手掌蒙住眼睛，神态十分可爱。售货小姐说，这是“三不”童子，孔夫子说三不——非礼勿视，非礼勿听，非礼勿言。还有一个是达摩的头像，面部是紫砂，头部是豆青陶瓷，大胡子下面伸出一只手。因为是达摩造型，故而头发、眉毛与胡须都异常浓密，有一种扎手的感觉。第三件是一个小猴子，紫色的橡胶制品，颈部与四肢可以扭动，可以摆出各种造型。小猴子头颅浑圆，两只大耳朵也是圆圆的，应该是招风耳吧，可以谛听上天的信息吗？我很想买达摩与小猴子，但考虑要到周边走走，拿着不方便，还是转回来再买吧。

走出店门向左，走到另外一个街口，霾更加稠密，灯火阑珊，路人稀疏，商店基本关门，但路边的小贩依旧坚守，有一个贩卖水果的，主要是橘子与苹果，堆在昏黄的灯光下面，小贩穿着棉衣，把手插进袖口里。我很想买几只橘子，犹豫了一下，继续向前走，来到一家蔬菜市场，也已经打烊，乌黑的水渍反射灯光的浑浊。我赶紧转回到“棉の语”，买那两个小摆件。售货小姐说，小猴子是手机架，达摩是茶宠。那三个小童子也是茶宠。说话之间，她把小猴子扭动了一下，小猴子立即从行走的姿态改变为双手垂地。“把手机，”她说，“放在掌心里就可以了。”结账时她问我，要不要办会员卡，我问有什么用途吗？她说就是积分。我笑着说，我是外地人，偶尔到这里不麻烦你了。

走出店门，我很想再走走，于是穿过马路右行，霾越发厚重，路灯也越发迟疑，行人基本戴上口罩——大部分是白色，小部分是黑色，在交织着霾的灯影里，高楼如魅，仿佛末日来临大片的海报。有两个人从对面走来，谈论霾，有一人说：“今天的霾真重，北京人埋怨河北，说河北影响了北京。”后面的话被霾湮没了。霾也真是严重，不仅在夜空，在道路上也可以看到丝絮一样的霾东游西荡，莽苍苍天地一色，口鼻为之堵塞，霾已然把石家庄严密地包裹起来。第二天，早起看手机短信，北京昨天局部地面能见度不足一百米，首都机场有五百多次航班被取消，一架从香港来京的航班试降三次不成，不得已而被迫折返香港。

回京以后，我与妻子去苏宁与国美看空气净化器，比较之后买了一台亚都牌子的。这个机器可以过滤甲醛与PM2.5，而且有灯光与数字显示，PM2.5 浓度在 50 微克 / 立方米以下闪烁蓝光，100 微克 / 立方米以下闪烁绿光，100 微克 / 立方米以上闪烁红光，也就是橙色预警了。使用的范围有四十平方米以上，而且下面有轮子，推动很轻松，可以推到任何一间房子里。有了这个宝贝，心理放松许多，天空也似乎明澈了不少—— 也确实干净了几天，有时甚至蓝得晶莹，很难使人相信这里是霾的重灾区。

然而，霾很快就来了。我与妻子关闭窗户，打开空气净化器，宝贝渐渐放射蓝光，而窗外的天空一如灰色抹布，把原本透明的窗玻璃也涂脏了。友人发来微信，是一篇邯郸人的大作，流传甚广，题目是《霾是故乡浓》，开端写道：“深冬季节，我在海南待了几日，总有些若有所失的惆怅。今夜山雨初歇，月华如昼，我忽然怀念起故乡的霾来了。”这当然是反讽，作者的结论是与邯郸相比，北京的霾“架势很大但温吞吞，来势凶猛却回味不永”。石家庄呢？那就更不入流，“其霾貌似浓厚，略一过鼻，掩不住泥土气息，且不具层次”。而邯郸是钢城，霾的金属含量给人以现代之感，吸着不仅充实而且踏实，有一种“吸后悠长的回味”而咀嚼不尽。据说，邯郸人可以分辨出霾的出处，邯钢来的属于国有霾，清一色的金属味；武安来的比较复杂，属于混合型。如果“回味有蒜香，那绝对是永年小冶炼炉的产品”。但是，与迁安相比，邯郸就要甘拜下风了。同样是在网上流传，是一篇记者的报道，题目是《摄影师深入北京雾霾源头，拍到的场景令人绝望》，看到那样的照片真的会使人产生炼狱那样恐怖的联想。霾的源头在迁安，当然不止是迁安，哪里有钢厂，哪里就会排放二氧化硫、二氧化碳、重金属与二噁英，哪一种不是霾的核心物质？

这么一想，不免有些绝望，外面的霾越发浓密，袭用徐志摩的表述是“浓得化不开”，而放在电视机上的那只小猴子，依旧顽皮地立在那里，鼻梁架一副黑色墨镜，把右腿神气地踢起来，脸蛋白白地扭过去，扭过去，绿背心上印着一枚黄色香蕉，它有多么快活，而与它同来的达摩依然深沉不语，把手掌立起来，施放一种神秘手势，是无畏印吗？小猴子看着他嘻嘻笑着，他哪有小猴子快活！而我们那个宝贝仍然泛射美丽的蓝光，我突然意识到，霾真的进入了我们的生活，而且早已经深深楔入，须臾难分了。

（原载《福建文学》2018 年第 8 期）

浮　世

钱红莉

一

黄昏，下班回来去门口超市买几只馒头，或者几块姜的空隙，总会遇见他们——手里拎一只巨大的塑料茶杯，汤汁已见底，几片粗叶茶壁虎一样贴于杯壁。喜欢披一件外套在肩上。我乡下大伯也是这个样子的打扮，对，就是焦裕禄那个气质。不论寒暑冷暖，就是喜欢随身披一件外套。这已经不是衣物了，早已成了一个精神支柱，非如此不可，灵魂才有依傍。深藏青的卡其布，洗得发白，衬里毛了边。

中山装，好像是乡下人的一种穿衣仪式，庄重，正式，永远不会被潮流淘汰，跟随他们几十年。从20世纪70年代末我有记忆起，这样的衣服就已流行，一穿四十年，怎么也穿不坏，大口袋里塞一包劣质烟、一只打火机。以往是火柴——小时候，最迷恋他们划亮火柴，起茧的双手小心捧起火焰，像捧起一条命般珍惜，微低了头，将烟猛吸一口，颇有姿态横斜的古风……

如今，每当在小区门口遇见他们，仿佛一个时代都是静止的，光阴不减——蜡黄的脸，秃骨鸡一样的瘦，每天大量的体力活，使得脂肪在他们身上无法堆积。他们微驼着背，在超市里转来转去，最后总是一把空心菜，几块豆干，四五个青椒，五六只馒头，特别满足的样子。他们一边说话，一边烟不离手，从裤口袋里掏出一沓票子，大都是五元、十元，一层层地，叠得整齐，一把掏出来，堆在左手掌心，用右手拇指食指小心捏住，一张一张地翻，翻书一样珍惜，不时吐点口水，把票子都濡湿了。超市老板头也不抬：五块六，算你五块五吧。他笑得憨然，满眼实诚的笑里，就是城里人嘴里的“谢谢”二字了。

乡下人嘴讷，不胜于言，但，沉默有时比聒噪更有力量，树一样庄严。我理解他们。

有一个暮春，也是黄昏，在超市偶遇他，买一块豆腐，喜滋滋地拎在手里，走出门，见门口盆里养了一群泥鳅，随嘴一问：泥鳅多少钱卖？老板叼着烟，歪斜着嘴：二十五。他迅速低下头，像做错事的孩子，一脸窘迫，急切走开……橘黄的夕光追随着他瘦弱的背影，盛世一样的彩霞满天。

大晴天都穿着一双沾满泥巴的胶靴，肯定刚从建筑工地上下来的，做的是苦力活。听一个远房亲戚说，在工地一天可以挣到三百块。却也不舍得买半斤泥鳅吃。或许会在心里盘算：在老家，犁一亩田，就能白捡一碗了，何必费那个钱呢？最重要的，是要把这些挣来的钞票紧紧攥在手里，回老家盖楼，或者给孩子上大学用。

就是小区门前的大楼，每幢三十多层，开发商一共拿下三大地块，造几百幢楼。他们在这里驻扎两三年之久，出出进进的，我都熟悉他们。

二

去年冬天，大约放了寒假的缘故，一个父亲带着他的儿子去买菜。少年刚进城，眼神怯怯的，举手投足，总是局促不安。他爸爸将装着几块豆干的塑料袋拎在手里，一直在超市转，舍不得走，转了又转，最后终于走到肉案前，鼓起勇气指着一块五花肉：这个怎么卖？老板一脸漠然：九块五拿走，晚上的生意了，赔本给你。他没有表示什么，默默走开。老板仿佛被狗咬了，甩出一句脏话。

少年紧随父亲离开。他差不多高中生的样子，默默看着自己的父亲受辱，而无力还手。望着他们的背影，特别心疼。心疼这少年初涉城市，便受到莫大伤害，对于这个人世，也会有所胆怯有所畏惧了吧。超市老板这种没有同情心的恶，在少年日后的生命里，依旧还会遇到。实则，他父亲是买得起那块肉的，可是一直节俭惯了的——豆干没有肉同炒，不也一样好吃？凭一身力气挣钱，总是不易，眼前的这个少年眼看就要上大学了，往后还不知怎样花钱呢？

海子有一句诗：亲人们呐 / 你们是怎么过来的。

他们就是这样过来的，不曾有过一句怨怼。

乡下人乐观知命，有一句谚语：知苦就苦，不知苦就不苦。

将门前所有的楼宇盖完，他们就要离开了，去到下一个工地——城市不是最终归宿，他们的根在乡下。

有一年清明，我回乡下——村子真空啊，唯余老人、小孩。站在菜地旁，直想大哭一场。那种荒凉，冰锥一样直插心际。一座座村庄的生机不在了，纵然油菜花开得绚烂，但，底子里，慢慢地也都死了。极少数人家移民到镇上，做做小生意；大部分人家，大门紧锁，清明当日，或可有相好的邻居帮忙在风雨剥蚀的门檐插两把绿柳。

这么多年，中国上亿农民工就是这样漂泊过来的。

近年，有十几个人，在小区租了一个底楼的单元房。每天晨昏，他们穿着沾满泥点的衣裤，默默地出入于小区。到了仲夏，天不亮即起，扛着铁锹、铁锤上工去。反正也睡不着，每一次迷迷糊糊中，都能听见他们的动静，甚至比鸟起得早些——他们走后，大约半小时，鸟才开始鸣叫。

鸟叫，大约凌晨四点半的光景。他们比鸟还早起。

三

黄昏，照例在小区散步，经过底楼，他们的日常起居尽显眼前：有的打牌；有的在厨房炒菜——房东没给安装抽油烟机，着了火似的烟熏火燎；有的什么也不干，光着膀子躺在高低床上，双腿耸起，摆弄收音机。是戏曲，吱吱呀呀的，有时是秦腔。秦腔是没有装饰音的，就那么天地浑然地砸下来，酷似十米高台跳水，轰隆一声，生命里仿佛什么珍贵的东西被撞碎了……

最听不得秦腔，是直见性命的，声声断断里都是悲苦无告。

在我的童年，谁家妈妈喝了农药，被众人抱于倒置的竹床，头发散乱，嘴边堆满白沫，尚未到镇医院，便没了气。说是横死的人不能放在家里，停尸于圩埂。孩子从学校老远赶来，一路走一路默默淌眼泪，真的到了眼前，妈妈的身体已经僵掉，这叫一个少年怎能不悲恸？一下跪在地上，趴在妈妈怀里撕心裂肺痛哭——天地茫然，连飞鸟都不忍直视，它们一齐逃遁不见了。那一刻，有谁来安慰失去妈妈的孩子？他只能倚靠哭泣给自己取暖，妈妈是永远回不来了。

我听秦腔，总是要回到童年场景，回到黄天厚土的悲凉，受不了。

有一年，被妈妈差遣着去镇上买东西，路过一条田埂背风处，忽见一只被倒放的竹床里，躺着一个孕妇，仿佛睡过去，那么的安静体面，乌黑的发辫，肚子高高隆起，怕也是要临盆了……旁人说，坐在身边的是婆婆。又是半路上没了气息的。老人呜呜咽咽，哭的何等漫长。

人的身体里为什么储藏着流不尽的泪水？

我的初中同学朱海萍也是喝药自尽的。

知道她的死讯，已是多年以后。她与我小姨同村。小姨说，她当上了村里的妇女主任呢，不知为什么事与婆婆发生口角。丈夫回来后，她就把事情一五一十说了。气得丈夫跑去自己母亲家，打碎了锅……这个老母亲厉害着呢，就挑着这只破锅大老远跑到乡政府告状……朱海萍觉得实在没脸做人，喝药了。小姨说，朱海萍的父亲在镇上医院工作，家境好，但她的父母心善，从不嫌贫爱富，把两个漂亮女儿都嫁给了贫苦人家。

初三的一个晚自习放学后，我跟着朱海萍去她家搭歇。推开门，她妈妈正做着针线活，温柔地说，粥煨在锅洞里，饿了就吃去。特别受宠的一个女孩子。有一次，班上一名男同学嘴碎，瞎传话，我听说后气得跟什么似的，上课铃响了，我还在气鼓鼓地嚷嚷，朱海萍拽拽我的衣角，轻声说：算了，红莉。

这么温和无争的一个女子，就这样送掉了一条命。

四

不知道在工地干活的他们到底来自哪个省份。除了听秦腔，有时他们也听别的地方小戏，纯正的方言，我一句听不懂，男男女女的对唱中，另一帮人把扑克甩得啪啪响，搭一条毛巾在肩上，不时揩一把汗。一台电风扇摇头晃脑地，扇起的都是热风，他们全然不顾，专心致志而又兴奋异常，有的输了钱，懊悔得哇哇叫，用手将牌扒拉扒拉，脸上停驻着悔不当初的遗恨……

我疾步于小区草圃，一圈又一圈，自夕暮走到星光乍出。夏天的时候，他们睡得早，在震天响的广场舞曲里熄了灯。阳台上挂满晾衣绳，零零落落搭着换下的衣物；敞开的窗户，没有安装挡纱，蚊虫长驱直入，却也睡得酣甜。

这一群人里，有一名妇女，特别壮实，算是异类了，与男人一样干活，丰满的身躯，养育几个儿女之后，风韵依然。两个人在一起上工，纵然苦，也是甜的吧。

每天黄昏，他们下班后一齐往小区走，一路上，总有男人开女人的玩笑，女人气得一锹递过去，被打的呵呵笑。这就是他们的娱乐生活了，宛如小时，我们去田里帮大人抱稻铺子。大人不分尊卑长幼，肆无忌惮地开玩笑。我们年幼，什么也不懂，看见做大人的笑得前仰后合，就也条件反射地跟着一起傻笑，天地空旷无限，众人的笑声荡得远，生命里忽现一段段美妙而不可言传的自在。深一脚，浅一脚，踩在泥里，凉凉润润。

为什么深陷城市多年，却念念难忘乡下？是用了近三十年才想明白过来——是天地自然原初的秩序，形成的万物之美，让一颗心永远流连——水田的稻秧，山坡的野草，蜿蜒的小河，哪一样不是天然而成？所以美呀。这种自然之美，特别滋养生命，去工业化的，没有杂质沉渣，是明月松间照，清泉石上流，静止的，也是流动的，它不是挂在博览馆的历史画卷，是生生不息的鲜活的流动着的天地之美。

五

20世纪70年代末，分别有两名农村知识青年，一个叫陈习斌，另一个叫周信元，他们共同在安徽省枞阳县老庄乡联丰小学教课。陈习斌高中毕业，周信元初中毕业。

可能学校代课老师多的缘故，需要砍掉一部分人。怎么砍呢？出卷子给这些老师做，以高分依次录取。一场考试过后，高中毕业生陈习斌被通知下岗。陈习斌不服，就当着许多老师的面查卷子，当他指出一位女教师的卷子上许多错误以后，这名女教师上前这样骂他：你为什么跟我作对，我拉屎到你家锅里了吗？

听着这句脏话，年幼的我惊诧极了，实在不能接受这样一位平时温柔的女教师口出如此秽语。我困惑极了。

陈习斌是我的舅舅，面对下岗，他有疑惑，所以去查试卷，碰巧查出了那名女教师卷面上的许多错误而不被扣分的龌龊，想不到她还这么嚣张。

舅舅去查试卷那一幕，一直刻在脑海里，使得年幼的我早早领略到，面对世间的不公而无处申诉的尴尬与困苦。

舅舅因为诚实，做人不活络，从此告别了小学代课教师生涯。

初中生周信元在那场考试后，幸运地被留下来，慢慢地，也转了正，后来陆续进修，又被调至中学教书……

周信元是我的小姨父。

我的舅舅陈习斌如今没有退休金可拿，表弟大学毕业后供职于小城芜湖一家大型企业。舅舅近年也被接到了城里，他总是闲不住，一直打工，或者帮单位看大门，或者去别的城市做泥瓦匠。舅舅特别聪明——他从未学过泥瓦工，无师自通。我的童年在外婆身边度过，记忆里，家里的灶台都是他砌的，总比别人家的光滑圆润。舅舅还会砌猪圈，把墙粉得光鲜明媚的。

十几年前，无意中得知舅舅就在合肥某条高速路的工地上做活，我非常难过——他的孩子我的表弟早已大学毕业，他还要如此操劳。是深秋的天气，我与男友骑着摩托，拿着模糊的地址，一定要找到他。

多年未见，眼前的那个会砌灶台的舅舅轰然老去了，黑，瘦，背微驼……我一直不开伙，直接将他接去男友家。男友妈妈非常善良，临走还给他捎上烟酒。饭桌上，男友爸爸未等舅舅吃完，便放下空碗离桌。我非常生气——难道不应该陪客人吃完才离桌吗？这是对一个客人起码的尊重吧。

舅舅走后，我跟他谈：你不要看我舅舅是乡下人，他可是70年代的高中毕业生。言下之意，你不过一个师范生而已，与我舅舅学历相当，没什么了不起……

冬天，买一件羽绒服送去工地。去他宿舍，向人打听：陈习斌去了哪里？那人告知，可能回老家了吧。不甘心，直接去工地寻找。在大风里走了几个来回，依然不见他的身影，又折转回来，继续去他的宿舍，他终于冒出来了。

舅舅每夜栖身于地下的一块薄板上，两床薄被……我给他试羽绒服合不合身，忽然想起小时候，外婆问我的话：舅舅、小姨这样疼你，你以后长大会不会对他们好？

中国有成千上万名这样的乡下舅舅，除了几亩薄田，他们一无所有，唯有一身苦力，于各省份辗转，辛苦一生，劳碌一生，不知是否能等来一个安静体面的晚年。

我的表弟艰辛杀出高考重围，如今变成城里人，算是中产阶级了，他把父亲接到城里——这么着，舅舅就又一次变成了脱离田地的边缘人。前年听说，他又闲不住，跑去安庆做泥瓦工。怎么劝，也是没用的。我懂得他，到底没有安全感，不比小姨父有退休金可拿，他的晚年需要自己承担起来。

父亲那边的叔伯姑姑家，除了唯一一个堂弟念到博士后，其余人家的孩子一律外出打工，分布于江浙等地，日复一日地生活在工厂流水线上，每年的农忙、清明、春节，候鸟一样，回一趟乡下。一代一代，处在动荡不定的漂泊之中。

六

一年春天，爸爸来合肥短居，放下行李，从包里拿出一封信，未封口，十几页信纸，信封被塞得快要裂了，他说：清明回老家，你五爷给我的，他听说你在报社工作，让你把这封信想办法寄到中南海给习主席。他们村干部贪污征地款几千万，他都在信里写了……我不耐：他幼稚，你也幼稚吗？你过一阵不是要到北京我弟家去吗？正好顺路带到中南海，交给站岗的警卫员。

奶奶生育了七个儿女。饿死人的饥荒之年，已近断炊，忍痛将五六岁的五爷给人抱走。那个人家家境尚可，给五爷念书念到初中毕业。让五爷从不外出打工，一直在镇上做着加工门窗的小生意。村里的一切事情，都瞒不过他的眼睛。

去年，我从微信上偶然看见一个视频，打开看，正是他——被村干部掐着脖子——洪水过后，上面拨来许多粮油面之类的救济品，村干部一直锁在仓库里，除了自家享用，宁愿发霉，也不发给村民们。五爷可能又写了信，抑或打了电话举报，乡政府派工作人员前来调查，五爷正带着乡干部走在去仓库的路上，就被村干部及其亲属堵住了……

孩子小，加上工作羁绊，不得抽身。即便可以抽身，我也不知道回去，怎样帮到他？他的孩子我的堂弟如今在浙大做着教授……据说，已经将他接到杭州去了。

七

大约一个月去孩子爷爷奶奶家看望一次。

每次去，孩子爷爷除了与我谈谈张爱玲以外，就是以大国自信的口吻劝我，不要总是忧心忡忡，一切会越来越好的，要朝好的方面看……我无力与他辩论。

作为少数既得利益者，他们的晚年被国家安排得非常圆满——每年公款体检一次；逢上国庆、春节等节日，他们曾服务过的单位总是不忘派人给他们送去慰问金；年年免费提供一定数额的订报款等福利……八十多岁的他们，竟从容拿出退休金的一部分去支付一套一百多平方米的精装修房子……

我的舅舅，穷其一生，也买不起一套房子，天下所有的乡下舅舅都买不起。

（原载《散文》2018 年第 10 期）

我们的节日

汤松波

除　夕

除夕，年年如期像花儿一样绽放在老人和小孩的心里。远方的游子，会在这个时间如恋巢的燕子，向着家的方向纷纷归来。

除夕，就像是一棵大树，那大树的根部，就是长幼同堂团聚的家。大树下有丰盛无比的年夜饭，年夜饭里，装满了一家子春种秋收的故事。一顿年夜饭，吃着家长里短，吃着酸甜苦辣，吃着一年一年相约不见不散的春晚，吃出了团年的美满和自在，吃出了久别重逢的幸福滋味，也吃出了对未来生活的无限憧憬。

过年了，一副副殷红的春联里，写满了人们对来年的祈福和盼望；过年了，一张张醒目的年画里欢腾着五谷丰登、花开富贵；过年了，窗花映春，福字临门，声声爆竹辞旧岁；过年了，灯笼高挂，门神护院，户户吉祥迎新年。

除夕祭祖，传承家风，饮水思源。

除夕压岁，满堂如春，童欢叟乐。

除夕夜，我们守夜。这样的夜晚，心生温暖，哪怕山也千重，水也千重。

除夕夜，我们守夜。这样的夜晚，守着故乡缓流的云，低语的风；守着做人的规矩，守着朴素、善良的人情和世故；也守着古老的风俗和祖辈留下的融于血脉的文化。

年三十的夜晚，我们一直醒着，先人们也一定在我们守夜的情意里醒着……一切的过往，一切的踌躇，都将平息在天亮前。

春　节

用“盛大”这个词语来赞美春节是再好不过的了。

一年又一年，春节，都会在新年的钟声敲响时，驾着月光和露水来到人间。

春节到了，柳眼舒开，桃腮晕红。

春节到了，拱手作揖，拜年纳福。

春节到了，鞭炮会说话，沉睡的山峦醒来了，沉睡的河流醒来了，沉睡的种子醒来了。门环轻扣，犬吠鸡鸣，春风荡漾，鸟语清脆。阳光陡然妩媚起来，人们牵着手奔跑，贴着心嬉闹，铆足劲呼喊，田园的屋顶上又在春水滚动的眼睛里长出了崭新的炊烟。

春节到了，泉水流过家门，如镜，照着崭新的节日，也照着老了模样的母亲。

春节，住在民间。住在红红火火的中国结里，住在香喷喷的饺子里，住在出神入化的剪纸里，住在欢快喜悦的高跷里，住在国泰民安的愿景里。

锣鼓声声，龙飞狮舞，大街小巷、村村寨寨，到处都布满了春节律动的影子。那一声声遥远或邻近的祝福，足可以让人步步春风，满面桃花。

春节，如花，住在我的心里。兰草葳蕤，酒醇意浓，一年的相思和等待又行走在路上了。

春节，住在人们挥之不去的记忆里。是美妙的诗，是动人的歌。即使有一天，这美妙的诗和动人的歌都在风雨烟尘里老去了，春节，依然是梦里梦外永不生锈的乡愁。

元宵节

春月的第一个月圆之夜，就是元宵。这个夜晚，鱼鳞般的瓦背上，一定有着一个又圆又亮赴约而来的月亮。

月亮宠爱的地方，也是我珍爱的乡下老家，透着古风的乡下老家。夜幕降临，漆着红漆的门打开了，新鲜的门里挤满了新鲜的人，新鲜的人讲着新鲜的话，那些带着泥土味的话，自然是新鲜的祝福和新鲜的祈愿。

亮着吉祥的灯笼高挂在檐上，响着春汛的对联竖贴在柱中。

噼里啪啦的大地红鞭炮，在尽情地诉说着丰年的景象。丰年的景象里，呈现出一个被春风轻摇、被花灯照亮的元宵。

乡俗，即是古风。古风，亦是乡愁。一碗元宵，足可以让满目望乡的伤感化为乌有。一碗元宵，足可以让滚烫的月光照彻心底。故乡，就在装满元宵的碗里。故乡，就荡漾在元宵初升的明月里。

元宵，是夕阳堆积的呼唤。
元宵，是晨曦裹成的梦想。
元宵，是潮汐眷恋的海岸。
元宵，是灵魂高蹈的戏台。

……我在寻找。循着你的镜头寻找属于元宵的孩子们。

定格在镜头里的孩子们，是元宵用明亮的光线孕育的花朵。

这些花朵，无拘无束地开满在小巷里，开满在谜语中，开满在廊桥上。

他们和我一样，在一年当中最初的时间里听到了大地的心跳，遇见了火焰的舞蹈，触摸到了光阴的脚步，闻到了渐行渐近满腹幽香的春天。

我知道，在这样的欢乐幸福时刻，孩子们把乡间最纯真的微笑和水灵无邪的眼神留给了我，也留给了民间永远的元宵。蝴蝶歌飞时，他们的歌台一定是一望无边的。他们内心即将晒出的谜底，将是承载着千百年来的古风，牵着整个世界，穿越风雨，一步一步走向自己向往的辽阔。

清明节

清明，注定是一个伤感的词语。

流水，会在这个日子伤感地注满酒壶；群山，会在这个日子伤感地举起酒杯。

时钟，会在这个日子伤感地滴答流泪；鸟儿，会在这个日子伤感地忘了飞行。

而我，也会在这个日子，伤感地与雨雾或者阳光相望无言。

离开了我的那些亲人们，已把寒冬和苦难带走。同时，也带走了那些本不值一提的尴尬和千回百转的泪水。

离开了我的那些亲人们，已把丰硕的岁月留下。同时，也留下了纤细无比的思念。

在人世，除了写诗，我似乎是一个别无他用的人。因此，我决定将我的余生交给诗歌，尽量让自己歪歪斜斜的诗行，像极了故乡天空里徐徐升起的炊烟。尽量让那些浸透着芬芳的墨迹，像杏花一样，散开在清明寂寥的枝头。

清明节，炉火熄灭，追忆不绝。

清明节，满身都长出了青苔。我渴望活着的人们都拥抱成相惜的诗句。

清明时节啊，雨纷纷。我和许多走在路上的人一样，觉得自己的身影，比愁绪般的雾霭还单薄，比绵密细雨的脚步还寂寞。

端午节

五月初五，是沾满粽子香味的日子。

五月初五，是浸透诗歌情怀的日子。

汨罗江，在湘楚大地的版图上流转了千百年。今天的江面上，依然回荡着你所创造的楚辞神韵。

汨罗江，你可知道？每一次我带着虔诚走到你的身边时，恍惚间都能看见仗剑立在江岸上的屈子。开辟了“香草美人”传统的屈子啊，峨冠顶天，衣袂飘飘，像我前世的亲人。

现在，又到了端午时节。仲夏的阳光点染在我挂于门前的菖蒲和艾叶之间。江户大开，每一朵浪花都是新的。龙舟，奔跑的图腾，一队队从远方开了过来，人们用竞渡的方式，纪念一个诗意高蹈的灵魂，激扬千年不朽的风骨。威风锣鼓挤满的江面上，挤满了一个民族呐喊奋进的号子。

屈子啊，作为你写现代诗的老乡，我想对你说，尽管我早已习惯了时光会带走一切的定律，但在我内心最柔软的地方，一直安放着你用浪漫堆砌的城墙和用泪水酿成的花朵。我知道，曾经的旧江山和你那时的心境一样愁绪满怀，而愁绪凝结的带有疼痛的诗句，就在人们的不经意中，溶曳到了时间酒杯的底部。我一直相信，当人们往江水里投下无限的敬仰和悼念时，你沉于江底的鞋子，一定会化作一尾尾灵性的鱼，超越时空，与整齐划一的桨声在江面上悠扬齐飞。

为这个日子生，也为这个日子死。屈子啊，你向汨罗江纵身一跃的瞬间，你的背影，化成端午，化成你诗一般滋长的精神，在天地间获得永生。

七夕节

温情的日子，从来就是为了让人感动而蓄势萌生的。鹊桥相会的七月初七，乞巧祈福的七月初七，从古到今，不知感动了多少有情人的心，不知赚取了多少有情人的泪。

在我看来，七夕，已经是一幕经久不衰、愈演愈烈的煽情剧目了。

这样的状况，总让我有意无意地想起在唐朝纵情放歌的白居易，想起他笔下的长生殿和静夜里谁也听不清楚的盈盈私语。老白啊，你这个中国情人节的始作俑者，我该用怎样的方式来敬仰或感谢你呢？你虽是现实主义的代表，但如果此时不谈敬仰，也不谈感谢，除非我的诗心早已无情，除非让我丢弃诗心，愧对“诗王”。那将是何等的艰难啊，我做不到的。

如今的七夕，风与花朵的吻无拘无束，它们保持着绝对的新鲜，可以大摇大摆地行走在情人们的视线里。就连那银河上的月亮啊，也赶在这一天住进了诗人的梦里。我在想，那月亮里一定有酒，酒里一定有香气迷人的琴声，而琴声里一定隐藏着一段动人的爱情，不然哪有那么多的人迷醉在这个貌似平凡的节日？

每逢七夕，我都会很自然地置身其中，在节日的昼夜之间找到平衡。每读七夕，我都会很容易地就把夜晚的云朵翻译成晴天的雨。而雨点带着阳光的情意，从云空箭一般冲向大地，就是冲向情人阔大、温暖而坚实的胸膛。这样的义无反顾，这样的倾情表达，这样的深情眷恋，怎不叫人共鸣动容？怎不叫人仰望推崇？怎不叫人铭刻于心？

七夕节，我在回望，也在倾听。那一辆爱情的专列，正轰隆隆地从你的身体里开出。在远方，在你到达的地方，你会发现，你已被加速的心跳深深地爱着。

中秋节

中秋之夜，从一朵桂花上我读到了故乡的名字。故乡的名字，散发着淡雅香，萦绕在心头，铺开在梦里。我越是小心翼翼地爱着，越是害怕触摸，越是想捧在手心，越是生怕一捧起来，就化在手心了。

诗人卞之琳说，明月装饰了你的窗子，你装饰了别人的梦。今夜，远在他乡的我，无论如何都无法装饰故乡的梦了。但我多么渴望自己能够摇身一变，变成玉盘一样的月亮，静静地照着坐在东坡《水调歌头》里的故乡，照着银杏树下倚在门前翘首盼归的母亲，还有她月光一样雪白的发丝。今夜，如果我不能变成月亮，那就让我装成哑巴，大碗大碗地喝下这清冷的月光吧，直到酩酊大醉，直到把他乡当成故乡，以治疗我郁积心头的乡思。从少年走向中年以后，我越发有了这样深刻的认识：离开故乡久了的人都会犯病，我就是其中一个，病得不轻。而病根或病灶，往往都是深埋在如中秋这样的节日里。

中秋，是这个国家年年被人们说起或者惦念的细节。那些细节，是桂花酒荡漾浸润的，是月饼严丝合缝包裹的。那些细节，是举头望月星河聚起的波澜，是低头填词从头至尾押住的秋韵。

中秋，中秋，千百年的节日，早已在千百年的乡愁生涯里，被锻造成了国人团圆的代名词。这一天，天下相约，黑白相间的日子和所有的期待，被浓缩成一个感性、温润、随秋风吹入心怀的月亮。在这个月亮里，我们相拥喜泣；在这个月亮里，我们呼唤家园；在这个月亮里，我们舞蹈着活着与爱着的温暖过程；在这个月亮里，我们用明亮的歌声穿越四处奔走谋生的灵魂。

中秋，中秋，一年又一年的中秋，月光里有人生的希冀，也有命运的悲凉。希冀也好，悲凉也罢，这都是人世间不可回避的相遇，聚散而又美好的相遇。

今年中秋，歌声和美酒都交给故乡掌管了。没有回家的我，如被大风吹得渐行渐远的词，如家里那一封“意恐迟迟归”的家书。

重阳节

九月九日，日月并阳，重阳节立在菊花上。

九月九日，诗人王维独自一人漂泊在唐朝的洛阳与长安之间，深情地回忆山东兄弟。彼日的华山之东，遍插茱萸。而他，只能与异乡的白云互为亲人。

九月九日，我在寿城贺州，为自己模糊的过去和未来撰写脚本。菊花冷眼旁观，欲飞又止。故乡，远在千里，飘荡在湘南的半山坡上。

重阳节，我卸下世俗的伪装，去了婺源的篁岭。

在篁岭，我愧不如王维，慵懒地坐电缆车上山，还高调地把此等出行当作登高。

转眼间，就上到篁岭古村了。饱经沧桑的古村很快就把我拖进晒秋的喜悦当中了。那徽式民居的外墙上、晒架上到处都布满了圆圆的晒匾，一个晒匾接一个晒匾里布满了火红的辣椒，金黄的谷物……多么壮观的晒秋啊，简直就是一个五彩缤纷的世界。那些属于秋天的果实，大大方方地将自己的身体示人，大大方方地将自己的思念交给心仪已久的主人。在我的眼里，这是一种馈赠和感恩，更是一种奉献与报答。我也想俯身其中，听到自己以种子的身份在阳光下爆裂的声音。

在篁岭，我找到了自己还没有塌陷的身影。曾经惘然的灵魂也找到了另一个出口。

看啊，重阳这起源于火的节日，菊花酒里盛满了我喜欢的阳光。有了阳光，我偏爱的写作，就不再是一片虚无的苍穹。尽管我相信地不老，天不荒，但来自于我内心的文字，要尽快地敬献给炊烟哽咽的老屋，敬献给酒醉长桥的老父，敬献给大雁留下倒影的山川，敬献给泪水中藏着咸涩从故乡飞到我身边的秋风。

重阳如歌，大地如锦。这起源于火的节日，还让我从火里读到了岁月积淀的尊贵信仰。有了信仰，就会有坚如磐石的爱情。有了信仰，就会有孝老爱亲，就会有一茬茬春天里繁衍不息的香樟。

（原载《红豆》2018 年第 9 期）

无锡三味

赵 瑜

之一：荡口食货志

走得累了，在一个临河的茶馆坐下。解说的小华指着不远的一座桥说，那是一座老桥，叫卖鸡桥。

果然，还有一座桥，也是古老的，叫卖鱼桥。

晚上便吃到了青鱼，是小镇不远处鹅湖中的鱼，大概因身体的颜色是青色的而得名。此地还有著名的银鱼和白鱼。青鱼是砂锅文火炖了的，入口即化了。果然，无锡的菜都有糖的味道。当地的友人介绍说，在过去，无锡没有味精等调味品，如果想吃到其他更加丰富的滋味，便只能用糖和醋搭配出不同的比例，然后才成为丰富而有差异的美味。青鱼的味道便是甜中带着咸，而咸中又带着香。这鱼肉的香味里有鱼在水中游水的滋味，是一种可以回味的想象。仿佛并不确定，但却又饱满地存在。

青鱼很大，砂锅里只有一只鱼头，鱼身上的肉呢，还做了一份汤。也是极好的滋味。

镇的名字叫荡口，一听，便知道是个码头。在旧时，荡是河流湖泊的一种称谓，大抵比湖要小一些，而比河要大一些。荡口呢，自然是一个湖泊的入口处。

入夜，沿着河边散步，虫鸣声大作，有游客三三两两地穿行在小桥上。他们分吃着一些甜蜜的糕点，比如鲜花饼，比如麦芽糖，比如桂花年糕。总之是喜悦的味道。

有一家店铺关了门，名字微妙，叫作“真正老陆稿荐”。木招牌，并无其他提醒。反复猜测不出，发了照片到微博上，问，却也无答案。

第二天一早便来看，原来是一家熟食店。是无锡的一家老招牌，陆稿和陆荐是两兄弟的名字，他们的父亲在清末创下的卤肉品牌，一直被食客们传播。

老陆家的店铺不远，便有一家走油肉的店铺。

在饭馆里，我们已经吃过了走油肉，但看到店铺里摆着大块的走油肉，仍然有难以隐藏的吞咽声发出。那大块的走油肉色泽金黄。在此之前，这肉已经历过开水煮和过油炸。然而，如果想要吃这道走油肉，还需要切片以后放了配料在锅上蒸。

一块肉经过三次高温，油自然就走了，而只剩下肉的醇香。入口的时候，会想到火苗在肉片下面炙烤时散发出的香味，这香味游走的速度极快，几乎和想象力同时进入意识层和口腔里。那香味，让我立即回到幼年过年时的情景。母亲将供桌上的一块肉取下来，在院子里和灶神前都许过愿以后，开始做给我们吃。

几乎，一片肉就是我们一年的记忆。

小镇的早餐竟然是吃面。这一发现无疑有地方饮食文化的胜利感，在无锡这样一个地处江南的地方，面无疑是北方文化的一种入侵。然而，荡口古镇上的早面却以“浇头”取胜。最受当地老百姓喜欢的一种面是“爆鱼面”。

仅听声音，我吃了一惊，这里老百姓如此奢侈，哪知，这“鲍鱼面”并不真切。不过是油炸鱼块当浇头而做成的汤面。

我特地吃了一碗爆鱼面，汤水里均放着三鲜配菜，当然，所谓的“三鲜”是指木耳、面筋和黄花菜。汤入口是甜的，甜的时间极短，便涌入咸的滋味。

吃面，汤是极重要的。一碗汤里盛放着半个人生的感触，有时候，吃完面，然后将剩下的汤喝完，会出一身的汗。这样，仿佛人生的某种仪式结束了。吃面，不仅仅是进食的行为，更是身体的一种仪式。

早餐店的名字叫“秦园小笼”，是一家老牌的铺子。除了面食，小笼包也是他们的招牌。鲜肉小笼呢，皮极薄，有满满的一兜汤汁，所以，如何吃一笼包子，是有技巧的。陪同的友人分解着动作教我们，一不小心，一口咬下去，汤汁还是流了出来。

吃鲜肉小笼，汤汁的味道必须要先吸出来，然后，满唇满齿的都是这香味，再来吃包子，便圆满了。单纯地吃包子，总觉得音乐里少了一根丝弦，在高音的时候，上不去。

吃完了秦园小笼，一出门，便会看到砂锅豆腐花和酸辣汤的店铺。后悔了，觉得吃得太饱了，应该留一些空间的，恨恨的，却也只能馋着。

有绘画的学生坐在路边的角落里画正在吃饭的客人，写实、可爱，引得不少人驻足观看。那画画的学生投入，像是怕她画的那个人吃完饭走了。

有一家店铺刚刚开门，将货架上的糖果一排一排地摆开。如果，每一个糖果是一个孩子的微笑，那么，这家店铺出售的是多么欢乐的一种食物啊。

虽然是一个古镇，却全是一些面向城市青年人的店，这几乎是对城市文明的一种讽刺。城市缺少这些风味别具的村落文化，也缺少在河边打发时光的缓慢。

慢，几乎成为一个可以出售的商品，就藏在这月色荡漾的小镇上。这里有丰厚的人文精神，而我匆匆走过，只记得吃一碗钱穆在这里居住时爱吃的食物，或者华家祖传下来的一块糕点。只一口，我就融化在这里，不想再离开。

之二：惠山记

下午的惠山镇是从茶桌开始的。早到的人坐在那里发呆，河边的树飘下一片叶子，正好落在他的脚边，他会弯着腰，细细地看上半天，像是要看懂一棵树给他的这封信札。

若有一个桌子坐上了人，仿佛是一个暗号。渐渐地，一张桌子又一张桌子上坐了人。上午没有说完的话题，像是打了个结，就存在这路边的茶店里。等到茶水倒上来，话题的结又重新打开，生活就在这一杯杯茶水里生动起来。

陪同我们一起游走的，是一个老惠山了——金老师，他从园林工做起，一做就是三十几年，他差不多熟悉这个古镇的每一片阳光，或者鸟鸣。

和他一起走，常常会走神，会想着停下来，就坐在河边，融入惠山本地人的下午茶里。即使听不懂他们的方言，但喝一喝他们的茶水，也会生出些共通的情感。

这是一个被时光遗忘的小镇。坐在河边茶座上喝茶的本地人，没有人低头看手机，他们仿佛并不关心手机屏幕上每秒都在变化的社会新闻。他们关心的，是村落里的事，是邻近的人的事，或者说，是日常生活。

这是一群物质上满足的人才能做到的事情，没有生存的紧张感，风吹也好，雷打也好，不碍他们坐在茶桌边上。

来到这里之前，我熟悉《二泉映月》这个曲子的音调，甚至还在暗夜里独自听过，我多次想通过这悲伤的丝弦接近某个时期的中国底层社会。阿炳，一个无锡盲人，他喝过的茶，听过的鸟鸣，以及热爱过的生活是什么样子呢？

听无锡的友人黑陶说，《二泉映月》一开始只是阿炳自己乞讨时拉的诉说自己悲苦生活的曲子，抒情，又满是难言的哀伤。几乎，这首曲子里没有月光，有的是暗淡的色泽，和难以尽述的人生况味。我常常想，这首曲子的名字是不是违背了阿炳的意愿，它是不是应该有更为悲凉的命名。

需要注释的是，没有到惠山古镇之前，我竟然不知，二泉，原来是旧有的一个泉水的名字。只是因为唐代茶人陆羽将惠山下的一处活水品评为天下第二泉而得名。

泉水的好，自然滋生出热爱喝茶的人。喝茶的人大多懂得生活需要像品茶一样耐心，这耐心又对喝茶者的生活有了好的补益。看着那些喝茶的长者身边来回跑动的孩子，我就想，这些孩子成长中，所见到的情景，会让他们一生受益。

茶水的温度，茶水的色泽，茶桌两端的人所谈论的话题，这些生活的片段，对于一个孩子的教育，充满了中国传统审美。

金老师的讲解，将我带回到惠山的历史里。街边那些祠堂满是故事，像我们这样浮光掠影地走过去，所能记下的，不过是那祠堂里的一抹灰尘。那灰尘是时光遗留给我们的一声叹息。是啊，这里的每一个祠堂里所纪念的人物，都是一册历史。

惠山最让人称奇的是，这里竟是清康熙和乾隆最爱来的地方。这两个皇帝每人都来江南六次，而来惠山七次。每一次都会到寄畅园里一游。乾隆更是痴迷，直接找来画师，将寄畅园画了下来，并在京城复制了一个。

终于，我们也坐在了寄畅园的一座房子里。园林的美在于曲折而通透，端庄而风情。

意料之外，我的审美，被惠山的一处又一处园林所教育。这些建筑，满满地盛放着一曲中年发福后喜欢聆听的喜悦。

品二泉水泡出来的茶，吃惠山的点心油酥饼。阿炳的那股悲凉的情绪一点点被眼前的绿意覆盖。窗外的湖水里映着树影，如果是杜鹃开满园子的时候来，几乎会让人惊叫的。因为，美。

我细细地品了茶水，茶水比起南方沿海的水要偏清淡，似乎有清晨的鸟鸣声从远处传来，让人听了以后生出轻微的喜悦。比起北方茶水里的隆重来，这茶水似乎又多了一层生活，茶水里浸泡的是数百年来惠山人的谈话声，喝下一杯，差不多，听懂了惠山人的那份悠然。

只是，那油酥饼太浓郁了，味道像是娘家来了客人，一向矜持的娘子突然大叫了一声，意外，却也好吃得很。这么浓的甜与香，似乎，真的需要那一杯二泉水冲泡的茶，才能释怀。

之三：南长街的夜

似乎，南长街的夜色和无锡的黄酒类同，透明，温和，差不多，小口喝下，有想要跳舞的感觉。

在此之前，我刚刚坐船赏了南长街古运河的景致，和桨声灯影里的秦淮河相比较，这里安静，甚至幽深。船过清名桥，停在一片古老窑址那里。是旧时专门给城墙烧制金砖的一些窑口。那时，筑城墙，每一块砖上都有印记，年月久了，损了破了，便会根据那砖上的印文找到生产这砖的窑口，照着旧有的尺寸，再重新烧制。

旧时的风物，总是充满了出处。那是我们文化的根部，只要根部的文化是健康的，那么，繁华自来。

回来，便看到夜色中的黑陶兄。我们之前见过两次，喝过茶，谈论过夜色。这一次，我竟然来到了他的家乡。

茶馆的名字在灯笼上，红红的。临河，就着这古运河的水，我们忆念起旧事。南长街适合回忆过去，这旧式的建筑是一个磁场，一进入，我们就被时间软禁，不得不说起从前。

黑陶兄要了宜兴的红茶。宜兴，一把紫砂壶就可以代表。黑陶兄的父亲，便是一个老窑工，那是一个懂得火候的人，正是他，将黑陶兄烧制成了一个诗人。

我们说起了诗句、书法、文学的元素，包括适于泡在茶水里的古镇。黑陶兄喜欢背包四处游走，有时候，他到一个地方，会记下那里的广告，然后写在文章里，寻人启事，杀猪启事，治疗性病的医生启事，等等，这些文学细节，无法虚构，却又像是虚构的一样。

南长街原本是无锡最为穷困的一条老街，拥挤而热闹。因为临水，早些年也是商业街，剃刀铺、打铁铺杂居，仅想象着，便能闻到《清明上河图》的气息。如今，这条街道，成为这座城市里最有年代感的生活标本。城市建筑的同质化，让这条古街的气质慢慢显露。而外出旅行的城市青年，被北京后海、成都宽窄巷子，又或者是丽江古城、凤凰古城一类的原生态风景启蒙。回到自己的故土，才发现，原来，南长街两岸，才是他们最动听的音乐。

正是因为城市发展的迅疾，才有了城市人的怀乡病。可以说，古镇的复苏，是治疗城市人病态的一味中药。

但是，这味药却充满了审美。比如，我和黑陶兄选择的这家茶馆，从布局到设计都充满了文学的元素。这家茶馆的老板是江南大学的美术教师。

差不多，到这里来喝茶的人，也被茶馆老板的审美所熏陶。审美的，必然是让人愉悦的。所以，城市单调而乏味的物质生活，比起这慢悠悠的喝茶时光，便显得粗鄙而苍白。

一起喝茶的还有作家王曼玲，她有一个曼字，让这个夜晚曼妙起来。黑陶兄的爱人写散文，却热爱读小说。四个写作的人，对着夜色，看着窗外不远的清名桥，念着这座城里还有钱锺书，便又觉出一座古桥的好处。是啊，人只有过了桥，才能走得远一些。

忘记说宜兴的红茶，在此之前，我喜欢喝祁门的红茶，不浓不淡，养胃，醒神，是我最近几年喜欢上的。而宜兴的红茶呢，多了一味厚道，比祁门的味道迟缓一些，比福建的红茶要淡一些，但却耐回味。

宜兴的茶，如果配上宜兴的窑口里烧制的陶杯就好了，几乎，我相信，那是绝配。

茶喝完了，夜已深。和黑陶兄退出小茶馆，在南长街上慢慢走回酒店。

路边的小店里还坐着不少年轻人，安静，灯光在运河里摇曳着，如同一部金基德电影的开场部分。

我对黑陶兄说，在这样的夜色里，应该醉了，才能走。是啊，如此安静的石板路上，没有一个醉酒的人，实在是一篇庸碌的小说作品。

在这样一个秋夜，无锡，南长街，风软，月凉，一个写作者，不论醉不醉酒，不论喝不喝茶，不论吟不吟诗，都是幸福的。而且，还有好友相伴，还可以谈论音乐，美味的食物，以及可以反复阅读的文字。

这些，都是极好。

（原载《黄河文学》2018 年第 5 期）

蚁　穴

沙　爽

一

我赶到的时候，她已经等在那儿。一件半长不短的红色羽绒服，脸被早春的风吹得又干又皴，连多肉的鼻尖也红红的。房地产中介是年轻人的天下，相对于这行当来说，这张脸显得多少有些让人意外，尽管她可能并没有超过三十岁。她在楼口按门铃的时候，我已经有了预感；果然，她带我去的正是半个小时前我刚刚看过的那个房间。五楼，小小的一居室，没有衣橱，一张与老式橱柜连成一体的写字桌，大约早在多年前就被某个淘气男孩划烂了桌面，如今上面覆了一张地板革。月租两千二百元。

对面的楼里还有一套房子可看，两千五百元。我说太贵了，远远超出此前的预算。她说房东已经来了。那就看看吧。等到一脚踏进房间，我知道，就是这儿了。这房子前几年刚刚装修过，厅厨打通成一体，通透敞亮，地板暖黄，银灰色的橱柜也恰合我意。可是卫生间里只有一台迷你洗衣机，洗床单之类的大件怎么办呢？房东说他带我去看—— 一台双缸洗衣机搁置在阳台的一角。当我第二次踅到阳台，房东突然大步过来，塞给我一张纸条。

接下来一切顺利，因为各自省下一笔中介费，双方都表示可以在租金上让步。为了表达诚意，我主动提出月租两千三百五十元，就这样定了下来。

可是那个做中介的女孩怎么办？便宜易占，良心难安，也许我可以送她什么礼物，或者悄悄塞给她二百元？但是我该怎么说呢？会不会引起什么后续反应，甚至让自己和房东登上中介的黑名单？断断续续地纠结了一个月，还是算了。

但她还在我的微信上。这一天，她突然问我："沙姐，你找到住处了吧？"我回复："找到了。"她又问："在哪个小区啊？"我想了想。她每天陪客户往来看房，而我呢，一个短暂的外地房客，出来进去压根儿没有看人的习惯。想必她是看到我了。事实上，早在房东大步走向阳台的瞬间她已经起疑，和她道别的时候，她看看我的手，笑。我的右手空着，左手上握着一副羊皮手套，手套上面还压着一部手机。她没有办法。但这件事纠缠着她，就像纠缠着我一样。我有点惊讶，不是因为她的促狭，还有那种毫无意义的执拗。打破砂锅，只为了找到藏在里面的一只气泡。在这一点上，她和我是多么相像啊。当年的我，和现在的我。多年来我似乎从未改变过。但时间多多少少削掉了我的棱角。那么她呢？

她是由一个叫万壮的男孩介绍给我的。万壮长得并不壮，个头矮小，但走路极快。他说他来自湖北。说这话时我们在电梯里，从第十二层到三十几层，他显得焦急，不停地把重心在两条腿上倒来倒去。我不动声色，假装没有发现他在悄悄地打量我。其时我们置身于一幢庞然而沉重的公寓，走廊里擦肩而过的房客表情阴沉。房间内部倒是装修得很好，卫生间几近豪华，有舒适的绛红浴缸可以泡浴。听说我要在那里租房，同事们赶紧告诉我，那里是天津城有名的治安最严峻的地方，有吸毒者，有日租客。我于是退缩了。春节后我再来，万壮说他转到了同一家中介的另一个营业点，离这儿很远。我想，他们这行业大约走马灯似的，如同流水。

但是谁又不是流水呢？人到中年，我不是也远离家乡，从另一条河里莫名其妙地漂流到了这儿？

二

这房子位于宜昌道，离单位很近。来看过的同事都说不错，除了贵些。但是没办法，这里是整个天津城的经济文化中心，旁边的楼盘已经炒到每平方米八万元。即使是这栋已建成十几年的老楼房，也需要我不吃不喝积攒下全年的薪水，才能买得下它的一个平方。

这天傍晚，我正在埋头吃晚饭，忽听得身后泼剌一响，回头去看时，不由呆住。过了几秒钟，我反应过来，跳起来拉开柜门，水哗然涌出，在地板上迅速漫延。一番手忙脚乱之后，我俯身向里边察看，发现是水槽下方的排水管连接处脱落开了。来不及细想，我动手将管道插上。然而未等我起身，又一波水流倾泻而下，排水管应声断开。等我收拾完残局，才发现，停水了。

直到第二天傍晚，水仍迟迟未来。我跑去向邻居打听情况——那户人家正在做晚饭，门窗大敞。这座公寓型的老楼房为南北走向，东侧是一通到底的长走廊，住宅全部集中在西侧，但厨房因为紧挨着走廊，油烟机管道无法通到楼外。是以一家炒菜，四邻尽享其香——原来楼中并未停水，而且上下水管道都是纵向，与横向的邻居并无关联。

楼上楼下跑了一大圈，终于被我找到了症结所在——楼高十八层，从一层到四层的纵向四户人家，共用同一条供水和排水管道。供水总阀设在101。

给我开门的女人有一张苍白而愁苦的脸，也有可能，这是花白头发渲染出的假象。她说这楼房因为排水管道偏细，自建成便落下顽疾，断断续续一直堵了十几年，疏通来疏通去，始终解决不了问题。她指给我看她家裸露的排水管，那上面绑着个用塑料布自制的漏斗，自管道渗出的脏水点点滴落，在塑料漏斗上敲出微弱的闷响。她家的厨房里垫着几块砖头，地面上还汪着一层水渍。简陋的老水槽旁边，散着一匝待洗的菠菜。她说她实在受不了了，她要搬到女儿家去住，把这套房子租出去。我等着她说完，问，为什么不找物业？他们怎么可以只管收费不管维修？她把脸转向别处，像一个没完成作业的小学生，嗫嚅着说，她不知道物业费的事，他们也没来收。我猜测着她的经历——下岗大潮席卷中国的时候，她应该还没有到退休的年龄。和我住的房间一样，这套房子西向，没有阳光，简陋又潦草。我忽然觉得，对有的人来说，一生的失败最终都将凝结于某个具体的物件上，比如说，一座既不如意也不舒适的房子——它既是依靠，也是负累；它带来温暖，也带来寒凉……像久病的至亲；像一只蜗牛，不得不穿着它伤痕累累的旧外套。

我向她保证，立即与房东商议疏通下水，请求她将卫生间的水阀打开，让我先冲个澡，半个小时就好。

楼上的 401 住着一对小夫妻，他们的厨房也是开放式，靠墙放着一只贮水的白色塑料桶。男的有一张帅气诚恳的脸，正在掌勺做晚餐；女的戴眼镜，有一点无伤大雅的小心机。她说她不知道是怎么回事，还以为停水了呢。我想起上个周末，我家的水槽里突然涌出的半池脏水——那是煮排骨或红烧肉之前过滤的血水，带着油腻灰污的浮泛泡沫，散发着小日子温热的微腥气味……我没有再去拜访过他们。

我的房东姓温，网名叫“帅克”——也许年轻时当过兵吧——第二天他就找了人来疏通下水。然而好景不长，没出一个星期，管道再次堵塞，如此循环反复。我终于明白，这栋长年罹患肠梗阻的房子，症结比我想象的远为严重。积年的食物残渣一层层堵死了一楼和二楼的管道，眼下已经迫近二楼的天花板。四楼倾下的脏水堵在三层和四层之间，巨大的压强撑裂了钢铁水管，水从我看不见的裂隙间一直渗到地板下面。人从上面走过，地板缝里便刺刺地涌出水来。至此房东也急了，找来了 201 的房主，从上到下进行了一次彻底疏通。

这一场下水道之战前后进行了将近两个月。每次疏通完毕，厅厨里狼藉一片，疏通剂奇特的化学气味混合进腐烂的食物残渣的恶臭，扑鼻欲呕。

每一栋房子，大约都有它不为人知的难堪一角；往往，光鲜的外表之下，是不足与人道的一地鸡毛。

三

过了没多久，蚂蚁来了。

先是零星的几个小黑点在整理台上探头探脑，我也没怎么在意。独居异乡，日子多少有些孤寂，我想念我那只叫塔塔的猫。它已经习惯了我不在家的日子，一旦明白我每次归来只是短暂逗留，它便不再对我的出现表达惊喜。出租房里没有我心爱的猫咪，几只蚂蚁或许也算得上微型宠物？

那天因为要凉拌一盘苦苣花生，我拉开抽屉，一袋白砂糖刚拿到手中，又险些跌落在地——所谓万头攒动，如雪的白糖颗粒之间，游动着无数只小而漆黑的蚂蚁。那袋白糖自启封之后，大概只用过一两次，我拿了只密封夹夹在开口，但它显然没有起到应有的作用。我把糖袋扔进垃圾桶，想了想，又取出来放在门口的橱柜下方。过了两天，估摸着那些散兵游勇应该已经找到了它们的甜蜜粮仓，这才把袋子拿出去扔掉。不知这支蚂蚁大军的命运如何，作为一个虎头蛇尾的伪善主义者，我止于做到不亲手杀生，其余的，囫囵将之归咎于天命。

但是我实在低估了这种节肢动物的顽固习性。那只曾经装糖的抽屉经过反复擦洗，作为衬垫的卡纸也早已丢弃，洗洁精、白醋和酵素轮番上场，清除了蚂蚁们在白色胶合板上铺筑的隐形道路，最后，我还在上面涂了一层柠檬汁。可惜这些百度上给出的法门全不管用，残余的蚂蚁部队仍然坚持来此巡逻，寻找失去的糖矿的下落。

这桩白糖遇袭事件同时暴露了上帝、我和蚁国之间的关系：上帝创造了人类，也创造了蚂蚁，而人类创造了超市；当我从超市里买回一袋白糖，并不知道它将成为被蚁国占领的免费富矿。可以想见，那只最早发现了这座矿藏的蚂蚁，柔软的触角因激动而陡然僵直，它体内充溢的巨大惊喜，丝毫也不亚于当年的巴尔沃亚发现了太平洋。哦不，对蚁族来说，它比巴尔沃亚要伟大得多。因为大洋是如此之大，并且永远荡漾在那里，如果它被发现的时间，不是在 1513 年 9 月 25 日，那么在其后的几百年间，这一时刻也必将出现。但是一袋糖，它留在抽屉里的时间相对短暂，并随时可能转移到另外的所在，比如说，冰箱。对一个并不发达的文明而言，某物无法被看见和触摸，则意味着其本身并不存在。而因为这个伟大的蚂蚁探险家的发现，很有可能，一个崭新的蚁国得以诞生，就像无垠的呼伦贝尔草原之上，因煤矿而诞生的伊敏小镇。新的蚁巢就定址于这巨矿的附近，沿着被橱柜遮挡的下水管道，天才的建筑师建造起它们辉煌的宫殿。王和它庄严的后居于皇宫的中心，源源不断地娩出新生的工蚁。新闻上说，有专业人员在河堤上挖出一座巨大的白蚁巢穴，蚁后身长十厘米以上，体色白中泛黄，至少已经存活了三十年。它的身体是一只修长而浑圆的碗，里面密密麻麻，盛满了熟透和半熟的卵。这长寿而无节制繁育的母亲，被众多遗失性别的女儿拥戴和哺育——它们均衡地悬挂在天平的两端，一边是无数，一边是唯一。

蚂蚁们继续大摇大摆在我的整理台上漫步，有的甚至爬上餐桌寻寻觅觅，而我迟迟没有痛下杀手。我的小姑子徐畅是位虔诚的居士，长年食素。据她说，她的房间里曾经有过三只蟑螂。夜里她念诵经卷，蟑螂中的一只每每赶来旁听。后来另外的两只蟑螂不知去向，而剩下的这一只，静静伏在她的拖鞋旁边，于诵经声中安然死去。徐畅坚信万物皆有灵性，我也如此寄望于我的蚂蚁邻居。擦洗整理台之前，我以指甲在蚂蚁聚集处连续叩击，敦促它们快速离开。如果它们执意不肯移步，我的抹布只好绕行。有一天纱窗不知何故破了个洞，溜进来两只蚊子，它们不仅夤夜袭击，连我午睡时也不放过。我买来杀虫喷剂，同时警告蚂蚁们即日搬家。一千多年前，韩愈写过一篇《祭鳄鱼文》，限令潮州境内的鳄鱼在七日之内全部迁离。据说鳄鱼们果然听话，乖乖前往大海定居。

到了七月，我妹妹沙琳带着她五岁的女儿回北方度假，见我如此与蚂蚁细密周旋，不禁大翻白眼。沙琳说：人不犯我，我不犯人，欺负人欺负到家里来了，可别怪我不客气！沙琳在天津住了两周，每天大刀阔斧，绝不手软。蚁国连受重创，竟也将这片重要的狩猎场列为禁区，拱手相让。直到沙琳走后一个多星期，才有零星几只蚂蚁探子重新前来，它们马上发现，所谓白云苍狗，转眼已换了人间。于是大军出动，我的整理台再次沦陷。

四

我发现，蚂蚁们之所以如此眷恋我的整理台，一个最重要的原因，在于我的日常口味与它们存在高度重合。我喜欢甜食，自小就热爱一切甜蜜的东西，蜂蜜、果汁、蛋糕、曲奇，诸如此类。我不吃苦瓜、苣荬菜、婆婆丁，不吃辣椒和生的葱姜蒜。据说，人类对甜食的嗜好乃是出自天然，因为散发甜味的植物通常也是无毒的。而且相较于其他养分，碳水化合物更容易被人体消化和吸收，迅速转化成热量供给身体所需。这源自采集时代的经验，时至今日，仍牢牢铭刻在人类的基因里。又有研究称，他们发现喜欢甜食的人往往友善并富于同情心。“亲和力强的人往往比亲和力弱的人更喜欢甜食，”报告中这样写道，“对甜味食物有所偏好的人更具亲社会功能，比如协助、分享或志愿精神。”

蚁界的共识大抵也是如此——吃甜食是让人骄傲的事业。

但蚂蚁们越来越肆无忌惮。它们的活动半径不断扩大，竟然攀上光滑陡峭的瓷砖悬崖，找到了我藏在吊柜里的那瓶蜂蜜。这几瓶蜂蜜是朋友从郑州带来的，瓶口没有密封，只是一只以锡纸包裹的软木塞。等我发现的时候，蜂蜜里已经浸泡了数只蚂蚁尸体。只此也还罢了，它们的足迹又一路扩张到了卧室。清晨闹钟铃响，从床头柜上拿起手机，每每恰逢一只蚂蚁于屏幕上做疾走练习。一日晚间，我正在写东西，手下的键盘突然出现一个迅速移动的白色小点。定睛细看，原来是一只蚂蚁，衔着一粒白色的东西——大约是我刚才吃曲奇饼时不小心遗落的碎屑——这甜美的食物相当于这位搬运者的一半身长，让它激动得脚步踉跄。我停下打字，目视它从 M 键疾行到 V，然后横向跨越到 G，不知为什么又转身踅回 J 键。然后，它迂回着穿越到 U，好几次险些跌落进键盘间陡峭的悬崖里。此后它在数字 7 和 8 之间徘徊了一阵子，终于越过 F8 到达安全的彼岸。我吁出一口气：这下子它可以一路向前，带着它宏大的战利品凯旋。但是错了，它转身又回到了 F9，并在那里犹豫不决。我不耐烦地敲了敲面板，这下坏了，惊骇之下它失足掉进了 F9 和 9 之间的峭壁，好半天也没有爬出来。我想象它在幽暗的山谷里茫然穿行，徒然找寻自己和同伴们留下的气味，而那些我从未见过的电脑回路仿佛死亡的迷宫。2003 年 5 月，阿伦·拉斯顿攀岩时失足掉落峡谷间的缝隙，右小臂被大石压住，困守五天五夜，不得不以一把野营小刀，将手臂自肘部生生割断。

对人类而言，蚂蚁验证一种盲目而卑微的存在。它们数量众多，而且一旦置身于集体内部，它们就仿佛，无惧于生死。

五

一年的租赁合同即将到期，我在佟楼一带找了个房子，租金便宜一些，房屋面积也缩小了将近一半。不过基本设施也还齐全，而且阳台朝东，在我的想象里，每天早晨拉开窗帘，卧室里立即洒满阳光，这景象简直接近天堂。

整个冬季，我在宜昌道的房子没有阳光。虽然阳台阔大，但对面的三栋楼——名义上与我住的楼房隶属于同一个小区，但门口有保安值班，区域设施和楼的外观也比这一栋要好上数倍，我猜测这是所谓的商品楼和回迁楼之别——两下相距还不到二十米，只有春夏季的正午，才有阳光到我的阳台上短暂造访。而单位的办公室虽然朝南，九楼的位置也算中等偏上，但是每天直到十点半钟以后，阳光才能绕过对面写字楼的楼顶，洒到我们的窗台上。阳光在城市里竟成稀缺之物，这件事超出我的预想。年少时读书，我每每困惑于“天井”一词，总觉得依稀明白，却又不甚了了。如今客居天津，我仰面四顾，发现自己时刻置身于“天井”的中央。

搬家的时候我才知道，这短短一年里我积攒了多少身外之物。衣服就不用说了，光是备用的护肤品就重达四五公斤；一瓶四百毫升的润发乳被我遗忘在柜子深处，元旦时去香港又特意带回来一大瓶。我是谁？我属于什么族类？哪一种生物如此热衷于囤积和购物？蚂蚁搬家一样折腾了一个多星期，最后的一天，我以为再跑两趟即可大功告成，打完包后我傻了眼，前后运送了六次，竟还遗落了电饭煲的插线，又丢了一副心爱的太阳镜。直到天已黑透，拖着一堆锅碗瓢盆爬上七楼，筋疲力尽之余，心头突然涌上一句："秦淮水榭花开早……"

想想，这都什么和什么，全不搭界。

第二天一早，我被一阵扑鼻的霉味呛醒——与卧室相连的阳台被改装成了厨房，而原来的厨房做了一间狭小的儿童室，刚好放下一张单人床。贫寒生活无非这样，一切只求实用，无暇顾及其他。但直到签完合同，我才被告知厨房水槽的连接处轻微漏水，要用一个不锈钢盆子接着。但渗水点可能不止这一处，因此整个水槽下方潮气浓重。卫生间的坐便器水箱也裂了一道口子，我奇怪自己两次前来看房，何以竟至对这些视而不见。阳台上的玻璃和卫生间墙壁都脏得惊人，我用掉了两瓶重油污清洁剂，一边擦洗，一边猜测着曾经住在这里的一家三口人的生活：女孩一度学过绘画，儿童室里留下了一大一小两只画板，抽屉里还有一张静物素描，看得出功底不差。年轻的女主人可能是某个商场进口化妆品专柜的销售员，卧室门上方的透气窗用几张兰蔻海报挡住光线。我丢掉了她留下的几只山寨护肤品空瓶，和两双女孩的波鞋——她已经长大了。还有一只男主人的皮鞋，鞋码很大，质地不错，他是哪个机构的办事员吧，需要每天穿得西装革履，像一位真正的成功人士。但真正的成功者可能已经换上了沙滩裤，正斜倚在某个南国海滨晒着太阳。总之这一对年轻的夫妇已经见识过真正的繁华，那繁华是一条壮观的河流，在这个逼仄的小屋倾泻而下。我知道那种眩晕，因为难以置信。他们因而看不见这肮脏的阳台，那玻璃上经年的喜庆剪纸红颜褪尽，又干又脆如一截陈年的蛇蜕。他们也看不见早晨的太阳是怎样从不远处那幢高耸的交通银行大厦后边升起，在天空中画出一条耀眼的圆弧，向南面的高空疾驰而去……现在，他们离开了，换成我，站在这儿。

我记起去年深秋的某天清晨，在广西南端的涠洲岛，我穿过一条林中小路，去看海上日出。南国的深秋依旧草木葱茏，树林中光线幽昧。行到半路，我看见一只巨大的蚁穴，它建在路旁，异常醒目。那辛勤的建筑师们从地下挖掘出新鲜的红土，让它们均匀地围绕在巢穴的出口，堆叠成一座座环形山脉。其时群山静谧，看不见一只蚂蚁——它们劳碌终夜，业已在清晨颓然睡去？

大水之上，岛屿孤悬。我停下脚步，俯身向穴中探视，一时竟不知今夕何夕。

（原载《散文选刊》2018 年第 3 期）

天南地北

乔忠延

痛饮石柱一碗酒

石柱是个县，是重庆下属的一个土家族自治县。

土家族人爱喝酒，石柱的土家族人也不例外，而且，别人喝酒用酒杯、酒盅、酒樽，他们不用，统统不用，用的是碗。酒杯、酒盅、酒樽，都不够大，装不下他们的海量。初来乍到，我就是如此简单推断。然而，扑下身子切入他们的世界，才知道不是这样，是酒杯、酒盅、酒樽，装不下土家族人的历史，装不下土家族人的气度。因而在石柱，无论乡里城里，无论男人女人，无论主人客人，喝酒一律都用碗。一个粗粝的陶碗，盛满芳香扑鼻的烈酒，双手一捧，对嘴猛饮，待酒碗高过头顶，那就是一饮而尽。

豪爽，真真豪爽！豪爽得像是与梁山好汉一个模子里脱出来的。

我以为，这么理解土家族的大碗酒就触到了这酒文化的独特本质。岂知，往志书里一瞥，顿觉汗颜，这纯粹是捕风捉影，纯粹是主观臆断，即使被指责为“以小人之心度君子之腹”也不为过。大碗喝酒的风俗隐匿在遥远的历史深处，隐匿着一个守土如命的悲壮故事。

故事发生在春秋时期，气势汹汹的蜀军洪水猛兽般涌进巴国，祖宗安身立命的土地岂能这么轻易葬送？抵抗，挺身抵抗，浴血抵抗！然而，弱难胜强，寡不敌众，巴国的城池一座一座被攻下，土地一块一块被吞并。覆巢之下焉有完卵，山河破碎，国土殆失，何以面对先祖？何以庇荫子孙？军情火急，不容迟疑，头领巴蔓子连夜飞奔，直入楚国去搬救兵。楚君倒是答应，然而提出个条件，打退蜀军要巴国惠赠三座城池。三座城池相比国土殆失，当然有利，巴蔓子爽口应承。强大的楚军开赴前线，以雷霆万钧之势，赶走了蜀军，收复了失地，完整了巴国。可喜可贺，值得欢庆！然而，就是这欢庆把巴蔓子推到了生命的绝境。

楚军大胜，巴国设宴犒劳。酒宴正酣，楚君索要三座城市。巴蔓子一诺千金，当然不能食言。可是，若要惠赠出去，岂不还是割裂了祖先留给后世子孙繁衍生息的土地？一向豪爽的巴蔓子犹豫了，低头默然，良久不语。楚君再问，巴蔓子豁然站起，拱手相拜，拜毕即道：“楚君宽谅，恕我贸然以国土许诺……”

楚君何等聪明，不等巴蔓子再往下说，即问：“你要食言？”

巴蔓子回答：“不敢食言，愿拿吾头换回三座城池。”

楚君惊愕，目光惑然瞅定眼前这魁梧壮汉。只见巴蔓子顺手掂过一只碗，喝令侍从倒酒。酒满碗盈，巴蔓子双手举起，痛饮而尽，手臂一挥，咔嚓作响，大碗碎成陶片。随着陶片的飞溅，一道寒光闪过，锋利的宝剑划过脖子，鲜血溅满酒席，巴蔓子轰然倒地。

楚君伏地长泣，抱住巴蔓子的尸体，浩然长叹：“以身殉国，以身守土，义君，义君！”

言毕，不再索要城池，撤兵归国。

大碗喝酒就起始于巴蔓子那碗酒，那一碗舍弃生命换取国土完整的酒。在土家族人心里，于酒碗粉碎的声响中倒下的巴蔓子，站着是一座高山，倒下去是一马平川。巴蔓子的身躯与粉碎的陶片，与陶片上沾染的酒渍，搅缠在一起，胶合为一体，化为土家族对土地，对山川，对河流的大爱。自此，喝大碗酒，喝摔碗酒，相沿成习，直至今日。

风雨剥蚀，海枯石烂。先前征杀时锋利的戈矛早已锈迹斑斑，先前门扉边高大的杉树早已倒地腐枯，先前屋檐上威严的翘角早已飘散成凄风里的粉尘，先前巍然落卧的吊脚楼已淹没在泥土深处……沧海桑田，桑田沧海，斗转星移，花落人变，岁月风尘不知消逝了多少代，多少辈，但是唯有一样没有消逝，这就是喝大碗酒的风俗。每一个土家族人都铭记着巴蔓子，铭记着那位用生命换取脚下水土的先祖，那位惊天地泣鬼神的先祖。偌大酒碗盛满的何止是酒，还有他的大义，他的风骨，他的魂魄。大碗酒里容纳着土地、高山、河流、丘壑、原野，土家族人喝下这碗酒，对水土、对家园的挚爱便渗透进骨髓里，流淌在血液里。别处的酒，只能暖暖身子，壮壮胆子，顶多也就是再添点生活的味道，而土家族人这碗酒，绝不这么世俗，是在养身，养气，养志，养精神。

因而，土家族人过年喝酒，喝大碗酒；过节喝酒，喝大碗酒。喝成了子子孙孙相沿成习的风俗。喝过酒，下田去，务植绿，大田园绿到大山跟前还在往前绿。喝过酒，上山去，务植绿，高山绿到星月边沿还在往上绿。绿得山也清水也秀仍在绿，天天绿，月月绿，岁岁绿……

因而，土家族人结婚喝酒，喝大碗酒；生孩子喝酒，喝大碗酒。喝成了祖祖辈辈传续的风俗。这一辈喝过酒干的事，下一辈接着干。下一辈喝过酒干的事，下下辈接着干。辈辈都喝大碗酒，辈辈喝过酒都去画山绣水。画得山也清水也秀还在画，绣得山也清水也秀还在绣……

画来绣去，点染得山川处处美，阡陌日日新。如今的石柱像是一幅立体画卷，无论你从哪里来，都绿得赏心悦目。你从低处来，头上是绿的；你从高处来，脚下是绿的；你从水上来，岸边是绿的；你从陆路来，田里是绿的。绿得从荒寒北国来的人，艳羡得眼睛里能流出垂涎。绿得从秀媚江南来的人，也禁不住咂嘴吐舌，自愧弗如。由衷感叹，这里的绿才是最本真的绿，最悠远的绿，最恒久的绿。绿得古朴而新颖，绿得资深而清纯，绿得后浪推前浪，绿得无声胜有声……

浸染过这方水土的浩瀚的绿色，禁不住想讨要土家族人美化家园的生态经。这生态经嘛，说复杂还真复杂，年年岁岁前人栽树后人乘凉，世世代代留得青山在不怕没柴烧……从根到梢，唠唠叨叨，三天三夜也说不完那些枝枝叶叶，花花果果。说简单也真简单，就是先祖巴蔓子当年喝过的大碗酒。大碗酒贯通着历史经络，强壮着山蜑骨骼，平和着川流气血，提振着后世精神。说着，主人已掂过碗，斟满酒，敬你喝，你说这酒该喝不该喝?

喝，当然应该喝。那就喝，干净利落地喝，慷慨激昂地喝，端起碗，举起臂——

痛饮石柱一碗酒!

长满阿凡提的大地

离新疆还很遥远，新疆的形象就已在我胸中建树起来。这里的遥远不单指距离上的，还有时间上的。新疆建树在我胸中时，我还是小学校里急于要戴红领巾的孩子。而我进入新疆时红领巾已无法将我拴在教科书的围墙里，我而立了，不惑了。随着火车的缓缓进站，我穿越漫长的辽阔到达了乌鲁木齐。我开始用童年建树起的形象，解读新疆的大地。

最早为我树立新疆形象的是阿凡提。常常和阿凡提相伴的是一头毛驴，毛驴踢踢踏踏的蹄音，总是和他的笑声杂糅在一起。他笑时，逗弄得我笑。他不笑，也逗弄得我笑。学识和年龄一样浅显的我，搞不清阿凡提笑声的渊源，更搞不清那笑声里饱含的烈风暴雪、大漠孤烟、绿洲草原和人世间数不尽的苦辣酸甜。可是，那笑声却如同语文书里的“更上一层楼”，不断拓展着我的肢体和思绪。

能品出阿凡提那笑声里的滋味，是而立之后有了独到的见解，再不把别人的动机当作旋转我这个陀螺的动力。哪怕转得再慢，或者干脆停转，也要用自身的能源驱动独立的自转。这时候，早就植根于心灵里的阿凡提，更添了百嚼不厌的活力。

阿凡提是一位智者，并且他那智慧是与生俱来的。那时候他很小，小得和我戴着红领巾的岁数差不多。我还匍匐在地呼喊万岁，他已敢于在国王头上摆弄了。事情是由国王的儿子引起的，他炫耀全国人见他爸都得低头。这么炫耀，无外乎是想震住阿凡提，让他乖乖屁颠地跟在自己后头。没想到换来的却是阿凡提不屑一顾的笑声，你爸见我爸也要低头。国王的儿子不信，问你爸是干什么的？阿凡提一本正经地回答：理发的。不是智者哪会有这么精明的回答？往后小智者长成了大智者，不再是国王的儿子奈何不得他，就连国王也不得不甘拜下风。国王终于有了个给阿凡提下马威的好点子，不知是他冥思苦想出来的，还是媚上的下属出的主意，总之他觉得准能刁难住阿凡提，不然肯定不会叫他来。

国王的问题是，大地的中心在哪里？这个问题在国王看来大得不能再大，在阿凡提看来却小得不能再小，他略施小计就弄得国王目瞪口呆。把国王弄得目瞪口呆的还有阿凡提那头小毛驴，它抬起一条腿把蹄子磕打下去，地上印出一个圆点。阿凡提指着圆点说，这就是大地中心。国王何言？国王无言，只能无言。

在我眼里，阿凡提不仅是一位智者，还是一位勇者，要不他为何敢于戏弄国王？上次国王遭戏弄，是国王自找苦吃，这次却是阿凡提送苦上门。阿凡提进宫面见国王时头戴一顶华丽的帽子，说是价值千枚金币。大臣都说不值，阿凡提却说你们懂什么，天下只有国王一个人认识这顶帽子的价值。国王一高兴，真出千枚金币买下了。买是买下了，可还想趁机捉弄一下这个大伙儿公认的精明人。他给了阿凡提一张纸，要他画幅画。阿凡提哪会画画？可他拿到纸左描右画，还真像是画画。不过，呈递给国王的仍然是一张白纸。国王生气地问，你画的这是什么？阿凡提不慌不忙地回答，羊吃草。国王问，怎么不见羊呢？阿凡提答，羊吃饱肚子跑了。国王问，那怎么也不见草呢？阿凡提还是不慌不忙地回答，草被羊吃光了。羊跑了，草吃光了，不是一张白纸还能是什么？国王愕然，国王无奈！别人见了国王磕头叩拜，阿凡提竟搞得他愕然，搞得他无奈，没有胆量哪敢这般？阿凡提确实是一位骨头不会打弯的勇士。

写下“骨头不会打弯”，马上就觉得言过其实。阿凡提的骨头不止会打弯，而且弯得幽默而无奈。头一次打弯，是对狼无奈。牧童的羊被狼叼走了，气愤地问阿凡提，世界上有没有不吃羊的狼？阿凡提苦笑一声答，有。牧童问什么狼？阿凡提说，死狼。回答得真幽默，可是再幽默，他也承认无奈，斗败狼不是易事。再一次打弯，是面对石头。阿凡提上了年纪，朋友来看他，安慰他要服老，不要再像年轻时一样干活。阿凡提笑笑说，老是老了，劲头和年轻时一样大。朋友不解，他指指院子里的石头得意地说，你看，我先前搬不动，现在也搬不动，劲头不是和年轻时一样大？语气得意，其实无奈，是委婉地承认无奈。由此沉思，人若知晓自己搬不动石头，更搬不动比石头大得多的大山，就不会狂妄到要移山填海的地步。

阿凡提的聪明是大聪明，大聪明是该聪明聪明，不该聪明不聪明；阿凡提的勇敢是大勇敢，大勇敢是该勇敢勇敢，不该勇敢不勇敢。对日月经天不敢耍聪明，天何言哉？四时行焉；对江河行地不敢耍勇敢，地何言哉？万物生焉。阿凡提是敬畏天地的大聪明，是不违自然的大勇敢。

那聪明和勇敢犹如新疆的歌舞。新疆人能歌善舞，歌声阔朗奔放，舞步起伏跌宕。听着新疆的歌声，看着新疆的舞蹈，想到的是风中的树木。新疆的树，随风而舞，摇摇摆摆，起起伏伏。风大，大舞；风小，小舞。哪一棵树也不敢停下舞步，停下了就会被风摧折筋骨。顺势而为，顺势而生，新疆的人个个如同新疆的树。

新疆不是每一个地方都长树，荒凉的戈壁不长，寂寥的沙漠不长，炽热的火焰山不长。似乎用“贫瘠”就能说明不长树木的原因。然而，若要是把地皮轻轻一揭，火焰般喷射的是石油，几乎要自燃的是煤炭，滔滔不绝的是天然气，更别说还有悄然隐身的黄金。谁还敢轻易断定新疆贫瘠？新疆是富有的，只是将富有潜藏在荒凉贫瘠的服饰里面，偶尔才把极少的财宝抖落给世人，给他个意想不到的小亮点。

由是，新疆有了妩媚曼妙的云中天池，有了风吹草低的白杨沟牧场，有了将蓝天白云拥抱在怀的喀纳斯湖，有了绿洲明珠般的哈密和吐鲁番。这两颗绿洲明珠，一颗以哈密瓜闻名遐迩，一颗以葡萄干扬名远近。瓜和葡萄，早已不是新疆的专利，自从卫青、霍去病的铁骑旋卷而过，自从张骞的驼队悠然而过，甜蜜的种子就撒播开去。黄土地、黑土地、红土地，都有了瓜果飘香的秋季。可是，有哪家的瓜和葡萄敢与新疆的相比？比甜比不过新疆，比香比不过新疆。甜与香之美，之最，都成长在新疆，都成熟在新疆。不过，打开那成熟的法宝，可不是谁人都敢试身的，那法宝是刻骨铭心的炼狱。

炼狱？炼狱！

这炼狱是昼和夜的奋力合围，是热和凉的交替夹击。热起来，热得烈焰漫卷，像是要将人旋卷进去，炙烤成肉干。凉起来，凉得如秋深夜阑，披上棉衣也不觉得温暖。人们笑谈，围着火炉吃西瓜，说的就是这落差极大的气候。这热和凉就在白昼与黑夜间轮回交替，大热大凉，忽来忽去，大起大落，备受折磨。折磨着人，折磨着物，大大小小的禾苗皆逃不脱这般煎熬，瓜与葡萄岂能例外！可这大热大凉、大起大落的煎熬，没有热烂瓜果，没有冻坏葡萄，反而让它们凝结出罕见的甜，罕见的香。还从那香甜里飞出了一首歌——《新疆是个好地方》！

这美妙的音韵里，欢悦着动人心弦的旋律；这动人心弦的旋律里，欢悦着阿凡提幽默的笑声。那笑声清纯而又繁复，有戈壁骆驼刺的坚毅，有沙漠胡杨树的刚劲，有天山云杉林的挺拔，有冰峰雪莲花的芬芳，有草原无名草的柔韧……这些苦难炼狱出来的生命，犹如祖祖辈辈繁衍生息在这里的新疆人。天地的辽远和灵秀化作新疆人的胸臆，气候的火热和冰洁化作新疆人的性情。这胸臆和性情喷射出来，就是将苦难转化为快乐的谐趣人生。

毫无疑问，谐趣人生就是由众生品格聚合而成的阿凡提。

新疆大地，长满了阿凡提，树和人到处是！

（原载《散文百家》2018 年第 1 期）

飘　萍

朝　颜

一

自从法院搬迁至新城区后，前往的路途虽然变得有一些远，但每次骑着车子，听风声在耳边“嗖嗖”掠过，总感觉身体轻盈而舒展。因为我知道有一些事情正在等着我，需要我去做。还因为，我行走在我的家乡，我感觉自己是有根的人，生活安稳有序，内心笃定而有力量。

这时候，我会想到萍，那个总无法拂去的面容和影子。我知道，这个世界上，总有一些人游离在光明和热爱之外。一年过去，她是否已经离开了这块伤心之地？如此，她又去了哪里？

几年的人民陪审员经验，加上写作者的职业习惯，让我在每次面对一个新的案件时，总习惯于敏锐地捕捉一些信息。这些信息，无关乎案件的胜诉败诉，也无关乎原被告双方的争议焦点，只关乎个体的人——她是个来自广西钦州的姑娘，千里迢迢远嫁瑞金。现在，她坐在我右手边的原告席上，想要借助法律的手段，离开瑞金，离开那个曾让她心甘情愿为之奔赴的人。而被告席上，连一个象征性的代理人都没有出现。如果把官司比喻为打仗，那么，她的对手抑或敌人，都懒得出来和她交手。

萍，我从起诉状里记下了她的名字，也记下了她的出生年，1987 年。

从她的脸部望过去，鼻梁微塌，不规则生长的红色痘痘像赶不走的烦恼一样黏附在白皙的皮肤上。与其说那是她还属于青春年纪的缘故，倒不如猜测为长期的焦虑导致了内分泌失调的表征。一头又厚又密的直发染成暗黄色，显出几分时尚的气息。深绿色的风衣外套，恰到好处地包裹着她略为肥胖的身体。

这个名字，这种身世，以及这身绿色的衣裳，很容易让人联想到浮萍、飘萍这样的词汇。小时候，村边的老池塘里常年生长着这样的植物。它们几乎是没有根的，在水面上漂着，风一吹便随着波浪相互推挤。如果没有岸，或者没有隔栏，它们便永远没有固定的居所。

那些年，村里的小伙子外出打工，每逢旧历新年，就会接二连三地领回一个又一个外地女子。广西的、贵州的、云南的、四川的……只是极少有北京、上海、深圳、广州的。那些女子，无论胖瘦美丑，所有的到来无一例外都为着她们信奉的爱情和归宿。有一些留了下来，生儿育女，多年的水乳交融，竟掌握了满口的瑞金方言。有一些，只在某年某月闪过一个模糊的影子，再也不知所踪。

因求学或者打工，全国各地的农村人口往城市大量涌去，人的未来、前途，人与人的交集产生了更多的不确定。每一年的春运高峰期，我们在电视上看见一张张挨挨挤挤的面孔，或坚定，或茫然，或欣喜，或忧愁。他们从城市的各处汇集于车站、码头，大包小包，肩扛手提，奔向命里的故乡。自然，这其中还有一些女子，正在背向自己的出生地，跟随她的男人奔赴另一个叫家的地方。

飘浮的属性，不知不觉中渐渐植入几代人身上。

正如此刻，这个叫萍的女子坐在他乡，坐在空旷而清冷的审判庭里。她听不懂也说不好这里的方言，她的身旁没有可以依靠的亲人，没有能够助力于她的律师，也没有可以托付心事的闺密。说到底，瑞金之于她，终究是一个陌生的世界。

二

由于被告缺席，案件的审理便节省了很多既定的程序，只留下审判员和原告之间的问答与对话。

更多时候，是萍一个人一脸平静地叙述着与丈夫从交往到走进婚姻的种种，书记员则飞快地做着记录。我在安静聆听的时间里，渐次窥见一桩濒临死亡的婚姻中无处不在的冰冷和绝望。

她说："已经三个多月了，联系不上他，电话号码早就换了，发微信给他也从不回复，有时候甚至不知道这个微信的主人还是不是他。"

一个被法律、道德、亲情、爱情命名为丈夫的人，如何能够做到如此决绝无情？何况，他们已经有了一个五岁的儿子，花朵般可爱娇嫩的儿子。我们不禁要猜测，双方是不是有过极其猛烈的分歧和争吵，伤害与怨毒？

可是没有，这些都没有。他只是在四月的某一天从这个家门里走出去，就再也没有回来。其间，他对自己的出走没有过任何的说法，甚至没有说声对不起，也没有表现出一句抱怨或厌恶。就这样丢下一个背影，轻飘飘地把自己从千里之外领回来的妻子，悬在了空中，扔进了冰窖，晾在了无遮无挡的烈日之下。

这个 1985 年出生的男人，他已经三十多岁了。按照约定俗成的说法，三十而立，他应该像一匹骡马那样担负起家庭的重任，挣钱养家、庇护妻儿，做一个成熟男人应该做的事。然而，他似乎远远没有和年龄相匹配的成熟与责任感。或者，他从来就没有学会照顾他人的生活和感受，他还是一个心智尚未成长的巨婴。

我不知道眼前的女子萍在这三个多月里经历了怎样的心理挣扎。等待？焦灼？挫败？沮丧？绝望？当所有的期盼被煎熬殆尽，她终于想到了离婚，想到了解脱。或者，她早已想到这些，只是又存留着种种难以割舍的心结。

三

打开网页，搜索中国离婚率，读到一篇阅读量高居首页的网文，光标题就令人触目惊心:《2017中国离婚率飙升至39%，单身人口超2亿，中国婚姻是怎么了？》。事实上，这个数据统计的只是已经离婚的人，那些虽然没有离婚，但仍旧在婚姻中苦苦煎熬着的，又岂在少数?

四年前，我还没有成为一名陪审员，但因着机缘巧合，旁听过一起乡村离婚案。在简易的乡镇法庭里，原告和被告在两边相互对坐着，没有律师，也没有激烈的争辩。他们那么平静、淡然，就像面对的是一个完全不相关的陌路人。在审判员依着程序的询问之下，一段婚姻的存在模式得以大概浮现出来。他们都是十几岁就出门打工，到了该谈婚论嫁的年纪时，父母一着急，就由媒人介绍一个对象，春节时双双回来相亲，见个面，反正看着还顺眼，就趁着春节大家都在，把婚事给办了。春节一过，各自回到老地方打工。

让我惊异的是，他们各自在外打工这么多年，居然可以不联系，不说话。对方在什么厂子里打工，能挣多少钱，一概不知，反正冷热饥饱，各管各的。甚至，彼此没有对方的手机号码，也不知道对方兴趣爱好，喜怒哀乐。房子是父母建的，孩子也扔给父母带，他们没有共同财产，一分都没有，更没有共同的理想和目标。有意思的是，就这样，他们竟然会在每年回家过年的时间里，接二连三生下了二男二女四个孩子。女方生孩子前后会在家多待一段时间，男方却不会因此而回来陪护。这场官司安静平和，了结之容易，几乎到了令人不可思议的地步。因为他们对于离婚都没有什么异议，他们早就看到这个结局了。起诉，只不过是一种形式上的解脱，反正彼此从未进入对方的世界。无非是男孩归男方养，女孩归女方养，连抚养费也不用判了。然后，孩子扔给各自的父母，他们再一次奔赴打工之地，继续原来的生活轨迹。而为什么起诉，原因简单直白，联系不上对方，只好通过法院的传票，让其回来了结这段死水般的婚姻。再或者，也是为了一段新的关系的开始，一纸离婚证足以扫清道路。不管是不是有了新人，他们都不想就此深究，连问都懒得问一声。

这样的婚姻，让坐在旁听席上的我心寒彻骨。但是，如果放眼广袤的乡村大地，会看到这样的例子几乎比比皆是。春节相亲，闪婚，生下孩子，扔给老人，几乎成了广大农村青年的普遍婚姻范式。多少人，像交换一个玩具那样交换自己的一生。这其中，当然也不乏结局美好的，但更多的临时速配组合，无疑将当下中国的离婚率越拉越高。

他们凭着肉体的新鲜和吸引度过了一小段热切期，而后是长久的互相无感，甚至是厌倦和厌烦。在他们眼中，与一个人领下结婚证仅仅意味着肉体的结合，父母心愿的满足。自然，女性在这个过程中经历着更多的牺牲与付出，也要承受更多无法以经济价值来衡量的损失：生育的艰难、孕期哺乳期经济来源的缺失、青春和容貌资本的消逝；母性情感的本能，又使之对于骨肉分离有着更多的不舍与挂念。

四

我仍然无比怀念20世纪90年代以前的乡村生活。那时候，所有的奔赴和归宿都以家庭为圆心。天色向晚，牛羊进栏，鸡鸭鹅按时归圈，乖顺的家犬总是伏在主人家门前。男人不会轻易离开他的妻儿，孩子总是扑向母亲的怀抱。一家人围坐一桌，灯火虽然昏黄，却有着无与伦比的温馨。

庭审还在进行，萍五岁的儿子忽然打来电话。我听见萍压低了声音，语气里包裹着无限的温柔，她说：“乖哦，妈妈等下就回来。”想必孩子正在电话里娇嗔，追问妈妈的去向。孩子也许并不知道，等待他的将是怎样的命运。那个当爸爸的，想必从未给过他应有的疼爱，妈妈要出去打工，也不能一直陪伴在他左右。好不容易盼到妈妈回来，给予他难得的疼爱，他是多么害怕再次失去这些啊。

在萍的叙述里，孩子一直都是由爷爷奶奶带着的，抚养费由她按时汇回。男方逃避所有的责任，永远是一副事不关己的态度。他可以出走三个月，音信全无。彻底的冷漠，其实比吵架和打架来得更令人绝望。我惊讶的是，他可以对毫无血缘的妻子无情，但何以对父母儿子也如此冷血？“他是公公婆婆小时候抱养的，与父母关系也不好，全家人都对他非常失望。”萍解释道。我问萍：“他的父母对你们离婚这事有什么想法呢？”“他们无所谓，反正这么多年了，已经没有人对他再抱希望。”萍的回答冷静却又直指要害。事实上，在这个家庭里，他早就习惯了扮演一个逃兵的角色。

谜底揭开，原来，这又是一个从小断裂了亲情的人。一个人生命的乖戾，无不能从其幼年找到根源。

美国学者哈洛曾经做过一个跟猴子有关的社会学实验。他把一群刚刚出生的小猴从父母身边带离，强行独立关进一个冰冷的笼子。哈洛在笼子的一边放了一个坚硬的、猴子形状的铁丝架子，架子上有牛奶瓶；另一边，放了一个毛茸茸的很像猴子妈妈的玩具。实验的结果是，所有的小猴饿得快死的时候，才会到铁丝架子上去拿牛奶瓶喝奶，一旦喝饱了，又迅速回到那个它以为是妈妈的毛茸茸的玩具身边。虽然这个模拟的妈妈不能为它做任何事情，可是那些小猴儿却紧紧地蜷缩在“猴子妈妈”身上。

更残忍的事情还在后面，这些猴子长大后，全都无法融入正常的猴子族群，它们就像是得了精神病一样，尖叫、哭泣、害怕、抗拒……它们只能被单独关押，即便是后来通过技术手段怀孕生下了小猴，这些猴子对自己亲生的骨血毫无感受，当新生的小猴哭泣着向妈妈身上爬过去的时候，它们只是愤怒地推开，或者咬掉它们的手掌和头颅。

从小被剥夺了亲情的个体，当他面对下一轮的亲情和责任时，结果何其相似。

在挂点扶贫的元田村，我认识了一个名叫亮亮的小男孩，机灵、胆大，会在我入户走访时抢过我的笔学着写字。他经常搬一张小板凳坐在大门口，仿佛在等待着什么。事实上，他已经好几年没有见到妈妈了，而且，今后也不会再见到。因为，他只是爸爸与一个外省女子仓促结合的结果。

两个打工的青年谈了恋爱，生活在一起，便被世俗和伦理默认为夫妻关系了。那些年，像亮亮父母这样的结合有很多很多。也有人坚持了下来，与最初的选择终老一生，但半路甩手的更不在少数。比如亮亮的妈妈，把孩子生下来，扔在男方的老家后，便被父母拉回了旧日的轨道。老人需要儿女陪伴身边、养老送终，似乎也没有理由谴责和反抗。无非是两头牵扯的力量哪一边大一些，或者说在女子心中，会把什么摆在最重要的位置。他们没有办过结婚证，这样的离开，不过是一个人头也不回地抽个身而已，像解开一个钥匙扣那么简单。她回到自己的老家，过往被全部清零，一切都干净得很。她将重新嫁人生育，仿佛这个世界上从来没有过亮亮，没有过发生在元田村的短暂生活。可是真能做到如此干净吗？在余生里，她是否也会为记忆中那一个小小的生命流下泪来？

像一朵浮萍被扔进了不断奔涌的水流中，亮亮的人生走向又该如何，无人能够预测。

我有过十多年的教书经历，常常会在一群活泼可爱的孩子当中，发现一些性情孤僻、乖戾的孩子。他们在学习能力、人际交往等方面无不存在障碍。当我顺藤摸瓜了解到他们的原生家庭状况时，又总能从其中找到问题的源头。我曾无数次呼吁过家长们，如果你爱自己的孩子，请一定要陪伴孩子长大。然而，理想终究敌不过复杂的世情。

民政部公布的数据显示，从 2002 年开始，中国的离婚率一路走高。尤其是 2015 年，离婚率迅速蹿升至 2002 年的 3 倍多。到 2016 年上半年，全国依法办理离婚手续的共有 168.3 万对，比上年又增长了 11%。迄今，中国的单身人口总数超过 2 亿，也就意味着，至少 1 亿多的孩子在单亲家庭长大，或者成为亲情残缺的留守儿童。在茫茫人世间，他们就像活跃在大循环内部不那么乖顺的细胞和结节，一旦发展成为病毒或肿瘤，又将引爆各式各样的社会疾病。

世界强加于孩子身上的不公，总有一天，他们会用不同的方式还给世界。如果这 1 亿多被不幸婚姻牺牲过的人，长大以后全都重蹈了父母的覆辙，周而复始，恶性循环，将是一件多么可怕的事情！

坐在人民陪审员席位上，目睹他人的故事，我从来没有高高在上的感觉。相反，我又一次清楚地意识到，作为女人，作为婚姻的附生品——孩子存在于世的种种风险和隐痛。我总是难免对弱者施以同情，并产生诸多在旁人看来属于杞人忧天的感受。

五

没有旁听者，没有被告，也没有律师的审判庭，如此空旷、安静。萍断断续续的声音在雪白的墙体上撞来撞去，时间悄无声息地从书记员的指尖流过，她能记录下诉讼的关键情节，只是不能诊断出潜藏在一段婚姻肌理中的病灶。

萍说，男人问她要钱去投资生意，总是有去无回。如果追问，他会有各种借口，比如花掉了，或者生意亏本了。至于他做的什么生意，全家人无一人能说出个所以然。即便是没有出走前，他也是想多晚回家就多晚回家。他扔下她，就像是扔下一件物品，没有丝毫的犹疑。她也曾听亲戚说过，他在外面可能带有一个女人，可是她从没见过，也没调查过，更准确地说，她也没有能力去调查。

那绵软的声音里没有愤怒，没有强悍，只有怎么也收不拢的委屈，那些不堪回顾的生活琐细，像一个密不透风的牢笼，令她羞惭又毫无办法。她的言语间似乎没有留恋，也没有咬牙切齿的恨，但说着说着，眼泪便慢慢溢了出来。委屈总能让一个女人无可控制地流下泪来。那些伤疤，不揭便罢，一揭开，便有疼痛放肆蔓延。她从包里掏出了纸巾，以控制自己的情绪。

无独有偶，在我参与的另一起离婚案里，女主角也名叫萍。她们都是提起上诉的原告，也都一样面临被告缺席的尴尬。唯一不同的是，这起事件的男方电话可以打通。审判员拨通了他的电话，并开启了免提。我们在庭审现场听到一个男人无比冷漠和决绝的答复：“我同意离婚，也愿意独自承担孩子的抚养费，但是离婚后，我不允许她再看到孩子。”

我于庭审中知晓了前因后果，发现这又是一场春节相亲闪婚的失败婚姻。没有心灵的相知相融，只为完成传宗接代的义务和对于世俗观念的一种交代。女方有过一次起诉，在审判员的斡旋下进行了调解。然而，调解之后他们的关系非但没有得到好转，反而进一步恶化。男人，干脆完全不理睬她，也不再回家了。

依据法律程序和办案惯例，这一次，他们应该是能被判离了。但是，永远失去再见孩子的权利，对一个母亲意味着什么呢？她十月怀胎，经历撕心裂肺的生产疼痛，又经历晨昏不分的哺乳艰辛，用血汗和泪水养育过的孩子，就要像割断脐带那样与她一刀两断吗？当然，法院不会把这一条写进判决书，因为探视子女是父母享有的基本权利。但是，她在今后为了行使这份权利，又该经历多么艰难的煎熬与斗争呢？

而眼前的这个女子萍，却连达成离婚的愿望亦遥遥无期。我能看出审判员和书记员的体恤，他们的语气尽量温和，尽量不打断萍近乎啰唆、琐碎的讲述。这样的慈悲令我心生敬意，也让我为自己身为陪审员却总是掺杂同情不再内心愧疚。但同情不会让审判员失去基本的工作原则，也不能为萍带来更加振奋的好消息。最后，审判员不得不告诉她一个客观的现实：由于提交的证据少，离婚理由不够充分，分居时间也不足两年，考虑到孩子的利益，法院应尽量保证家庭的完整性。加之她是第一次起诉，最大的可能性是，暂时不判离。

在审判员合情合理地为她分析出这个结果后，有将近一分钟，空气里潜伏着使人发慌的安静。萍擦去眼角残余的泪水，抬起头来，一脸茫然地看着审判员。

虽然这样的结局早有预料，我还是一时怔住了。我的内心无比难过，在萍空洞而茫然的眼神里，我望见了一个外地女子的无助和疼痛。我遏制不住地想到一些问题：想一个女人的一生；想一个陷入爱情的女孩，怀揣幸福的梦想，从广西远嫁瑞金，她也许曾满心以为等待她的是白头偕老的圆满，然而却面临支离破碎的结果。不知道在踏足这块土地之前，她是不是曾经对瑞金有过很多的憧憬，就像我们年少时憧憬远方那样。

我想起村里的一些姑娘，胸脯刚刚挺起，便出门打工。枯燥的工厂流水线，情窦初开的男孩女孩，爱情的火花往往一触即发。她们要远嫁外地，无论父母如何反对、逼迫、威胁都无济于事，只是义无反顾地跟着心上人走了。扎下根来的，十年八载再难觅其踪影。在乡村，女儿能够将父母移居身边的概率基本为零，老人只有在孤苦的思念中度过晚年。婚姻失败的，则灰头土脸地回到娘家。这时候，身心都已伤痕累累了。

就像萍询问审判员如何是好一样，我也在内心里掂量着她的未来。她需要经过漫长的等待，才能再次提起上诉。法院向来不会采信一面之词，她还需要提供更多的证据，才能确保被成功判离。如果她的丈夫一直不现身，法院文书还需要用公告的形式送达，这无疑又延长了等待的时间。即使能被判离，她仍然要面临艰难的抉择。那个抱养儿子以传宗接代的家庭，断不会允许她带走自己的儿子。那么，此后几千里之遥，这样的割舍几乎无异于生死两茫茫。退一步说，即便儿子被允许由她带走，作为一个普通的打工者，她也将在羁绊中备尝人世的艰辛。

庭审结束，我走过去，轻轻地问萍："以后，你有什么打算呢？"她又一次抬起来，回答我的，依然是一副茫然不知所措的神情。

（原载《奔流》2018 年第 8 期）

岁月里的空心菜

罗张琴

正午。与一老妇人错身而过。我撑着遮阳伞，她连草帽也没戴。老妇人怯怯放下肩上那副担子，取下脖颈间那条已然被汗水淹透的毛巾，擦了擦脸，叫住我："买把空心菜？"眼巴巴的。脖子后头有一块红黑的晒斑，很是扎眼。她拧开土箕里的矿泉水瓶子。看得出来她很渴，但她并没有将水倒进嘴里。她用手掌托着水，均匀仔细地把水洒在一把把整齐码好的空心菜上，咂巴了一下嘴："看，很新鲜。"

细细的茎，嫩嫩的叶，是长在菜园里水灵蔬菜的模样。想如今，现代化城市，能拥有一片天然拙朴的菜地多么宝贝。即便是县城的菜，也多半是长在寡淡无趣的大棚里。蔬菜没有了时鲜的标签，四季耕作的诗意似乎就少了许多。关于故乡南山岭的记忆瞬间珍贵起来。

南山岭不是岭，它是我们村的一处大菜园子。约两平方公里的面积中，蕴藏了或大或小几十块菜地。大小菜地边，散落古树若干。古树，一如保家卫国的士兵，虔诚守卫乡土，不知多少年。大人荷锄劳作，孩子穿梭嬉戏于迷宫般的阡陌，多像翩跹在芳草萋萋间的小蝴蝶。傍晚，远山如黛，我与姑婆坐在院中那棵长满绿意的葡萄架下，撕南瓜藤，摘肥胖甜嫩的花生。那种用柴火、铁锅、茶油翻炒出来，盛在粗瓷碗里的菜味我竟是许久也没吃到过了。姑婆走了，终生未育的她，留下偌大的一群我们，在人间。

一个人在南昌，吃的是食堂，但我还是从老妇人的土箕里买走了两把空心菜。下个月，孩子转入南昌读书，婆婆再不情愿，也要跟着过来。乡村、田事、土地、乡音、邻居、自由的生活方式，是婆婆的南山岭。婆婆终究不得不与它告别。刚到县城那会儿，除了带孩子，婆婆觉得自己一无是处，闲下来的手脚不知道怎么摆放，仿佛一株突然失去土壤的植物。后来，她不声不响，在角落里开疆辟土，拥有了三处小菜园子。告别的那些东西，似乎在婆婆心里重新扎根。园子，被婆婆照顾得风生水起，四季葳蕤。婆婆觉得踏实，更愿意在县城待了。

每个人的内心都渴望贴近属于自己的天地。婆婆是农民，他日入省城，离开了土地，撇下县城的园子，离她喜欢的农村便越发远了。婆婆的一颗心，在她的长吁短叹里空荡荡地漂，像座孤岛。那份失落与孤独，是再贴心可爱的孩子也慰藉不了的。我心有戚戚，恨不得把老妇人这两土箕菜全部买走。

空心菜，好种又好吃，是慷慨阳光馈赠给人们的一份厚礼，是造物主的仁慈。它不怕热，越热越葱绿，越热越茂盛，掐了又长，长了又掐，像长在大地的聚宝盆里。叶滑爽，梗清脆，各得其味。富含木质素、果胶和纤维素等，有很强的解暑行水、清热解毒、凉血止血、润肠通便等功效，被《南方草本状》誉为奇蔬。据说是鼎鼎大名的断肠草的克星，只要在旁边种上空心菜，断肠草便会死去。有书曰“魏武帝啖野葛（钩吻，即断肠草）至一尺，先食蕹菜也”，似乎是个佐证。空心菜当真救过曹操的命？我无从考证，但婆婆曾经用空心菜煮汤，止过我孩子汹涌而流的鼻血却是真的。断肠草，空心菜，名字十足一对。有心之人才会肠断。心空了的人，自然也就不拿断肠当一回事了。

我的母亲虽不擅于厨艺，但她做的空心菜却是极好吃的，嫩时，连梗带叶，快火猛炒，满盘翠绿，入喉清润；待粗壮些，只取茎，也不用刀，只用手指匀称剥开为长约一寸的条状。三两只青辣椒亦切条状。铁锅烧热，木子油倒二两，盐适量，快见着白烟了，一抬手，条状的全下了锅，也不着急翻，待菜转莹绿，再用铲子迅速翻炒，沁少许清水，加醋两勺，待“刺刺”声响，盛起装盘，酸爽啊，开胃得不得了。辣炒带壳田螺时，一定往里头加几把空心菜梗，那滋味，我念念不忘。

如此人间美味，父亲却不买账。对此，母亲直到现在还颇耿耿于怀。闲来聊天，母亲常肢体夸张、表情丰富地向我描绘父亲刚结婚时的“鬼样子”：每见餐桌上有空心菜，他那个脸啊，拉得好长，喏，就这样，方脸都快成马脸了。鼓鼓的闷气，将脸上那些粉刺胀得通红，要多难看有多难看。他用力将一瓶啤酒启开，杯子倒满，再将瓶子狠狠往桌上一蹾，长久沉默，不动筷子。倒是吃呀，一催，他脖子一仰，将啤酒倒进嘴里，椅子往后一推。饱了。走了。才懒得搭理他。偏每天里要弄一碗空心菜……后来，母亲才明白，父亲恼的不是她本来炒得极好的空心菜，而是与空心菜有关的岁月。

父亲六岁不到，他的母亲就病殁了。他的父亲长年在外唱戏，亲情寡淡。父母之爱于父亲从来都只是一个模糊影子，他甚至连母亲长什么样的记忆都没有。父亲很快有了继母。继母是偏心的，只对自己的亲生儿子好。是父亲的姑姑、我的姑婆收留了他。奈何年轻时的姑婆心比天高、命如纸薄。不能生育的她婚姻多舛，受尽世间白眼薄凉。那些年，他们没有土地，没有房子，没有可供乘凉的身后大树，父亲跟着守寡的姑婆艰难漂泊，靠姑婆沿街卖煎饼果子和出售手工刺绣物品维持日常用度。

生活的苦不算苦，最使姑婆和父亲屈辱的是，总有些牙尖嘴利、逞强好胜的乡野妇人，一口一声“空心菜”“小空心菜”地叫他们。想来，粗鄙妇人也没那么多文化，唤人空心的缘由，大概是指姑婆膝下无子和父亲背井离乡、寄人篱下吧。无子无根、无家无业，空心行世，当真毒舌、当真刻薄。姑婆从此对空心菜敏感，也不让父亲吃。最苦巴的时候，有好心邻居相赠一把空心菜，依然被姑婆一脸平静地拒绝。她情愿就着一点剁辣椒、萝卜干，将清可照影的红薯粥、萝卜粥喝完，聊以果腹。

姑婆有回听戏，唱的是《封神演义》。妲己祸国，让纣王挖比干的心救她。挖心后比干有姜子牙送的神符护着元气，并没有死。快到家的时候，忽然听到有老妇人大喊："卖无心菜，卖无心菜！" 比干停住回问："人若是无心如何？" 老妇人笑道："菜无心可活，人无心即死。" 比干大叫一声血如泉涌，倒地身亡。姑婆觉得这戏中无心菜就是空心菜。空心菜的确是无根可活的。一截被掐断的苗栽进土里，不几天，便风姿绰约。几千年了，它一直空着心，从田垄上走过，向着岁月的方向，昂起头。姑婆突然觉得空心菜一样的人，也可以努力活得更好。

玲珑心，自立、能干，一个林站男人晓得姑婆所有的好，娶她进门，疼了后半辈子。姑婆说服姑公，带着父亲回白沙老家。父亲问姑婆，现在生活好好的，为什么要回老家？姑婆说，因为白沙有千年的祖宗、不变的血脉，回去，才有根。大队给父亲分了田地。姑婆有了属于她的南山岭。她在南山岭的菜园里种了许多菜，当中居然就有空心菜。我记得姑婆侍弄空心菜时的样子，心绪平和，目光慈爱。父亲在宗族祠堂里拜堂成亲、给孩子上谱……一个家慢慢枝繁叶茂起来。

20 世纪 80 年代，父母在外县上班，住在厂里职工宿舍，一间十二三平方米的小屋子。厂子离县城中心七八里远，食堂吃着又贵，母亲便在厂子仓库后头开了一菜园。空心菜无须太多精力照顾，又能一茬茬地长，顺理成章成了母亲菜园的主角。父亲反对起火做饭，母亲不和他争，只淡淡地说："反正我始终记得乡人的数落'你二生（父亲的小名）要不是傍你姑姑，一辈子怕是连个猪栏的瓦都置不齐'。挣钱只落个肚中吃喝是不行的。男人，不置下自己的家业，怎么立命安身？" 母亲去了菜园。父亲无话。融入一个城市，需要归属感。安居、乐业，缺一不可。生命力强大的空心菜，父亲一吃就是好几个夏天。

夏天有暑假，我和弟弟们欢天喜地，围在父母身旁。那间小屋子，被一家五口挤得无比热闹。一早一晚，我跟着母亲去菜园，掐空心菜。父母上班后，我一个人拎着小桶子，举着小脸盆，在水龙头下，一遍遍将空心菜清洗干净。沾着水的空心菜躺在白色搪瓷盆里，那模样儿好看极了。少年不知愁滋味。空心菜多好吃呀。跟父母待在一起的孩子，越吃越欢喜。每天吃，也不腻。那个时候，父亲也是平静欢喜的。他时常对着母亲一脸温润的笑。吃着吃着，忍不住总腾出一只手来，摸摸我们的小脑袋瓜子。

一场车祸将父亲对空心菜的隐忍暴露无遗。也是夏天，父亲去县上挑房子，挑中了，心情好，摩托车便开得较往常快了些。风中塞满的都是父亲买房的喜悦。谁知，一辆货车冷不丁从路边斜插过来。瞬间摩托车被撞飞，父亲被甩出约十米远，多处骨折。父亲被送往医院急救。医生说，好在是戴了头盔，当然，也是命大。医生准许父亲不再吃流食的那天，母亲特意熬了猪蹄子，让父亲补补钙。母亲说，那一天，父亲的吃相将她吓坏了。转眼一锅子猪蹄子见了底，一滴浓汤都不剩。一连几天，父亲拒绝母亲带来的空心菜，只狼吞虎咽将所有大荤剿灭一空。母亲惴惴难安。她一遍遍压低嗓音跑去问主治医生："我老公不要紧吧？他这样吃不会有事吧？那种吃相太骇人了。"母亲担心大快朵颐的背后，是否意味着某种不可言喻的决绝。母亲背着父亲哭。其实母亲忽略了重要的一点，父亲好久没这么隆重地吃过纯粹的荤了。病中的父亲，理直气壮地狠狠地解了一次馋。

窗外蝉鸣在母亲的哭声里此起彼伏。一转眼，便叫了几十年。海角天涯，心安即吾乡。这个曾被乡人唤作"小空心菜"的男人，大难不死，慢慢置下了属于自己的家业。家业是父亲的南山岭。

我将伞微微倾向老妇人，世界似乎凉快了些。

老妇人谢过我，挑着菜转身向前走。我盯着她的背影出神。

每个人的心中都有一个南山岭一样的地方。江河、田园、天空，水、土、阳光，怕是全在每个人肩上的担子里挑着。一担挑尽万古愁。总归会有一天，藏在担子里的那些个家常事物，能将生命慰藉、照亮。

（原载《红豆》2018 年第 7 期）

家住石家庄

刘江滨

对于离开家乡的人来说，一般意义上都有两个家，一个是故乡，一个是居住地。尽管后者是久居之地甚至终老的地方，人们精神认同的还是前者。中国人根的意识根深蒂固。比如，如果有人问我是哪里人？我的回答绝对是原籍，虽然我生活在石家庄的时间远远超过老家，而且还要继续下去，但我从未说过我是石家庄人。细想想，这样对居住地的漠视和忽略是不公平的，这里给你提供工作的单位，居住的房子，生活的方方面面，还抵不过十几岁就离开的老家？

其实，我是热爱石家庄这座城市的，尽管它的名字叫“庄”，有时候自我调侃为“庄里人”。也曾经羡慕过别的省会名字的大气典雅，如武汉、长沙、西宁、南昌、长春等，唯有我们叫庄，多土气啊。但是，对于我这个从村里出来的孩子，来到庄里，真是无缝衔接，缘分天成，毫无违和之感。这里不排外，不欺生，没有客居，全是主人。自 1968 年做河北省会，至今五十年，尤其是改革开放四十年，这个“庄”发展迅猛，高楼林立，道路宽敞，繁华富丽，村气尽退，完全是一副国际大都市的模样！

1980 年，我考入河北师范大学，在石家庄读了四年书。那时，石家庄村庄的气息还十分浓郁。学校南墙外就是槐底村的一片田野，东邻是方北村。傍晚散步，经常走过田塍、河沟、树林，听蝉鸣鸟叫，看田野的四季变化，竟如在老家一样。晚上，校园里放露天电影，挤挤挨挨中耳畔听到许多乡音俚语，有几分新奇，有几分亲切。有时星期天早晨赖床，食堂关门了，就跑到槐底村巷子里村民摆的小摊儿吃油条、喝豆浆。学校西邻隔路相望的是河北宾馆，当时是省城最高级的宾馆，与绿色葱茏的庄稼地毗邻而居，城市与乡村完全消弭了界限。夜深人静的时候，躺在床上可以听到远处火车的汽笛声、街上汽车的马达声、村庄里的鸡鸣犬吠声。

这里道路南北走向称“街”，东西走向称“路”，横平竖直，宽敞干净。街道两边分布着宾馆、商场、饭店、机关、学校等，这些鳞次栉比的楼房，高大、气派，大街上车来车往，人流如织，完全是大城市的感觉。走进街巷深处，皱褶里却隐藏着一个一个的村庄，是谓“城中村”。1925 年，民国政府规划建立石门市，共包括了六十九个村庄。其中，石家庄、休门两个村子成为核心区域，所以，“石门”的名字即取自两村的首尾两字。1947 年 11 月，解放军攻克石门，这是共产党解放的第一个大城市，12 月，即改名为石家庄市。实际上叫石家庄市更为合适，这个原属于获鹿县的小村庄，20 世纪初，因为京汉铁路和正太铁路在此交会，成为交通枢纽，渐渐繁华起来，超过了获鹿和正定，遂成华北平原重镇。所以，石家庄被称作“火车拉来的城市”。解放次年，中国人民银行即在此成立，发行了第一套人民币，至今银行旧址仍存。

1998 年，我离开石家庄十四年之后重返故地，开始了新的人生。时代的列车轰隆隆加速前行，这十四年的变化完全可用“旧貌换新颜”来形容。初春的那天上午，我从邢台来石家庄新的工作单位报到，朋友开车送我，走的是京珠高速，这条贯通中国南北的高速公路开通没几年，原来走国道需要三个小时，现在一个半小时足够。从高速口进市，途经师大门口，我上学的时候，门前的道路叫南马路，自西到学校东边的方北村就断了，是一个丁字路口，现在东西全线贯通，改名叫裕华路，成为石家庄市的迎宾大道。最亮人眼的是道路两旁的绿化，大树参天，绿荫蔽日，不仅乔木挺拔，而且灌木匝地，虽然当时只是初春，但种植的松树、冬青等不凋的绿植给人以生机勃勃的春意。进入单位大门，办公楼后面巍峨高耸的二十九层宿舍大楼特别吸引我的目光，因为此前石家庄市的最高建筑一直是解放路十四层高的燕春饭店，保持了好多年，都成地标了。

几年后，妻儿也从邢台来到石家庄，买了一所产权归自己的房子，从此在石家庄安家落户。有意思的是，小区名叫水岸，临河而筑，开窗即见流水汤汤，对岸是公园，绿草如茵，花团锦簇，树影婆娑，我的名字“江滨”不就是“水岸”吗？真是得其所哉！

从 1998 年到如今，不算读书的四年，我作为石家庄市民已整整二十年。这二十年的巨变是在眼皮子底下渐次发生的，“苟日新，日日新，又日新”。刚来小区居住的时候，相邻的是两个村子，东岗头和孙村。南北贯穿的建设大街到了东岗头村就断了，宽阔的城市街道一下子萎缩成乡间公路。有一段时间，到东岗头买馒头、面条、包子、烙饼，到孙村菜市场买菜，是我和妻子经常做的事情。忽然有一天，建设大街贯通了，延伸了，两个村子不见了，栋栋高楼拔地而起，村庄变成了城市小区。像东岗头和孙村一样，城市核心区域内的村庄彻底消失了，走在大街上是城市，走进街巷深处，依然是城市，城市藏匿着乡村的现象只能在回忆中寻找了。

2005 年 9 月金秋时节，槐安路斜拉桥竣工通车，这是华北地区第一座跨铁路高架斜拉桥。当时轰动了省城，媒体大幅报道，市民争相参观。当晚，我和朋友就带着家人来到斜拉桥上拍照留念，被这个现代化的雄伟建筑所震撼，它不光实用，更具美感，可谓美轮美奂，给这个城市增添了一枚现代化的符号。这不禁让人想起隶属于石家庄市的赵县那座闻名中外的大石桥赵州桥，千年之隔，百里之遥，文明的繁衍如瓜瓞绵绵。

2017 年 6 月，石家庄跻身拥有地铁的城市榜。当我走在大街上，看到地铁站口的时候，忽然有一种恍惚的感觉，我是在石家庄吗？石家庄也有地铁了？

一日，河北师大国际交流学院举办留学生汉语大赛，邀请我当评委。坐在会议大厅里，不禁有些讶异，竟不知石家庄还有这么多留学生！肤色不一，姿容各异，有男有女，济济一堂，来自世界各大洲。他们汉语水平参差不齐，或流利或蹩脚，但都表达了对中国对河北对石家庄的喜欢和热爱，有的甚至表示，要在石家庄一辈子扎下根去。本是一场语言的竞技，竟变成了对一个城市的深情表白。作为一个石家庄人，我深刻感受到，这个新兴的城市正以宽广博大的胸怀、日新月异的变化吸引着世界各地的人们。石家庄市正体现出它的城市性格：包容、大气、开放、求新。

国槐是石家庄的市树，大约四成的街道以国槐作为行道树，还有几个街道以“槐”命名，如槐北路、槐中路、槐安路、槐岭路等。每当夏季来临，街道两旁的国槐开出淡紫色的花朵，香气弥漫了整座城市。花瓣坠落时，道路上像下了一场花雨。这是石家庄市独有的景观。据说，石家庄人对槐树的钟爱，源自洪洞县的大槐树，人们认为先祖从那里迁徙至此后，遍植槐树，在大地上镌刻了不可磨灭的种族记忆，同时播下一种深长的文化根脉。如今，都市里的乡村消失了，槐树还在，依然根深叶茂，绿意盎然，绽放芳香，仿佛一缕乡愁飘荡在城市上空。

既现代，又传统，石家庄这座年轻的城市天赋异禀，海纳百川，会越来越成为人们就业的福地、生活的乐园。

（原载《人民日报》2018 年 10 月 29 日）

红尘中的莲花——观音山

杨海蒂

1

凡山清水秀之地，庙宇纷纭而立，“天下名山僧占多”，一草一木皆禅意，一山一水俱为佛。

观世音是古代老百姓最为推崇的菩萨，“大慈大悲靠菩萨现身，救苦救难在观音显灵”，所以，观音文化尤其深入人心，也因此，华夏神州从南到北、自东至西，矗立着数百座“观音山”，建造了无数座观音寺。在各尽其妙的观音山中，最为人称道最声名远扬的，是位于东莞市樟木头镇的观音山，它还有个名称——广东观音山国家森林公园。

一座以“观音”命名的山，既是生态型国家森林公园，又是国家AAAA级景区，世间绝无仅有。

十八万平方公里的观音山，原始次生林连绵起伏，一峰连着一峰，神秘、幽远、壮阔，到处是奇花异草，时有珍禽异兽出没。春光明媚时，这里百花盛开，清香四溢；夏日炎炎时，这里微风习习，有着颠覆常识的清凉；秋风送爽时，这里烟霞满山，仿佛一幅淋漓水墨；北国雪飘时，这里艳阳正好，温暖如春。

森林养育了人类，森林孕育了文明。森林给予人类无穷的宝藏，也滋润着人类的心灵，没有了森林，人们便失去诗意的生存环境。二十年前，很多人还意识不到这些，当房地产开发风起云涌、国内外贸易如火如荼时，经营不善的昔日观音山被当作“烫手山芋”，东莞本土人黄淦波先生，识见高卓又有社会情怀，为了守护这片森林，为了保护这方生态，凭着一颗热心一副赤肠，逆潮流而动，勇当接盘侠，几乎是押上身家性命，栉风沐雨披荆斩棘，建立起国内首家民营国家森林公园。

一千八百公顷的森林，覆盖着观音山，其中百分之九十的森林，仍然保持着迷人的原始风貌，走进它，就像是走进了大自然博览馆。茂密繁盛的森林，是最好的空气过滤器，使观音山成为东莞的“城市之肺”“天然氧吧”；遵循人与森林互惠的法则，使观音山成为“广东省最佳旅游目的地”“国家AAAA级旅游景区”“国际生态旅游示范基地”……

2

人类在经济价值之外，还要追求精神文化价值。生态是永恒的经济、文化是旅游的灵魂——深谙此理的黄淦波，要把观音山打造成文化名山。

门楼的设计，就匠心独具：飞檐翘角的造型，雕刻精细的屋面，阔大雄硕的拱架，别具一格的屋顶，雍容典雅的气度，集中体现了中国南方古典建筑的特色，巧妙体现出建筑与自然的关系，令游客赞叹不已，誉之“南粤第一门楼”。

一进入山门，清爽幽香的气息，立刻扑面而来。

绿树成荫的佛光路，鸟语花香的百禽园，竹石掩映的回音壁，花木扶疏的斋菜馆，微风轻拂的松涛湾，散珠溅玉的仙女泉，空灵澄澈的普度溪，微波涟漪的感恩湖，云雾缭绕的仙宫岭，拔地倚天的慈云阁，神秘莫测的古钟楼，雅致幽静的天梯栈道，惊险刺激的高空滑索，飞流直下的三十六级瀑布……观音山糅造化与匠心于一体，集自然和人文景观之大成。

迄今为止世上唯一的古树博览馆，是观音山的一大亮点，收藏着中国各个历史时期的珍稀古树。时光的刻刀，把这近百棵高贵的古树，雕塑成了神奇的艺术品：躯干霜皮龙鳞，肌理交错纵横；横截面上的斑驳年轮，轮回着日月星辰的光圈，见证了沧海桑田的变迁。观音山古树博览馆以研究、观赏为目的，向游人免费展出，是岭南公益科普教育基地。

中国民俗钱币博览馆慕名而来，落户观音山。这是全国首家民俗钱币博览馆，展出的三百多枚罕见的品种中，有辽代帝王佩戴的镂空钱币，有明代皇家的宫牌，还有始于汉代、兴于宋金的镂空钱币，每一枚都诉说着一段历史典故，每一枚都讲述着一段民俗故事。

观音山国际会展中心气势恢宏，是樟木头镇的标志性建筑，是东莞市经济、文化、科技、商贸活动及信息交流中心，也是珠三角地区独具特色的商业活动场所。观音山文化广场大气开阔，立于广场上的瞭望亭，既可鸟瞰“小香港”樟木头镇全景，亦可远眺东莞、惠州、深圳的璀璨夜色。

举世闻名的记者作家马尔克斯说：最幸福的生活，莫过于上午在森林，晚上置身于大都市。观音山，正可以提供这种“最幸福的生活”。

观音山的文化精髓，更在于它的文化情怀：蜚声海内外的“观音山杯·美丽中国”征文大赛，影响日隆的“观音山杯”当代文学高峰论坛，闻名遐迩的“健康文化节”，以及书法大展、青少年启智行、万人登山大赛、减压节、粤港万人相亲会等，多姿多彩，雅俗共赏。

“非尽百家之美，不能成一家之奇；非取法至高之境，不能开独造之域。”传统文化、宗教文化、本土文化、外来文化、园林文化、民俗文化的融合，成就了独特出色的观音山文化。

3

顺着岚光花影的菩提小径，在梵音赞唱中拾级而上，观音寺殿宇巍峨、庄严静谧，充溢着佛门清净肃穆之气；寺中供奉着佛门圣物舍利子，珍藏着汉文版和藏文版《大藏经》。观世音菩萨端坐于莲花座上，妙相庄严、气度高华，悲悯地俯视着芸芸众生。这尊世间最大的花岗岩石雕观音像，携带着菩萨的慈悲和祝福，给人以无限的宁静和法喜；善男信女们跪拜、诉求、诵经、持咒，“为的是让心里有一个依靠”（弘一法师语）。这尊庄严的观世音造像，也是一尊极具盛唐风采的石雕精品，人们仰观礼敬之，不仅能体验宗教的善，还能感受艺术的美。

晚明文人十分讲究生活艺术，文学家、戏曲家屠隆说他最理想的生活是：“楼窥睥睨，窗中隐隐江帆，家在半村半郭；山依精庐，松下时时清梵，人称非俗非僧。”观音山，正可以提供这种“最理想的生活”。

观音山，以优美的自然景观、深厚的人文内涵、浓郁的佛境氛围，吸引着国内外游客纷至沓来，甚至吸引着他们年复一年不断返回，来到这“南天圣地，百粤秘境”，回到这“红尘中的莲花，闹市中的净土”。

（原载《羊城晚报》2018 年 5 月 1 日）

朝圣之旅

赵宗明

一个人知道自己为什么而活，就可以忍受任何一种生活。

——尼采

老人言，千里路上不捎纸。只言片纸，有时也是压死人的那一根稻草。拖着老牛车一样的蓝色旅行箱，箱里实噔噔塞满书稿，左躲右让，穿行在耳麦手机充斥的人行道上。羊肚手巾环颈，依然汗如雨下。七月，从塞外大漠，来到北京八里庄。鲁迅文学院，我终于，来了。伸手轻触，心头一震，山泉似的一股清凉浸润入髓。门柱上，世人仰望的那位留短黑须的老人头像，目光如匕首如投枪审视这大千世界。

回望故乡，三十多年前，苍凉西部，须弥山下，油灯如豆，一帮文学青年，野兽赛嗓门般引颈高歌。我们阅读，我们书写，我们挥霍躁动的青春，在文学殿堂，寻觅人生，寻觅灵魂的自由。

诗在远方。写在路上。

市文联推荐我上宁夏文学讲习所，父亲会心地笑了。可文讲所远在几百里外的银川，父亲双腿打弯，背蹭土墙哧啦啦下滑，深深地蹲下去，有两三次，两手哆哆嗦嗦揣摸上上下下的空衣袋。举清瘦目光，搜寻空荡荡的院子。一间低矮泥草房屋面凹陷，两孔土坯窑空洞无珠，几件残旧农具，还有祖孙四代十三张吃饭的口。院落周围曾经迎风摇曳歌唱的杨柳，三只羊，一头猪，还有老母鸡下的蛋连同老母鸡，几年前就在黑市换成粗粮，和着野菜，被十三张大口吃了。父亲一手摩挲瓢一样低垂的光头，盯着南墙阴凉下那根长睡不醒的松木大梁。在农村，房子宽松舒适，是能力，是尊严，也是地位。父亲一生最大的愿望就是盖三间北上房。置下一根大梁十一年了，上面苫了泥草，两头用草绳铁丝绞着捆绑着，可大梁还是干瘪萎缩，扯开一条条可怕的裂口。举家再没力程购椽子、檩条、砖瓦、门窗，还有建筑工人吃食……大梁是全家人的梦想。父亲却咬牙卖了大梁。

兜里没有钱，没有粮票，怀揣松木大梁一样沉重的车票。青春的脸上写满沧桑，一头长发，两脚泥泞，踏进文讲所。吴淮生、张贤亮诸位先生的讲座，异彩纷呈，而我总管不住自己不和弦的肠子，桌下叽里咕噜乱发言。路遥一生清贫寂寞，英年醉卧沙场，曾上北京领茅盾文学奖，向弟弟借路费时骂道:“这狗日的文学！”我不知道这是一声无法切割的诅咒，还是无奈的叹息。艺术与生存，有时似乎会激烈冲突。

古都西安，四十度高温，光着膀子，双手握锹，把混凝土翻上一层楼，再翻上一层楼。昏头昏脑，一头栽下高高的脚手架。浑身像挨了无数棍棒打击，站着不能蹲下，躺着爬不起来，那时我内心深处牵念的，不是故乡行将倒塌的老屋，也不是老屋里憔悴的妈妈，而是几根木棍拼成的床上，夜深人静时，大胡子的那部《战争与和平》，我还能不能举到灯下。纵然心比天高，没饭吃，哆嗦的手指是拾不起羽毛一样一支笔的。工坊间水雾弥漫卤豆腐，砖场上如牛爬坡推板车，扛弓携帘走村串户擀毛毡，森林深处砍山伐木搞贩运……肉体一层一层脱皮，脚掌手心老茧一天一天加厚，岁月磨平棱棱角角，胸腔里那颗鲜活的心却永远不愿长大，永葆童贞，感悟沧桑。在这生活超现实主义，娱乐至死的小时代，我庆幸我坚定着选择，我创造着，我追寻着。

先解决肚子裤子问题再写稿子——文讲所一位同学约我，去南方，去深圳，去下海。我接到西藏山南高级中学一纸教师聘书，势必先回一趟老家。

雷雨先一步袭击了我的村庄。黄土院墙前的打麦场上，母鸡带群小鸡觅食一样，前头妈妈东一杈西一杈拾掇一堆乱柴火，后面跟着几个小孙子左一颗右一颗捡拾水肿的豆粒。土坯房东倒西歪，新挂着哥哥三十九岁的遗像——哥哥，你先天身体孱弱，未成年就挑起一大家子人的生活重担。你风一吹就打趔趄的身子骨，连续三个昼夜夏灌，那夜，那水，那风，冰一样刺骨吧。日上三竿，父亲推门叫你上地，见你宛若一根断折的枯枝横呈炕头。你就这样赤条条地来，又赤条条地去了。妈妈在她跨了半辈子的那条低矮的门槛上摔倒，一只手臂颤抖着伸向半空要抓住什么，一把风也没有抓住，她瘫软成一堆不会说话的泥巴。电闪雷鸣。父亲手提半块开山犁铧，一瘸一拐，边走，边敲，边唱，像教你牙牙学语，像扶你蹒跚学步，呼唤你，引导你：儿啊，不要害怕，走吧……

天没有塌。顶梁柱折了。辍学在家满脸粉刺的小弟主动替补了大哥。远在天边的西藏还能去吗？我受聘于邻乡一个回族山村新建的小学，白天当雇佣老师，夜晚遨游梦想世界。日薪买不到一碗面，我却有滋有味地教着两个年级的课程，每每夺得县乡统考表彰奖励。初来乍到，一堵黄土墙从教室末端劈出一间宿舍，夜闻八面来风，昼看办公桌对面湿漉漉的墙上，一棵嫩黄草芽儿穿透白灰皮，水灵灵地生长。一个节假日，笑笑的喘喘的妈妈，扛小半袋面粉，提瓶胡麻油，来看她一年半载未能见面的儿子。手一伸进被窝旋即抽出，似遭蛇咬。被窝里湿漉漉的，冰窖一样。“儿啊，你一天连晒被子的时间都没有吗？”妈妈说着，眼泪扑簌簌流了下来。没有电，点废柴油灯，乌烟黑灰浮绕，我亚洲人的黄皮肤一夜变成非洲黑煤球，鼻孔里吊着毛毛虫一样的黑絮絮。没有煤，吹着口哨荒山野岭去打柴，做饭取暖，烟熏火燎涕泪满面，一次次冲出室外，弯腰曲背咳嗽得像猪鼻子里吸进辣椒粉。旱季干透，水窖里打不上来一滴眼泪。与大山深处苦焦的山民一样，刷牙洗脸成为一种奢侈，梦见去天堂洗了一回热水澡。白日不到处，青春恰自来。苔花如米小，也学牡丹开。我的文学作品陆续发表，像苍白的山坡坡，一到春天，依然倔强地草绿花放，摇曳轻风。

胃痛的老毛病又犯了。夜半三更，我像发情的蛇，在床上扭动不止。翌日，用办公桌角顶住疼痛的上腹，腾出手，一手按纸，一手执笔，鬓角鼻翼渗出的细密汗珠徐徐集结，人昏昏沉沉如堕云里雾里。夕阳昏暗，心忽生不祥预感。室内一明一暗，来人推开门，声音低沉沙哑：回去吧，家里出事了。

是我那腰身日渐佝偻满头灰白的父亲，还是我那拄着拐杖下地，梦中偷偷呻吟一声的妈妈？是十九岁的弟弟！农用小拖拉机载着弟弟再也站不起来的青春，一路向他的墓地悄无声息地狂奔。弟弟的墓地，选在弟弟春天播种的豌豆地里。弟弟的一地豌豆拔节生长，一片墨绿，秧儿蔓儿茂盛得绕膝缠腿，开满纷繁的花儿，黄的，红的，紫的，粉的，白的……似云似雾，如霓如虹。弟弟也有笔名，也有他热爱着的简·奥斯汀。我又看见乡邮递员送来刊物，刊物上印着我的小说。他双手捧着，高高举起，像擎一面旗，扯一片霞。小路弯弯小路长，黄飘带一样一条弯曲悠长的村道上，一个红衣男孩，一路呼喊着，奔跑着。哥哥发表小说，弟弟像抱了沉甸甸的金蛋，灿若桃花。此时此刻，置身人潮涌动的首都北京，我依稀听见你扑到我面前时，粗重的喘息，鲜活的心跳。亲爱的弟弟，安息吧。那一年风调雨顺，你种出的一地豌豆，开花结果，像钻石，依旧在心里珍藏，像星星，挂在天幕成为永恒。

两三年间，白发父亲埋葬了他两个黑发儿子。他默默地吃饭，默默地下地，默默地倒在病床上。他知道他的病不会好了。我给父亲擦澡，山一样的父亲，此刻瘦得皮包骨头，已经无法站立，头耷拉着。临终前一天，他忽然睁开大大的眼睛，他说他想起来了，想起来了……他想起我很久很久以前为创作搜集素材请教过他的一个问题，而这个问题，我几乎忘了。知子莫若父，这是父亲最后的遗言。回想起来，我们父子一场，做儿子的我都为父亲做了点什么呢？没有给你一片光鲜的衣衫，没有让你尝一口可口的饭菜，也没有别家父子那样，陪你促膝融融拉拉家常。父志子承。当年，接过父亲松木大梁换的那张车票—— 一张好男儿志在四方的车票，那一刻，儿子心中是暗暗有过承诺的。此生我非栋梁，但我要还全家一个三间五檩的窗明几净呢！人生旅途，走着走着，人越来越少。打虎亲兄弟，哥哥弟弟先我而去；上阵父子兵，父亲，你也要永远地走了。再过一千年，一万年，我们父子还会相遇吗？纵使是飘浮宇宙间的两粒尘埃相遇也好。

黄土隔人不隔心。一丘鱼形新土，父亲在里头，我在外头。初春还寒，日暮时分，清风微漾，坟前膝下，纸钱灰烬和着断草打着旋儿，缠缠绵绵不肯离去。插在坟头的一排丧棒，低眉垂首的还在悲伤，沙场旗帜一样高悬的魂幡，猎猎戚戚，诉说衷肠，指引方向。妈妈一下老得像童话天地里一个老婆婆，颤巍巍的双手拄着拐杖送我，斜倚门框，满脸皱纹，双目混浊望远，风拂白发扑闪扑闪地飘忽。

那位曾经与我一样一文不名的文讲所同学下海归来，开豪车，挽美女，宴宾客。现在，他有自己的注册公司，不动产门店，近百名雇员。我问他暴富的秘密。他悄悄说，只身南漂，刚到深圳，他就是一个捡垃圾的。选对池塘钓大鱼，如果选择了大海呢，到处都是生猛海鲜。深圳遍地乱哄哄的建筑工地，白天卸下刚出厂的螺纹钢，晚上就被他变作垃圾捡走。我问，还有什么爱好？他说，现在喜欢烘焙、健身、收藏、旅游欧美……爱好多了去了，生活充实而美好。何必一棵树上吊死呢？他第二次向我发出邀请，保证一年至多五年时间，完成一个人几辈子都无法完成的财富梦。

作家之旅，是禅师修行，笃定，清澄，洞悉世事，挖掘内心，倾听灵魂深处细枝末梢每一次轻若蝉翼般的颤动。文章天赋，妙手偶得。创作，实质是潮涨潮落的海滩上，一个天真孩子捡拾宝贝与搭建积木一般的过程。选择是一种自由。人生任何一次经历，都是在帮助筛选，选择内心的需要，也是一种认定。

这一年，我以全县第一名的成绩转为民办教师，又以全市第一名的成绩考上公办教师。我的一系列身份转换，在我的村庄，在清水河两岸传为佳话。在别人眼中，我由一个土里刨食的百姓，一跃变为吃皇粮的国家干部，把事业干成了。他们教育儿孙，以我为典范。我心冷峻，教书是我的职业，文学才是我愿意为之奋斗终生的事业。时序更迭，2004 年 8 月 12 日，中国·联合国儿基会特殊教育项目全国经验交流会在南京一家国际大酒店进行，我作为固原县具体负责实施人，要登上主席台向国内外专家和同人介绍先进经验，这时接到电话，我十年前写的一部长篇小说由宁夏人民出版社出版，研讨会在银川召开。

跌打滚爬，摸索前行，最紧迫的还是时间少得可怜。常对上学的儿子说一句话："别让老师叫家长，给爸爸一点时间。"办公大楼里，别人总见我下楼噔噔噔一路小跑，上楼一步三个台阶。每天总想争取一点时间，积攒一点时间，幻想着像我那位下海捡垃圾的同学一样，年纪轻轻，就捡到一片海阔天空。而我白天累成一条狗，夜晚变作猫头鹰。马达超负荷高速运转，马达不说话，分明听见一个一个细胞衰老的声音。路遥的早晨从中午开始，我深有同感却没有福分。2014 年 5 月 17 日上午，胃痛持续不止，我受伤如虾，曲背弓腰，无力地缩作一团。往日温婉恭守的胃此时痉挛如铁，正经受万吨水压机揉搓敲打。浑身汗如雨下，瞬间失去意识，晕倒办公桌下。医院胃镜室，一把哑琴躺在检查床上。侧卧，屈腿，深呼吸，女医生手执纤管探下去，蓦然惊道："你这人干啥的嘛，年纪没有我大就不想活啦？"久年大面积溃疡未愈，边缘隆起密密麻麻的肿块。活检化验报告，细胞核深染，恶性病变。

每一步都是那样迟缓，每一步踏下去都是轻飘飘的，收住脚步，仿佛还被风推着走。到哪儿去呢？世上大路千万条，原来只在自己认定的那条道上，要走到黑，走到死。此刻戛然止步，环顾世界，摆在面前的大路依然千千万，忽然觉得哪一条道口都已堵死。就像任何一个人面对自己的死亡，都会被焦虑和忧伤劫持，一时慌恐不知所终。神甫安顿灵魂。多少个孤独的夜晚，我创作的一个个灵魂悠然现身，再一次进行心与心的对话。是的，我们无数次讨论过生，诅咒过死神，也无数次深刻讨论过死的每一个细节。死，并不陌生。相反，他像一位隐匿暗角或远道而来的老朋友，给我一个紧紧的冰冷拥抱。短暂的忧伤，一丝清风拂过，即刻淡定如初。生命如歌：此生，我恨过，我爱过，我也有许多收获……

条条丝丝灰云似一张老渔网撒向无边天际，撒向那轻浮若纸的灰太阳。云缝里，散漏几束光亮，遗落的几滴透明泪珠一样。想不到，是我与生俱来朝夕相处的胃，织就一具钢铁镣铐绑架我，带走我。你要带我像英年早逝的哥哥，像少年夭折的弟弟一样，永远离开这令人无限眷恋的世界吗？我还没能完成我们父子的宏愿，还没能为八十三岁的妈妈养老送终。我知道，我的胃，你也对自然生命极度渴望，也想活下去。我的胃，我都为你做了些什么？我一贫如洗，带你满世界闯荡，我没为自己着想，也丝毫想不起你。除非你大哭大闹甚至自虐自残的时候，我喂一粒药片哄过你。多少次，我被重重地摔倒，受伤的一定还有无辜的你；我焦虑过，忧愤过，悲伤过，小小的你也承担了这些承担不起也不该承担的；你喜温热怕冰冷，一个人走天涯，没有适时替你添件衣服，夜风如贼，也没有一双暖手为你拽拽被角；俗语说病是三分治七分养，而胃病更是一分治九分养。你要规律地生活起居，定时睡觉起床，定点吃饭洗澡，不能熬夜受累。不必说丝幔绒毯雍容华贵，不必说枝形吊灯光影迷离，也不必说权贵家红木琥珀琉璃，单说乞丐也有大把时光，慢条斯理细嚼慢咽，而我每餐被时间追赶得狼吞虎咽的吃相，就常常祸及到你。还有每日与你息息相关的食物，不能过冷过烫过硬过辣过黏，也不能过酸过甜过咸过苦过辛，应以温软淡素鲜为宜。每天吃的餐数，不是以三餐而是以五餐最佳。怎样安排五餐呢？早餐与午餐中间加一餐点心，下午四五时再添一道下午茶。而我的生活可以概括为生一顿熟一顿，热一顿冷一顿，饥一顿饱一顿，有一顿没一顿。一声一声撕心裂肺地号叫，一直穿越到今天——那又是一个青黄不接的年馑，比我更幼嫩的你，一天天被谷糠野菜鲁莽地划伤。吃下去，屙不出，流下的是脓是血。放学路上，书包比一头死猪还沉，人饿得打摆子，弓腰头抵土墙，忍受着肠胃猫抠火燎一样的灼痛。独在异乡，倒在水土不服的野天野地，浑身自燃般发烧，整整一夜。天亮时被冷雨激活，饥饿的肠胃不住地抽搐。模模糊糊看见菜园，我蹚着泥水爬过去。右手白菜，左手大葱，一口嫩白菜，一口辣大葱，一口一口，比驴子吃得还脆还欢乐。我想，几十万年前，古猿猴最幸福的时光，也不过如此吧。但猿猴绝对不会吃一口白菜，紧接着吃一口大葱，这样聪明的搭配，需要几十万年的进化啊，比如进化到今天我这副德行……细思量，老天是公平的。我的胃，要带我先走一步，到底是谁背叛了谁？安心领受。毫无怨言。一个长跑运动员一跑三十年，兀现不是终点的终结，没有一双关注的眼睛，只有一路洒下的汗珠。纵有道不尽的无限意蕴，还是深深地鞠躬，谢幕。

胃癌。去西京医院手术。心是家乡那座风吹雨打满目疮痍却静默如初的山。我给行李箱里装一盒中性笔，几沓稿纸，还有米哈依尔·肖洛霍夫《静静的顿河》……妻子疑惑，你还装这些干什么？我说：手术后肯定疼，疼的时候，我读书缓解疼痛。心里暗想：亲爱的维纳斯，我像一个穷小子，爱你这么多年，追你这么多年，为伊消得人憔悴，你却依然裙带飘飘远在天边，这是多么尴尬和窘迫。眼下，该是给我的文学，还有我的生命，因匆匆忙忙都要画上一个潦潦草草的句号了。但我又像那个贪婪成性的葛朗台，隐隐约约窃喜自己病了。也许这往后余生，读我爱读，写我爱写，时间不再零星化，读写不再碎片化。一个写作者，必须经历人生各种体悟，包括孤独、贫穷、疾病、灾难等诸多磨砺，方能洞见光辉，修行至此，涅槃重生……往后，还有往后吗？

推出手术室，微睁眼，剧烈疼痛洪水猛兽般滔天咆哮，一阵紧似一阵，豆大的汗珠顷刻浸湿枕巾、床单、被褥。我摇摇头，妻子会意地放下湿漉漉的毛巾。捧书，打开，轻声读起。书页翻动，哗啦，哗啦，发出钝刀锈斧碰撞摩擦般质感的声响。妻细声慢语，读得手臂颤抖，行行整齐的方块字跳荡弯曲，游弋迷离，水波一样哆哆嗦嗦，一直读得泣不成声。我闭上眼睛，紧咬牙关，嗒嗒嗒嗒，马蹄疾驰。遥远的顿河滔滔不息，润泽草原，万顷碧绿，辽阔的天空湛蓝如洗，一帮哥萨克男儿号叫呐喊，策马扬鞭疾驰而来……

玛格丽特·杜拉斯说，写作，那是我生命中唯一存在的事情，它让我的生命充满乐趣。漫漫人生路，怎样才有三十余年风雨同舟的朋友？文学，使我们志同道合。当年须弥山文学社社员，不远千里来医院探望。吉星高照。手术成功，他们在西安街头席地摆酒，庆贺一位名不见经传的文友重获新生。酒是白酒，开瓶有奖，开一瓶奖一瓶，奖得他们都不好意思再开了，最后还带着两瓶上了火车。我出院半个月，固原宾馆有北京作家大腕来讲课，当我轻轻推开门，沸腾的课间立刻鸦雀无声，个个目瞪口呆望着我，齐呼：魅力文学，文学力量。2017 年 7 月 14 日，鲁迅文学院门前，学员纷纷照相留念。李方微信发一张照片，三人合影，下面文字：左起杨风军，中间赵宗明，右为李方。三十七年前相识，组织成立须弥山文学社，为一个共同的梦想携手前行。三十七年后的今天，杨风军为固原市文联主席，赵宗明长篇小说行世，李方是《六盘山》编辑部主任。所以，梦想是应该有的，万一实现了呢?

多么灾难深重的人生，也不易让一个男儿如珍珠般晶莹的泪珠滑落地上，或玷污，或破碎。在鲁迅文学院第一个晚上，A106 学员宿舍，一人一室，我静静地坐在电脑桌前，点一支香烟，像点燃一炷祭奠过往苦难岁月的心香。不知是汗水还是泪水，止不住地冲刷心房，摇荡我的梦想。梦想是一盏心灯，是一盏神灯，照亮人生，抚慰灵魂。在这个人人皆写手的时代，不分老幼，不分男女，不分贫富与贵贱，无论身处何方，用写作来修行。也许，我们会在天堂的一家茶馆相逢，写下我们的前世今生。

（原载《六盘山》2018 年第 2 期）

过年好

第广龙

1

过年遇见熟人，打招呼，都是说过年好。和朋友通电话，也是说过年好。过年好，怎么才叫好呢？如今，人口流动，游走四方，过年，一家人在一起，变得难得。所以啊，亲人团聚，那才是过年好。

年关将至，连着多天，雾霾重，我走动少。昨天空气改善了，就着急出去。出去走，出去逛，没有目的，就是走走看看。看看快过年了，外头的年味儿浓不浓。一路上，有人在给灯杆上挂红灯笼，也有人架起梯子，给树木身上缠灯绳，是那种塑料的发光管，软软的，在树木的枝干上走圈，还一束束，一串串，从高处垂吊下来。这个到了晚上看，耀眼但不刺眼。人多了，亮光映衬，气氛欢快。不过，要是人散尽了，一个人走过去，反而会显得冷清。

城里头过年，就这样，一些地方有热闹，去了，又感到失望。会觉得接不上地气了，会觉得平日里走熟的路，都是生路。会觉得过年没啥过头。过年了，多少人在路上，在往老家的方向移动。老家能安顿人，能安慰心。可是，回老家去，回得去吗？

我就回不去。父母离世，我多年过年不回去了，也不想回去了。有父母的老家，才是老家。父母在，不回去，是游子。失去父母，在哪里，都是孤儿。

2

再过些日子，城里头的人，就更少了。人多的时候，在地铁口，在繁华的街头，感觉人不是慢慢长大的，是流水线上成批生产的。快过年了，人们不忙生意了，不爱钱了，似乎放弃了自家的店铺和饭馆，只给门上留下红彤彤的对联，锁子锁住门，回老家去了。

有一年，过年无聊，为了解心慌，我坐上空空的公交，到长安大学城去。也知道学校放假了，只是没有去过，想去看看云集高校的那片大原，是个什么样子。去了，到处空落落的，像是过剩的产物，像是在浪费建筑材料和土地，不见个人。远处哪个孩子放了一个鞭炮，我更心慌了，坐上返程车，赶紧回，回去在家里发呆吧。

平日里，我老走凤城一路。这里，一路的小饭馆，都有人在里头吃饭。有的饭馆，人坐满了，要坐在外面的板凳上，吃着店家免费供应的瓜子等座。等年关到来，约好的一样，大家在捉迷藏一样，互相都找不见了。做饭的不来了，吃饭的也不来了。各自回到原来的地方去了，似乎那里才是不能舍弃的生活。

实际上，家乡对于许多人，只是逢年过节的一个候鸟般回去一趟的本能，只是忙了一年短暂歇息的安慰。回去，看老人，看孩子。可是，社会变换，城市才能把人安顿下，给予人需要的和不需要的。城市才让人体验着得到和失去。回去过年的，终归还是会回来的。过去缺钱，日子再不快活，一家人在一起；如今，人的欲望提升了，多少钱也不够花，和家人在一起成了一件最奢侈的事情。这多么无奈，这多么残酷。

那么，过年哪里都不去，还留守在城里的人，就没意思了，就不过年了吗？就不愿意投奔回故乡吗？难回答，答案说出来，虽不一样，露出来的伤口，是一样的。能怎么样呢，把过年当成平常的日子，也还是过了。就当没区别，就当没有这个年，也是过了。

3

虽然说人往城里跑，过年时节，方向颠倒了，人又都往乡下跑。中国社会，过年才会出现人口大迁徙的场面。年根前，路上人多，远路上人更多。都说是回家。那么，原来生活的地方，不是家吗？就是户口都在这里，老婆娃娃都在这里，还是要出门，要回去。那是老家。那是长大的地方，有一大群亲戚的地方，那是被记忆的地方。最主要的，那是父母的地方。

父母在那里，家就在那里，根就在那里。不然，无论在哪里安身，过得好，过得不好，都是漂泊者。不然，怎么会有春运，怎么会有摩托大军的浩浩荡荡。谁愿意大过年的，在路上辛苦啊。回去，在父母身边，家完整了，人踏实了，心也安定下来了。父母是一盆火，儿女回来，烤火来了。

失去父母的人，过年是不会贸然上路的。回去，没有地方安身啊。旅馆歇业了，饭馆关门了。吃的住的，没着落。兄弟姊妹再亲，都得靠父母团着，才能团到一起。不然，都是各过各的。人常说，父母在，兄弟姊妹是一家人，父母不在了，兄弟姊妹是亲戚。这是两种关系，差别大了去了。

我已经多年不在春节回老家了。我清明才回去，回去给父母上坟。春节，大年二十九，或者大年三十，我在这个城市的十字路口，像许多和我一样的人一样，给逝去的亲人烧纸。一张张的，一沓沓的，烤热双手，烤热脸，看着烧得差不多了，灰烬还残余着火光，拿棍子再扒拉几下，就算把心愿完成了。

路上灯光明亮，也觉得冷清，我慢慢往回走。

4

难忘小时候过年，各种滋味，一起涌上心头。

过年了，人穿新衣裳，房间里也要干净。可是，过去的那种土房子，怎么干净得了啊。那也得干净。我们那里，讲究腊月二十四大搞卫生，叫扫房。可真是扫，真是扫房。母亲穿着外罩，头脸蒙了布子，先拿着连接了竹竿的大扫帚，扫顶棚，发黑的土，灰尘，丝丝絮絮的，都落下来了；再拿着鸡毛掸子，把地面上搁置的器物，齐齐清理一遍；再扫地，就是泥地，也扫不起土。房子扫过，不光干净了，似乎也亮堂了许多。至于洗洗涮涮，也是少不了的。为了过年，要忙，要辛苦，可母亲显得那么愿意，那么高兴。最辛苦的是母亲，忙里忙外，一家人的吃喝，都得母亲用双手加工出来，母亲不嫌累；最高兴的，也是母亲，看着老的少的，嘴上吃油了，身上暖和新鲜了，母亲的脸上不再有愁容。

现在，过年主要的是擦窗户。以前在学校，有这个活动，爬高就下，身子斜到外面，把教室的大窗户上的玻璃，擦得不见了一样。现在人家，房子的房间多，窗户也大，也是大玻璃，也得擦。里头住着的，多是老两口，擦玻璃，上不去啊，上去了，下不来啊。别说擦外面的玻璃，里面的还没擦，头晕的，胳膊酸的，不中用了。请人吧，专门有从事这个的，工具也是专门的，来的一般是小两口，动作麻利，嘴能说，一两个钟头，玻璃干净了。不过得花钱，通常是一百二十元。这些人，年前出东家进西家，也是挣上几个，好回老家过年，给老人孝敬烟酒，给娃娃买新衣裳，手里宽展些。我也是请人擦窗户，房子收拾停当，干果摆桌子上，电视打开，然后再干什么呢？我只是干坐着。我现在住的房子，父母都没有来过。母亲活着时，念叨来一回，住上几天，由于路途远，身体不好，最终还是没来成。

5

还要采办年货。过去过年，再穷的人，总得吃顿饺子。节约的人家，也大方起来。市场上买卖兴隆，人多，大包小包提着。无非吃的用的。能买多少呢？谁家搬回来一个猪后臀，都了不起。带鱼也是最添滋味的。

坛坛罐罐平日里多是空的，也该放进去一些甜的咸的，辣的酸的。不过，再丰盛，也经不住消耗，不到正月十五，就没啥吃的了，用的也快用光了。这提醒人们，该简单下来了，该出去谋生计了。

现在呢，过年的味道淡了。家里娃娃少，热闹不起来，吃再好的，也不提胃口。有冰箱，能储存，却不愿多置办。现在多好啊，有需求了，年三十超市也不关门。虽说饭馆关门的多，也有几家开门的，由于大量人口外出，回了老家，正好也能让留下不走的吃一口热乎的。

这些年，我过年，比平时吃的还清淡，还少，主要是活动量少。过年就不像过年一样，这些年，每年都这样。我自己要求自己读书过年，走路过年，结果呢，变成了睡觉过年，把头都睡肿了，临上班才消下去。

早年时候，年前，父亲一天出去几次。回来了，提一口袋向日葵籽。再出去，回来，提着两条三条带鱼。如果叫上我，那是东西重，提一颗大猪头。好吃的往回拿，一家人高兴。父亲呢，再专门出去，出去剃头。父亲也高兴。平日为一家人吃喝辛劳，父亲难得高兴一回。

置办年货，我小时候，记忆深的是买醋。我们那里叫灌醋。副食店里的醋，在大缸里，得自己拿容器，是烧制的瓷器，肚子圆，上头是卡口的脖子，叫 hang，灌醋的叫醋 hang，灌油的叫油 hang。平时吃醋，随吃随买，过年了，调凉菜，调臊子面的酸汤，都得用上醋，用量大，就得多买。你这么计划，别人也是，于是，灌醋就得排队。醋紧张了，副食店里的人，就给醋缸里添水，醋就不酸了，还容易坏。平时不。平时正常供应，添水进去，卖不动，坏了受损失。过年就可以亏人了。不过，家乡的醋，是粮食醋，真好。尤其是调粉条豆芽凉拌，调凉皮，不用家乡的醋，那个让人吃了还想多吃两口的味道出不来。母亲调出来的凉菜，是我吃过最好吃的。

唉，不说了，说得我嘴里酸的，心里也酸的。

6

过年有好玩的，更得有好吃的。对于一个控制饮食的人，难不住。对于吃素的人，也莫奈何。再是美食，隔离开了一般，连诱惑也无从说起。可是，多数人，都被好吃的吸引。过年了，更要多做好吃的，多吃好吃的。口腹之欲在任何时候，对于人都是极大的诱惑。

过去难得吃上，过年就争就抢，才有人多好犁田，人少好过年的说道。乡下吃酒席，我看到过，一盘菜上来，也就是盘子的边沿，有一圈薄薄的肉片，盘子还没有落在桌子上，还在半空，人们伸出筷子，在半空，就把那一圈肉片夹了去。有人不吃猪肉，有人见了鸡蛋恶心，有人碰也不碰豆腐，都是有机会放开吃了，逮住愣吃，吃过了量，吃伤了。对于忌口的人，不吃啥偏让吃，那是惩罚，严重的能要命呢。比如方便面，常出门，又不消停，又不愿多花钱，就吃这个，便把胃口败坏了。别说吃，闻见味道就恶心。我也经常吃，到现在还爱吃，吃不够。有一度，我认为最好吃的面，就是方便面。可是，我理解吃不惯的人。这个不能强求。萝卜青菜，各有所爱。不强求。

眼看着年近了，食品菜蔬的供应、丰富起来，早晚时间，手里提东西、肩膀上扛东西的人多起来了。有扛一整只羊的。有的人车子的后备厢都塞满了，就要动身回老家呢。这好啊。开慢些，路上注意安全。一些单元楼下的垃圾桶，不时有人丢弃包装盒。那是把里头的好吃的掏空了，盒子再漂亮，放家里没用处，还占地方，就不要了。

母亲会做菜，平日里，饭食简单，身手显不出来，过年，母亲围着锅台转，一样一样好吃的，端上来，看着儿女抢着吃，也觉得幸福。大年夜的土暖锅，一年吃一次，多好吃啊。大年初一的金线吊葫芦，就是碗里有饺子有面，饺子是扁的，面条长长的，被油泼辣子染红了，咬着吃，吞着吃，多好吃啊。

过年了，家里有老人的，都是幸福的。家里娃娃多的，都是喜庆和热闹的。

7

过年，少不了走亲戚。对于孩子，不光好吃的，好玩的，走似乎有些长的路，在陌生的地方，总是有许多新鲜。比如猫呀狗呀的咬人不？比如一间房子里，有个很老的老人，不说话，眼睛混沌，看着让人害怕。

小时候走亲戚，多是母亲带着去。长大了，母亲会催促我哥带着我去，去了，问候长辈，也回答家里的细碎。留下吃饭是一定的，七碟子八碗是一定的。荤的素的蒸的炸的，都上来了。我平时去大舅家，就是饸饹面。汤有味，面顺溜，够不错了。母亲就说，你去吧，你大舅给吃饸饹面呢。语气里，不是埋怨，也知道有饸饹面吃，日子过得好着呢。过年去，不一样，坐炕上等着，桌子摆满就开席了。这就是，过年就要舍得过。印象里，过年吃饭，都是在亲戚之间。你来了，我去了，吃一肚子再说。

有单位的人，过年走动多。集体的，个人的。半路上总是遇见醉汉。一定得有好朋友架着才真实。醉了的腿一定要软，还得沾些土，嘴里还要含糊不清说着什么。就是住单身宿舍的，也得约上和自己一样回不了家的人，支个方板凳，撸起袖子划拳，吃罐头，吃方便面，也要整两口红的白的。成了家的，那得叫人来啊，那得吃啊。一桌子菜剩下不少，也不怎么惋惜，只要来的人吃得满意。如今，谁还在家里招呼人呢，嫌麻烦，嫌乱，都是在馆子里办伙食呢。

我参加工作，单位上，通常会安排团拜，大家在一起吃顿饭。相互间的你来我往，多是串门，就是来家里坐一会儿就走。再后来，进城了，人的关系生分了，加上领导也烦恼，加上组织规定，过年了，也就是发个短信问候一下，也就过去了。

人和人简单了，反而让人轻松。过年假期长，可以安排自己的事情，而不用顾忌人情世故。这多好。

8

过年了，还得精神上快活。对联门上贴。屋子里的墙上，贴年画。大胖娃娃的，看一年也喜欢。孩子们放炮，也不让大人烦躁。不过，城市扩大，人口居住集中，还是别放炮了。楼宇之间，回声大，耳朵受不了，吃奶的娃娃吓哭了，楼下的汽车也感应狂叫。

我那时候放炮，都是小鞭炮，拆开，装口袋里，拿一支香，过一会儿，点一个。就在家门口放，一声，一声，似乎很响，其实声音不大。父母心情好，没有说过。怕我引燃柴火堆，母亲会说，拿远些放去。

兴起了买花。这在北方，稀罕。花市增多了，年根前，来转悠的人多了，不空手。贵的有，便宜的有，花是鲜活的，抱几盆回去，图个喜庆。人说一花一世界，一叶一菩提。我到花市上去，真没想这些，就是觉得花好看，咋这么好看！快过年了，我看看花，也打算搬回去一盆两盆，装点一下居室，过年也有个喜庆的气氛。到花市看花的人真不少。都是爱花的人，就是不买，转一转，看一看，心情都变好呢。

过去过年，人家里，是不会出现花卉的。没有。有也养不活。就是生个炉子，人动弹了，火续着煤砖，人睡下了，火被压住。房子里都能结冰，养花养不成。家里也是有花的，那是塑料花，瓶子里插着，开不败，可时间久了变脏变黑，看不出颜色。那就洗，过年了，把塑料花洗净，也带来喜气。

北方人过年，难得和鲜花结缘，看花都是随着时令的。月季花好看，长出朵来，父亲会剪下来几枝，插瓶子里，插玻璃杯里，这个是真的，是真的插花。不过，年已经过去了，剩下的日月，正难过着呢。不过，昏暗的房间里，绚净的花朵，就像一束光，确实能给人长精神。也觉得，难过的日月，一定会好过起来的。

（原载《西安晚报·阅读周刊》2018 年 2 月 10 日）

山乡大碗茶

浇 洁

清泉烹雀舌，
活水煮龙团。
塘坪山泉水，
罗山顶上茶。

当圩，迎面相见，笑着点头招呼，“吃水了吗？”就近找一家茶店，三五乡亲四六一伙，团团围坐，每人一大碗罗山云雾茶，煤炉上冲壶开水一泡，顿时热气腾腾，醇香缭绕，混杂着不远的市集喧闹声，蔬菜瓜果香、鱼肉禽蛋味，就着几个花生瓜子，或是自炸的薯片、豆角酥（一种油炸的面皮芝麻小吃），谈天说地，聊古论今，讲农事唠家常，侃侃新闻道道心事吹吹胡话，直到口舌生津，两腋生风，日影西斜，狼藉满地，脸上映现出清茶般的神清气爽、平和安宁，裹着一身清香，微醺般，左一脚右一脚，担着装物品的箩筐，提着编织袋，乐滋滋慢悠悠地回家。

这是我的家乡——赣东崇仁县北部，三山、河上邻近两乡镇村民的常态。当圩日盛行喝茶，是村民们三百年来从未间断过的传统习俗，也有说一百四五十年的，他们觉得也没必要考究，只要乡亲在，有茶喝就好。哪怕物资匮乏年月，或“农业学大寨”等特殊时期，也没能让村民们停歇圩日喝茶。大碗喝茶，是他们植入骨髓一成不变的惯常生活，是村民们的精神依托。心随茶水开，身与风云闲。他们的太祖父曾祖父在一起喝茶，现在是他们，尔后是子孙，代代融入血液，世世相承而饮，相伴无常短暂的生涯。

相传，两乡镇喝茶风俗起源于清朝乾隆初年的庙会（河上镇在清朝民国时期曾隶属于三山乡）。三山乡有座古庙，居高临下，背靠森林茂密的芙蓉山、云门岭、营盘山，前面广阔无垠，溪水汤汤，左右四通八达，是个风水宝地。庙内供大肚弥勒佛、王灵官马元帅和十八罗汉，“灵昭千古，福泽万方”，故此前来祭祀朝拜的人络绎不绝。清乾隆八年（1743 年），龙塘村村民李细保心思活络，在庙旁建房做起生意，果然生意兴隆蒸蒸日上，于是庙房周围建房成群，自然形成商贸交流中心。每逢四月初八佛诞节、祭神庙会日，搭台唱戏，杂耍玩乐，十里八乡，邻近市县的商贩游客蜂拥而至，一时间车水马龙，昌盛繁华。人们玩腻了逛累了，找家店寻张桌，歇歇脚，喝碗茶，商议事情，交流信息，说媒拉纤，调解矛盾，沟通感情……自然而然便衍变成一家家茶水店。有了庙会的影响，大家约定俗成，每隔两天农历当圩日，各茶店皆座无虚席，好生热闹！

当地人把茶店，俗称为水店；将喝茶，惯称为喝水。家乡的茶店、喝茶的方式，皆简单、粗朴、纯粹，不像杭州、潮汕等地的小盅品茶、小杯细啜，没有像样的楼、堂、馆、所，摆设简便粗陋，更没有吹拉弹唱、茶艺茶道等悦耳助兴。村民是真正的喝茶，有空来喝，没空也要来喝。干活累了，口干舌燥，汗流浃背，身上沾着泥，好不容易来到店里小憩坐下，身边还牵着牛放着犁耙，或收获的一担谷箩庄稼。店主见此状，立马便端出一只吃饭用的大粗瓷碗，撮两撮新近采制的罗山云雾茶，提来冲壶里沸腾的开水，就泼刺刺倾泻而下。茶在碗里应声触热瞬时绽开，大大方方，清清爽爽，哪里还来得及“洗”“泡”“浸”“斟”“滤”等花样烦琐功夫。再说，村民也等不及，沾泥的手，蒙尘粒秆屑的脸，对着碗里大肆盛开的绿茶闻几闻嗅一嗅，吸两口香，用嘴吹吹，稍凉，便驴饮起来。第一泡大口解渴，第二泡小口品香，第三泡细尝抿味。这罗山云雾茶，产自村镇边海拔近千米的罗山顶，顶上常年云雾缭绕，茶叶吸露纳英，光含仙掌露，疑成云雾顶。茶与云雾“天仙配”，茶客自然就能茗出晨露溪云香，味道便格外的甘甜清冽，故续泡了三四次，茶水都不变淡。咂着喝着，茶的野香味渐渐沁入肺腑，身心如茶叶般舒泰张开。此茶，因产自本地，价格经济实惠，只要六七十元一斤，村人称之为土茶或细茶。

这种乡茶，有着泥土的淳厚与旺盛的生命力，只要圩日一到，宛若春风吹拂下恣肆盛放的山野之花，漫山遍野，铺天盖地……一个一万多人口、几十平方公里的乡镇集市，足有二十来家茶店。一家十几张小方木桌，里面坐不下，就在外头阳光中一字儿排开，恍若大喜村宴，座座客满，人来人往。店里氤氲着上百只茶碗热腾腾的水汽茶汽，掺杂着亲切的圩市烟火气，弥漫着浓浓的茶香果香菜香，充盈着亲热的笑声说话声嗑瓜子声招呼声，闹而不喧，温馨荡漾。来者皆是客，来者都能坐！他们不拘场地，不择点心，不谓多少，三块钱一大碗，无论你坐久坐短客人几许来早去晚，无论外面天晴下雨风霜雪冻店门不关。煤炉上滚滚的热水备着，一天到晚帮你增添。为方便路远或没尽兴的茶客，一般的茶店，前沿后铺都搭有简易的竹木塑料棚。棚里热乎乎的大米饭一直喷着馨香，几张架起的宽长杉木板上，有的是新鲜的鱼肉、刚从菜地里脱土洗净的蔬菜。炉火红旺，还有液化气灶候着，油盐酱醋一应俱全，随时等着你，慢腾腾地叫菜，或到圩市上现买菜来加工。平常在家种田、当圩日才操刀经营的厨师夫妇，套着红蓝色便常工作服，此工作服多是买化肥农药时赠送的，后背上产品广告的字样异常显眼。夫妻俩黄黑的脸上透着健康的红光，腰板挺直，手脚麻利，笑盈盈地在方桌间添茶倒水，在砧板上切得噔噔响。加工费也相当经济，一只毛鸡炖成鲜鸡汤十元，一条活鱼煎成香鱼块七元，一刀五花肉烹成绵香流油的四方肉八元，荷包辣椒拌雪里蕻干菜六元……家常的喜好口味，家常的干净实惠。

茶是解忧草，祛病药。看那满店的村民茶客，老老少少，随常穿着，舒适坐姿，个个脸上都荡着恬淡的笑意。平常活泼好动的顽童挨在大人身边，安静地剥着花生瓜子；老人板刻般的皱纹里，不时地泛起笑的涟漪，话语轻柔温和，颇多见识；中年人则几乎个个神采奕奕，有的言语幽默，有的口齿伶俐。他们来自各个村寨，见面三分缘，开口自然熟，无拘无束顺其自然地围坐一起，有一搭没一搭地闲聊：

“花朝日一过，燕子喳喳叫。‘不要生人奔，只要死人困。’油菜花香穿门射壁，清明，眼看着随着脚跟就要来了！”一个穿黑棉衣的大眼老者，望着店外，慢条斯理地舔了一口茶。

戴灰帽穿拉链衫的微胖男人，咂巴了一口茶，在嘴里含了含，接过话茬子：“可不是嘛，我生了两母三公。”说到这，他得意自己的俏皮话先兀自笑了起来，又低头抿一口茶，“那两个母的，成了别人家的不说，那三个公的真无用，老婆捏一只虱子到头顶上，都不敢拍掉。唉！真是栽禾要好秧，生崽要好爹！”他挪了挪屁股，“不过，清明时节还是都会从深圳东莞赶回来，烧两张纸热闹两天。”

“是哦，闲常村里阒静的，几个老人一个村，夜里老鼠扛了都没人晓得。”穿黄皮夹克的瘦削男吮了一口茶，从衣兜里摸出一包烟，桌上每人散一支。

灰帽衫早已掏出打火机点着，把火递到黑棉衣嘴边：“现在的政策真是好啊！水泥路修到家门口，农业税免了，种田给补助，看病有报销，七老八十了，还能做一回国家人员，领养老金。这真是上辈子做梦都没梦到的事！”灰帽衫脸上绽开了花。

“你别说，我村里的‘圆巴掌’，无儿无女孤寡一个，去年精准扶贫，政府还帮他盖了新屋砌了卫生间，真是走时运。”坐在边上的拄拐杖老者，有些羡慕地从嘴里吐出两片瓜子壳。

他对面的长胡须，嚼着两片溜进嘴的茶叶，缓缓咽下：“威坊的乐民，你们认得吗？他有个细仔，真会挣钱！起先在广东种菜后来自己办厂，一年几千万。回家过年，村里每个六十岁以上的老人，他都上门发三四千块钱红包。”

“日子是越来越好过。”拄拐杖老者，仿佛横竖皱纹里都藏着经验，“上个圩听郭主任说，贵州有个全球最大的望远镜……”

“有多大？”灰帽衫迫不及待地打断他的话。

“至少比我们的柘背岭、山庙街要大。”拄拐杖老者噙一口茶，徐徐吞下，扬了扬眉，颇有些自得，“听说月亮上嫦娥做的事都望得见，现在的世界真洋活啰！我们还是攒劲多活两年。”

长胡须摆摆茶碗，深饮了一口：“懵里懵懂，清明浸种！你们今年是继续栽小籽常谷，还是学郭圩乡栽种袁隆平超级杂交水稻？听说，亩产两千斤。”

“我想试一下，门头港的毛崽去年就种了，蛮好！”黄皮夹克向桌底弹了弹烟灰，“哎，听说拆烂房建新楼有两万元补助，不知今天郭主任会来吃水吗？”

“郭主任，有水瘾的人，一圩没吃水，干啥都没劲。”黑棉衣罩在茶汽烟雾中。

说话间，店老板的亲戚提了个冲壶，帮忙来续水了。

这里的茶店多是小家庭经营，亲戚来当圩进店喝茶，看生意忙碌，都会主动搭把手沏茶倒水。

说曹操曹操便到！那郭主任，身着时尚的灰呢子上衣，拿着透明的玻璃水杯——他是店里唯一自带水杯的茶客——黑皮鞋锃亮，焗过油的头发乌黑，双眼炯炯有神，一米七几的身材不胖不瘦，已近七十的他，打眼一看只有五十几岁。因曾当过村主任，口才好，又是个百事通，故村民仍称他为“郭主任”。郭主任俨然乡村达人，一进来，磁性的嗓音朗朗的笑声就像一股风，吹遍了每个角落，人一到，一店子的目光全被他吸引了去。“嘿，吃水有奖啊！”他笑说着用眼光跟大家逐个打着招呼。有几个人站起邀他入座，他礼貌性地点了点头，就近坐了下来。

郭主任有一肚子的谜语笑话，俗话段子张嘴就来：“茶要细细品，活要慢慢做。”“古时民以食为天，而今人民都向钱！千万后生打工去，生日喜事聚年边。”……他坐在哪桌，哪桌就笑声不断，在圩市茶店拥有一大批老少粉丝。

这不，有个小男孩缠着他讲谜，他旋开玻璃水杯，呷一口茶，还要慢慢地咬一块薯片、品一块豆角酥，待甜香在唇舌流转，方悠悠然用乡音道来：“脑袋一甩，衫袖一荡，扭扭捏捏滴答哐！”小男孩摸头想了好一会儿，周围的大人也跟着思忖，猜不出。

郭主任轻敲了一下小男孩的头：“是繁体字——为！也难怪你猜不出。那来一个容易点的，听好啰！‘一点一撇，掀开罗裙，四只鹅舌。’”

黄皮夹克听了实在忍不住，喝一口茶站起，从那头桌上送来话：“还不是同一个‘为’字，哈哈……郭主任，你肚子里没货了？来点新的！”

“上无帽子，下无鞋子，腰上系个荷包，你还充什么牌子？”郭主任见黄皮夹克有些不服气，走到他桌边，对着他上下打量，盯着他的假皮衣，戏谑性地脱口打出一谜。

“这个更容易，不就是萝卜的‘卜’字吗？三岁伢崽崽都会猜。”黄皮夹克待郭主任话语一落，笑呵呵地就已道出谜底，兴奋得全听不出郭主任的言外戏嘲。

郭主任见他反应敏捷，脸上挂不住，竟直爽爽地笑话起他来：“看你那红光满面的高兴劲，昨晚上是不是摸到哪个女人的床上啊？”也不看黄皮夹克如何反应，紧接着，便用“三角班”女旦腔调唱起来：“快来快来快来呀，脚上莫穿铁钉鞋！”

一店的茶客听了，都跟着嘻嘻哈哈哄笑起来。

有几分姿色的茶店女老板，见店里如此喜乐，美滋滋地在每桌多添了些果品，紧跟着从煤炉上提起冲壶，就往郭主任的玻璃杯里，笑咧咧地续水。

郭主任见了更来劲，脑子一转，长寿眉一翘，笑望着店老板夫妇，用方言畅畅快快地咏出一首打油诗：

“夫妻一对手，银子天天有。年头忙年尾，钞票挑不起！”

那男老板听了，笑眯眯地从茶店后铺放下菜刀，忙上前迎了过来：“郭主任，我刚在圩上买了一只你爱吃的野兔子，我自己浸的杨梅谷酒，中午我们哥俩喝两杯？”

这家茶店笑得欢，邻家，同样没有招牌幌子和吆喝的水泥墙无名茶店里，也是一阵阵此起彼伏的“哦嗬”欢笑声。他们以茶为道具，果品为佐料，几个大男人媲美“三个女子一台戏”，天南地北地侃大山，享一享“为品清香频入座，欢同知己细谈心”的乐趣，品一品“淡中有味茶偏好，清茗一杯情更真”的友谊。当然，也有些耐不住的，除了“忙中偷闲喝碗茶”，还要“乐而忘忧拿副牌”。这样的茶客，进店有个不成文的三部曲：喝一晌清水茶，聊足天；而后，打扑克，摸竹篼牌；最后，输了的买菜在店里加工。待菜香沁鼻，喝两口当地酿的烧谷酒或糯米酒，说些大话荤话，脸红彤彤的，心暖融融的，抖抖身上的灰尘，擦掉眼角的眼屎，再心满意足地回去忙活，延续柴米油盐的日常生活。

茶，一枚来自山野的干枯树叶，在晶亮的沸水中，转瞬重生，焕发出青葱的容颜与芳华。这碗水的颜色和气韵，融入了茶与山野的相遇相知，对自然的汲取调配，和对人类的特有馈赠。其清颀的身姿，淡泊的气质，自由的意蕴，承接着我们的传统血脉，安放着我们的心灵家园。

在这里，茶店并不仅是喝茶，它是村民们的社交活动中心，是探讨农事、娱乐消遣、增智益寿的乐园。有了大碗茶，一年到头奔波劳碌的村民，交友休闲、见闻趣谈，甚至吹牛扯皮，都能得到家人的默许，变得合情合理，回味无穷。在粗犷的大茶碗里，在无所顾忌的交谈中，他们排解了生活的酸甜苦辣，学会了礼仪，懂得了谦让，以至于得到了认同，找到了归属。再苦再累，在这里喝上一碗，疲乏顿消；再争再求，在这里喝上一碗，无上清凉！茶店，是村民们健康的加油站，前行的怡然亭。怪不得他们说：家里的果品再好，没有茶店好吃！要找人，到茶店来！

原以为，喝茶是讲派头有身份人的嗜好，到这里方知，茶属山乡草根，喝茶并不仅是风雅人的风雅事。茶来自泥土，跟与泥土做伴的村民天然相亲，身心相契。唯有他们，才能真正品尝出茶的本色韵味，茶的甘鲜醇美。

尽管，来这里喝茶的女客稀少——女子仍遵循着“上不走四方，下不走三店”的习俗，但喝茶的男子在茶的浸润下，性情温存，明晓事理，为了喝茶会起早摸黑地赶好农事，再加上擅长沟通，故夫妻和睦。人常年陶然于茶中，自带静心丸，自配调和剂。喝了茶，村镇少有打架斗殴；喝了茶，民风自然淳朴可亲。

茶，是一样活法，一段旅程，更是一种信仰。茶不醉人人自醉！茶中自有村民的品位、村民的情趣、村民的欢乐、村民的天地！

晴天喝茶，添乐趣；雨中喝茶，净心脾；下雪喝茶，增韵致；酷暑喝茶，消燥热；隆冬喝茶，涤凄寒。

直喝到田间地头干得欢！直喝到“舌底朝朝茶味，眼前处处美好”！

“来，再筛上一碗！”

（原载《星火》2018 年第 4 期）

父亲与诗

徐　芳

父亲是我的诗歌启蒙者，儿时跟随他咿呀学语，不想就此走上了不归路。而某人所说的诗歌与一切地点、一切时间相关，尤其和童年期的特殊记忆相关，更与心传相关——信然。

父亲生于 1937 年 5 月 5 日，江苏盐城的古殿堡。所称古殿，据说建于明朝，经历战火纷飞和朝代更迭，只在他晚年的呢呢喃喃中，道出“大多已毁”的真相。而仅剩下的一座庙，却有九十九间屋宇，他的一个做了大和尚的叔叔，曾经在这座庙里为他敲过钟。六岁时他作为长房长孙被大家族当家的奶奶送入私塾，每日里描红、对对子，即使后来到上海入新式小学读书，这点旧学功底，也始终成了一生学习的趣味所在。九岁时他吟出佳句，传播甚广，已初具一鸣惊人的风范。

这做了大和尚的叔叔，也教他写诗，也教他喝酒，最初让他读诗后，用筷子头蘸酒再沾唇，以示鼓励的意思，那庙里的情景应该是动人的，所以他记下了整个庙宇的环境，也连带庙宇的氛围，门框上的木刻雕花，门廊上的翻飞青鸟，檐角的大铜铃叮叮作响等。他说这大和尚叔叔，后来圆寂在一口大缸之中，但不知是他见到的，还是听说的。从他的嘴里我第一次听说了“圆寂”这个词。

有些人的生命是跟着自己的心走的，而父亲是以心追踪自己的生命。经历了战争和变迁，他在新中国成立后，连跳两级考上了洋泾中学，在刚刚定居上海的里巷中，竟被争传为“天才”；后又考上了北京军事学院，更使得议论与赞美鼎沸。在北京毕业后曾在某某部队任初级军官，在上海“传说”成他要做大官了，引起了我祖母和全家莫名的恐慌，于是，封封家书终于把他拉回了上海家庭的怀抱，他也从此肩负起大家庭长房长孙的沉重责任——老吾老以及幼吾幼。其实，他刚刚到北京上军校时，尚未满二十岁，十几岁的少年每月把十几元的津贴的大头整十元，按时寄回家中，祖母因为双生弟弟而失去了工作，家里近十口人，只有他的父亲——我的祖父找到一份苦力活，小脚寡妇奶奶业已回乡接受土改与劳动改造。

他从此地到彼地，从 50 年代到 60 年代、70 年代……很多年。复员后，他从新沪钢铁厂的统计员开始做起，认真得恰到好处，或者不认真得也恰到好处——对这份清闲，他似乎是感觉不安的。在主动要求下放车间劳动后，他曾做过技工和电工，这些在毫无基础的他看来，是个新的学习内容，而他对学习本身就有强烈的兴趣，为学习而学习，为工作而工作——足矣！因为对技术的兴趣，对知识的兴趣，也因为年轻聪明和动手能力强，他被选入了当时非常重要的技术革新小组，这个小组结合了各方力量，曾有多项技术革新的成果，在重视发展大钢铁生产的背景下，被国家多次隆重表彰。

他在那一段攻坚克难没日没夜的工作里，没有一分钱的补贴，但粮票的标准竟破例高达近五十斤——我们小家庭用不了，但伸手者实在众多，如何接济他人，曾也是他和母亲背人时商议的重要话题。之后在哪里需要哪里去的精神鼓励下，他去做了电工，并担任电工班长。某年十一节前爬杆在高压线上检修的英姿焕发的照片，曾上过报纸，而英气逼人的年轻班长的英名，由此也被又一次广为传播，他再度“一鸣惊人”，却以另一种方式……他做电工期间的高帮皮靴，用现在的话说，实在很酷；但他长年穿一双旧靴子，呱嗒呱嗒走得脚步生风，不是因为新不如旧，而是工厂多次发放新的劳防用品时，他都悄悄地把靴子换成了几十双手套，手套又变成了慈母手中线，染色编织后，就成了一家老小的内衣和外衣。在几瓦的电灯照明下，父亲有几次接过母亲手里的竹针，在母亲去厨房的间隙里飞快地编织起来——这个，他也会！在我童年的记忆里，似乎就没有他不会做的事，很多事都是在上了他手之后，才可谓“一鸣惊人”。

在我无意中烧坏了家中的唯一电器——一台凭票购买的红灯牌收音机后，他自己买配件重新组装了“红灯”，铭牌是从旧机上拆下的，可似乎音色更好。他还教会了我组装矿石机，当我举着天线到处走时，就像现在的人握着手机，一刻不能离的资讯，源源不断滔滔不绝，就让我淹没在声音的波涛中。

我们家的房间每年粉刷，一桶石灰里加个煤球，可使石灰变得更白，他说“嘴上抹石灰——白吃”指吃喝不付钱，或没有别的代价。白，双关，本指白色，转指无代价。后来读《济公全传》八十回:“伙计一瞧，是这两个人，就一皱眉，知道这两个人素常净讲究嘴上抹石灰白吃。”原来这是有出处的，父亲的很多阅读，我并不知道，至少在那时我不知道，只见到过他读《红楼梦》。在我小学二年级时，我躲在被窝里读出了近视眼——因为他以为开卷过早，就只能是“囫囵吞枣”。而对我来说，“囫囵吞枣”也是仙枣一枚，“囫囵吞”的过程还可以反复，而且他所做“读红”的大量笔记，对我的品尝，就是实时的提醒。

他一度被派往江苏南京。半年后工作小组解散回家，我已经认不得他了，半夜里哭喊起来，让他走走走，甚至不得不开门，引邻居家的蒋奶来哄我——这事让他很沮丧，所以常提。而我永远不忘的是一张黑汉的脸，刀刻一样的陌生，在梦中一再出现，即使醒来，也不识那是谁。父亲说他在那个小组里，也只是个统计员——整理相关材料而已。后来他被组织选送到上海财经大学，系统学习财会后，从哪里来，到哪里去——回到新沪钢铁厂，一直担任财务负责人（在各种时期都没有去职过；直到 80 年代后期他调任上海铜带厂，经他的努力创立了上海首家工厂银行，并担任首个工厂银行的行长，以及工厂的财务总监，相关情况可见当时上海电视台的报道）……

再，他曾经被抽调为昆明中学党支部副书记，参加过数次五七干校下乡劳动之外，他曾经是区征兵办公室主任，也是民兵营的营长。似乎是炮兵，他的数学基础，应该是在军事学院学习期间打下的，之后在民兵训练中又时时温习；教我们数学，就不时举炮兵演习的实例。

我一直到初中，还是班里的数学课代表，在班里很多同学，尤其是女同学数学考核不及格的情况下，我常常考第一，而且是把附加题都完成的一百二十分。那时候高中总共两年期，我却因病休学一年多，回校仍然跟原来年级，还是他和我的数学老师、学校的党支部书记打招呼。理由是：他对我的学习有信心。1980 年，我参加高考，之前要补的功课太多，经班主任语文老师的策划，我把理科全部放下，只攻文科；其间还参加了一个上海市的语文知识竞赛，获得三等奖。而诗歌也在悄悄写，一如他和老师说过的，无用，但可以让灵魂飞起来一会儿，在巨大的压力下，这几乎等同于心理治疗，或者就是现今的禅修意义。高考数学竟然也考了七十九分，不高，但也算过关了。

记得他曾在家（鞍山新村）组织过诗会，那时候周围有很多人爱诗，当然包括父亲——一个钢铁厂的干部；包括我母亲所在的街道工厂的阿姨们（母亲从卫生站响应号召加入了街道工厂），也包括邻居家的工人，以及研究计算机的同济大学教师。他们之间的诗歌唱和与评议，让童年还未多识字的我很是好奇，这些叫诗的东西究竟藏着什么秘密，竟然让某个日常沉默的劳动者，忽然激情昂扬，撕心裂肺地喊叫；又使得某个看起来瘦弱病态的人，忽然具备某种力量，以手支住脑袋，那脑袋却忽然沉重起来，使得背弓起，一如我后来看到的罗丹的《思想者》塑像。而某人虽然不出声，但他那双眼睛犹如带着火光，乱发如火焰蓬勃……这怪异的情形，就和我并不理解的诗一起，留在我脑海里，像种子终于扎下了根。

那时我虽不认得多少字，却记得父亲写了杭州灵隐寺的松树，他和大家说平仄论韵律。我记得有个阿姨在记录，那阿姨对在一旁描红的我，关照着快记快记下，她应该完全把我也当成了诗会中的一员。好像我与他们任何一个其实都是彼此组成，彼此融化的。情感、精神、追索、实践的方式也是平等无大小的。在诗和诗之间，不管如何相隔，最终能够相会，并在心的深处产生深深的连接。我曾想，好像在一首陌生的诗里读到自己并不奇怪。读诗就是尝试用真实而感知的心去生活，在诗里，所看到的也将是整个世间或所有心灵的存在。也许，就因为父亲，我成为一个写诗的人，是偶然，更是必然。

父亲的一生经历了种种磨难，他也并不感觉虚度，也没有任何埋怨或责备之意。在磨难之前，或许这颗心还曾有很多困惑、疑问、悲伤、负担。直至看到了一些重要的事情——“磨难”就仿佛是一种开启。

在他的追思会上，我代表家属致谢，说了六个字三个气——英气勇气硬气，这之间是存在逻辑关系的，这或许本身也就在说明如何才能理解人生经验的一种方式，这里面有许多隐藏或直率的真意。我只举了一件关于硬气的生活小事，我在中学生重病期间，要打胰岛素等高价药，要补充营养，本来按情况，我们家完全可以申请补助，但我爸严拒了，理由就是：我是党员干部……我妈只好去献血，来补窟窿，家里的抽屉里就留下了一大沓献血单据；爸爸戒烟戒酒，除了吃饭之外，他把能戒的几乎全戒了，但是在我的病床前他总是笑的，手里也总带着一束花，他采的，有时就即兴颂几句，说是让我捉振头……家里带来的花瓶，是一个黄铜的炮弹壳，我的同学来探望时，手里的花儿和他拿的是一模一样，后来就有人在我病愈后告诉我：那就是你爸采的；我们去你家，看见你爸哭了……这么说，这不纯粹是我个人化的虚构或想象。而我的同学都说，你爸是个诗人——这个在他的履历之外的身份，虽是一种幻象性的存在，却最早得到我和大家认同。诗这个东西，被他最早引入我的人生，也表明了这是他的人生中深邃隽永的一种要素。

（原载《北京日报》2018 年 10 月 25 日）

灯火已黄昏

吴佳骏

一

我不知道，叔父在那个夕阳晕染的秋日黄昏，到底看到些什么。

我站在叔父身旁，感到一种莫名的忧伤。已经两天时间了，他滴水未进。时而昏迷，时而清醒。整个人瘦得脱了形，两条胳膊跟干柴似的。有人喊他，他就动一动嘴唇；没人喊他，他就那么安静地躺着。他在慢慢地遗忘自己，遗忘这个世界。夕阳像一幅尘封多年的油画，铺展在天边。风一吹，画布上的颜料就掉一层。颜料掉一层，我叔父就离死亡近一步。我想阻止风的吹刮，赶紧将堂屋的门掩上一扇。但秋风冷酷无情得很，它不但将我掩上的门瞬间推开，还把挂在院坝里树杈上的叔父的衣裤吹落了。我母亲说，这恐怕是个不祥之兆。父亲瞥了她一眼，意思是让她别瞎说。但我明显察觉到父亲那目光里的惶恐。我知道，他无法接受即将失去哥哥这个事实。都说长兄如父，自我爷爷去世后，父亲一直与叔父共御苦难，相互勉励对方活下去。至少在情感和精神层面，父亲对叔父有一种依赖。故自从叔父生病卧床以来，都是父亲给叔父拿药、输水。他试图使出自己这个乡村医生的浑身解数，把叔父医治好。

每隔半个小时，父亲都要为叔父测体温，察看瞳孔。他本来是想通过输液的方式，向叔父体内输送维生素，但针头实在无法插进血管。父亲反复试了几次，都没能成功。要是遇到别的病人，父亲早就劝慰其家属放弃治疗了。可对待叔父，父亲始终不甘心。他不相信叔父已经病入膏肓，更不相信叔父的病，已经超过了他的医治能力。我怕父亲感情用事，极力劝他顺承天意。父亲看看我，眼角终于流出了泪水。

看到父亲掉泪，我也难抑悲伤。在乡村，像我叔父这样的人太多了。遇到身体出了问题，从来都是采取强忍和拖延的办法。他们要么没钱去医院看病，要么舍不得花钱去医院看病。哪怕病魔在他们体内产生裂变，将他们撂倒了，他们也甘愿躺在木床上，跟死神周旋，梦想着奇迹发生。有的人拖着拖着，病竟然真的就好了；而有的人越拖越严重，不多久，就去见了阎王。农民都相信命，若拖好了，他们会认为自己命大，上天眷顾和怜悯他们。反之，则认为自己命薄，即使花钱医治，最终也是死路一条，人财两空。

二

这注定是一个秋风萧瑟的黄昏，一个死寂难熬的黄昏。要不是落日的余晖，多少给这个农家小院增添一抹亮色，我会怀疑我是坐守在记忆或幻觉里。我记不清，自己多久没有回到这座小院了。要是平时没特别的事，我一年顶多也只在重要节气才匆匆回来看看。我离开自己的出生地太久了，要不是叔父病危，我恐怕在短时间内还不会与它重逢。记得在我回家之前，父亲语气严肃地在电话里对我说：你叔父怕不行了，你必须回来，再忙都得回来。你不能学他那两个儿子，良心都被狗吃了。我知道父亲说话的分量，我不能违抗他，尤其在对待叔父的事情上。在这里，我不想回忆叔父对我的恩情和厚待，更不想追忆他对于我人生的重大意义。很多事情，是无法用语言表达的。你只能铭记，只能感恩。

我坐在堂屋门口，让风使劲地吹我。既然门板不能替叔父挡住风，我希望自己来替他挡住。母亲和叔娘在灶房烧水来替叔父擦洗身体，她们在为一场即将来临的死亡做准备。她们要让叔父干净地上路。烧水用的柴块是叔父生病前从山上砍回来的，里面藏满了太阳的光辉。这些干柴，叔父本来是要储备到过年时才烧的。现在，它们被提前投放到灶间，以燃烧的方式为死亡舞蹈。那每一块干柴，都似我叔父的一根肋骨。干柴在烈火中化为灰烬，我叔父的肋骨也随之化为灰烬。灰烬最后变成烟雾，从烟囱里飘散出来，在小院顶上盘旋。风把烟雾吹散了，烟雾又很快聚拢。我总觉得，那烟雾一定是叔父的灵魂在打旋。他大概是舍不得这座住了一辈子的院落，舍不得院落里的牲畜和农具，舍不得院落里的花草和果树，更舍不得落进小院里的春天的细雨和照进小院中的夏天的阳光……

叔娘边烧火边跟我母亲讲她和叔父的往事，讲得平静如水，泪眼婆娑，又荡气回肠，爱恨交加。她始终没有忘记几十年前那个早春的上午，她不顾家人的反对，独自背着一个帆布包，穿村越庄跑到我们家来的情景。她说那个春天的阳光很好，路两边的草芽都冒出了头。麻雀在树林子里蹦跳，蝴蝶在盛开的野花上展翅翩跹。她一路走着，口渴得难受。但她忍着，她不能回头，她已经奔逃在自己的命运之途上。她说她自从见到我叔父那天起，就下定决心要嫁给他。我叔娘是个有主见的倔强女人，那天上午，她心乱如麻。她不知道我叔父会不会接纳她。当她气喘吁吁走到我们家时，我叔父正蹲在磨刀石前磨刀。叔娘的出现，让叔父惊诧不已。刀锋竟把他的手指划开一条口，鲜血滴在磨刀石上，像岁月落在上面的一颗朱砂。叔父站起身，饱含热泪地取下叔娘肩上的帆布包，领她进屋喝水，还用开水泡了一碗冷饭给她吃。叔娘说，那天下午，我叔父啥活都没干，就那么坐在堂屋里，默默地看着她，把她的脸看得火辣辣的。叔父一句话都不说，只知道抽烟。烟蒂丢了一地，像一颗颗受潮的子弹。可就是那受潮的子弹，却每一颗都击中叔父的心，也击中叔娘的心。入夜，在我们全家人的欢庆声中，叔娘终于不再羞涩，帮着奶奶做晚饭。而我叔父也不再沉默寡言，吃饭时跟我父亲一杯接一杯地喝酒。爷爷怕叔父喝高了，耽误正事，不停地呵斥他少喝点。但叔父还是喝多了，躺在床上说梦话。讲到这里，叔娘哭出了声。她说自己听了叔父一辈子梦话，今后要是没了他，叫她如何睡得着觉。

我叔父今年六十七岁，比我父亲大六岁。父亲在听了叔娘的讲述后，心情比刚才沉重了许多。他坐在我对面，一支接一支地抽烟。这是他们兄弟俩一个共同的特点，凡遇到大事，都以抽烟来缓解紧张的心情。我叫父亲少抽点，他不听。咳嗽像轰炸机一样在他咽喉响起，把他夹烟的手震得微微颤抖。

锅里的水已经烧热，叔娘用脸盆装上水，端到叔父跟前。我起身要去帮忙，叔娘制止了我。她想亲自给叔父擦洗身子。我理解叔娘，也尊重叔娘。我重新坐下，只静静地看着她和叔父。像童年我坐在田坎上，看着他们在田里劳作时一样。叔娘的确是懂叔父的，她用毛巾轻轻地在叔父的脸上和身上擦洗。她知道叔父哪个地方疼，哪个地方有伤。她的手会绕过那些疼痛和有伤的地方，尽量不去触碰。叔娘明白，叔父以前也是这么对待她的。

自叔娘跟了叔父那天起，叔父一直对其厚待有加。他不能辜负这个敢与家人决绝，跑来死心塌地跟着他过日子的女人。那个年代，我们家可谓一贫如洗。叔娘发誓要与叔父共建美好家园，每日天不亮就上坡干活，她的头发总是挂着晨雾。中午也不回家吃饭，带几个馒头和一壶水，坐在草地上，头顶烈日几口就下了肚。直到太阳偏西，夜幕降临，她才筋疲力尽地朝家的方向走。叔父心疼叔娘，重活累活都抢着干。夜晚回到家里，他还给她捶背，给她揉脚。尤其是冬天，叔娘的耳朵和双手，都长满冻疮。叔父在每次上坡干活前，都要焐好一烘笼红炭，等叔娘回来后取暖。每年岁末，叔父经济再拮据，都不忘偷偷地去镇上找裁缝替叔娘制一套新衣裳。他是在以一颗感恩的心善待自己的老婆。叔父和叔娘的小日子越过越甜蜜。叔娘先后产下两儿一女，这可让村人们嫉妒和羡慕死了。连我母亲都有点责怪父亲不能像哥哥对待嫂子那样对待她。那时候，叔父和叔娘是我们村关注的焦点。大家都觉得他俩是全村最幸福的人。然而，谁都没有想到，若干年后，这对在村人眼里最为幸福的人却成了最为不幸的人。这不幸的根源，在于他们那几个子女。

我知道，叔父即使处在昏迷状态，他的内心也一定在想着他的孩子们。他担心自己走后，儿子们将一生飘零。那是他永远无法治愈的心病。他曾经跟我说过，他对自己的两个儿子很失望。他责怪他们为什么不能学我。他说他们今生要是有我一半那么争气，他就可以瞑目了。我极力安慰他想开些，说儿孙自有儿孙福。可叔父连连摇头，眼泪哗哗朝下淌。

但是现在，我叔父就躺在我面前，他再也不能开口说一句话。风又开始刮了，夕阳越来越稀薄。我将手伸到叔父的鼻孔前试了试，发觉他还有呼吸，我悬着的心稍稍轻松了一点。我怕他一旦睡着了，就再也不会醒来。但转念一想，我又觉得，即便叔父能侥幸活过来，他的心恐怕也已经死了。

三

村子里的人都在说，我大堂哥是个没心没肝的人。自己的爹都快要死了，他却跟没事人似的，躺在邻居家的床上呼呼大睡。我父亲实在看不惯，跑去邻居家一把掀开铺盖，将大堂哥拽起，骂他铁石心肠，简直不是人。大堂哥血红着眼睛，与我父亲对骂，还举起手要扇父亲耳光。我见势不妙，赶紧跑去劝阻。大堂哥以为我要跟父亲联手揍他，竟然从枕头底下摸出一把匕首来对着我们。我和父亲不得不心寒地转身离去。

大堂哥自幼顽劣成性，我们一起在镇上读初中时，他就喜欢跟社会闲杂青年鬼混。穿条破牛仔裤，耳朵上挂满了耳钉，留一头披肩长发，说话流里流气。一下课，就躲到厕所里抽烟，他右手的食指和中指被烟熏得焦黄。老师教育他，他就跟老师反抗。有一回，他跟镇上的社会青年邀约打群架，伤了人。德育主任找他谈话，他竟把主任的门牙打掉两颗。因为这事，他初中未毕业就被校方给开除了。

离开学校的大堂哥，先是在外面混了几年社会，身上刀伤无数。叔父实在拿他没法。近两年，或许是他在外边混不下去了，便回到村里过起了游手好闲的日子。可人活着，总得花钱。像大堂哥这样经历复杂的人，又怎能够守住他那颗躁动不安的心呢？于是乎，他便跟村里另一个臭味相投的青年，即他睡觉的那家邻居的儿子一起，干起了偷鸡摸狗的事情。村里人对他俩恨得咬牙切齿。他们总是在夜半时分，钻进别人家院里牵走圈里的鸡或羊，用摩托车载去卖给县城的牲口贩子。然后，拿着钱去酒吧唱歌、去网吧打游戏、去发廊寻开心。待钱挥霍光，又返回村里或周边的村镇进行盗窃。有好几次，村人们明着惹不起大堂哥，就暗地里报了警。可警察将大堂哥及其同伙抓走没两天，又放了出来。出来后的大堂哥更加飞扬跋扈，见谁骂谁。

叔父曾想遏制大堂哥再危害乡邻，趁他熟睡之际，用绳子将其五花大绑，关了他三天三夜。但大堂哥死不悔改，他为报复叔父，在一个月夜趁叔父喝醉了酒，也用同样的办法将其绑在了床上，让叔父在村人面前尊严尽失，走路都抬不起头。叔娘为他这个儿子，眼泪都快哭干了。我父母曾四处托媒人给大堂哥说门亲事，希望他成了家会痛改前非，可没有任何姑娘肯嫁给大堂哥。人家只要一提起他的名字，就一律谢绝。

大堂哥原本都是住在自己家里，每天至少睡到日上三竿才起床。他从来不会主动跟叔父叔娘说一句话，跟个哑巴似的。一到夜间，就出去作案。有时风声紧，他也会夜不出户，只约上几个哥们，牵上两条猎狗，打着手电筒满山满坡去追捕野鸡野兔，卖给镇上的餐馆换回几个零花钱。可自叔父病危以来，大堂哥就再没回屋睡过觉。他怕嗅到从叔父身上散发出来的臭味，怕感受到笼罩在家中的那种死亡气息。可大堂哥永远不怕的是对叔父的伤害，对亲情的冷漠和背叛。他根本不会意识到，自己的行为正在加速一个人的死亡。而一个人的死亡，难道真的换不回另一个人的良知吗？

我不想指责谁，更不想去探究一个人走向堕落的复杂缘由。在这个落日熔金的黄昏，在我的叔父快要被死亡夺去生命的时刻，我唯一的希望是除我之外，还能有一个身体里流淌着他的血脉的人为他送终。

这时，我想到了我的二堂哥。我在院坝里走来走去，掏出手机焦急地给二堂哥打电话。或许是信号不好，电话老是拨不出去。我不得不站到院坝左侧的一块大石头上去打。那是我们几兄弟童年时经常玩耍的地方。站在石头上，我有一种站在根上的感觉。拨了几次电话，终于通了，却没人接听。再打，还是没人接听。我的心一下子凉了下去。我不知道二堂哥是故意不接电话，还是手机不在他的身边。

二堂哥不像大堂哥那样惹是生非，他是个老实憨厚的青年，对叔父叔娘也很孝顺。村里所有人都很喜欢他。他从不多言多语，见谁都恭恭敬敬、客客气气。平时没事，他除了帮家里干活，就躲在屋里读小说。有一年夏季，我们村里还没有通电，叔父舍不得煤油，夜间早早地熄灯上床睡觉，不让二堂哥翻书。他也不沮丧，偷偷地跑去菜地捉来十余只萤火虫，装在一个玻璃小瓶里，藏在被窝里充当光源。我至今都佩服二堂哥的这一创举。我觉得他是个非常富有想象力和浪漫气质的孩子。我能够猜想，在那些孤寂的黑夜，这些来自自然界的生灵发出的淡黄色亮光，是怎样慰藉了他那脆弱而又敏锐的心灵，怎样陪伴他度过了童年的落寞和凄清。

但遗憾的是，我的二堂哥出生在农村，我的叔父叔娘没有能力和条件让他去接受更好的教育。初中毕业后，他就没再继续求学。现实过早地扼杀了一个可能极具艺术天赋的人才。他每天在家里所面对的，都是叔父和叔娘忧心忡忡的叹息，以及村人们在背后议论大堂哥的刺耳的话语。这一切，带给二堂哥无限的自卑和压抑。他很想冲破现实生活的藩篱，能够活在如那些小说中描绘的多姿多彩的世界里。每天放学回家后，二堂哥最爱做的事情，是跑去后山上看落日或朝着远方呐喊。如果天空正好有鸟飞过，他还会躺在草地上，仰望鸟儿飞翔的样子，直到夜幕彻底将他覆盖。

二堂哥最难以忍受的，是大堂哥的为非作歹。有好几次，他都想替父亲教训一下他这个不争气的长子。一天傍晚，二堂哥手提一把斧子，站在村头将从镇上喝了酒回来的大堂哥拦住。大堂哥见事不对，转身想跑。二堂哥冲上去就朝他背上猛砍一斧。斧子刚好砍在大堂哥的右肩上，血流如注。叔父闻风而来，以为大堂哥会命丧黄泉，哭喊着给了二堂哥两记重拳。二堂哥倒在路边的水田里，满身都是泥。

第二天黎明时分，二堂哥就离家出走了，连件衣服都没带，只把他一直珍藏着的那只曾装过萤火虫的玻璃瓶子带在了身上。叔父叔娘去镇上和县城的车站四处找寻二堂哥，没有任何下落。直到前年中秋节，叔父才接到二堂哥写来的一封信。信上除说他在浙江一家工厂干活外，其他什么都没说。叔父按照信上留的电话号码打过去，两个人都哽咽无声。这之后，二堂哥偶尔也会跟家里通通电话，但都仅限于亲人间的问候。叔父几次叫他回来，二堂哥也未置可否。今年春天，我去浙江出差，叔父嘱托我去看看二堂哥。我跟他在电话里联系好了，并约定了见面地点。可临到见面时，二堂哥却故意躲着我，连手机都关闭了。

其实，早在几天前我回家看叔父的当天，曾跟二堂哥通过一次电话。我将叔父病危的事告诉了他，并希望他近日无论如何抽身回家一趟。我说得言辞恳切，我不想他跟我一样留下任何遗憾。二堂哥先是在电话里唯唯诺诺，但在我的再三催促下，他还是答应立刻动身回家。可现在都已经过去五天了，还不见二堂哥回来。

我依然在不停地拨号，电话那头仍没有二堂哥的声音传来。我把手机装在裤袋里，不想再继续打了。我担心我若再打，二堂哥会像上次一样把手机给关掉。我瘫坐在石头上，无助地望着远方。

风在我身上缠绕，它们总是喜欢欺负失魂落魄的人。我正欲起身回屋，耳边忽然传来一阵清亮的哭声。我以为是叔娘在哭，结果却是我堂姐的声音。她牵着两个儿子，守在叔父身旁鼻涕一把眼泪一把的。我很讨厌堂姐的哭天抢地，毕竟我叔父还尚存一口气呢。但她的到来还是让我感到欣慰。我的大堂哥和二堂哥不在，她或许可以代表他们尽到最后的孝道，让我叔父不要带着人世的冷漠上路。

堂姐紧紧拉着叔父的手，嘴里大声喊着爸。我好似看到叔父的嘴唇动了动。堂姐的两个孩子靠墙立着，脸上露出惊惧的神色。他们可能被眼前的一幕吓着了。他们还小，还不懂得什么是死亡。尽管，就在一年以前，他们刚刚失去了父亲。我的堂姐夫，一个魁梧勤劳的男人，在外出打工途中意外失去了生命。这大概也是堂姐为何一见到叔父就放声大哭的原因吧。她在心理上无法接受连续痛失亲人的现实。这对一个女人来说，太残忍了。她没有这个承受能力。

看到堂姐那过于悲痛的模样，我不知道她是在哭叔父，还是在哭她自己的命运。

四

天就要黑了。夕阳只剩最后一片，仿佛农民祈祷上苍时遗落的一块红布。我们坐在叔父周围，揪心地看着他。他的内心似乎很难受，呼吸急促，只能张大着嘴换气。他的鼻子歪了，嘴巴也歪了，脸上堆满了痛苦。也许是叔娘看到他已无一线生机，唯愿他走得安详一点，便弯下身子不停在他耳朵边说：你放心吧，两个儿子我会帮你照顾好的。可叔娘越是这么说，叔父越是在用毅力挣扎着苟延残喘。他不想急于去天堂里串门，更不想到地狱里去报到。这个破败的乡村世界还有很多他所留恋的东西。他想永远守住他那一亩三分地，不让故乡沦陷。他要把自己坐守成一棵树，等待远飞的鸟儿重新回到枝头；他要把自己的脚印连成一条路，为那些流浪在外的游子标明家的方向。然而，死亡是无情的，它不会对叔父额外开恩，更不会颁发赦免令。

我们的村庄很小，很贫穷，也很偏僻。生活在村庄里的生灵们也很卑微。他们孤独地在那儿活着，忙着生也忙着死，不会惊动任何村庄以外的人。现在，这一切死亡都集中在了我叔父的身上。

父亲收起了他的医疗器具，他已经彻底放弃了拯救他这个哥哥的愿望，转而当起了死亡的司仪。他实在不忍看到叔父临终时的惨状，便吩咐堂姐去请本村的道士来念经。又安排我赶紧联系购买棺材。我给镇上一个开木器店的初中同学打电话，委托他替叔父挑选了一口柏木大棺，那是镇上能够买到的最上等的棺材。叔父这辈子过得太不容易了，没吃过好的，穿过好的，住的房子也甚是简陋。我想，既然他生前没有一个舒适的家，那就给他一个死后的好归宿吧。

道士很快就来了。他的双手沾满泥巴。他应该是正在坡上干活，被我堂姐给叫来的。他跟死亡打交道多年，也靠死亡发家致富。他可能是村里唯一热爱死亡的人。道士没有多看我叔父一眼，一到就穿上法衣戴上法帽，点燃香烛，翻开经书念诵经文。堂屋里顿时烟雾缭绕，纸钱翻飞。叔娘和母亲也在小声地商量叔父死后的事，诸如孝帕该怎么撕……

夕阳已经全部隐去，天地一片苍凉。夜色宛如一卷大麻布，将村庄覆盖了又覆盖。就在道士念经的声音渐渐微弱时，叔父终于停止了呼吸。他张大的嘴闭上了。他关掉了自己的生命之门。

我俯下身，给叔父烧了一沓“落气钱”，还给他点了一盏地油灯。当油灯的光焰亮起时，我才猛然意识到，我的又一个亲人远去了，他再也不会回来。跟随他一块儿远去的，还有那些他无比热爱的事物——土地、群山、田野、天空……

（原载《作家》2018 年第 1 期，有删节）

黑蝴蝶让我们目眩神迷

习　习

1

我们大院正对一条宽阔的马路，马路对面，是穿城而过的黄河，河对岸是立在城北的一个巨大的青灰色屏风——绵延不绝的石头大山。

我们有时去河边，卷起裤腿，手拉手排成一线，试探着尽量往河里走。如果河对岸有人影，我们就扯着嗓子大喊:“河北里的破山石！”“河北里的破山石！”

妈妈们有时在河岸踟蹰，目的是期望碰到一个心仪的压咸菜的大鹅卵石。压菜石对每家来说必不可少，只是那种比较浑圆又大小适中光滑可鉴的石头并不好寻，所以大人们经常这样说我们:“一河滩的石头，找不到一个压菜的。”

那时候的马路尚且名符其实，虽说路上也有不少汽车，但马路上还时常飞奔着马车，车把式很飘逸的样子，坐在车头马屁股后面，半蹲着身子，手里扬着长长的鞭子，鞭梢子上拴一截儿醒目的红毛线，一高兴，朝着空中长长地甩出去，甩出“啪啪”的声响，马儿跑得更欢了。夜晚，汽车少了，马儿的步子慢下来了，走了一天，乏了的样子，睡在炕上，也能听到马蹄子踏过路面的声音，“咔嗒咔嗒”。

2

工厂在马路边上、我们大院一侧。和别的工厂一样，我们工厂也有长长的石灰围墙，围墙上，偶尔露出厂院里一些老树的枝丫。多是国槐，槐花一嘟噜一嘟噜盛开的时候，爬墙偷摘槐花，对我们来说，那是常事。

那时候，围墙上不时更换标语，白地红字，每个字和我们差不多一样大，标语后面常常跟一个大大的感叹号，下面坠一个秤砣。

我们大院的地势比马路高一些，进到大院要上一个土坡，土坡一侧是大院的公用茅厕，往里，靠近大院的是女人们的，临近马路的是男人们的。

3

我们的世界确实很小，这是我们院里大人孩子孤陋寡闻目光短浅的原因之一。

本来，我们的城市就不大，况且，我们的活动范围基本囿于大院、大院一旁的工厂、比工厂稍远的学校。那时候，地理老师的办公室放着一个地球仪，趁老师不在，我们让它疯狂旋转，我们不知道那上面是整个世界。

我们熟悉的公共场合也比较有限，大都与我们的生活息息相关。百货商店、电影院、医院、菜铺子、糖铺子、中药铺子。我们还爱去废品收购站，当然最爱出入那里的是大红和小红，他们翻墙进去，偷出废品，再把废品卖进收购站。我们不出远门，也没有远方的亲戚，所以，那时长途汽车站火车站对我们来说都很陌生。

一个城市的五脏六腑大致就这些吧。奇怪的是，那时候人少，偏偏哪里都很拥挤。买菜、到饭馆吃饭，都要排长长的队。就说在饭馆排队，等桌子等椅子，用眼睛催着人家吃，咽口水的声音自己听着都丢人。水站买水也要排队，铁桶、扁担和人一起往前挪。还有粮站，按规定的时间购粮，队子蛇一样在粮站外面扭来扭去，快到跟前时，女人家手里，一只毛衣的袖子都快织出来了。

相对来说，卖点心糖果的糖铺子我们比较熟悉，因为菊梅的爸是铺子里的营业员，外套外面，穿一件长长的白的确良工作服，过些日子给我们揣回来一包点心皮子，菊梅妈仔细地拣掉一粒粒老鼠屎，然后晾在桌子上叫我们吃，我们像猪喽喽一样把头扎到点心堆上，用舌头满满地粘进一大嘴，真是又酥又香呀。

当然，城市里必不可少的还有理发馆。

特别值得一提的是，我们城里，还有个工艺品商店。

4

大红的几个手指头让车床轧断后，在家待了好长时间。手不灵便，干不了好多事情，更别说偷偷摸摸了。人们心想，轧断他的指头，大概是老天爷的意思。

大红受了伤，多天不见小红了，他妈恓惶地说，日子过不下去，叫小红跟着匠人到外地干活去了。院子里一下子就少了两个贼娃子，大家心里松泛了许多。我们都不知道小红去了哪个外地，没有了和他哥的里应外合，大家吃不准他会不会金盆洗手。

这边呢，大红啥也不干，一天到晚坐在他家门槛上，手挂在脖子上吊的白纱布里，翻来覆去地唱一首人们说的黄色歌儿。

杜鹃啊杜鹃啊我爱你
你的心是铁打的
你这样狠心地折磨着我
八哥我有心跳河里
……

那时候，我们很难开口说出“爱”这个字，除了说爱吃什么爱穿什么爱用什么、爱一些家喻户晓的大人物外。我们彼此之间，大人和大人，大人和孩子，孩子和孩子，要出说“爱”这个字来，像是能把人羞死。

比如，大人爱自家娃娃是天经地义的吧？但从不说爱他，只说“我把这个娃心疼着”。“心疼”就是“爱”，那么反过来，爱就是让人心疼吗？比起大红小红还有莲娃，甚至包括大我们几岁的六一，我们都还是碎籽籽子（小娃娃），我们那时候确实还不太懂这些。

大红不害臊地唱着“我爱你”“我爱你”，刚开始我们有些害臊，后来就习惯了。

这是一首特别特别长的叙事歌儿，唱的是一个叫八哥的小伙子和一个叫杜鹃的姑娘的爱情故事，有十几段，八哥一段、杜鹃一段，从刚开始的难分难舍唱到后来的一厢情愿，再到最后的生离死别，大红有本事把每一段都唱得不一样。第一次聚精会神听完这个歌儿的全部，我们都有要流出眼泪的感觉。

其实我们一直拿不准到底歌儿原本是这样的，还是大红自己编的。

大红日复一日地唱着，我们都耳熟能详了，有时也不经意地哼唱几句，大人们一听就皱眉头，说，“这些尕二流子”。

因为大红几个指头没了，大家就可怜见地让他这样没日没夜地唱这样的黄色歌儿，人们想，也许唱的时候能解解疼——他手上的，还有心上的。

5

其实，我们都知道，大红是唱给莲娃的。

莲娃家的窗户和大红家的门紧挨着，他每次坐在门槛上唱的时候，莲娃就在那个半拉着碎花窗帘的屋里。

莲娃开门，像从画张子里出来的一样，带着雪花膏和洗头膏的香气，风吹杨柳，柔柔地走了过来。一些听歌的男娃娃先羞红了脸，不敢看她，低着头干了坏事一样站起来给她让路，而大红还是那样不紧不慢靠着门框懒洋洋地唱着。

八哥八哥我爱你
你是世上最好的
你好比清泉里的鱼一条
杜鹃我好像花儿一朵
……

大红小红是双胞胎，大人们叫他两个大贼娃子和小贼娃子的时候，我们都觉得着实可惜，因为他们两个长得实在好看，身材又挺拔。就说大红吧，就算知道他手脚不干净，还少了几根指头，别的院子好看的女娃娃还是络绎不绝地来找他，要么给他提一包点心，要么几个果子、几本小人书。

但大红心里只有莲娃，我们都知道。

莲娃也知道，所以从来不应和他，甚至不正眼看一下他。大红长腿蜘蛛似的，把腿伸到老远，莲娃从他脚边风吹杨柳地走过，下巴子高高抬着，眼睫毛上可以落一排雀儿了。

众人眼里，大红和小红完全一个模子倒出来的，但熟悉他们的人知道，他俩身上有个很小的分别，大红比小红多个指头，是个六指子，不过现在呢，六指子的大红倒比小红少了几根指头。你说这世上的事怪不怪？

我姥姥疑心她梳头发时放在窗台上的一个铜簪子让大红拾走了，那是个老货，姥姥很喜欢。所以，她对大红一直不待见。大红一天到晚对着仙女一样的莲娃唱“我爱你”的时候，我姥姥往大红家的方向一撇嘴，说：“真的是六指子抠痒痒——多一个道道。”当她听说小红早些日子跟着匠人到外地做事去了，说：“这叫两个鸡蛋走路——各滚各的。”

6

夏天，天黑得慢，马路上两排高高的路灯终于亮了，灯蛾子把葡萄串一样的灯泡撞得叮当作响。

我们潜伏在大院门口的茅厕旁，目不转睛地往马路上窥望。先前我们也这样埋伏过，但是，这个晚上，气氛大不相同。

马路上几乎没有什么来往的汽车了，路灯照不到的暗处，黑黢黢静悄悄的。

先是不少女娃娃三三两两走到路灯下。叫人心惊的是，像是一个暗号，她们的辫子或者小鬏鬏上一律扎一对儿黑蝴蝶结。黑蝴蝶结没有融合在黑夜里，反而看上去十分醒目。

紧接着，像猫儿闻到了鱼，又三三两两地聚过来一群尕小伙。

女娃娃、尕小伙，他们晚上聚在一起会做什么呢?

我们有些兴奋，怀着难以名状的期待，屏着呼吸，不敢有一点儿动静。

大头六一压低嗓门说:“这都是些男二流子女二流子，要是让他们发现，我们就死得快了。”

什么是二流子，我们似懂非懂。二流子，和流氓好像有一点点沾边，但二者有很大的区分。

我们记起，有一天，尕妹疯了一样跑进院子，手捂着心口子说，男厕所门口站着一个流氓。我们都很吃惊，那时候，人们对“流氓”这个词非常敏感。尕妹说:“那个流氓穿着长大衣，朝我喊了一声‘呔’，我转头一看，你猜怎么着，他忽地揭开大衣，原来他里面啥都没穿，把我吓死了、恶心死了！”我们飞奔到大院门口时，已经没有了流氓的踪影。那是我们头一次听说这么胆大妄为的流氓，而且就在我们院子门口耍流氓。女娃娃们从那一天起，又紧张又害怕，进院子的时候都是吆五喝六地跑着进来的。

但现在，街上站的，大头六一说，是一帮二流子。怎么样就是二流子呢?

我们紧张地潜伏着，期待着某种我们说不清楚的结果。但是，出乎意料，我们看到的，无非是女娃娃尕小伙两拨人渐渐靠近，说说笑笑，偶尔互相打闹一下，然后，三三两两地，又纷纷散去。

就像看老旧的默片电影一样，我们眼前的景象基本是无声的、黑白的。但是，黑蝴蝶在夜色里静悄悄地扑扇着膀子，翩翩欲飞，让我们目眩神迷。

7

这天，大红还是坐在门槛上唱着歌儿，莲娃推开门走了出来，像从画张子里走下来的一样。我们不敢抬头，羞羞地站起来给她让路。

“轰！”我们的小群落发生了小小的骚乱，因为所有人看见，莲娃的两根长辫子上竟然也扎着两朵黑绸子蝴蝶结。两个黑蝴蝶结像两只落在莲娃辫子上的蝴蝶，跟着莲娃风吹杨柳的腰身，一左一右地跳着。

像蚕儿破蛹，莲娃也出落成黑蝴蝶了。

紧接着，纷纷扬扬的事情叫我们猝不及防。

杜鹃啊杜鹃啊我爱你
你的心是铁打的
你这样狠心地折磨着我
八哥我有心跳河里
……

我们都暗笑大红的愚痴呢。

来找莲娃的尕小伙、到莲娃家提亲的人，都快踏破门槛了。

大红手上的伤长好了，但他还是一天到晚举着那只少了指头的手，坐在门槛上，懒洋洋地唱着。

八哥八哥我爱你

你是世上最好的

你好比清泉里的鱼一个

杜鹃我好像花儿一样

……

我们真替大红心疼呢。

但不管怎么说，那时候的莲娃还是我们大院里的莲娃，是我们自家人的莲娃。

再后来，莲娃上班了，到一个工艺品商店当售货员，这下，莲娃成了我们城里所有人的莲娃了。

这让我们非常担心。

8

如果不是莲娃，我们真不知道城里有这么个商店。

比起缺一不可的糖铺子菜铺子药铺子百货商店，莲娃工作的这个商店好像可有可无。但是，因为知道了它的存在，我们的城市一下子有了一种异样的美好。

那时候，我们大院家家户户，屋子里尽管简朴，但还是少不了装饰，比如玻璃花瓶里插的鲜艳的塑料花儿，它一年四季不败，如果脏了，我们用肥皂水一洗，便立刻焕然一新。我们大炕上摆得方方正正的被子枕头上，都苫着妈妈们用钩针钩的太阳花儿。我们堂屋的大方桌上，摆着晶莹透亮的罐头瓶子。我们的墙上，家家都贴画张子，画张子上有的是金陵十二钗，有的是鲤鱼跳龙门，有的是光身子的胖娃娃。再说我们平时的玩具吧，虽然简朴，但说起来也琳琅满目，有玻璃蛋儿、纸烟盒子叠出的“宝”、沙包、皮筋、铁环、粗线条的木头刀、木头手枪等。

一切超出我们的见识和想象。在工艺品商店，我们第一次见到水晶球，想不明白的是，晶莹剔透的圆球里，怎么会有松树、木屋？最神奇的是，里面还分秒不歇地飘洒着雪花儿。我们第一次见到栩栩如生的毛绒兔子。我们第一次见到能走路会喵喵叫的机器猫儿。我们第一次见到在半透明的丝绸上绣出的美轮美奂的金陵十二钗，还有成堆的好像能散发出香气的花儿。

我们说不清为啥，我们都觉得，莲娃和这里非常般配。

9

那时候，我们城里，街头巷尾，流传着这样一个故事。

这故事，头一次，我们还是从尕女子的奶奶花奶奶那里听到的。

花奶奶坐在太阳地里的木头凳子上，给蹲在她怀里的尕女子编辫子，一边编一边讲。

“西关什字里有个理发店，理发店的生意特别好。到那个理发馆理发的多是些小伙子，头发长的、没有来得及长长的，一大早都去那个理发馆排队。为了啥呢？原来，店里有个理发员，一个姑娘，长得特别好看。好看的姑娘谁不喜欢呢？连女娃娃们都一天到晚地把脸贴在玻璃上瞅她呢。后头呢，有个男的，一天不歇地去理发馆，给她送衣服、送鞋子，往死里追她。姑娘看不上他，就是不答应。有一天，姑娘给他理发的时候，他忽地站起来，一口咬掉了这个姑娘的鼻大哥（鼻子尖）。”（那时候我们有好些奇怪的说法，比如把大脚趾小脚趾叫“大阿舅”“小阿舅”，谁的大脚趾从鞋里露出来了，我们就说大阿舅出来了。）

这故事听得我们心惊肉跳。

没人证实这个故事的真实性，我们始终没找到西关什字里的那个理发店，但这个故事确乎在我们城里疯了一样乱传。

花奶奶害烂眼病，流了多半辈子迎风泪。花奶奶说完这个故事，眼睛里“哗”地蓄满了眼泪，不知是叫风吹的，还是她心里难过的。

“这个女子命苦啊，长那么好看能做啥呢，还不是让人咬了鼻大哥。还是我们尕女子这个样子好。”

尕女子在她奶奶怀里气得跺脚呢。

按大人们的话，和理发店一样，莲娃从事的也是服务行业。工艺品商店也进出各式各样的男人，这怎么叫人不担心呢?

10

高台子上住的兰兰爸给莲娃介绍了一个干部的儿子。

干部家条件好，干部爸妈提着大包小包到莲娃家提亲。莲娃妈的嘴皮子都磨破了，莲娃不答应。

高台子上住的尕妹的爸直接给莲娃介绍了一个干部小伙子。

干部小伙子穿着毛哔叽中山装，头发梳得油光发亮地进了莲娃家，一直到了晚上，莲娃还不回家。莲娃妈的嘴皮子都磨破了，莲娃还是不答应。

大人们说，莲娃的心都高到天上了。我们觉得，这就对了。

11

夏天的一个下午，我们比赛立墙根，第一个立不住的，所有人刮他的鼻子或者弹他的脑壳儿。

每个人手狠着呢。

太阳亮亮的，院子里洒了一地大梨树的碎影子。

我们齐刷刷地在六一家上房墙上倒立着，怕泄气，谁都不肯说半句话。

倒着看我们的大院，有种种的新奇。

我们虽然还小，但我们也习惯俯视。当我们倒立到地上的时候，我们发现，六一家门前，那些原先看起来矮矮的八瓣梅都瘦高瘦高的，墙根里的葵花盘子都长到天上了。还有鸡娃子狗娃子们，和人特别像，忙忙碌碌，走过来走过去的。

我们眼睁睁看着一股细细的卷卷风从远处吹过来了，旋起地上的细土面子，像考验我们一样，在我们每个人头顶转了几圈，又转着圈圈出院子。我们都忍住了，没有人咳嗽。

花奶奶的两只小裹脚和她的老拐杖咯噔咯噔地走来了，她站在我们眼睛前面，两条缠了裹腿布的腿特别像圆规。她颠着粽子一样的小裹脚，用拐杖在每个人头前面点着，终于认出了她家的尕女子。

“死娃娃，你还玩得清闲，羊都嚎上了，你还不赶快到菜铺子拾菜叶子去。”

我们一听，尕女子家的母羊真的在叫呢，咩咩咩，娇滴滴的，没有嚎的意思。

花奶奶和她的拐棍又走远了。

瘸腿姑舅爷从院子外头进来了，真新鲜啊，他今天换了一套铁灰色的中山装，他颠颠簸簸地走着，像喝了酒一样，看上去很开心。

我们互相使使眼色，偷偷笑呢。

“丁零零”，进来一辆崭新的自行车。我们的眼睛“唰”的一亮，我们即便倒立着，也一眼认出，骑车子的是大红。大红哪里来的钱买这么好的自行车呢？

呀，车子后面带的是谁？确实没看错，是莲娃，莲娃的辫子上扎着两个黑蝴蝶结，两个蝴蝶结黑蝴蝶一样飞得高高的，莲娃搂着大红的腰，咯咯咯，笑声跟铃铛子一样。

“啪”，六一第一个翻身下地。谁还能立住啊，我们全都坐到了地上。

就我们立墙根的这个当儿，世界真的天翻地覆了？我们惊讶得说不出一句话来。

自行车绕着大院——甚至没有放过“壶嘴”——整整转了一圈，最后转回到我们眼前。

天呀，原来是小红，指头子不多不少的小红！

你说世上的事怪不怪？

这一次，大红外出了。他妈恓惶地说，日子过不下去了，跟着匠人出去，到底能多挣些钱。

瘸腿姑舅爷穿着小红孝敬他的铁灰色中山装，喜洋洋地坐在高台子上给大家讲阴阳。

小红不用口干舌燥地唱“八哥”和“杜鹃”了，他只要在莲娃窗户前人影子一闪，莲娃就跟蝴蝶一样，从屋里飞出来了。

（原载《美文》2018 年第 3 期）

如草在野

刘梅花

1

清晨，还没醒透，跟着电视台记者去采访。没来得及吃早餐，车上喝了两杯酸奶压饥。天空灰蒙蒙的，雨丝欲落未落。

到了草原，明显感到寒意，才发现衣服穿得太单了。海拔近三千米的地方，寒气弥散，细雨掺杂着雾气，又潮又冷。采访的那户人家在半山坡，没有院墙，几间房子猴似的蹲在青草丛里，脚跟不稳的样子。门前一坡青草，半人高，踩出一条路。屋后亦是绿草萋萋，差不多要淹没屋子。

进门，屋子里跟外面一样冷。一个铁皮焊接的烤箱是取暖的，牛粪没有烧热，摸上去只有细若游丝的温度。忍不住打了个冷战。主人总是被采访，烦了，对我们的到来并不热心，不过是随便应付罢了。电视台的记者们也是来了无数次，毫无新鲜材料可挖掘，也就是应付交差。

取镜头的时候，我退到走廊里。走廊里更加冷，冷风从门缝里直灌。我只穿了一件单衣，披了披肩。早晨太匆忙，来不及带件厚衣裳。有一个女孩推门而入，她的羽绒服肩头被雨打湿，红颜色深了一重。她推开走廊尽头一间房子，屋子里好像有火炉，有人围炉而坐。但是没有主人的邀请，我可不能厚着脸皮去蹭火烤。

采访过程非常缓慢。不过就那些事情，就那些话，翻来覆去说了无数遍，实在不好找新的话题。于是，编导决定到主人的学生那儿去，挖点新话题。那户人家，在山脚下，浸在浓雾里，门前一群牦牛。

绕过木头栅栏，一条肥壮的牧羊犬跳起来狂吠。虽然用铁链子拴着，但大家都怕，犹豫着，躲闪着，慢吞吞靠近庄门。雨却突然下大了，雨点扑在身上，衣服都湿透了。

这户人家是个四合院，走廊里养着花草，西屋有人在做饭，锅铲碰撞着铁锅，发出叮叮当当的声音。东屋采访，没有生火炉，还是冷。取镜头的时候，仍旧退到走廊里，不能弄出声音来，悄无声息地等着。

采访总算结束了，熬了大半天。可是，还不能返回。编导说，要取一个夜色里的镜头，等天黑。主人端来一锅汤面片，话不多，留下碗筷我们自己舀饭。他黑长的脸，木木的，努力把不耐烦按住。不过，半天又拎来两瓶酒，尽着清淡的礼数。

取了夜色里的镜头，我以为要走了，谁知推杯换盏间，几个人却都兴奋起来，不肯走，扑在酒杯上吆五喝六。我和他们都不熟，萍水相逢的采访而已，只好等着。有人敬酒，我可不喝。

回县城要几十里的路程，草原上可没有什么便车。夜深了，更加冷。忍不住催了几遍，有人不高兴，却终于肯回了。其中一个好像是学区的主任，已经喝高了，大着舌头说，女人，很麻烦的，出门最好不带。

嘁，什么话呀。好像我很乐意跟着他们似的。

雨还在下，夜色里的草尖泛着水珠，打湿鞋子。这家人门前立着好多木头，一个干草垛，黑漆漆的，有点骇人。似乎有羊羔子在咩咩叫，声音亦是淡漠清冷。

第二天清晨，觉得嗓子疼，一定是昨天被雨浇透感冒了。写稿子，交差。下午开始头昏脑涨，发烧，晕，病倒了。

2

门诊上输液。晕得天旋地转。我感到了丝丝缕缕逼近的寒气，根本掌控不了自己的神志，迷迷瞪瞪，晕晕乎乎，像在梦里。已经整整十年没有输液了，这次病得不轻。有时候真的很脆弱，只不过是一场感冒，就把自己的生活秩序完全打乱。

输液到第三天的时候，完全扛不住了，手抖，腿软，目眩。第四天，果断住院。住院的手续非常繁杂，还要到社保局盖章。勉强撑着，一个人，捏着一张表格，走在寒风里，眼泪扑簌扑簌往下掉。住院部在六楼，电梯总是等不来，扶着楼梯栏杆，慢慢爬上爬下地办妥了手续，跑了三趟。

神经科，病房里三张床。靠门 15 床，一个有点年纪的大妈。中间 16 床，短头发的一个嫂子。我靠窗，17 床。大家都是头晕，头疼。

各种检查，仍然输液。主治医生始终没见到，只有一个实习生给我看病。病情天天那样，一点也不见好转。实习生一着急，一下子开了五瓶液体。输到最后一瓶，我喊来护士拔了针，脸都输液输肿了，手也肿了。人的血管是有限的，哪里能装得下五瓶液体。我找到实习生，伸给他看肿成包子的手。

实习生有点脸红，没说话。第二天，液体锐减到一瓶。不过，还是晕，半点效果都没有。

这天，先是 15 床的大妈，打电话，打着打着哭成一团。从她断断续续的哭诉里，大致知道她的病因，是被儿媳妇撵出来气晕的。一会儿，她弟弟，一个黑瘦的老头儿来了。老头儿坐在床前，掏出两百块钱，递给老姐姐，要她买点补品吃。大妈推让了半天，收下了。又一会儿，她妹妹拎着一包馒头来了。说了一会儿话，塞给大妈两百块钱走了。

又一会儿，他儿子来了。坐了半天，说妈妈借点钱给我，有个急用。大妈沉默不语，半天摸出两百块钱，递给儿子。儿子起身走了，说我有钱就还给你。大妈躲在被子里，哭得肩头颤抖。

16 床的嫂子也哭，不知道为什么。中午的时候，来了一男一女，都是中年人。彼此相持了一阵子，开始激烈地吵架。

来的那个女人挺厉害，梗着脖子说，你的姑娘是打工的，我的儿子也是个打工的。年轻人自由恋爱，有什么拐骗不拐骗的。现在他们人在哪里，我们也不清楚。

16 床的嫂子气得浑身乱抖，嘴唇簌簌抖着，反复只说几个字，我的丫头还是个学生，才十九岁。将心比心，你们想想。

一会儿，嫂子的妹妹来了。这个妹妹倒是很厉害，一阵厉喝，喝退了一男一女。姊妹俩开始给私奔的女孩打电话。打了一下午，电话终于通了。这是我看过最凄惨的一幕了：16 床的嫂子跪在床上，声泪俱下，苦苦乞求女儿回来，她哭得抽搐成一团，额头的青筋暴起来，脸色黑青，几乎要晕厥过去。

电话那头，女孩并不相信自己的妈妈病了，一声不吭。做姨娘的，就拍了视频，发给侄女看。隔天，这个女孩回来了。高个子，短头发，憨憨的，脸上挂着眼泪，挺漂亮的女孩儿。娘俩都没有说话，都在哭。那个男孩在门口晃了几晃，被 16 床嫂子一声大喝，骂走了。走廊里，男孩的父母还在徘徊，就是头天来吵架的一男一女，他们准备带走女孩子。病房里静悄悄的，只有两个女人压抑的哭泣声。风吹动外面窗台上的灰尘，天空里好像卷起薄薄的雪花。

我喝完一杯酸奶，护士拔掉我手背上的针。没有人给我送餐，自己慢慢扶着墙，出去吃饭。一瓶液体，输了这么久。

餐馆的收银台上，卧着一只猫。奇怪，餐馆也能养猫。它一纵身跳下来，从我脚下走过去，轻轻的，没有声音。猫相当肥，也相当健康。羡慕地看着它柔软的筋骨，一点也不眩晕地穿行于闹市里。

寒风里，我掖紧了棉衣，努力把自己从迷糊状态里掐醒。

古人说，病至，然后知无病之快。多么痛的领悟。

3

转院，到省医院。这期间，在家休息了一个多月。病情时好时坏，捉摸不定。主治医生是位素面的女大夫，很和蔼。床位还没腾开，那位病人正在办理出院手续。我坐在走廊等，空气里是消毒水的味道。

神经科的病人，多是老人。腿不能好好走路的，坐着轮椅的，痴呆掉的，说话口齿不清的。每个人都看上去满身尘土，梦游一般。我这么年轻，掺在一群老人里，像一塘枯荷里混进来一株向日葵，很挺拔硬朗，自己也觉得愧然。

病房里还是三张床。39 床，一位大妈，脊髓炎，走路直撅撅的，挪不开步子，必须要人搀扶着。41 床，八十多岁的老奶奶，眼睛出了问题，看人是重影。但她不属于眼科，归神经科。我是 40 床。

床头柜落了一层薄薄的灰尘，我拿湿巾细细擦了一遍。柜子里有之前的病人留下的片子，几只蔫了的水果。水果皱了皮，透着衰弱与无奈的样子。铺了一张报纸，搁上去我的东西。零食，包包，一盒酸奶。

同屋的人，睡在各自的床上，相互问起病情，来自哪里。夜深，都睡了，一盏小灯没有关，白晃晃亮着。39 床的家属舍不得租一张床，就和病人挤在一起睡，两口子都发出沉沉的鼾声，偶尔夹杂一声呻吟。41 床的老奶奶侧身睡着，她的女儿睡在自家带来的简易床上，娘俩呼吸的频率都是一样的。

我睡不着，翻来覆去想我这些年的光景。拿汗水换取一日三餐，不畏一切地拼命劳累。粗布衣衫，白菜土豆，小心翼翼维护着单薄的自尊，时不时被人呵斥……眼泪忍不住，水一般淌着。我没有能力怜悯别人，只怜悯我自己。外面似乎起风了，忽而大，忽而小，有什么声音呜呜的，有点害怕。

还是睡不着，默默安慰自己：天薄我福，吾厚吾德以迓之；天劳我形，吾逸吾心以补之；天厄我遇，吾亨吾道以通之。

清晨。护士在门口喊着，40 床，叫家属来取检查的单子。

一屋子人都抢着回答：她并没有带家属。护士进来，看看我，笑道，竟然不带家属就住院，真是一条汉子。

可是，就算是一条铁打的汉子，也生病了啊。古人说，人不得道，生死老病四字关，谁能透过？独美人名将，老病之状，尤为可怜。还好，算不到美人里去，少了几分怜。笨人生病，自然没人怜惜，自己努力治病就是了。

我跟着老奶奶去做检查。她住了几次院，熟门熟路。核磁共振，彩超……一连几天，都要做各种检查。主治大夫需要确定病因，她想知道到底是什么原因，引起我的眩晕。

午间，阳光甚好。躺在阳台上晒晒太阳，和老奶奶聊天。护士又在门口喊着：40 床！我赶紧招招手，在这儿！护士走过来，看我躺得那么惬意，笑道，你是度假来了还是看病来了，这么舒服的。

可是，我是眩晕症，不能和别的病人一样需要活动。一动不如一静啊。

周一，所有的检查结果都出来了，主治医生告诉我，没有病，都好着。我惊喜得差点从床上跳起来。那么，眩晕是怎么回事呢？是因为重感冒，引起脑血管供血不足。然后，医生又加一条：有焦虑症。

对症治疗，效果一天比一天好。一周后，几乎不晕了，可以平平稳稳走路。看天，亦是静止的，不动也不晃。

离开病房的时候，老奶奶和大妈都睡着了。她们沉沉睡着，也不知道什么时候可以出院。

立在兰州的马路上，阳光是暖的。有人在路边支起火炉，卖烤红薯。一把旧椅子，一杆老旧的秤，安静守候生意。他从火炉里掏出烫手的红薯，掂掂分量，满意地一笑。整个冬天的意境，就在他身后，茫茫的，落下来。

回家，推门，一屋子花草姹紫嫣红——刹那间，觉得家竟是如此美好。给远在新疆的儿子报了平安，泡了一壶茶，躺在沙发上，顿然觉得幸福。还是古人有体会：日月如惊丸，可谓浮生矣，惟静卧是小延年。人事如飞尘，可谓劳攘矣，惟静坐是小自在。

最自在的，莫过于这样了——小病痊愈，喝喝茶，读读书，犹如野草在大野里逍遥。

（原载《岁月》2018 年第 2 期）

离土的蒲公英

沈俊峰

连滚带爬似的勉强读完初中，表弟就要进城打工。我为此耿耿于怀很久。皖南民风盛行的“养儿不读书，不如养头猪”，到了皖北怎么就变了呢？说实话，想拉他一把，都感觉找不到他的手。

可毕竟是打断骨头连着筋，又不能不管他。眨眼间，他进城二十年了。约有十年，我俩共同生活在同一座城市。虽说同城，却像是隔着一座山，走动并不多，亦熟亦生，也亲也疏，状如隐约。后来，我们身居不同的城市，更是无暇相见。偶尔的联系，几乎都是在他遇到麻烦的时候。

这次回省里小住，天天去旁边一座辽阔的城市公园走路。公园里，树木葱郁，花草葳蕤，曲径通幽。路边竟还有蒲公英开着雪白的绒花，在风中静默。这久违的蒲公英，以前在乡下随处可见，现在也随风逐流，不甘寂寞，在都市裸露的星星点点的泥土中，扎下了根，让人喜欢。看着蒲公英，不知怎么就想到了表弟。

从农村到城市，从贫瘠到繁华，从边缘到中心，这野花儿真的就有点像他。当年那个双脚离开土地，满眼写满渴望和憧憬，发誓要让自己的根穿透城市厚重的钢筋和水泥，深深扎根于城市混凝土的翩翩少年，现在怎么样了？

一

我舅打电话让我给表弟找个打工的地方，于是，找人帮忙，介绍他进了一家国企性质的锚具厂。

他身腰纤细，言语不多，见人憨憨地笑，看上去还是一个刚从泥堆里站起来的稚嫩的大男孩。如此柔弱，漂浮于这样一座城市，他能养活自己吗？

后来证明，我的担心是多余的。他就像一棵蒲公英，见土扎根，生命力旺盛，存活能力强。青春的他，鱼一样游走于工厂那片小天地，住单身宿舍，吃食堂。一两年下来，他学会了操作机床，正儿八经当起了车工。这让我刮目相看，对他佩服起来。

在乡会种地，进城能做工，有城乡双重身份，懂两门技术，这不是生活的强者吗？对于那座都市，他只是偶尔从其胸膛一穿而过，感受一下而已。高楼大厦、时尚繁华、先锋娱乐，似乎都与他无关。人在城里，城却在心外。他整天窝在车间里干活，期望多挣些钱。所谓人人向往的城市，不过是他头顶那一块巴掌大的天。

并非平安无事，让人操心的事随之就来了。

一群血气正旺的农家少年，聚在一起难免会磕磕碰碰。突然有一天，他把一个工友打伤了。伤者是一名正式职工，见他沉默寡言，老实厚道，就常常拿他开玩笑。老实人不容易发怒，一旦被激怒，就有点像疯狂的狮子。

我当然很愤怒，责问他为什么像个野小子似的打人？

谁让他欺负我？他振振有词。

他像个愣头青，还不适应城里人与人之间的关系。他不会缓解冲突、化解矛盾，不懂得以柔克刚、刚柔相济，不懂得人与人之间其实是心的交流、情感的沟通。他不会拐弯，只走直线，让腹中一股豪气一味地冲撞，硬碰硬，刺刀见红。

吃一堑，长一智，他平静了许多年。这中间虽然有许多这啊那啊的小事，但都不足挂齿。

去年冬，一个工友说他这个副班长分活不均，仗着人高马大，想用拳头解决问题。他又是忍，忍不下去了，红了眼，冲了动，不管三七二十一，随手拿起一个工具迎了上去。

对方把他告到派出所。派出所很干脆，把人弄伤了，先拘留再说。两个人在厂内的矛盾，一下子弄到了厂外，弄成了法律事件。他害怕了，如果进去，他就得背负一辈子的污点。一番周折，派出所答应不拘，但得处理。对方住院半个月，他赔了一万七千块，算是双方都领受了教训。

然而，他还是不能接受教训。今年春，又接到他的电话，说他把班长给打了。接到电话，似乎噩梦又回来了，我有要疯的感觉。怎么总是忍着忍着，到头来还是功亏一篑？难道是中年的多事让他昏了头？

他管考勤，对班长一视同仁，把班长的迟到也记下来了。班长觉得尊严受到了挑战，于是指责他。他不服，与之唇枪舌剑。班长恼羞成怒，突然就朝他冲过去。他正在擦拭机床，猝不及防，本能地用手中的一团纱头抵挡。没想到这团柔软的纱头在他手里竟成了利器，一甩，就造成了对方咽喉、脖子水肿。我直怀疑他的前世是一个武林高手。

结果，他赔了八千块，将大半年的血汗付之东流。

我无可奈何，只能求他，轻易别出手了，你出手就伤人，现在的人，脆弱伤不起啊。

他也大惑不解，问我，我不想欺负人，别人为何总是欺负我？

二

表弟来城里没几年，就带着一个姑娘进城了。

新媳妇胖胖乎乎，白白净净，一脸的厚道，也一脸的好强。

媳妇和他在一起打工。生了大儿子，又生了一个小儿子。怀上老二时，大伙都替他担心，生那么多，能养活吗？

本想让媳妇请假回老家，生了再回来，可是，他舍不得媳妇离开，结果侥幸之心破灭，不小心被厂里管计生的女工委员发现了。女工委员最后通牒，堕胎或者离职，离职必须夫妻两人。

领着怀孕的媳妇，表弟选择了后者。

他们搬出工厂宿舍，租了一间民房。民房在城中村，专供出租的简易房，单层砖墙，预制板盖顶，只能挡风遮雨，难隔热冷，每月二百块。没住几个月，属于违法建筑，拆了。打游击似的，将近三年时间，他搬了好几次家。好在没啥东西，搬起来省事。为了挣钱，他跑到菜市场卖菜、轧面条。菜场规模小，不多久被市政"规划"了。他跑到私营企业打零工，做过橱柜，组装过电瓶车，机械加工过锚具。这些私营企业的老板恨不得让他们二十四小时干活……

说起这段日子，他带着笑意。我能想象到，那是一个怎样绝望与希望混杂的天空！这或许是他进城以后最为灰暗的日子吧？他说，每个人都会遇到低潮，没啥可怕，咬咬牙就过去了。他有时候又非常明白事理。

他让媳妇跟着自己，像一朵蒲公英，随风飘行。在看不到星星的天空下，他痛哭过，号叫过，绝望过，但是，擦干眼泪，睡了一觉，仍然要迎接第二天的太阳。他说，他是山，他是树，他不能倒下，他必须挺立，以单薄的血肉之躯给媳妇和孩子撑起一片无忧无虑的天。他埋头干活，让自己累得狗熊一样爬不起来……

关键时刻，他还是让媳妇回老家生孩子去了。

老家有屋有地，有牛有树，让人安心。

几个月后，媳妇带着小儿子回到城里，一家人团圆。现在养孩子，不像从前，多添一碗水，多抓一把米，现在养孩子比成年人费钱多了。他一人挣钱，实在难糊四口。小儿子八个月，他们把孩子送回了老家，让我舅带着。没有父母做强大的后方，他们真不知道该如何混在城里。如今，小儿子已经八岁，读小学一年级。他们每年给家里丢下一千多元，算是抚养费。

打零工，总像无根的感觉。他还想回原单位。他技术好，肯卖力气，厂里缺他这样的人，真让他回去了。

省吃俭用，好不容易存了十几万，他终于有勇气去看房了。一激动，交了定金。可是回家冷静一想，八十多平方米，需要六十多万，按揭二十年，他要到六十多岁才能完全拥有这套房子。这简直是给自己的脖子套了根粗大的绳索。第二天，他跑去售房处，要退房。售楼小姐不答应。与他们理论，可是，笨嘴拙舌，碰了一鼻子灰。他气得给我打电话。我刚刚连续处理完他打架的事，还没喘匀气，又堵车在路上，听了他的话，直恨得牙根痒痒，说你啥时候能长大啊，都四十了，一个男人！

说完我又后悔。

晚上，我还是打电话找一个多年好友，帮他出主意。

他的房事，的确不容易。农村要有房，城里也要有房。他在老家花了二十多万盖了一幢三层小楼。他弟弟在上海打工，也在家建了一幢小楼。他们除了逢年过节回去住几天，其余时间都空着。我说你干吗非要在老家盖房？他说，不盖不行，老头子三天两头打电话催，说咱庄在外面打工的，都回来盖房了，咱也得盖啊。

其实，我能看出来，他是想在农村盖房的。起码，房子是他这么多年的一个总结，也是给全村人的一个交代。我说，你和你兄弟合盖一幢，回去住住不就行了？他不吭声，只抿着嘴乐。瞧他的神态，我忽有所悟。媳妇不同意？其实早该想到的，妯娌之间暗中较劲、争着一口气，在农村太正常不过了。

在城里买不起房，农村的大房子却空着。生活，就这样拧着。入了城，扎了根，若想过好太难了。城于他，像临渊羡鱼。忽然很同情他，他等于是承担了双份负担，一份在城里，孩子上学、住房、工作、结婚，还有未来。这样往前一瞧，似乎一片渺茫，俨然一座大山，难以逾越。另一份在乡里，父母养老，他和媳妇养老，都是摆在眼前的大问题。

他还能回到乡下去吗？

他能离开已经习惯了的城市和他的决不会回乡的孩子吗？

三

我打电话，说想去看看他。

他所在的锚具厂，已搬至远郊。

工厂租来房子，分给职工临时居住。他住在四楼，说有百来平方米。进门，正想赞叹条件不错，才发现他一家其实只住其中的一间，也就十来个平方米。屋里一横一竖摆了两张简易单人床，剩下的空间，也仅够两个人转身换位。

他的大儿子坐在床边专心致志看手机。小伙子十六岁，一米七五，比他爸还高五厘米，长得白白净净，一看就是在城里长大的孩子。不像他爹，眉眼之间至今还清晰地告诉世人他刚从田野里上来，尚没洗净两腿泥。

这很令人奇怪，他在农村生活了十几年，在城里已待了二十年，为何还洗不净自身的田野印记呢？莫非乡村是他的一个胎记？

他与他的儿子，两代人，竟然像黄海与渤海的分界线，像金沙江和岷江的交汇处，泾渭分明。

秋季开学，这孩子上初三。因为户口在外地，周围的学校不接收，表弟便将儿子送到另一个县的私立学校。孩子住校，双休日回来。每年学费六千多，加上生活费，一年要花一万三四。于他，这是一笔不小的开支。

表弟的背驼了，脸更黑了，当年那个稚嫩的大男孩不见了。让人想到，这所有的生活负担，一笔笔，其实都是压在他这副瘦削的身板上。风吹日晒，天长日久，他就被时光塑造成了这样。

他很像一截柳枝，戳在地上，便生根发芽，枝叶成荫。他更像一粒随风而来的蒲公英，落地生根，茂盛了家庭的大树。生命，如此的柔韧。

我忽地有些感动，这些年，他一路走来，还真是不容易。不知不觉间，他的根须已经穿透了坚硬的水泥与钢筋的混凝土，扎进了黑黑的泥里。混凝土不也是土吗？

表弟长得像我舅，看着他，想象着那一张脸是如何在岁月的刀口下，一点点苍老，一丝丝被雕刻，变形，甚至脱相。一个人年轻时的容颜，相比中年或老年，多会变成另外的一个人。

云烟无边，遮蔽了时间的深邃和悠长。一代一代的面孔，生动地在云烟中叠加。一代又一代人的心中，始终有一粒希望的种子。这粒种子，是他们的孩子。

希望，能让人产生无穷的力量，也能让人承受难以承受的重负。

客厅里，靠两面墙，各摆一桌，阳台上，另置一桌。三张桌子上都放着电磁灶、切菜板、锅碗瓢盆等生活用具。这是三家各自做饭的地方，显得凌乱，缺少收拾，或如主人的情态，一切都是暂时的吗？

没想到表弟一家住得如此狭窄，本想在他家吃顿饭的想法顿时如烟。他看出了我的疑惑，说，都安排好了，走，吃饭去。

四

饭菜很简单，一个杂鱼火锅，配两三个炒菜。吃过饭，天已黑透，马路上没有路灯，眼前朦胧的光亮，来自路边住家、偶尔的店铺和驶过的汽车。

天有了一点风，凉快了一些。他儿子在吃饭的时候，就找他要钱剃头去了。

我俩往回走。迎面来了一辆车，他伸手扒拉一下我的胳膊，让我往路边靠靠，本能地护在我身边。哦，在亲情面前，我们许多的言行都源自于本心，是发自内心的关爱与牵挂。

我还是问他，你回得去吗？他茫然无语。

许多时候，我们都会有这样的感觉，前面的路，看起来清晰明了，可仔细打量，又是那么朦胧。有时候，不敢去想。想明白了再往前走，那不是生活，也不是人生，那是计划。计划的东西不会有惊喜。人生，需要不断的惊喜，需要不断的希望。选一条路，充满希望地往前走，这才叫人生。

临别，表弟让我问问，能不能在附近找一所学校，让他的儿子离家近些？

……

行至市区，霓虹闪烁，车水马龙。这又是另一番的生活与人生。我想，这对表弟来说，就是另一个世界。他离这一切显然还很遥远。

大街上，飘来刘若英的歌《蒲公英》：

我是个小小的蒲公英　出发要到远方旅行
我是个小小的蒲公英　那里才是我停留的地方
风一直吹个不停　我也随着它四处飘散
从黑暗直到天明　我来打扰你的心情……

很久以前，看过一部电影，名字早忘了，一个镜头却至今记得，一个可爱的四五岁小男孩，抓着一根顶着雪白绒球的草枝儿，在妈妈的陪伴下，鼓起腮帮，嘟起小嘴，奋力一吹，满画面都是纷飞的绒绒和母子俩快乐的笑声。那时，彩色故事片尚不多见，真是大美！小男孩吹起的白绒绒，是蒲公英。也是从那时起，我喜欢上了洁白、浪漫、飘逸的蒲公英。蒲公英的花会随风飘到新的地方，孕育新的生命。许多人的命运，像极了蒲公英的春秋。忽然有一种穿越的奇想，难道表弟就是电影上那个小男孩的转世？或者，他本就是一棵蒲公英，行走的、飞翔的、飘逸的，或者有着隐秘的别人看不见的痛苦、艰辛、悲伤的蒲公英？这种药食兼用的植物，其花叶根都可以食用，清热解毒，降血脂，美容……这朵不起眼的生长于贫瘠之地的草，竟还有这么多的用处。

忽地感动起来，为蒲公英，为生命，也为刘若英歌声的柔情和温度。车前行，但是很慢。我只想这样慢慢地走，在这个不夜城的街头。此时，我很想给表弟打个电话，对他说，兄弟，明天是个晴朗的天，没有雾霾。

（原载《美文》2018 年第 8 期）

时光沉默如谜

杜永利

一

要写这篇文字时，朋友圈正掀起一股晒十八岁照片的热潮。问朋友原因，说是过了今天最后一批“90后”就成年了。我在朋友的照片下评论：“属于我们的时代过去了。”

时光总是残忍的，回想2010年那会儿，媒体热衷的标题是“90后集体推开大学之门”；而这会儿还是同样的媒体，却敲响我们人到中年的警钟。除去娱乐与戏谑的成分，我们看到的是时不我待的无奈。

时光滚滚如洪流，裹挟我们一同奔赴未知的前方。沿途宫殿坍塌，花飞花谢，朱颜老了一茬，又红润新的一茬，陌生人加入而相知者离开，爱过的人在他乡生根而你在风中把所有故人怀念……时光不会因某个瞬间的美好而变得黏稠，不会因“一看肠一断”的离情而生发片刻的迟疑，也不会因亲人的弥留而摁下暂停键。它是一种无情的力场，上帝的所有造物都成为粒子，在巨大无形的力道操控下，做着漫无目的的运动。当属于我们的时间消耗殆尽，无边的黑暗就会席卷而来，绝不会出现漏网之鱼。

二

我记得那座院子。大榆树两人才能抱住，高举的枝叶荫庇半个院落。每年六月麦子泛黄，知了稚嫩的叫声就会响在半空。风轻抚着油绿的叶片，窸窸窣窣的响动像是外婆的呢喃低语。西边靠墙架着葡萄藤，翡翠样的叶子底下是圆润的玉珠。山药爬过墙头，和无花果一同在那里招摇。鸡圈的稻草里总会有几枚鸡蛋，带着夕阳的光晕，被外婆收入缸盆，最终成为我们拔高身体的营养。而那只橘黄的老猫永远那么慵懒，守住门前的一片阳光，一动不动。我和表哥表弟跑来跑去，一会儿从房后的大河抓来一条鱼，一会儿撵着老猫满院子跑。六月都穿上了半截袖，不再怕凉，剩下的似乎只有童年的欢愉了。等过几天收了麦子，外婆的生日也就到了。屋子里挤满亲戚，两张好大的桌子，摆满丰盛的菜肴。我们这群顽童不顾吃相，一上来就莽撞地夹菜。站起来的，用手抓的，喊的叫的，简直无法无天。外婆这时会笑骂我们，小鬼头慢点，还有好多呢。吃完，我们就在院子里捡树叶，有时能捡到知了。当然这时的娱乐无关紧要，重点是切生日蛋糕。抢到大块者被我们撵着，绕着大树跑呀跑呀，免不了被抹成大花脸……

过了很久，我们这群兄弟都长大了，到外面打拼，聚少离多。再聚齐就是外婆的三周年忌日。我们拆掉了她的鸡窝，用那些木头在灵棚前燃起火堆。漫长的夜晚有一搭没一搭地说话，不过是工作、结婚两项。刚才在屋里我们围着以前的圆桌，桌面的油漆已经剥落，再也不是曾经光可鉴人的样子。没有人再为一块肉叫嚷，我们客气地彼此相让，吃得斯文又体面……可是我怀念那时的生猛。或者换一个背景，换成外婆的生辰，我们就能够在时光里找回昔时的倒影?

院子里已经没有那棵大榆树，之前四舅把它砍倒了。庭院修葺一新，养我童年馋虫的无花果树也去向不明。曾经布满煤烟的屋檐，重新刷过白灰。燕子再来的时候，会哆嗦着确认旧巢已倾覆，然后一去不返。山药残留的根部多次探出叶片，最终败给水泥地面的封堵。

那晚只有三舅喝多了，他在篝火前呜呜嘤嘤地哭泣。“以后你们兄弟要一直团结，永远是亲人。”我们“嗯嗯”应着，天亮后在坟头烧过纸扎活儿，再一次各奔东西。

凤姐对刘姥姥说：“亲戚们不大走动，都疏远了。”抽离具体的场景，它里面是含着悲凉成分的。我们在别处生根，被生活围困，终于相接的路途野草疯长，看不见来去的车辙。

三

我们试图捕捉时光的脚步，用流水作比，用钟表度量。而时光的脚步终究是不可捉摸的，它无孔不入，在我们已知与未知的地域构建，然后摧毁。等它计谋得逞，后知后觉的我们才从废墟里恍悟它曾汹涌地来过……

我还记得初见菠萝的那个清晨。在东莞的一家电子厂，我正在擦拭数据线，线长领过来一群新人随意安插，她被放在我旁边。我手边堆积了三筐数据线，怎么使劲都擦不完，而下游的老员工却无所事事，一直催我赶快放行。有了菠萝，这下可以松口气了。我们都是寒假出来打工的学生，一聊起来，竟生发一种相见恨晚之感。我们一同啃起眼前的硬骨头，她负责在拉力计上测试接头的牢固程度，而我负责测量线条长短以及擦拭污垢。由于说话太投机，我们时常停下来玩闹。比如我在袖子里插一把尺子，提着水杯的耳朵，表演一个拙劣的移物魔术。她很夸张地笑，引得线长大人发飙：“都堆成山了，还笑，干脆辞工吧！”我们假装严肃，瞬间练就无影手。等线长走了，终于忍不住而捧腹蹲地。下游的老员工形成一派，故意瞅毛病，发现一枚黑点就甩过来。菠萝按照凶恶程度，分别给她们起名为灭绝师太、李莫愁、周芷若。每当李莫愁扔线条时，我们都会学着道士甩拂尘的样子，大声念道“贫道失礼了”，然后哈哈大笑。李莫愁们莫名其妙地看着我们，不时丢过来一句“神经病”。

菠萝本名就叫沈静。我第一次听到时脱口说了句“深井冰”，她回我

“萝卜头”，我说蛮好听，就默认了这个外号。她却不依不饶，非要我喊她菠萝。后来我才发现，菠萝与萝卜好像情侣昵称。那时她什么都和我说，与她一同打工的那位男同学刚把她甩了，我安慰她，她就认我当哥哥了。我说你有点防备心好不好，她傻乎乎地说你怎么可能坑我？

快过年了，我们带的本钱不多，不舍得买糖果。老员工们天天在饭后休息时吃零食，菠萝见我巴巴地看，改天装了一大口袋徐福记，给我放到工帽里。听说我只带了一条薄薄的被子，每晚牙齿打架，不得不和同学相拥取暖，她嘲笑之余决定送我一条被子。我说你不要对我太好，我会喜欢你。她扑闪着大眼睛说，那我喊你咸菜好了。意思是敢乱想就阉了我，我们又傻笑开了。每次中午吃饭，她都和我在一起。作为一个南方人，硬是被我带得爱上了烩面。一起出门的同学都说：“你小子这趟没白来，请客吧。”

快离开时我发工资了，给菠萝买了很多徐福记。她说以后来安庆找她，一定要带上一火车的徐福记。我说好呀好呀，转身走了。思念就是从那一刻开始的，我们每天都要打电话，诉说彼此的情况。今天我配了一副眼镜，好丑啊。超市开始卖菠萝了，我想起你。风从南边吹来，会不会带来你那边的潮润气息？

也不知道热乎了多久，转折点出现了。我感觉应该试探一下，毕竟贴心贴肺聊了那么久。在一次聊天中，我说我喜欢自然的女孩子，你不要烫头了。她说真可笑，我又不是你女朋友，干吗要听你的？呼啸而来的严肃，在静默中嘶喊。沉默以后，我说以后你就是。她没有喊我咸菜，而是挂了。此后我们忙于各自的二级考试，联系日渐稀少了。

或许我们共有的美好记忆，如同甘蔗那样，在日复一日的咀嚼中变得索然无味，它不足以给养刚刚萌生的情愫。而我的操之过急正好给了它一个恰当的收尾。

这是在大学唯一动心的一次，就此结束了。开始的时候我会怀念，每当菠萝上市，每当《南方的姑娘》的音乐响起，每当……我想不明白，时光乐于构建，又不去成全，它的建设就是为了最终的斑驳与坍圮吗？如今废墟也在时光里日渐平整，总有一天它会失去一切痕迹。

四

毕业后我在母校附近工作。晚上我换下工装，骑着自行车去上自习。我买了许多书，每天看到教室断电。有时会产生错觉，比如路过某间教室，曾经的老师在里面讲课，而我却置身事外，翘课的不安之感突然袭来。拒绝我加入的是时光的波动，那个波源将我推远，漂泊漫无边际。而拉我回到现实的是课桌上的占位标识：最新的是 2018 年考研占座，稍微暗淡的是 2017 年，往下的 2016 年与 2015 年越发模糊。我知道时光已经过去了很久，那些迎面而来的学生不是我的旧相识，尽管他们拥有我似曾相识的容貌。每周五晚上，六人组合在路上奔跑，不用问就知道要去上网或者聚餐。他们一定是同一宿舍的，几年的相处已经培养起相同的爱好，吃喝玩乐总是形影不离。我多想跟着过去，那个人是昨天的我吗？如果是，他一会儿就要被宿舍长灌倒了。我想我是未来的人穿越至此，看一看昔时的自己安好，就可以回到来处了。

心绪偶然波动，大部分时间明了年华已逝，并习以为常。有人问路我会指给他，但不会告诉他那里发生过什么，有谁在那里撒落笑声或者滴下眼泪。时光封存了一根甘蔗，我们习惯绕过它，并告诫自己它属于老年。等人生的奔驰告一段落，那时才是我们回味人生之时。

当然片段的错轨我也乐于接受。几年来我又走遍所有角落，只是没能进入曾经的寝室。它安装了刷卡自动门。有年夏天我想混到学生中间糊弄宿管，却被她一眼看穿，只得落荒而逃。也许她看出我的衰老：油腻从脱发开始，皮肤的暗淡紧随其后；最明显的怕是精气神，社会揉搓，生活压力太大，我早已失却眼睛里的光明。我走到曾经的阳台之下，仰望片刻，有黄色短袖在飘荡，那是小崔的吗？可是我想起来，毕业那天我们已经收拾干净了。最后离开的是我，床上、书桌上都空了，地面上一片狼藉。我把它们扫出去，让宿舍恢复四年前的样子。一个人说话一个人听，声音从来没有那么空阔过。我记得离开时就是这位宿管阿姨送我的，她见我一直回头，便说：“放心走吧，我把门给你们锁上。”我果然就走了，好像自己还会回来似的。总爱回头，丢下的是什么呢？后来想明白是四年白花花的青春。

我去远方见昔日的同窗，他的容颜让我震惊。以前班里最帅的靓仔，变成眼前的草莽汉子。他的笑容生锈，不再拥有昔时的通透与澄澈。好像看见一面镜子，我也确认了自己脸上的沧桑。我每天看自己，无法确定时光更改了多少内容，仅仅知道它朝着落寞的一边过渡。原以为控制在可接受的范围，可是如今却窥破时光的骗术。丰子恺早在《渐》这篇文章里说过：“变更是渐进的……犹如从斜度极缓的长远的山坡上走下来，使人不察其递降的痕迹，不见其各阶段的境界，而似乎觉得常在同样的地位，恒久不变。”

即便从此知道时光的雕刻日夜不息，我们仍然不能做出有效的应对。我为鱼肉，它为刀俎，是永远不可变更的定律。所以就剩下朋友圈的自嘲了：你好，油腻大叔。

五

我们在时光里果真要如此无奈吗？时光的本质与意图究竟是什么？我们告诫自己要懂得珍惜，如此就能绕开时光的摧残吗？

有太多疑问，穷极一生也不会找到答案。时光始终沉默，它是世间最难的谜题，谜底藏在旋涡的底层。看那光柱里的微粒，它们是时光抖落的碎片，也是我们，在无序的运动里晕头转向，找不到旋涡的入口，永远在边缘打转。

有时候也会想，即便找到答案，又能改变什么呢？

一股深深的无力之感涌向心间。

（原载《牡丹》2018 年第 C1 期）

一棵桑树的生长史

简　默

一

一棵桑树不翼而飞了。

这棵桑树，栽在花盆里，搬到了楼下的花圃中。

树应该栽在大地上，长成挺拔的风景，笔直的诗行。

桑树开花，躲在绿叶的手掌之下，被我们忽略和遗忘；结出色彩不同的桑葚，在不同的生长阶段，由青涩渐入红紫。

但一棵桑树不是一株花。

我猜想，是院子里有人需要这个花盆，连盆带树一起端走了。

这其实是一个陶盆，极普通的那种，同样经历了火焰的洗礼。

这其实是一个懒人，懒得拔了桑树拎走盆，干脆一股脑儿地端走了。

还有一棵树，也是桑树。

也栽在花盆里，搬到了楼下的花圃中。

两棵桑树，一样身高，叶子不多不少，都是十一片，栽在同样的陶盆里，像一对孪生兄弟，没有人分得清它们中谁大谁小，也许它们自己知道。

鸟有鸟的语言，树也有树的语言，它们都是一棵真正的树，暂时委屈在一个花盆中，但这不妨碍它们操着自己的语言，从蚕宝宝似的细节出发，分辨出谁大谁小。

此时，一棵桑树没生翅膀，却骑上花盆飞走了，撇下另一棵桑树待在原地不动，没有一丝风，桑叶也不会相互挠痒痒，发出沙沙的笑声。

二

这两棵桑树，是春天我们领着儿子到鳌山游玩，在水库边的荒地上拔的。

鳌山扎根在大地上，像一只匍匐的巨鳌，鳌头对着水库，仿佛在饮着水。我头脑中突然蹦出了沧海桑田之类的联想，我甚至觉得这座形似巨鳌的山，曾经沉入水底，是水的一部分，但水库不是大海，它只是人掘地数尺制造的容器，蓄着地下涌上和从天降临的水，却无力探出柔软的手臂，像藤一样缠住山。

水库水涨水落，一不小心就溢上了岸，淹了长满杂草的荒地，冲来泥土，也带走泥土，不多不少，留下肥沃，草生得更欢了，更乱了。

经过一个冬天的瘦身，水无奈地让出它的部分领地，退水还岸了。野草的春天如约来了，它们枯了一冬，寄身于像龟甲一样破绽百出的地上，一场雨水滋润了它们，挽救了它们，破绽被细如花针的雨丝缝合上了，它们扶起自己，渴望着重新容光焕发，如花似玉。

这两棵桑树自然是野桑树。它们从一粒桑葚或种子开始，落脚在这儿，入土为安，发芽生长。渐渐地，它们越长越挺拔，高过了所有的草；叶子从第一片开始，越生越多，明显区别于周围的草。它们学会了辨识风的形状，柔韧地随风塑造着自己，俯仰摇摆保护着自己；也学会了叶子与叶子相互挠痒痒，发出沙沙的笑声，像最细的那种砂纸反复打磨着空气。但它们依然瘦弱，依然单薄，伶仃骨架挑着十一片叶子，仅仅托得住一只蚂蚱的重量，摇曳在风中雨中。

直到被我们连根拔回了家。

三

我曾经不认为将它们拔回家是错误的，相反，我觉得是我们救了它们。你想想看，假如我们不拔它们回家，任由它们在那儿自由生长，到了夏天，天像被捅漏似的下雨如注，水库的水溢上了岸，淹了它们，它们不是水草，不会游泳，也不会拔起自己逃跑，因此它们活下来的可能性很小。

脱离泥土的它们叶子蔫了，树梢耷拉下来，像两个战败的士兵，我有点儿怀疑它们是否还能缓过劲来。终于回到家了，一路催促我们的儿子开始忙活了，他从阳台上找出两个模样相同的陶盆，将两棵蔫头耷脑的桑树分别栽进盆里，抓过花壶浇上水。他做这些时十分专注，非常认真，隔着纱门，他在外面，我在里头，我看了心生感动，仿佛花壶里的水倾斜着倒入了我的心田，浸润得我坚硬的心柔软了起来。

两盆桑树被放在了阳台上，这儿吹得到风，偶尔晒得到阳光。花盆朝天，上宽下窄，有一根筷子深，像那种绅士戴的高筒礼帽。桑树们习惯了苍茫大地，乍被移进花盆里，觉得有些委屈，但眼下顾不上抱怨了，它们需要打起精神，重新振作起来。

经过一夜和一个上午，疲惫的桑树们缓过劲了，从头到脚挺立在花盆中，叶子也翠绿地舒展开了。

儿子提起的心放下了……

四

我，儿子，还有许许多多的小伙伴，谁在童年没养过蚕？养蚕是我们整个童年记忆中不可缺少的一部分，蚕与我们朝夕相处，是离我们最近、体量最小的昆虫，也是我们一天一天地盯着长大的掌上孩子。从一粒小如芝麻的蚕卵开始，我们目睹了一条蚕成长的每个阶段，像对待一个孩子一样小心翼翼地喂大了它。就像鱼儿离不开水，养蚕也离不开桑叶。桑叶是一幅卵形地图，脉络清晰地向两边延伸。最初孵化的蚕像蚂蚁，呈黑色，身上密生细毛，趴在这幅绿油油的地图上，它不懂得如何下口，解决自己初到尘世的饥饿，是一根洁白的鹅毛，被一只手捏着，它乘着鹅毛，轻轻地降落到桑叶锯齿状的边缘，桑叶散发着薄荷的气息，强烈地吸引着它，它在细嚼慢咽中开始了自己的跋涉之旅。这幅地图对它是如此辽阔，仿佛无穷无尽，从白天到黑夜，它一边咀嚼一边跋涉，听不见任何声音，一天下来，似乎没咀嚼多少，也没跋涉多远。它渐渐地长大了，头如老虎头，可以轻而易举地咀嚼尽一片桑叶，跋涉完一幅地图，伴随着沙沙声，像下着小雨，在寂静的时光里，听起来惊心动魄。待到跋涉完九九八十一幅地图，它躲在纸盒子的一个角落，吐出一根长长的丝，束缚起自己，昼夜不息，直到死。

我最犯愁的是如何采到桑叶。眼睁睁地看着一条条白花花的蚕，昂起头四下寻觅着桑叶，却不会喊饿，我的心像被猫抓猫挠似的，说不出的难受。原野上生长着树，却是桃树李子树枇杷树柚子树之类的果树，很难觅见桑树的踪影；满山都是树，有槐树茶树枫树青冈树，还有一些叫不出名字的树，却不见桑树浓荫掩映。我发疯似的到处找寻着桑叶，终于，在郊外的一座高冈上，在灌木丛中，我发现了一棵桑树。它是山野中的孩子，身子还没完全长开，披挂着并不稠密的叶子。我真的像哥伦布发现了新大陆，站在原地欢呼雀跃，我的蚕得救了，它们有桑叶吃了，我恨不得张开双臂，将这棵桑树紧紧地抱入我怀中，仿佛只有这样做它才是我一个人的，但四周的荆棘尖锐而冷漠地挡住了我。我踮起脚尖，上身前倾，探出右臂，躲开荆棘，摘着桑叶。我养的蚕不多，就四五条，它们是一次一次地淘汰后的幸存者，却都大了，食量也大，一顿要吃掉三四片桑叶。而且，随着它们个头越长越大，体形越来越胖，它们吃得更多了。世间万物它们独爱桑叶，它们保有着对这种植物狂热的饕餮之欲，它们从它单薄的身体间品出了生活的意义。我还要背着土黄色的小书包去上学，不可能每天都按时去摘桑叶，为了确保我的蚕在这中间不挨饿，我必须摘下足够的桑叶，数量大约是整棵树上叶子的三分之一。我不摘那些羞涩地卷起自己的嫩芽，它们需要生长和绽放，是我下一次来的首选。我只摘那些长大的叶子，它们每一条叶脉，都清晰地通往辽阔和遥远。但它们的生命力是如此短暂，脱离枝头，也就告别了泥土，在与时光的对抗中，曾经充盈的水分悄悄地流失了，变得枯萎了。那时我们家没有冰箱，我唯一能做的是将它们放进塑料袋中，再搁入一块有些湿润的手绢，扎紧口，这缓解了它们水分流失的速度，能够保证我在下一次采摘前蚕都有桑叶吃。有些桑叶在里头沤烂了，化作了青苔，弥漫着酸腐的气息，像瘟疫迅速波及了其他桑叶，我来不及掩鼻，救火似的挑拣着那些尚未被传染的桑叶，蚕们紧皱的眉头皱得更深了。

我揣着一个巨大的秘密，这秘密太大了，我的心容纳不下它了，它像一只健硕的兔子，就要跃出我的嗓子眼儿了。我一次次地来往于我家和那座高冈之间，天上的麻雀仿佛窥破了我的秘密，叽叽喳喳地到处传播着，庆幸的是人听不懂鸟语，也就无从知道我的秘密。我背着那个土黄色的小书包，里头装了一书包的桑叶，但我仍怕别人（这当中有大人，也有孩子）像我一样发现这棵桑树，我拔来一捧捧野草，精心地伪装着它，就像我以柳树枝编一顶帽子伪装起自己一样。有一天，天空飘着蒙蒙细雨，我又一次踏上了通往那座高冈之路。我一眼看见这棵桑树没了，被人连根拔走了，它走得如此干净，如此彻底，仿佛它从来没在这儿扎过根。我真是个傻孩子，它长在荆棘中间，不易被人发现，本来是安全的，是我偏偏每一次画蛇添足地拔来野草伪装它，被太阳晒干的野草枯黄凌乱，暴露在青枝绿叶中间，自然而然地就被人发现了。我号啕大哭起来，雨顷刻间下大了，霸道地淹没了我的哭声，透彻地淋湿了我。没有桑叶的日子，我的蚕重返饥饿状态，我六神无主，如坐针毡，便寻了莴苣叶和蒲公英叶等来喂它们，它们吃了会拉肚子，好像是我在拉肚子，我暗暗地在心里诅咒起那个拔走桑树的人。

到儿子时，他不用像我一样为采到桑叶犯愁了，他的蚕卵是妻子的学生送给他的。春天来临，天气暖和了，蚕卵纷纷孵化了，桑叶也从各个角落陆续送到了，依然是妻子的那些学生送来的。他们大多来自乡村，在这些与城市保持谨慎距离的地方，桑树像被遗忘的野孩子，正在寂寞地舒展着枝叶。

看着儿子瞪着水灵灵的眼睛，手里拿着一块干净柔软的布，一片一片地擦拭着桑叶，擦了正面擦背面，我从他的专注与认真中，瞧见了我过去的影子，猛地觉得时光重现了。

而现在，这两棵桑树已与养蚕无关。在桑叶变得唾手可得的今天，蚕却离儿子越来越远，他甚至忽略了桑是为蚕而生的。他有了新的兴趣，随地拔了各种植物，栽到花盆里，一盆挨着一盆，摆了一阳台。

这两棵桑树继续枝叶向上生长，根系向下深扎，越长越枝繁叶茂了。大人的想法永远不同于孩子，他们从经验和功利出发，为家人也为自己考虑。母亲由天天看见的桑树想到了“丧”，阳台也是家的一部分，在阳台上种桑等于在家里种桑，在她看来总不是件吉利的事情，她执意将它们搬下楼，丢在了花圃里……

五

一棵桑树不翼而飞了。

一棵桑树连盆带树下落不明了。

儿子不愿意了，他猴子似的泼性被激发了出来，抹着眼睛哭成了泪人，闹腾得像一条黏糊糊的鲇鱼，哽咽着冲我说:“坏爸爸，你赔我一百棵。”明明是母亲嫌不吉利搬到了楼下，他倒赖上了我，“坏爸爸”第一次脱口而出，居然要我赔他一百棵桑树。我顺势答应了，他才止住了哭声，脸蛋儿已抹花了。

另一棵桑树还在，没了同伴，它看上去孤孤单单的，在阳光下拖着冷冷清清的影子。

我们吸取了教训，移出它，栽到了地里。它摆脱了花盆的束缚，重新回归土地，接上了地气。这叫它没了委屈，心情舒畅，身子酝酿着要长开了。它原本就是一棵野桑树啊，大地才是它的家，花盆里那点土只是模拟得有些蹩脚的故乡，让它身心不得安宁。儿子放学后第一件事便是拎着母亲给他买的绿色喷水壶，一路小跑着去给它浇水，浇完一壶，又浇一壶，再浇一壶，它真的挺能喝啊。儿子攥着喷水壶的把手，壶身倾斜地浇向它的根部，清亮的水细密如雨丝，洒在干涸的泥土上，泥土湿润了，由浅黄变深黄了。儿子一板一眼地做着这些，目不转睛地盯着细细的水浸入泥土，就像他当初一片一片地擦拭着桑叶。

这棵桑树本是个野孩子，属于大地、原野和寂寞，它甘于这样，也乐于这样，从花盆移栽到地里正遂了它的心愿。除了儿子每天雷打不动地给它浇水，我们谁都不管它，它也不需要我们管，它想要的就是这种生活。我觉得敏感善良的儿子每天亲近它，是在寻找一个伙伴，它陪伴着他一天一天地成长。一棵树叫生长，换作一个人是成长，树和人都在努力拔起自己，向上，也向四下里，延伸扩展，走向各自的成年。我甚至怀疑儿子在周围没人时，会对它没完没了地说着自己的心里话，说自己暗恋的女生，说对老师偏向其他同学的不满，抱怨作业太多玩的时间太少了，等等。它静悄悄地在倾听，当然全听懂了，有时它会与风耳鬓厮磨，叶子与叶子亲吻，发出快乐的沙沙声，这是它赞成儿子的想法和做法；更多的时候，它一动不动，只是竖起耳朵在听，但它不像那些爱打小报告的同学，经过他们擅长添油加醋的嘴，一件事情像长了翅膀，满世界都知道了。它有自己的语言，就叫桑语，比如叶子与叶子亲吻是其中的一种，别人听不懂，儿子却懂得，他通晓桑语，也信任它，所有对大人不能说的话，他都毫无保留地对它说了。在他眼里，它的沉默也是一种语言，是更温柔更体贴的语言，因为有时他只需要倾诉和倾听，这与孤独和寂寞无关。

仅仅几年，它的身子长开了，地下数不清的根系向着深邃的黑暗突击，牢牢地抓住了岩石和泥土，地上枝叶婆娑招展，渐渐拢成了一把大伞，有鸟飞来落在上头唱着好听的歌，院子里的老人在它的荫庇下铺张桌子，搬条马扎，喝茶谈天打牌。儿子也长大了，个头儿高了，身子骨结实了，嘴唇上和下巴间拱出了淡淡的茸毛，不细看还真看不出来呢。

大人们总有相同的认识与想法。这不，住在一楼西户的老杨头上门找到母亲，埋怨她种的这棵桑树正对着他卧室的窗户。我明白他和母亲一样，都是因为“桑”与“丧”同音，嫌不吉利。邻居上门说到这份上了，置之不理说不过去了，现在已不能轻而易举地将它拔出来了，恐怕只能借助锄头刨它出来了，刨后又将它移栽到哪儿去呢？院子里是不行了，出门到处都是柏油路和水泥地，也没有它的立足之地。母亲想了半天，翻出早年那把漆黑的砍柴刀，蘸着清水在磨刀石上反复磨了一会儿，刀刃重新焕发出了雪亮的光芒。她握着砍柴刀下楼砍倒了这棵桑树，这时它已长得有小腿粗，金黄的外皮，雪白的木屑追随着砍柴刀的起落，向四处迸溅，空气中飘散开清苦的味道，它轰然倒地的响声，整个院子都听见了，每一颗心都狠狠地抽搐了一下。这一天，儿子去上学了，母亲瞅这空儿将树砍了。

儿子第一次忽略了它。明天就要考试了，他要争分夺秒地看书，哪里还顾得上它呀。考完试后，儿子终于发现了露在地面的食指长的桑树桩，问我们桑树去哪儿了？我们难得一致地都说不知道，还表情相同地故作惊诧状，仿佛我们是刚刚知道似的。儿子没哭，也没闹，表情略显冷漠地说：“我长大了，不会再哭再闹了。”这话深深地印在了我脑海里，不时地会伸出它的触须碰我一下，我很难说清儿子说这话时的真实心情，我真的不知道该为他高兴还是担忧。

口无遮拦的母亲偶尔说漏了嘴，儿子在一旁装作没听见，其实他心如明镜，照出了我们这些所谓大人的愚蠢、虚伪与残忍。

（原载《湖南文学》2018 年第 8 期）

棣花之荷

徐祯霞

对于棣花的荷，我好奇着，并疑惑着，因此一直处于隔县观望的状态。天下美荷，多在南方，北方甚少，荷生之地，多是水源涵养之所，棣花乃旱地，何以养得了如此多的荷？更何况是千亩之荷，我一直以为这只是一个传说。

可去过棣花的人都说棣花的荷美，有水道，能划船，花开之际，一眼望不到边，只见荷头攒动，绿叶招展，真真是个美煞人也。

人如此说，我依然是有些不相信的。我始终以为，不是荷有多美，而是荷因为棣花这片土地而被人高看一眼，荷花长在棣花的土地上，贾平凹也出生在棣花的这片土地上，人因为贾平凹而来棣花，因为贾平凹的大名而仰视棣花的荷，棣花的荷便因为贾平凹而与其他的荷大大不同了。

其实，天下的荷大抵是相同的，不同之处在于生长的地域不同，生长的人文环境不同，荷便有了不同的姿态，有了不同层次的意义，很多的东西是人为强行地赋予的，与荷本身无关，但因为荷贴上了不同类别的标签，便显出各个不同了。于是贾平凹家乡的荷，便更不同凡响了：贾平凹是中国文坛著名的作家，荷便也成了天下名荷。就像是出生在有钱人家的女儿一样，一出生就高贵，即使平常，也是名媛；而一般人家的女儿，纵然是貌美如花，也只能是小家碧玉。

说句真心话，这些年见的荷多了，有私人庭院的荷，有公园的荷，有水塘的荷，更有南方的荷。尤其是在济南，看到了大明湖的荷，于是，天下的荷在我的眼里顿时逊色。大明湖的荷，那可真真是不辜负传说，石桥、曲廊、画舫、古亭，无论从哪个角度看，都是最美的风景画，湖中荷韵飘香，岸边绿柳垂绦，总感觉，一双眼睛不知该往哪儿看才好，在绿柳婆娑间，远处烟波浩渺，青山如黛，在我以为，那是最好的摄影师也拍摄不出来的美，可它们却一一呈现在我的面前，让我目不暇接，忽然一副楹联出现在我的面前:“四面荷花三面柳；一城山色半城湖。”这是清代书法家铁保所写，此联是对大明湖景色最好的概括，可见大明湖的荷花确实浩瀚无边，更有夏雨荷与乾隆皇帝的故事，不管这个故事是真是假，但大明湖的荷花确实是美的，确实美得令人醉心。

棣花的荷塘开放好久了，我却一直没有去，一者因为我不是一个爱凑热闹的人，二者觉得所有的荷都已然烂熟于胸，常见之物，也少了去探究它的兴致。棣花的荷于我，也正如我邻家的一个菜园子，感觉很熟悉，却不知道里面究竟是如何耕种的，哪块是菜，哪块是葱？或者还要种上几棵黄瓜和西红柿。因为，对于棣花这个地方，我真的不陌生，因为贾平凹，我早早地探访过它，而且在此前的很多年中，我几乎每年都要经过那个地方，于是，别人的好奇，于我都算平常，我知道棣花街在路北，荷塘在路南，我常常以为，自己闭着眼睛都能想象出棣花荷塘的样子，因此，我便觉得，我是不需要刻意去看的。

一个偶然的机会，来到丹凤，同行之人说要去看看棣花的荷，于是便陪同前往。来到棣花，放眼四望，原来，棣花的荷竟是不逊于济南大明湖的荷花的，我便诧异，在秦岭山中，这样一个崇山峻岭的县城，也会有如此浩瀚的江南之地，烟波水乡。这个千亩荷塘，还真不是一个传说，我不仅诧异了，而且惊喜了。我常常追逐于江南的水乡，而就在我所处的商洛，也一样有着这样一个水光潋滟荷叶田田的水乡，我竟然几年视而不见，太辜负这片生机勃勃的荷塘了。

据说贾平凹的《秦腔》中的清风街就是以棣花为原型写的，贾平凹的《秦腔》在获茅盾文学奖的时候，我就急急地买来看了，时至今日，那个清风街于我还是有着很深刻的印象的。去年九月，丹凤举行民俗文化艺术节，我受邀来此，还专程在这条街上走了一遭，当再次看到“清风街”这三个字，《秦腔》中引生与白雪的形象又浮现在我的眼前，在这部作品中，引生是一个悲剧人物，就算清风街上的“贤人”夏仁智，也在满怀忧患中去世了，农耕文化随着老一辈人的逝去而逐渐消亡。秦腔，这种在新生代中快要被遗忘的剧种，其实也意味着人们快要遗忘的土地和农村，人们都争相往城里去，土地荒芜，村庄倒空，偌大的村庄，便只留下老人和留守儿童，想到这些，心便顿时觉得沉重。

在思绪的转接中，大片的绿色如风一般飘进我的眼帘。不多一会儿便已来到荷塘边了，我放眼望去，荷塘在我的眼前便如铺开的一幅硕大的锦画，绿荷、拱桥、长亭、游船，一眼望不到边。我静静地打量了数分钟，心中顿有豁然之感，总是喜欢江南的开阔，喜欢江南的无遮无拦，喜欢一眼可以看出几里外的视觉，因此，眼前的荷塘，又让我有了找到小江南的感觉。看到那些在荷塘中穿梭迂回的船只，我不禁心动起来，划船去，划船去！何不尽兴地划一回船去？在蓝天白云绿荷之间，荡舟逸情，倾听生命的开开合合，那也该是这个夏天最美丽的时光。

思罢，便急忙跑向码头，朋友看出我的意图，问，你是想坐船吗？我说是。那年，在大明湖，因为时间紧急，没能坐上船，心里一直遗憾着并惦记着。初听传闻，说棣花的荷塘能划船，我真不信，因为就自己感觉，棣花不可能有那么大的荷塘，可是，棣花还真就修成了这样大的一个荷塘，看样子，在荷文化上丹凤算是做了大文章了。我也才觉得自己是坐井观天。一直以为天只有碗口那么大，而天外早已经是春花秋月，四季变换好几回了。看样子，用老眼光来看世界是跟不上时代的步伐的。

在一个女子的引领下，我们上了船，船顺着水道“嗖”地向前驶去。第一次坐船，坐北方荷塘中的船，这种感觉是兴奋且激动着的。我一边用手拍水，一边欣赏着满塘的荷花，突然想起了杨万里的诗：“红白莲花开共塘，两般颜色一般香。恰似汉殿三千女，半是浓妆半淡妆。”此诗恰好写出了此时荷塘的景色：水波两边，荷花开得正艳，粉的，白的，竞相在往出蹿，共争一池春色。现在正是赏荷时节，人说来得早不如来得巧，我们在无意之中赶上了一塘荷的盛宴，在这里，观赏到了荷生命中最美的姿态，袅袅婷婷，如豆蔻少女一般绽放。

水面上有好几条船，有在前的，有在后的。我们在观荷之余观望着他们，他们也在观荷之余观望着我们，我们彼此成为对方眼中的风景。偶尔相遇，擦肩而过之际，发出一个会心的微笑。在风景怡人的地方，人的心情也是怡人的。这一笑，阳光也倾城。人生惬意之事莫过于在心情大好之际游历风景养心怡心之所。划船的是一女子，我问她会唱歌不？她说会唱，只是唱得不好，怕污了听客的耳朵。大家一听，更来劲了，说，没事，唱，只要是你唱的，都好听。那女子竟然真唱起来了：“胭脂红，照天明，天上飞来龙和凤，啥龙？火龙。啥凤？火凤。大火烧开武关城，照得江水一片明。”唱罢，大伙纷纷鼓掌，连连说好听。女子声音婉转，犹如山间画眉一般，悦耳动听。女子一唱，逗得船上的人也都唱了起来，你一首，我一首，歌声飘荡在棣花的荷塘上，久久不散。

一群一群的鱼儿在水中浮游，待我们的船划近，便箭一般钻进了荷花丛间。我想逮上一尾，竟也未逮着，船驶过，船后又有鱼游出来。见到这些在荷丛中钻来钻去欢快畅游的鱼，蓦然想起了汉乐府《江南》：“江南可采莲，莲叶荷田田；鱼戏莲叶东，鱼戏莲叶西；鱼戏莲叶南，鱼戏莲叶北。”采莲是江南的一个生活民俗，夏秋之际，青年女子乘舟荷花荡之间，渔歌互答，采摘莲子，是一项很有趣味的生产劳动。此时，不是采莲的季节，我也只能臆想一下。其实，确切地说，我是没有采过莲子的，因而，愈是没有机会体验的事，愈是充满着无限的好奇。

当然，棣花的荷，于我是近的，有机会，我可以再来，或者是专门选在夏末秋初的某一个星期天，来这里体验一场采莲的过程，我想，那也应该是一件蛮有意思的事，最起码，可以了却我的一个愿望，一个对于荷的未知的探索和了解的愿望。写过荷的诗，写过荷的文章，但是一株荷从种到收的全过程，我却不是完全了解的，我所知道的荷，也往往是它们生命中的某一个横断面。因此，了解荷、揭秘荷一直是我想用心做的一件事。

船依然在行进，我们已经置身在满满的荷丛当中，纵眼四周，全是荷，挤挤挨挨，将我们簇拥着，于是，心也如这船儿荡漾了起来。有人取笑我，某人还说不就是片荷嘛，有啥可看呢，看看看，是不是比谁都兴奋和开心呀！说说，这一趟到底跑得划算不划算？我自嘲地笑了，连连说，划算，划算！

自此，对于一个没有考察论证过的事情再也不敢妄下断言。

一花一世界，一叶一菩提。万物都有自己的不同。在荷的世界里，每一朵荷看似相同的，其实又是不同的，生长的土壤、气候、环境以及地域地貌特征，都会让它们产生很大的不同，有的肥厚，有的瘦削，有的丰硕，有的娇艳。而在花的世界里，它们又都有着自己的生命轮回，有早开的，有晚开的，有绽尽一生风华的，也有被无情的风雨摧折的。我们看到的，都只是它们生命中最灿烂的时刻，而它们的艰辛与磨砺我们却不知。它们成长的过程也会有风雨雷电，甚至是人为的戕害，也会遭遇一些我们常人无法想象的挣扎与抗争，最后才得以绽放在世人的眼前，成为我们眼前最美的风景。棣花的荷，也注定是有过艰辛的，它也是从一个个小的叶片逐渐成长起来的，长成这郁郁葱葱健硕丰满的荷塘，而最终盛开成这一片天光灿烂的荷花。因此，任何的成长和成功都不会一蹴而就，正如贾平凹辉煌的文学成就，它也是贾平凹用心血和汗水浇灌出来的。如果没有他日复一日、年复一年的辛勤耕耘，他如何能著作等身？如果没有写出优秀深刻的文学作品，他又如何能够屡屡获奖，以至“荷叶田田”呢？

今天，我们在看着这些葳蕤的荷的时候，似乎眼前又并不仅仅是荷，还有着荷成长的历程在里面。透过荷，看到的似乎又是一种生命努力成长顽强向上的精神。

棣花的荷，注定是与别处的荷不同的，它有着别的荷所没有的成长经历和故事，它有着自己的性格和品格，有着自己的人生故事和人文情怀，它与天下荷是相同的，又与天下荷是不同的。

正如，众生有别。

（原载《延河》2017年第12期）

次 品

盛 慧

四岁那年，我是一个小囚犯。

如果时光倒转，你经过我们村，一定会看到两间草莓般鲜红的平房。如果你放慢脚步，一定会看到一个小人儿，又黑又瘦，紧抓着窗户的铁条，两只小眼睛可怜巴巴望着窗外，就像动物园里的猴子。没错，那就是我了。不过，我的境遇比猴子还惨，游客们会给它香蕉或者苹果，而我一无所有。

一条叫屋溪的小河，从窗前弯弯曲曲地流过。那时，我并不知道它的名字，我不知道每一条河都有自己的名字，就像每个人都有自己的名字一样。屋溪从镇上经过时，安安静静，像第一次到人家做客的小姑娘，一举一动，都是有教养的，流到这里，立刻原形毕露，变得调皮起来。

河边蜿蜒着一条黄泥大道，紧贴在河边，不离不弃。我总是扒在窗户上，看路上那些来来往往的人，每一个人都让我羡慕，因为，他们是自由的，想去哪里就去哪里。我没有朋友，如果一定要找一个的话，孤独就是我唯一的朋友。

在所有的家庭成员中，和我最亲的是祖母。不过，三岁那年，祖母上山去了。她上山前几个晚上，家里突然变得明亮，着了火一般。场院上支了个布棚，摆了四张八仙桌。客人一到，吹鼓手就忙碌起来，两个腮帮子鼓得像青蛙，我担心他们把腮帮子吹破。祖母睡得很沉，再大的响动，也无法将她唤醒。对我来说，这几乎是美好的记忆，午餐和晚餐的饭菜都很丰盛，每个人的嘴唇都油光闪闪，村里的狗都好像接到了请帖似的，全跑到了我家。大人有忙不完的事，没有时间管我，我就在屋子里穿来穿去，像风一样自由。如果不是祖母睡了几天不肯起床，那简直跟过年一样快活了。

桌子就是孩子的房子。我和堂弟总是躲在八仙桌下，偷听大人们讲话，好像偷听来自另外一个世界的声音。大人们跟往日很不一样，他们像被人卡着脖子，说话的声音很低，显得紧张而又神秘。后来我才知道，他们在等待，等到小镇上的人全都沉沉睡去，整个世界黑得像口棺材，悄悄将祖母送上山去。

夜色越来越浓，世界无比静寂，大人们的说话声，也变得十分遥远。我的眼皮不知道打了多少架，却迟迟不肯睡去。出发的时刻终于到来，我兴奋不已，跳到队伍的最前面。主重瞥了我一眼，用不容置疑的语气说，小佬不要去。那一刻，我委屈极了。他并不知道，我和祖母一直是形影不离的，就像是她的挎包。母亲拉我回屋，我大哭起来，一个劲地在地上打滚。然而，这是无济于事的，在葬礼上，主重的地位最高，他的话无异于圣旨。一个远房的胖婆婆看了心疼，将我抱起。我哪肯罢休，在她怀里扭来扭去，像一条濒死挣扎的鱼。

碗橱里放着一把菜刀，我顺手就抓了过来，像着了魔一般，朝她脸上劈去……大家都躲得远远的，那个远房的婆婆更是吓得脸色煞白。母亲找了块水果糖哄我，父亲则眼疾手快，绕到我身后，一把将刀夺下。我气得浑身发抖，哭得更大声了，但我很没出息，哭着哭着，竟然睡着了。

祖母终于如愿以偿，睡上了棺材，但家里老了人，却没有出殡，这总是不合常理的。所以，第二天一早还要出一次殡，演一出戏。

送葬的队伍行进得很慢，主重走在前面，边走边撒着纸钱，像真正的葬礼一样悲伤、凝重。父亲捧着空空的骨灰盒走在前面，他没有哭，主重说亲人的眼泪不能落在骨灰盒上，否则死者将永远不能超生。母亲和两个姑妈，哭得死去活来，她们相互搀扶着前行，像柳条一样交织在一起。我和堂弟穿着白色的孝衣，头上戴着白璞头，中间还点了一个红圆点。我们走在队伍的中间，有一种从未有过的神气。

沿路上早已挤满了看热闹的人，他们暂时放下了手中的活计，打听着逝者的名字，目送着逝者的离去。有一些老人，眉头紧锁，死亡像一面镜子，让他们照见自己。嘈杂的小镇，终于按下暂停键，获得了片刻的清静。

卖鸡蛋的三婆婆，鼻头上长着一颗赤豆大小的红疣，好像特别喜欢我，每次见到我，都要逗我开心。她说："小官人，你们要去唱戏吗？"我狠狠地白了她一眼说："放屁，我们是要去当官。"三婆婆一听，乐了，问道："当什么官呢？"她一下子把我问住了，我对官完全没有概念，官是什么东西我也全然不知，只知道当了官就厉害了，一般人见了官就会害怕。我灵机一动，鼻子一抬，故弄玄虚地说："哼！我不告诉你！我怕说出来吓死你。"

那时，我对死亡全然没有概念，以为人死就像出了一趟远门。让我始料不及的是，祖母竟然一去不回。我有些慌了。开始的时候，她的名字偶尔还会出现在大人们的谈话中，时间一久，她就像一封丢失的旧信，再也无人提及。

我常常会想起她来。想她的时候，我就变得忧伤，坐在门槛上，双手托着下巴，望着远处的山。我对世界知之甚少，很多事情都想不明白。我就想，祖母为什么要一个人待在山上？她会不会寂寞呢？天气转凉了，我换上了秋衣秋裤。我又想，祖母还穿着夏天的衣服呢，她会不会冷？实在想得厉害，我就去问父亲，祖母什么时候回来？父亲一怔，沉默了一下说，快了。过了几天，我又问，他还是这样说。

祖母死后，我变成了家里最大的负担，让父母头疼不已。哥哥已经上学，父亲要下地干活，没时间管我，母亲在服装厂上班，厂里规定不准带小孩上班，但她不放心我一个人在家，经常趁看门的老头不注意，悄悄把我捎进厂。

车间里全是女工，大多十七八岁的样子，一个比一个好看，身上散发着少女的特有的味道，野花一般的清香。她们上班的时候有说有笑，让我觉得很快活。她们会带各种零食给我，有时候是麻饼，有时候是糖，有时候是奶油瓜子，好像我是她们养的小宠物一样。更有意思的是，因为母亲姓凌，她们便给我起了一个新名字——凌公子。公子应该生在家财万贯的人家，原本不属于我这个穷得叮当响的贫寒子弟，但我很喜欢这个新名字，虚荣轻飘飘、甜滋滋的感觉，令我着迷，难以抗拒。

幸福的生活总是十分短促。没过几天，厂长到车间里来巡查，他不苟言笑，很有威严。他一来，叽叽喳喳的女工们，立刻安静下来，连头都不敢抬起来。我接到暗号，立刻躲进了预先准备好的纸箱，母亲迅速在纸箱上盖上了布料。厂长却好像故意跟我过不去似的，一直站在我的旁边，我能闻到他身上散发出来的浓重的烟草味。不知过了多久，箱子里空气越来越稀薄，我感觉自己快要窒息了。厂长正要转身离去，我突然打了个喷嚏，母亲的脸色吓得煞白。我像小狗一样，一脸无辜地从布堆里慢慢钻出来，嘴角上还带着一根白色的线头。母亲像犯人一样低着头，轻声说："家里没有老人带，实在没办法，只好……"厂长把脸拉得像钟乳石一样长，一字一句地说："下不为例。"说完，把手绕在背后，踱着方步走了。

从此以后，我的命运急转直下。第二天早晨，我睡得很沉，像吃了迷药一般。醒来后，觉得家里特别安静，安静得让我的耳朵一阵阵发痒。我像往常一样叫母亲，一连叫了几声，都没人应，只好赤着脚下了床。屋里空空荡荡，桌子上放了两块金黄的油饼。我吃完油饼，将手上的油抹在头发上，准备出去玩。就在这时，我发现一个严重的问题——门竟然打不开。门上挂着一把幸灾乐祸的铜锁。我被反锁在了家里。

外面阳光灿烂，像喷泉一样从门缝里涌进来，那一刻，我沮丧极了，觉得自己掉进了悬崖。我不死心，爬上窗户，想从铁条之间钻出去，可缝隙太窄，身体出去了，头却怎么也钻不出去。

就从那一天开始，我开始了漫长的"囚犯"的生涯。

上午，路上很热闹，时间比较容易打发，一到下午，就变得冷冷清清。阳光在无声地燃烧，树木像一团团绿色的火焰。从泥土里升腾的热气，围绕着村子。空气发烫，地面发烫，房屋也在发烫。热气让房舍晃动，恍若水中之倒影。

实在无聊的时候，我就开始翻家里的抽屉，我不知道自己要找什么，但总觉得屋子里有什么神秘的东西在吸引着我。果不其然，我发现了一个秘密，一个惊天的秘密。

我从一只布包里，翻出了户口本。那时，哥哥已经教我认识几个字了，只是具体的意思还是一知半解。我看到了哥哥的名字，旁边写着“长子”，我想这应该是哥哥个子比我长的缘故吧。我看到了我的名字，可旁边写的是“次子”两个字。我不高兴了，开始只是感伤，又渐渐地觉得可怜，最后竟然绝望起来。我突然想想“次子”的意思，应该就是一个“次品”的儿子。

一个人觉得自己是“次品”，他就会立刻自卑起来。我不敢问大人，我为什么是“次品”，我这个“次品”到底次在哪里。有好几次，我想问哥哥，可话到了嘴边，还是说不出口。相反，我越来越觉得自己是个“次品”，我觉得父母看我的眼神，确实是不一样的，他们对我，要比对哥哥凶得多，让我干的活也比哥哥多得多，更重要的是，他们一定是因为不想让别人知道他们生了一个“次品”，才将我锁在家中。

村子里有个男人，那时已经三十来岁了，看上去却好像只有十岁出头的样子，成天和孩子们混在一起。他的脸像手掌一般大小，腿比甘蔗粗不了多少，眼睛被眼屎糊住，永远都像没睡醒一样。更好玩的是，他总是戴着一顶灰绿色的帽子，像顶着一片烂菜叶子，帽子从来没有戴正过，他说：“歪戴帽子，诸葛亮的老子。”我知道，他就是所谓的“次品”。凑巧的是他和我一样，在家里也排行第二，于是，我又暗暗地想，或许老二更容易成为“次品”吧。以前，我看他时是居高临下，总带着一种同情的眼光，自从发现自己也是“次品”之后，我不再同情他了，取而代之的是恐惧。每次碰到他，我都把头低下，尽量不看他，我害怕看多了，以后也会和他一样。

从那一天开始，我的人生完蛋了。我彻底掉入恐慌的深渊之中。我的话越来越少，舌头好像少了一截，嘴像生了锈的铁夹，有时候，整整一天，不肯说一句话。我越来越害怕见陌生人，有人来家里做客，我总是躲在房间不肯出来。我害怕与人对视，好像目光一接触，他们就会发现我的秘密——我是个“次品”。当然，我最害怕的还是长大，因为长大以后，谜底就会揭晓，我会毫无悬念地成为一个“次品”，一个不折不扣的“怪物”。

下午漫长，时间仿佛停滞了，路上一个人也没有。窗户变成了一个空镜头，看得久了，就会生出睡意，脑袋里好像煮起了糨糊。

那段时间，我常常会做一个奇怪的梦。梦里，我成了一个乞丐，没有衣服可穿，裹着一床碎花的被单，走村串户，沿路乞讨。有一天傍晚，大雪漫天，我一脚深一脚浅地走着，厚厚的雪，在我的脚下像小老鼠一样吱吱地叫。路好像永远没有尽头，我整整走了一天，饥寒交迫，连一个村子都没见到。眼看天快要黑了，我开始害怕起来，如果找不到栖身之处，我就会成为埋在雪地里的胡萝卜……就在这时，一个村子出现了，铅灰色的炊烟在风中飘散，我的心中立刻生出一阵暖意。和雪而卧的村子冷清至极，一个人影都没有，我随便敲开了门，开门的是一个中年妇女，长得慈眉善目，她看起来有些眼熟，我好像在哪里见过一样。她盯着我看，看了许久，看得我很不好意思。她终于开口了，问我是从哪里来？家里有哪些人？为什么要当乞丐？我将自己可怜的身世一一道来，又说家里只剩下我一个人……没等我反应过来，她一把将我搂在怀里痛哭起来。我愣在那里，完全不知道发生了什么事。原来，她不是别人，就是我的姑妈，小时候抱养给别人的姑妈，也是我在这个世界上唯一的至亲……

这个奇怪的梦，让我恐慌不已，不敢向任何人提及。这再次印证了我是不折不扣的“次品”，如果不是“次品”，怎么可能做这种奇怪的梦，分明是父母双全，怎么说自己是个孤儿呢？

我迷上了画画，我喜欢画各种各样的怪物，他们有的是两个脑袋，有的是八条腿……我乐此不疲，因为，他们是我的同类，在这些怪物中间，总有一个是我未来的样子。

夏日的午后，雨总是不可或缺的，方才还是烈日当空，转瞬之间，天色就变了，突然阴沉下来，仿佛黑夜已至。紧接着，雷声轰鸣，狂风大作，乌云像麻将一样被搓来搓去。

雨下起来了。开始的时候，落在地上，会惊起一阵轻烟。没多一会儿，它就像箭一样射下来，在地上射出一个又一个坑，大地好像嘟着嘴，一脸不高兴。再后来，雨越下越大，发了疯似的，天空和大地模糊一片，仿佛连到了一起。房子渐渐凉却下来，树木全都有了神采，昏沉沉的人们终于呼吸到了来自远方的清新空气。

我家在村子的最西面，离下一个村子足足有一里多地，中间需要穿过一片广阔的田野，田野空旷，连一间房子都没有。那些从镇上淋着雨一路奔跑的人，到了这里，叹了一口气，停住了脚步。因为，走进暴雨的旷野，和跳进河里几无区别。我家的走廊，顺理成章地成了躲雨者的天堂。

我记得，那天有两个穿着的确良衬衣的女人在躲雨，她们的衣服湿透了，紧贴在身上，像从水里捞起的两条鱼一样。

我听到其中一个女人看了一下天空，叹着气说："天要掉下来了。"她说得很认真，让我恐惧不已。我觉得，天掉下来，比地震还要可怕。天如果真的掉下来，房子就会倒掉，如果房子倒了，我就会被压成肉饼。

门反锁着，我无路可逃。那一刻，我变得伤感至极，等到父母回来，一切都晚了，这里会成为一片废墟，而我就埋在废墟底下，他们会抱着我痛哭，我却再也听不到。我在房子里转了几圈，寻找最后的避难所。我躲进了衣橱里，这是母亲的嫁妆，里面漆黑一片，我仿佛回到了母亲的子宫。

夏天的雨总是来得快，去得也快。雨是什么时候停的，我全然不知。天并没有掉下来，空气湿润，风清凉如同薄荷，我睡着了，像一只小猫蜷缩在柔软的衣服堆里。

傍晚时分，劳碌了一天的父母，拖着疲乏的身体回到家，发现我居然不见了。他们惊慌失措，在村子里一遍又一遍呼唤我的乳名。

安静了一下午的村子，此时变得喧哗起来，大家将小方桌搬到场院上，开始享受甜蜜的晚餐。在灰棉絮般的光线中，我的乳名，就像一片羽毛，在村庄上空飘浮。

父母呼唤声越来越焦急，问遍整个村子，竟没有一个人见过我的身影。他们跑到了河边，对着河面呼唤，河面上空荡荡的，只有碎金般的光芒在闪烁，他们沿着河边往西跑，边跑边喊，嘶哑的声音，在风中渐渐消散，飘进漆黑的小树林……

听到他们的呼唤，我突然有一种流泪的冲动。第一次觉得，我这个“次品”在他们心中还是很重要的。但我一动也没有动，我躺在黑暗中，像躺在母亲的子宫里，尽情享受着他们的呼唤，如此焦急，又如此动听，这让我无比幸福，这是我体验到的最初的幸福。

（原载《作品》2018 年第 11 期，有删减）